CHIEMSEEFEUER

Schon immer steckten in Tanja Voit, 1976 im schönen Rosenheim geboren, die Phantasie und der Schöpfergeist einer Autorin, doch es bedurfte einiger Umwege, um ihr Potenzial zu entfalten. Sie studierte Theaterwissenschaften und Germanistik in München, schnupperte ins Film- und Fernsehbusiness, drehte zwei Kurzfilme und inszenierte ein Theaterstück, bevor sie ihre Berufung zum Schreiben entdeckte. Heute lebt und arbeitet sie unweit des schönen Chiemsees als medizinische Fachangestellte und freischaffende Autorin.

TANJA VOIT

CHIEMSEEFEUER

Oberbayern Krimi

emons:

Bibliografische Information der Deutschen Nationalbibliothek
Die Deutsche Nationalbibliothek verzeichnet diese Publikation in der Deutschen Nationalbibliografie; detaillierte bibliografische Daten sind im Internet über http://dnb.d-nb.de abrufbar.

MIX
Papier aus verantwortungsvollen Quellen
FSC® C083411

Umschlagmotiv: mauritius images/imageBROKER/
Martin Siepmann
Umschlaggestaltung: Nina Schäfer, nach einem Konzept von Leonardo Magrelli und Nina Schäfer
Umsetzung: Tobias Doetsch
Gestaltung Innenteil: César Satz & Grafik GmbH, Köln
Lektorat: Susanne Bartel
Druck und Bindung: CPI – Clausen & Bosse, Leck
Printed in Germany 2018
ISBN 978-3-7408-0401-5
Oberbayern Krimi
Originalausgabe

Dieser Roman wurde vermittelt durch die
Montasser Medienagentur, München.

Für Karin in Liebe

Prolog

Es gibt kein Zurück mehr. Die Yacht brennt, Flammen züngeln an ihr empor. Rot, Orange und grelles Gelb mischen sich vor dem nachtschwarzen Firmament, das Feuer reckt seine leckenden Zungen gen Himmel. Ein Windstoß, und es lodert zu uns herüber.

Wir sind nah dran. Ich kann die Wärme spüren, das Knistern der Flammen hören. Dieses Feuer wärmt mich auf doppelte Weise. Nicht nur von außen, nein, es wärmt mich auch von innen.

Sie hat es verdient.

Ich lasse mich vom Knistern einlullen, versinke in den roten Wellen des Feuers.

Eine Hand legt sich auf meine Schulter. Ich zucke zusammen.

»Komm, wir müssen los.«

Ich nicke.

Obwohl ich weiß, dass wir den Ort schnell verlassen müssen, verharre ich reglos. Völlig gebannt vom schauerlich schönen Anblick: Rote und goldene Lichtspäne fliegen durch die klare Nacht, wie beim Ausbruch eines Vulkans. Gelbgoldene Funken verglühen, sobald sie die schwarze Wasseroberfläche berühren. Beinahe das ganze Boot steht schon in Flammen.

Eine erneute Explosion erschüttert die Yacht, und der Körper bäumt sich auf wie ein junger Phönix, der gerade aus den Flammen geboren wird und gen Himmel fliegen will. Aber fliegen wird sie nicht. Sie war kein Engel. Und doch ist dieses Bild faszinierend, beinahe überirdisch schön.

Inmitten des Feuers tanzt ihr Körper ein Ballett, das seinen eigenen Gesetzen gehorcht. Dann scheint sie sich zu bewegen, ruckartig wie eine Marionette, die sich in ihren eigenen Fäden verfangen hat. Versucht sie, ins Wasser zu springen, um die Flammen zu löschen?

Eine Marionette. Wie ein jeder es für sie war. Doch nun ist ihre Macht gebrochen.

An der Reling sinkt der Körper zusammen. Die Flammen, die vom Bug des Bootes her auflodern, züngeln an ihm hoch, umschließen ihn gierig, ziehen ihn mit sich nach unten. Fast wie die Arme einer liebevollen Mutter, die ihr Kind an sich zieht … zurück in ihren Schoß. Mein rechter Mundwinkel zuckt nach oben.

Schließlich wende ich mich ab. Ein Blick nach rechts bestätigt: Es ist höchste Zeit, den Motor zu starten und das Boot zurückzubringen. Während wir leise tuckernd über den ruhigen See gleiten, drehe ich mich noch einmal um.

Von ihr ist nichts mehr zu erkennen. Keine Regung, keine Bewegung. Das Boot brennt stumm wie eine nächtliche Fackel. Die Vorstellung ist zu Ende, der Zauber verflogen. Das war es also. Klara Sophie von Ariethen ist tot.

1

Am Freitagabend war Hauptkommissar Taglieber nur schwer eingeschlafen. Durch seinen dröhnenden Kopf zogen wirre Bilder wie Nebelschwaden. Abstruse Szenen, mit denen sein Bewusstsein nichts anzufangen wusste, aber auch einiges, was er mit dem Überfall auf ihn auf der Fraueninsel vor einem halben Jahr in Zusammenhang brachte. Beides war ihm unangenehm und verwirrte ihn. Von halb zwei Uhr an hatte er sich im Bett bloß noch von einer Seite auf die andere gewälzt. Schließlich war er aufgestanden, hatte eine Kopfschmerztablette genommen und sich im Wohnzimmer auf die Couch gelegt.

Jetzt war es kurz vor drei, und er schaltete den Fernseher an, wo gerade eine Wiederholung des Hauptabendprogramms lief. Ihm war völlig egal, was ihn berieselte, Hauptsache, die Sendung hielt ihn davon ab, weiter über das Chaos in seinem Kopf nachzugrübeln. Vielleicht bescherte ihm der belanglose Film sogar noch die eine oder andere Stunde Schlaf. Tatsächlich nickte er kurze Zeit darauf vor dem Fernseher wieder ein und fand sich im Traum auf der Fraueninsel wieder.

Es war schon fast dunkel, und ein eiskalter Wind wehte. Obwohl er einen Mantel trug, konnte er den Wind auf seiner Haut spüren. Viele winzige Nadeln aus Eis stachen ihm ins Gesicht. Das Wasser des Sees war ruhig, nur ein paar kleine Wellen plätscherten ans Ufer.

Warum war er hier? Was sollte er sehen? Sein Bewusstsein schaltete sich in den Traum ein, und plötzlich wusste er wieder, um was es ging. Er wollte sich mit einem Informanten treffen. Der Mann hatte ihn angerufen und behauptet, Informationen zu dem überregional agierenden Drogenring zu haben. Jener kriminellen Bande, die Taglieber seit geraumer Zeit ohne Wis-

sen seiner Partnerin und seiner Vorgesetzten im Alleingang aufzuspüren versuchte.

Der verabredete Ort war ganz in der Nähe, unten am Wasser. Während er den Pfad zum Steg hinabging, überlegte Taglieber noch, welche Informationen der Mann wohl für ihn hätte. Da traf ihn von hinten etwas so schmerzhaft und gewaltig am Kopf, dass er unweigerlich taumelte und zu Boden ging.

Doch noch im Fallen drehte er sich um die eigene Achse, und es gelang ihm, dem Angreifer ins Gesicht zu sehen, das vom Zwielicht der Dämmerung und dem Schein einer Laterne erleuchtet wurde. Unter einer Kapuze erkannte Taglieber dunkles, zerzaustes Haar und markante Gesichtszüge: eingefallene Wangen, graue Augenringe, eine spitze Hakennase. Der Mann sah heruntergekommen und ausgemergelt aus. Taglieber wusste, er musste sich das Gesicht so detailliert wie möglich einprägen, um den Angreifer später vielleicht wiedererkennen zu können.

Die Perspektive wechselte. Taglieber sah sich selbst aus der Vogelperspektive kopfüber im Wasser liegen, während der Fremde mit der dunklen Kapuze nachdenklich auf ihn hinabblickte. Wollte er ihm noch einen Schlag versetzen, um ihm endgültig das Lebenslicht auszublasen?

Taglieber rief sich gerade wieder die Gesichtszüge des Mannes ins Gedächtnis, als etwas an seinem linken Ohr laut und anhaltend klingelte.

»Was … was ist denn los?«, fragte er benebelt, ohne die Augen zu öffnen.

Er versuchte, das Traumbild festzuhalten, wollte wieder zurück, um den Mann noch einmal zu sehen und das an ihm, Taglieber, begangene Verbrechen aufzuklären, doch das penetrante Klingeln an seinem Ohr wollte einfach nicht enden. Seine Augen waren wie zugeklebt, aber nun vernahm er laut und deutlich die Stimme seiner Frau Cornelia. Sie klang ärgerlich.

»Es ist dein Diensthandy. Du hast es oben vergessen«, beschwerte sie sich.

Taglieber versuchte mit aller Kraft, die Augen zu öffnen, doch es gelang ihm erst beim zweiten Anlauf. Unscharf stand seine Frau in ihrem fliederfarbenen Nachthemd vor ihm und hielt ihm das Telefon unter die Nase. Ihr blondes langes Haar kitzelte ihn im Gesicht.

In dem Moment, in dem er nach dem Handy griff, verstummte es. Schlaftrunken wollte er es bereits wieder weglegen und weiterschlafen, doch das Klingeln setzte erneut ein. Er wischte über den Bildschirm.

»Taglieber«, meldete er sich matt.

»Rösler hier, Sie haben einen neuen Fall!«, tönte es atemlos aus dem Hörer.

Am liebsten hätte Taglieber das Gerät in die nächstbeste Ecke gepfeffert. Gerade jetzt sollte er ausrücken! Jetzt, wo er noch verzweifelt an dem letzten Zipfel seines Traumes zerrte. Hoffnung glomm wie ein Funke in ihm auf: Dieser Traum könnte den Durchbruch für ihn bedeuten, er könnte ihm seine verlorene ... Er wagte es nicht einmal, den Gedanken zu Ende zu denken, so wichtig war es für ihn, seine Erinnerung wiederzufinden – die Erinnerung an seine Vergangenheit, daran, wer er wirklich war.

Unbeeindruckt von Tagliebers unwilligem Aufstöhnen redete der Leiter der Priener Polizeidienststelle weiter: »In der Schafwaschener Bucht hat eine Yacht gebrannt, es gibt eine Leiche. Wir können Brandstiftung oder Mord nicht ausschließen. Einige unserer Leute und jemand vom Wasserschutz sind schon vor Ort. Fahren Sie hin und sehen Sie sich das Ganze mal an, Frau Krimplstötter ist bereits unterwegs.«

Taglieber sah auf die Uhr. Es war halb vier Uhr morgens. »Mach ich. Ich komme sofort«, antwortete er verdrossen und legte auf.

Wie in Zeitlupe stützte er sich mit einer Hand an der Couchlehne ab und schob sich in die Aufrechte. »Ich muss raus«, wandte er sich an seine Frau.

»Gut, ich geh dann wieder ins Bett.« Sie gähnte, und ihre großen blauen Augen glitzerten unschuldig.

Wie gern hätte er jetzt mit ihr getauscht! Taglieber schlappte nach oben ins Bad. Ein Blick in den Spiegel verriet ihm, dass der dunkelblonde Mann mit der neckischen Welle im Haar und den blaugrauen Augen noch lange nicht ausgeschlafen hatte. Seine Haare wirkten stumpf, und seine Augenlider starteten den Versuch, sich wieder zu schließen, anstatt ihm bei der Orientierung behilflich zu sein.

In Gedanken wischte er sein Spiegelbild beiseite – er würde es noch oft genug betrachten können. Dafür erinnerte er sich noch mal an den Mann aus dem Traum. Nun hatte er endlich ein Gesicht vor Augen: das Gesicht seines Angreifers, des Mannes, der ihn vor einem halben Jahr auf der Fraueninsel niedergeschlagen und ihn ins Koma befördert hatte. Er würde den Polizeizeichner noch heute bitten, ein Phantombild von ihm anzufertigen. Nicht dass er sich viel davon versprach, aber vielleicht war es ein Anfang von etwas, das letztlich zum Erfolg führen würde.

Die Yacht schwankte, als Phil allmählich zu sich kam. Sein Kopf fühlte sich an, als wäre er aus Watte und doppelt so groß wie sonst. Denken schien unmöglich, und als Phil die Augen öffnete, war die Welt um ihn herum verschwommen. Nur langsam wurde seine Sicht klarer, auch wenn sein Gehirn zunächst Doppelbilder produzierte. Vorsichtig spähte er um sich. Das Licht der Uferlaternen fiel bleich zum Fenster herein. Er lag auf der Bank in der Kajüte der Yacht seines Vaters, so viel war sicher. Der erste halbwegs klare Gedanke, der ihm durch den Kopf schoss, war, dass dieser niemals etwas davon erfahren durfte.

Doch wie er hierhergekommen war, wusste er nicht. In seiner Erinnerung war überhaupt nichts mehr. Als er versuchte, tief einzuatmen, schmerzte seine linke Seite so sehr, dass er kurz innehalten musste.

Tief in ihm dröhnte dumpf ein Echo der gestrigen Ereignisse, doch sosehr er sich auch bemühte, die verschollene Erinnerung zuzulassen, sie drang nicht in sein Bewusstsein vor. Er konnte das, was geschehen war, einfach nicht greifen.

Ein einzelner Bildfetzen blitzte auf: Er hatte gestern Abend mit seinen Kumpels an der Tanke einen Kasten Bier besorgt. Oder war das schon vorgestern gewesen?

Sein Schädel tat schrecklich weh, und im Mund schmeckte er Blut. Phil hielt sich mit einer Hand an der Kante des Tisches fest, zog sich langsam daran hoch und setzte sich auf. Alles vor seinen Augen begann sich zu drehen, und plötzlich drängte – ob er es nun wollte oder nicht – eine wahre Flut von Bildern in seinen Kopf: ein brennendes Boot und darauf eine Gestalt, die einen grausigen Tanz vollführte. Dann dasselbe Boot, jetzt so nah, dass er das Feuer riechen und die Hitze der Flammen auf der Haut fühlen konnte.

War das wirklich geschehen? Oder hatte er es nur geträumt?

Nachdem er einige Zeit dagesessen und den schmerzenden Kopf in seinen Händen gehalten hatte, erhob er sich wie in Zeitlupe. Der Tisch, an dem er sich abstützte, war das Einzige, das ihm Halt gab. Als er endlich aufrecht stand und das Gleichgewicht gefunden hatte, wartete er reglos, bis der Schwindel sich legte. Dann steuerte er das Bad an, wankte in die winzige Nasszelle, schaltete das Licht über dem Spiegel ein und betrachtete seine Blessuren.

Auf seiner Stirn prangte eine dicke blaulilafarbene Beule. Seine Oberlippe war auf die doppelte Größe angeschwollen und blutverschmiert. Er öffnete den Mund ein wenig und sah, dass ein Stück seines oberen Schneidezahns abgebrochen war. Ansonsten wirkte sein Gebiss unversehrt. Als Phil seinen schmerzenden Hinterkopf abtastete, fühlte er deutlich eine weitere, noch größere Beule. Sie war bedeckt mit etwas Hartem, einer Art Schorf, der die Haare verklebte. Er spürte auch etwas Flüssiges, und als er seine Finger wieder betrachtete, waren sie rot von frischem Blut. Das dumpfe Pochen, das von der Beule aus über den Hinterkopf bis in die Stirn zog, erschwerte es ihm, einen klaren Gedanken zu fassen. Doch eines wusste er genau: In der letzten Nacht war etwas Schreckliches geschehen, und er, Phil, hatte etwas damit zu tun.

»Fuck!«, fluchte er laut und schlug mit der Faust so hart gegen die Wand neben dem Spiegel, dass dieser wackelte. Was war bloß los? Was war verdammt noch mal passiert?

Er schloss die Augen und bemühte sich, seine Erinnerungen zu ordnen. Doch da waren nur Bruchstücke, und die erschienen ihm alles andere als beruhigend.

»Fuck!«, entfuhr es ihm abermals.

Er öffnete die Augen und blickte verzweifelt durch das offen stehende Bullauge der Nasszelle. Die Yacht befand sich an ihrem angestammten Platz am Anlegesteg in der Schafwaschener Bucht. Draußen waren allerlei Geräusche zu vernehmen. Stimmen drangen vom Ufer an sein Ohr, Lichter erhellten die Nacht, und er hörte das Geräusch eines Automotors, der anschließend wieder verstummte. Vom See her blendete ihn kurz ein Scheinwerfer, der über die Wasseroberfläche glitt.

In Phils Magengrube machte sich ein mulmiges Gefühl breit, und seine Handflächen wurden feucht. Irgendetwas stimmte hier ganz und gar nicht. Sein Atem stockte, als er aus dem Augenwinkel in der Nähe ein tanzendes Licht wahrnahm. Schnell schaltete er die Lampe am Spiegel aus und spähte wieder durch das Bullauge.

Eine Taschenlampe, deren Lichtstrahl durch die Büsche am Ufer flackerte und suchend über die Boote glitt. Ein großer Schatten, der sich auf ihn zubewegte.

Das wird doch nicht … Ein Bulle! Sein Herz pochte laut, und er verharrte, so ruhig er konnte, neben dem kleinen Fenster. Das tänzelnde Licht hatte den Steg erreicht und näherte sich. Deutlich konnte er einen Koloss in Uniform erkennen, der mit der Taschenlampe in der Hand über die Holzbohlen schlappte.

Phil schlug das Herz bis zum Hals. Ein einzelnes Bild

blitzte vor seinen Augen auf: das brennende Boot! Und dazu der Gedanke: Man durfte ihn auf keinen Fall hier entdecken.

Seine Hände zitterten jetzt. Ruhig, nur ruhig!, ermahnte er sich. Er musste nur zurück in die Kajüte schleichen und sich dort verstecken. Dann würde ihn niemand finden, denn niemand wusste, dass er hier war. Er drehte sich schnell, zu schnell, zur Tür um, und ein unerwarteter Schwindel erfasste ihn. Schwankend und torkelnd riss er mit dem Ellenbogen einen Schminkkoffer von der Ablage, der sich öffnete und mit lautem Scheppern auf dem Boden landete.

»Shit!«, fluchte Phil leise. Diese verdammte Schickse seines Vaters mit ihrem Make-up! Er blieb reglos stehen. Hoffentlich hatte der Bulle das Geräusch nicht gehört!

Als Taglieber in der Schafwaschener Bucht eintraf, war der Tatort bereits abgeriegelt. Auf der Zufahrtsstraße und hinter dem rot-weißen Absperrband wimmelte es von uniformierten Polizeibeamten und weiteren Einsatzkräften, es waren ungewöhnlich viele für einen so kleinen Ort wie Prien am Chiemsee.

Dobermann, der unangefochtene Favorit an der Spitze von Tagliebers »Wen ich gern auf den Mond schießen würde«-Liste, war auf den ersten Blick nicht unter ihnen. Es wunderte Taglieber, dass der selbst ernannte Priener Superbulle noch nicht irgendwo herumstolzierte und sich wichtigmachte.

»Gut, dass Sie da sind, Herr Taglieber«, grüßte ihn Polizeihauptmeister Kammerloher und wollte ihn ans Ufer begleiten, wo die ausgebrannte Yacht halb im Wasser, halb an Land lag.

Doch Taglieber hielt ihn zurück. »Sagen Sie, wo steckt Dobermann eigentlich?«, fragte er aus reiner Neugierde. Er konnte sich nicht vorstellen, dass sein Kollege sich solch ein Spektakel freiwillig entgehen ließ.

»Ach der, der ist da drüben schon aufm Steg unterwegs. Sucht nach einem Zeugen oder einem Verdächtigen. Mir soll's recht sein, wenn er beschäftigt ist. Ein Gschaftlhuber weniger.« Der Polizist zeigte nach rechts zu einem Steg, an dem einige Boote lagen.

Wo er recht hat, hat er recht, dachte Taglieber und wandte sich ebenfalls zum Steg, wo er die Silhouette des Muskelbergs und den suchenden Strahl einer Taschenlampe erkannte. Dobermann war also auf Verbrecherjagd. Taglieber beobachtete einige Zeit aus der Entfernung, wie der Lichtstrahl suchend über die Boote tanzte. Gerade als er sich abwenden und Kammerloher zum Tatort folgen wollte, verharrte der Lichtkegel auf einer der Yachten und fixierte eine Stelle an ihr. Er sah, wie sein Kollege schnell darauf zuschritt. Hatte Dobermann tatsächlich etwas Verdächtiges entdeckt? Etwas oder jemanden? Tagliebers Spürnase juckte.

»Warten Sie bitte einen Moment hier, ich schau mir das mal genauer an«, sagte er zu Kammerloher und eilte zum Steg. Als er dort ankam, konnte er eine Demonstration von Dobermanns polizeilichen Fähigkeiten beobachten: Sein Kollege war auf dem am Ende des Stegs vertäuten Boot in eine Verfolgungsjagd verwickelt. Er und der Flüchtende sahen fast aus wie Dick und Doof: Muskelberg Dobermann hatte sich über die Reling auf das Deck gehievt und lief ungelenk hinter einem schlaksigen Burschen her. Immer wieder streifte der Schein von Dobermanns Taschenlampe den Jungen: Er hatte wirres dunkles Haar, trug eine Jeans und ein helles T-Shirt.

Der Jüngere umrundete ein wenig taumelnd die Kajüte und versuchte, über die Reling auf den Steg zu gelangen, als Dobermann ihn an seinem Oberteil zu fassen bekam. Er machte sich los und schubste den Beamten von hinten gegen das Geländer, dann kletterte er auf das Dach der Kajüte und griff nach dem Baum, auf dem das zusammengerollte Segel befestigt war. Dobermann wollte ihm nachsteigen, doch da schlug der Flüchtende ihm mit voller Wucht den Baum entgegen, und Dobermann verlor das Gleichgewicht. Er stolperte rückwärts, kippte gegen die Reling und ging über Bord. Es platschte laut, und wenige Sekunden später hörte man Dobermann auch schon schimpfen: »Kreiz…zefix!«

Taglieber musste sich ein Lachen verkneifen und beobachtete weiter, wie der Schlaksige jetzt vom Boot sprang, unsicher auf dem Steg landete und in Richtung Ufer sprintete, geradewegs auf ihn zu. Offenbar hatte er ihn noch gar nicht entdeckt. Noch im Laufen drehte er sich nach Dobermann um, der laut fluchend und pitschnass an einer Leiter hing. So rannte er Taglieber geradewegs in die Arme.

Der Kommissar warf den überraschten jungen Mann zu Boden, ergriff zuerst seinen einen, dann den anderen Arm und ließ hinter seinem Rücken die Handschellen einrasten.

»Au, Sie tun mir weh!«, beschwerte der Bursche sich.

Taglieber wartete auf Dobermann, der inzwischen aus dem Wasser geklettert war und prustend wie ein Walross über den Steg zu ihnen geschlurft kam. »Reife Leistung, Dobsi! Sportlich wie eh und je«, bemerkte Taglieber mit einem Schmunzeln auf den Lippen. Er genoss die seltene Überlegenheit, denn sonst war es Dobermann, der nie um einen dummen Spruch verlegen war.

»Geh, halt die Bappn!«, schnauzte der Kollege zurück. »No a Wort und du nimmst auch gleich a Bad, Liebchen.« Mit gesenktem Kopf schob er sich an ihnen vorbei. Ein paar Meter weiter drehte er sich noch einmal zu dem Jungen um und drohte mit der Faust: »Bürscherl, des werd no a Nachspiel haben, des schwör i dir!«

Während Polizeihauptmeister Dobermann ins Revier zurückkehrte, um sich umzuziehen, brachte Taglieber den jungen Mann zum VW-Bus der Polizei und übergab ihn der Obhut der Uniformierten. Das erledigt, wandte er sich wieder dem Ufer zu, um endlich den Tatort zu inspizieren, ehe die Spurensicherung eintraf.

Inzwischen hatten sich am Uferweg bereits ein paar Schaulustige versammelt, die trotz der frühen Stunde hinter der Absperrung standen und versuchten, einen Blick auf die verkohlte Yacht zu werfen und ein Handyfoto zu machen, das sie auf Facebook oder Twitter verbreiten konnten. Blitzlichter zuckten. Auch Journalisten, allen voran die Aasgeier des hiesigen Boulevardblattes, waren schon vor Ort. Taglieber glaubte, Ingo Regel zu erkennen, dessen Frau er vor ein paar Monaten das Leben gerettet hatte. Der Reporter winkte ihm grüßend zu, doch Taglieber ignorierte ihn und trottete weiter zum Tatort. Für den Austausch von Höflichkeiten war es viel zu früh am Morgen.

Kurz vor dem ausgebrannten Boot tippte ihm jemand von hinten auf die Schulter. Er drehte sich um.

Vor ihm stand Tanja Krimplstötter, seine Kollegin und Partnerin, mit wachen Augen und einem Lächeln auf den Lippen. Sie hatte es trotz der frühen Stunde also sogar noch vor ihm aus dem Bett geschafft. Ihre dunklen Locken hatte sie streng nach hinten zu einem Pferdeschwanz gebunden, und – Taglieber war baff – sie war sogar geschminkt!

»Hier, für dich, Großer!«, erklärte sie munter und drückte ihm einen Becher Kaffee in die Hand. Um ihren Hals baumelte die Kette mit dem kleinen silbernen Elfenanhänger, die ihr ihr Freund, der Gerichtsmediziner Fabian Gleiser, geschenkt hatte. Heute vermittelte Tanja tatsächlich den Eindruck, als gäbe es nichts Erquicklicheres, als nachts um drei aufzustehen und sich einen Tatort anzusehen.

Wortlos setzte Taglieber den Kaffeebecher an die Lippen und nahm einen großen Schluck. »Danke«, murmelte er dann und trank erneut. Das Gebräu war heiß und stark, aber er musste husten, weil irgendwie ein paar Brösel Kaffee hineingelangt waren, die in seiner Kehle kratzten.

Sein Blick wanderte zu der ausgebrannten Yacht, die wie eine entthronte schwarze Königin halb im Wasser lag. An Bord stand mit dem Rücken zu ihnen ein Mann im weißen Einwegoverall, der sich über etwas beugte.

»Der Fabi schaut sich gerade die Leiche an«, erklärte Tanja sachlich. »Auf Röslers Anruf hin hab ich ihn gleich mitgebracht. Die Spusi müsste auch jeden Moment eintreffen.« Sie schwieg kurz, dann fügte sie hinzu: »Fabi meint aber, dass er sich mit Brandopfern nicht so gut auskennt. Die gibt es hier schließlich nicht alle Tage.«

Taglieber nickte stumm. Ihm war gerade wieder sein nächtlicher Traum in den Sinn gekommen: *Fraueninsel … einundzwanzigster November letzten Jahres … der vermeintliche Informant … Kapuze … dunkles Haar, eingefallene Wangen und eine Hakennase … ein harter Schlag auf seinen Hinterkopf … stechender Schmerz und … Schwärze …*

Die gnadenlose Schwärze des Komas, aus dem er erst nach drei Monaten wieder erwacht war – ja, wach war er, aber ohne Erinnerung an sein früheres Ich. Der hochgewachsene blonde Mann mit der verwegenen Welle im Haar, der ihn jeden Morgen aus dem Spiegel anblickte und den er gewissenhaft rasierte, war ihm immer noch beinahe so fremd wie jeder x-beliebige, der ihm tagtäglich auf der Straße begegnete.

Doch vielleicht ermöglichte der Traum den Durchbruch, vielleicht riss er endlich die Mauer ein, die zwischen ihm und seiner verlorenen Erinnerung an sein früheres Leben stand. Er musste herausfinden, wer der Mann mit der Hakennase war.

In Gedanken versunken ging er hinter Tanja her, bis er plötzlich direkt vor dem Boot stand. Der scharfe Geruch von verbranntem Plastik drang in seine Nase und noch etwas anderes, unangenehm Bekanntes. Der Geruch von verbranntem Fleisch.

Taglieber klammerte sich an seinen Kaffeebecher wie an einen rettenden Anker. Er hatte sich immer noch nicht recht damit angefreundet, dass es zu seinem Beruf gehörte, Tote zu begutachten.

Fabian hatte sich so tief über die verkohlte Leiche gebeugt, dass zum Glück nicht viel von ihr zu sehen war, und war eingehend damit beschäftigt, sie zu untersuchen. Mit einem Maßband vermaß er ihr Becken und tippte die Werte in sein Tablet. Dann machte er sich daran, die Größe des Schädels zu erfassen.

Taglieber bemühte sich, durch den Mund zu atmen, um den üblen Geruch nicht riechen zu müssen.

»Hast du schon was für uns, Fabi?«, erkundigte sich Tanja bei ihrem Freund.

Der Gerichtsmediziner richtete sich auf und gab den Blick auf die Leiche frei. Taglieber spürte leichte Übelkeit in sich aufsteigen.

»Sie ist weiblichen Geschlechts, das lassen jedenfalls das breitere Becken und die gesamte Statur vermuten, aber sonst kann ich euch leider überhaupt nichts über sie sagen. Viel zu stark verbrannt. Wir werden sie über das Gebiss und ihre DNA identifizieren müssen. Wenn sie mal beim Zahnarzt war, geht das schneller als die DNA-Analyse.«

Taglieber warf nun selbst einen Blick auf die Tote oder besser gesagt auf das, was von ihr übrig war: ein bis zur Unkenntlichkeit verbrannter Schädel mit einem bizarren Grinsen und ein schwarzer Körper, den tiefe blutrote Krater übersäten. Die Gliedmaßen waren angewinkelt, als wäre sie vor ihrem Tod in die Hocke gegangen. Die Kleidung war mit den Muskeln verschmolzen, die noch an den Knochen hingen. Alles überzog ein ölig aussehender Film. Insgesamt war die Person sehr zierlich gebaut, was auch ihre relativ kleinen Füße bestätigten. Es könnte sich um ein Mädchen oder eine junge Frau handeln, dachte Taglieber, der noch immer mit der Übelkeit rang. Gut, dass er heute außer dem Kaffee noch nichts zu sich genommen hatte.

»Habt ihr schon einen Verdächtigen?«, fragte Fabian neugierig.

»Nicht direkt. Aber ein junger Kerl hat sich auf einer Yacht am Steg aufgehalten und wollte fliehen, als Dobermann ihn entdeckte. Möglicherweise hat er etwas beobachtet oder vielleicht auch selbst etwas mit dem Tod der Frau zu tun«, erklärte Taglieber.

»Und wo hast du den Burschen vor mir versteckt?«, wollte Tanja wissen. Es war ihr anzusehen, dass es sie schon in den Fingern juckte, sich den Knaben zur Brust zu nehmen.

»Er sitzt im Bus.« Taglieber deutete mit dem Kinn in die entsprechende Richtung. »Ich hab ihn so lange, bis wir uns den Tatort angesehen haben, den Kollegen anvertraut.« Er wandte sich an Fabian. »Glaubst du, es wurde so etwas wie ein Brandbeschleuniger benutzt?«

»Hm.« Der Gerichtsmediziner überlegte. »Könnte gut sein. Das Boot muss sehr schnell in Flammen gestanden haben, wenn die Frau es nicht mehr geschafft hat, sich ins Wasser zu retten.«

»Wer tut so etwas Grausames?«, fragte Tanja.

»Ich habe keinen blassen Schimmer«, erwiderte Fabian, »aber ich hoffe, ihr findet es heraus.«

Taglieber betrachtete die Yacht in Ruhe: Alles war schwarz vom Ruß und zusammengeschmort. Er tippte darauf, dass die Spurensicherung keine brauchbaren Hinweise finden würde, und erinnerte sich, vor Kurzem gelesen zu haben, dass bei verbrannten Opfern eines Verbrechens das Feuer meist nicht die Todesursache war. Oft hatte es dem Täter nur dazu gedient, sein Motiv oder den eigentlichen Tathergang zu verschleiern und Spuren zu verwischen.

Seine Kollegin riss ihn aus den Gedanken, indem sie ihn am Ärmel zupfte. »Komm, befragen wir den Verdächtigen.«

»… Beweise zu vernichten«, sprach er seinen Gedanken laut aus. Sein Blick war an den Überresten der rechten Hand des Opfers hängen geblieben. Sie war zur Faust geballt, und wenn er sich nicht täuschte, dann hielt sie etwas darin fest. Er beugte sich näher. Das Ende einer silbrig glänzenden Kette schaute hervor. »Tanja, ein Tütchen«, bat er seine Kollegin.

Sie meckerte, reichte ihm aber einen Plastikbeutel für Beweismittel.

Taglieber hatte inzwischen Latexhandschuhe übergestreift und zwang sich, seinen Ekel vor der Leiche zu überwinden. Mit einem »Darf ich mal?« schob er sich an Fabian vorbei und ging vor der Toten in die Knie. Vorsichtig ergriff er das Ende der Kette und zog daran.

»Du weißt, dass das Sache der Spusi ist und wir uns nicht einzumischen haben«, setzte Tanja erneut an, ihn von seinem Vorhaben abzuhalten.

Doch Taglieber ließ sich davon nicht aus der Ruhe bringen. Schließlich war sonst seine Kollegin diejenige, die von einem Verstoß gegen die Dienstvorschriften in den nächsten stolperte und sich einen Dreck darum scherte. Als er circa zwanzig Zentimeter der Kette aus der Faust der Toten befreit hatte, spürte er einen Widerstand. Sie hing fest.

Taglieber hielt die Luft an, zog kräftiger, und ein silberner Anhänger flutschte aus der Hand des Opfers. Er hielt das Fundstück hoch und ließ es vor den verwunderten Augen von Tanja und Fabian in das Tütchen gleiten.

»Ein Medaillon«, staunte seine Kollegin.

Taglieber nickte zufrieden. »So, und jetzt gehen wir zum Bus und verhören unseren Verdächtigen.«

Auf dem Weg dorthin ließ Tanja den Plastikbeutel mit dem Medaillon nicht aus den Augen. »Wem es wohl gehört? Vielleicht sogar dem Mörder«, murmelte sie vor sich hin, als sie die Tür des Polizeibusses aufschob.

2

Was machte der denn hier? Sonja Hoegner zuckte kurz zusammen, als sie ihren Liebhaber entdeckte, der auf den Stufen zum Hauseingang kauerte. Obwohl er in dieser Haltung jämmerlich wirkte, spürte sie die Anziehung, die von ihm ausging.

Es war bereits drei in der Früh, und sie war gerade mit ihrem Golf in die Einfahrt gebogen, wodurch sich über den Bewegungsmelder das Licht an der Haustür eingeschaltet hatte.

Robert Stratmann saß mit auf die Knie gestütztem Kopf da, ganz so, als ob er schlief. Dann aber hob er das Gesicht, und sein Blick folgte ihr, als sie den Wagen in dem von Efeu überwucherten Carport parkte und ausstieg.

Sie ging auf ihn zu. »Robert, schön, dass du … Du bist ja pitschnass«, stellte sie fest und wusste nicht recht, was sie von seinem Besuch halten sollte. War es gut oder schlecht, dass er hier aufkreuzte? Immerhin – er kam zu ihr. Sie konnte in seinem Blick lesen, dass er völlig durch den Wind war.

Der attraktive dunkelhaarige Mann in dem offensichtlich nassen Shirt und der schwarzen Jeans, die schwer an ihm herabhing und einen nassen Fleck auf der Stufe zum Eingang hinterließ, erhob sich. Mit seinen graublauen Augen fixierte er sie von oben herab. »Ich brauche deine Hilfe, Sonja«, sagte er matt.

Lag da ein Zittern in seiner Stimme?

Sonja Hoegner nahm die ersten Treppenstufen, legte ihm einen Arm auf den Rücken und erwiderte: »Ich bin immer für dich da, Robert, das weißt du doch.« Dann öffnete sie die Tür, und er folgte ihr ins Haus. »Erst einmal gebe ich dir trockene Klamotten, und dann erzählst du mir bei einem Tee, was geschehen ist.«

Wenig später steckte Robert Stratmann in einer frischen Jeans, und sie saßen gemeinsam bei einem köstlichen Rooibos-Vanille-Tee im Wohnzimmer.

Sonja Hoegner beobachtete ihren Freund von der Seite, wie er an seiner Teetasse nippte. Dunkle Bartstoppeln durchbrachen bereits seine makellose helle Haut. Unter seinen Augen lagen dunkle Schatten. Sein Blick war hoch konzentriert auf die selbst getöpferte rote Schale auf dem Wohnzimmertisch gerichtet, ging aber durch sie hindurch.

Der Deutschlehrer wirkte, als würde er selbst gerade eine Prüfung absolvieren und eine komplizierte Aufgabe seine ganze Konzentration erfordern.

»Robert«, sagte sie sanft und legte ihre Hand auf seinen Arm. »Was ist los?«

Er holte tief Luft, und sie spürte, wie er um die richtigen Worte rang. »Versprich mir, dass du keine Fragen stellst.«

Sonja Hoegner nickte. »Keine Fragen, versprochen.«

»Gut.« Die vage Andeutung eines Lächelns erschien auf seinem Gesicht, um gleich darauf wieder einer ernsten Miene zu weichen. »Es geht um diese Nacht, Sonja. Ich brauche ein Alibi. Wo warst du nach der Feier?«

Sie schluckte. »Zuerst in der Spätvorstellung im Kino und dann noch in einer Kneipe etwas trinken.«

»Warst du allein unterwegs?«

»Ja.«

»Hat dich dort jemand gesehen? Ein Bekannter oder jemand aus dem Kollegium?«, hakte er nach.

Sie schüttelte den Kopf. »Nein, ich glaube nicht. Es war niemand dort, den ich kannte. Weder in der Kneipe noch im Kino.«

»Bist du dir sicher? Es ist sehr wichtig.« Er sah sie mit eindringlichem Blick an.

»Ja, ich habe dort niemanden gekannt, und keiner hat mich beobachtet. Das Kino war so gut wie leer und die Kneipe ebenso.«

»Gut.« Wieder suchte sein Blick den ihren. Robert Stratmann ergriff ihre Hand und hielt sie fest wie ein Schraubstock. Als er bemerkte, dass er ihr wehtat, lockerte er seinen Griff. »Wie gesagt, es geht um ein Alibi. Wenn dich irgendjemand fragt«, er machte eine Pause, »zum Beispiel die Polizei … dann sag, dass du die ganze Nacht mit mir zusammen warst, okay? Ich weiß, es ist viel verlangt, aber würdest du das für mich tun?«

Sie hielt die Luft an, biss sich auf die Lippe. Und wieder der Gedanke: War es gut oder schlecht, dass er zu ihr gekommen war? Ein ziehender Schmerz meldete sich in ihrer Brust. Sie hätte die Frage gern laut gestellt, aber stattdessen nickte sie lediglich. »Gut, ich mach's.«

»Danke.« Er küsste sie, aber sein Kuss war so unecht wie das Lächeln, das darauf folgte, das erkannte sie sofort. »Du weißt gar nicht, was das für mich bedeutet. Jetzt müssen wir nur noch unsere Aussagen abstimmen. Haben wir nach der Feier noch eine DVD angesehen, oder sind wir direkt ins Bett? Hatten wir Sex?«, überlegte er laut.

Der schlaksige junge Mann – er war so um die achtzehn – saß ihnen gegenüber und gab, die Augen starr auf den Boden gerichtet, keinen Mucks von sich. Die Verletzungen des Verdächtigen waren unübersehbar.

Auf seiner Stirn prangte eine dicke Beule, die auch der lange Pony nicht verbergen konnte. Die Oberlippe war geschwollen und umrandet von verkrustetem Blut. Er sah aus, als wäre er in eine handfeste Auseinandersetzung geraten. Mit dem Todesopfer?, fragte sich Taglieber. Wenn ja, dann hatte sich die Frau heftig gewehrt.

Der Junge schien seine Gedanken zu erraten, denn kurz blitzten seine dunklen Augen zwischen den Fransen des Ponys auf, bevor er den Blick erneut senkte.

»Wie heißt du?«, fragte Taglieber sachlich, bekam aber außer einem Schulterzucken keine Antwort.

»Hast du einen Ausweis dabei?«, versuchte es seine Kollegin. Ihr Ton war anders als sonst bei Verhören, freundlich.

Angedeutetes Kopfschütteln.

Die gleiche Reaktion auf die Frage nach dem Medaillon, das sie in der Hand der Toten gefunden hatten.

Taglieber wurde ungeduldig. Der Schlafentzug und sein Alptraum machten ihn dünnhäutig. »Was hattest du auf der Yacht verloren?«, sprach er den Knaben so scharf an, dass der zusammenzuckte.

»Gehört sie deinen Eltern?«, fragte Tanja milder.

Taglieber nahm ein kurzes Nicken wahr. Die Verstocktheit des Jungen machte ihn ganz kirre. Mit dem stimmte doch irgendetwas nicht. »Wir haben das Recht, dich über Nacht festzuhalten«, erklärte er ihm so kalt wie möglich. Vielleicht würde diese Drohung ihn ja doch zu einer Aussage bewegen. Aber nichts passierte.

Tanja versuchte es weiter auf die sanfte Tour: Beinahe mütterlich legte sie eine Hand unter das Kinn des Jungen und hob es an, bis beide sich in die Augen sahen. »Egal, was passiert ist, du kannst es uns sagen«, erklärte sie mit ruhiger Stimme. »Wenn du etwas mit dem Unglück, das geschehen ist, zu tun oder etwas gesehen hast, dann müssen wir das wissen. – Es ist ein Mensch gestorben, und wir müssen davon ausgehen, dass jemand anders dafür verantwortlich ist.«

Taglieber konnte seine Überraschung kaum verbergen. So weichgespült und sanft wie ein Lämmchen hatte er seine Kollegin noch nie bei einem Verhör erlebt. Die Frage, wer der gute und wer der böse Bulle bei ihnen war, stellte sich auch für gewöhnlich nicht, doch heute waren die Rollen eindeutig vertauscht.

Durch das Fenster des Busses schien helles Scheinwerferlicht herein. Der Bursche senkte schuldbewusst die Lider. Seine Haut war milchig weiß, und Tanja betrachtete seine Verletzungen.

»Der Doktor wird sich das gleich mal ansehen, einverstanden?«

Der Junge nickte und versuchte, den Kopf wieder wegzudrehen, als Taglieber einen Blick auf seine Augenpartie erhaschte. Sofort blitzte eine Erinnerung an den Mann aus seinem Traum auf. Er schüttelte sie ab und gab Tanja ein Zeichen, den Bus zu verlassen.

Draußen teilte er ihr seine Vermutung mit. »Der Kerl ist voll auf Drogen, wenn du mich fragst. Hast du seine roten Augen gesehen?«

»Nein, hab ich nicht«, gab sie kleinlaut zu.

»Was ist nur mit dir los?«, fragte Taglieber ernst. »Seit du mit Fabian zusammen bist, überlagern wohl mütterliche Instinkte deine Spürnase.«

Seine Kollegin antwortete nicht.

»Wenn dein Fabi sich die Verletzungen des Jungen ansieht, soll er auch gleich schauen, was es mit dessen geröteten Augen auf sich hat. Ich bin mir sicher, der Bursche ist alles andere als nüchtern«, fügte er noch hinzu.

Tanja nickte nur, es war ihr anscheinend peinlich, dieses Indiz übersehen zu haben.

Während sie ihren Freund holte, stieg Taglieber wieder in den Bus.

»Bei mir hast du keinen Welpenbonus«, knurrte er noch immer knatschig, weil man ihn quasi ohne Schlaf aus dem Bett beziehungsweise von der Couch geholt hatte, und blickte den Kerl finster an. Dann zog er die Tür des Busses mit einem lauten Knall von innen zu. Bis jetzt waren sie recht milde mit ihm umgegangen, doch das ließ sich ändern. Immerhin hatte der mit Drogen vollgepumpte Kerl etwas zu verbergen, und Taglieber hatte das Gefühl, dass er vielleicht schuld an der ganzen Misere war – oder zumindest eine Mitschuld daran trug.

»Du weißt etwas, und es wird nicht lange dauern, bis wir es herausfinden. Da draußen liegt eine tote Frau auf einer abgefackelten Yacht, und keiner von uns wird dir glauben, dass du davon nichts mitbekommen hast, obwohl du in unmittelbarer Nähe auf einem Boot warst. Du solltest besser gleich auspacken«, sagte er schroff.

Doch der junge Mann blieb stumm.

Kurze Zeit später kam Tanja mit Fabian zurück, der eigentlich nur als Gerichtsmediziner für die Polizei tätig war. Doch für seine Freundin machte er schon mal eine Ausnahme. Er holte den Notfallkoffer aus seinem Wagen, begutachtete die Wunden des Jungen, reinigte, desinfizierte und verband sie. Als er einen kurzen Blick auf dessen Augen warf, lächelte er spitzbübisch.

Wieder draußen vor dem Bus zwinkerte er ihnen zu. »Der Kleine hat hundertpro Haschisch geraucht. Sogar eine ganze Menge davon. Dass er obendrein ordentlich gebechert hat, ist euch sicher auch schon an seinem Atem aufgefallen. Wenn ihr mich fragt, ist der immer noch high. Außerdem ist es gut möglich, dass er eine Gehirnerschütterung hat. An seinem Hinterkopf ist ein großes Hämatom, ihr solltet ihn vorsorglich ins Krankenhaus bringen. Dort können die Ärzte auch gleich einen Urintest auf Drogen machen und die Promille im Blut bestimmen.«

»Blasen kann der Bursche auch bei uns«, entgegnete Taglieber, der wie seine Kollegin zuvor jetzt ein schlechtes Gewissen bekam, weil ihm der Alkoholgeruch des Jungen entgangen war. Schuld daran waren eindeutig der Schlafmangel und dieser Traum.

Tanja stellte sich auf Zehenspitzen und küsste ihren Fabian, der sich mit seinem Notfallkoffer in der Hand bereits wieder anschickte zu gehen, auf die Wange. »Danke, Schatz!«, flötete sie.

Fabian lächelte, und sein Gesicht bekam einen leicht rosigen Touch. »Für dich immer wieder gern«, gab er etwas verlegen zurück.

Dann verabschiedete er sich auch von Taglieber und ging zu der ausgebrannten Yacht zurück. Zwei Beamte mit einem Metallsarg rückten gerade an, um die Leiche in die Gerichtsmedizin zu bringen. Außerdem wimmelte es mittlerweile von Spurensicherern, die in ihren weißen Overalls aus der dunklen Kulisse hervorstachen wie weiße Fusseln auf einem schwarzen Kleid.

»Dann kümmere ich mich mal um den Kleinen, messe seine Promille und bringe ihn ins Krankenhaus. Du unterhältst dich währenddessen mit dem Wasserschutz. Vielleicht haben sie ja bereits den Eigentümer der verbrannten Yacht ausfindig gemacht«, schlug Tanja Taglieber vor.

»Von mir aus.« Er nickte. »Aber vergiss die Leibesvisitation nicht. Wer weiß, vielleicht hat er noch Stoff bei sich. Und das Boot seiner Eltern sollten wir mal von einem Spürhund unter die Lupe nehmen lassen. Überhaupt soll sich die Spusi das auch mal ansehen.« Tagliebers Blick glitt durch das Fenster der VW-Bus-Tür, und für einen kurzen Moment trafen sich seiner und der des Jungen, der daraufhin sofort zusammenzuckte und schuldbewusst den Kopf hängen ließ. Wenn das mal kein sicheres Zeichen dafür war, dass der Knabe etwas mit dem Unglück, das geschehen war, zu tun hatte. Aber was, das verschwieg er ihnen. Noch.

Während Tanja einen der Uniformierten zu sich winkte, um sie und den Burschen ins nahe gelegene Priener Krankenhaus zu begleiten, wählte Taglieber die Nummer der Kollegen vom Wasserschutz. In einem Polizeihubschrauber suchten sie bereits mit Suchscheinwerfern den See ab.

Die Unterhaltung mit den Kollegen war mehr als aufschlussreich. Die zerstörte Yacht hieß »Königin Sonja I.« und war auf einen gewissen Ernst von Ariethen zugelassen. Bei der Toten handelte es sich mit großer Wahrscheinlichkeit um dessen Tochter Klara, die laut Aussage des Geschäftsführers des hiesigen Yachtclubs, der in aller Herrgottsfrühe aus dem Bett gescheucht worden war, über einen Segelschein und die entsprechende Erlaubnis zur Benutzung des Bootes ihres Vaters verfügte.

Als Tanja wieder auftauchte, ging bereits die Sonne am Horizont auf und tauchte den Chiemsee in strahlendes Rot und Gold. Der klare Himmel mit den vereinzelten Schäfchenwolken verhieß einen warmen Frühlingstag.

Nur schade, dass Taglieber wohl nicht pünktlich nach

Hause kommen würde, um noch mit seiner Frau etwas zu unternehmen und das Wetter zu genießen. Aber auch wenn er den Dienst rechtzeitig beenden würde, er wäre ohnehin viel zu gerädert, um sich nach Feierabend noch irgendwohin zu bewegen.

Wortlos drückte ihm Tanja einen von zwei Bechern Kaffee in die Hand. »Und?«, fragte sie neugierig.

Taglieber informierte sie über die vermutliche Identität der Toten.

»Klara von Ariethen«, wiederholte sie den Namen melodisch.

»Der Geschäftsführer des Yachtclubs konnte uns sogar sagen, auf welche Schule das Mädchen ging.«

»Und welche ist das?« Tanja schielte aus dem Augenwinkel zu Fabian hinüber, der endlich wieder von der »Königin Sonja I.« kletterte – er hatte sich noch mit einer Kollegin von der Spusi unterhalten – und sich auf den Weg zu ihnen machte.

»Das Schlossinternat Hohenbeuern bei Neubeuern.« Taglieber nahm einen Schluck von der braunen Brühe, und wieder landeten ein paar Kaffeebrösel in seinem Mund. Warum erwischte ausgerechnet er immer den Becher mit dem Satz?

»Aha.« Tanja nickte abwesend. Ihre ganze Aufmerksamkeit galt ihrem Freund, dem sie ebenfalls einen Pappbecher reichte, als er zu ihnen stieß. »Extrastark mit extraviel Zucker«, bemerkte sie lächelnd.

»Danke«, murmelte er und wischte sich zuerst mit dem Ärmel Schweiß und Ruß aus dem Gesicht, bevor er einen Schluck nahm.

»Was Neues?«, erkundigte sie sich.

Fabian schüttelte den Kopf. »Bis auf das Medaillon, das ihr schon gegen alle Vorschriften entwendet habt – nichts.«

Taglieber zog den Beweisbeutel aus der Jacke. »Immer mit der Ruhe. Den gebe ich heute noch persönlich bei der Spurensicherung ab. Aber wer weiß, wozu es unterdessen noch gut sein wird, ihn dabeizuhaben?«

Tanja griff nach dem Tütchen und betrachtete das Medaillon von allen Seiten. »Es ist wirklich sehr schön. Sieht fein gearbeitet aus, soweit ich das bei dem ganzen Ruß sehen kann«, meinte sie, »und ... es wirkt irgendwie antik.«

Fabian lachte. »Könnte auch an dem Ruß liegen«, bemerkte er spöttisch und zog amüsiert einen Mundwinkel nach oben.

Tanja, die ihrem Freund gerade einmal bis unter die Achsel reichte, versetzte ihm mit dem Ellenbogen einen unsanften Schlag in die Rippen.

»Autsch!« Fabian stieß den Atem aus und krümmte sich. Beinahe wäre ihm der Kaffeebecher aus der Hand gefallen. Doch er hatte sich das Lachen nicht verkneifen können. Er streckte die freie Hand aus, um sich vor einem erneuten Angriff seiner Freundin zu schützen.

So läuft das also bei den beiden, dachte Taglieber belustigt.

Aber bevor Tanja nachsetzen und, dank ihrer Kickboxkünste, ihrem Freund noch ernsthaften Schaden zufügen konnte, klingelte ihr Handy. Sie fluchte unverständlich und ging ran. Fabian nutzte die Chance, um sich in Sicherheit zu bringen, indem er den Abstand zu ihr vergrößerte.

Während Tanja die neuesten Erkenntnisse durchgab, schnappte sich Taglieber den Plastikbeutel und studierte das Medaillon darin näher: In die silberne Oberfläche waren filigrane Ornamente eingraviert, über denen ein Wappen thronte. Waren darin Buchstaben zu erkennen?

Taglieber streifte erneut Handschuhe über. Vorsichtig nahm er das Medaillon aus dem Beutel und öffnete es. Darin befand sich das Foto eines Säuglings in einem rosa Strampelanzug. Eine einzelne Locke kringelte sich auf dem Haupt des Babys.

Nachdem er das Bild nachdenklich betrachtet hatte, schloss er das Medaillon wieder und ließ es zurück in den Beutel gleiten.

Derweil beendete seine Kollegin das Telefonat mit den

Worten: »Geht in Ordnung … Selbstverständlich.« Dann reichte sie Taglieber ihr Smartphone.

Er konnte sich bereits denken, wer am anderen Ende der Leitung war und sich die nur noch spärlich vorhandenen Haare raufte.

»Taglieber, sind Sie dran?«, vergewisserte sich der Chef.

»Bin ich.«

»Gut. Hören Sie, machen Sie sich sofort auf den Weg nach Neubeuern zum Internat und stellen Sie fest, ob es sich bei der Toten um Klara von Ariethen handelt. Dieser Fall hat höchste Priorität, der Besitzer der Yacht, dieser Herr von Ariethen, ist einer der mächtigsten Beamten der Judikative unseres Landes. Er war völlig außer sich, als er von dem Vorfall hörte. Im Moment hält er sich in den USA auf, doch er nimmt die nächste Maschine nach München. Es wäre fatal, wenn es sich bei der Toten wirklich um seine Tochter …« Rösler beendete den Satz nicht.

Taglieber sah förmlich vor sich, wie sich sein Chef gestresst am Kopf kratzte. »Wir kümmern uns selbstverständlich sofort darum«, erklärte er und konnte ein Seufzen nicht unterdrücken. Er war sich der ganzen Schwere der Verantwortung bewusst, die nun auf ihnen lastete.

»Lass mich raten? Der Eigentümer der Yacht ist ein hohes Tier?«, vermutete Tanja, nachdem er das Gespräch beendet hatte.

Er nickte geistesabwesend. Wieder tauchten kurz die Gesichtszüge des Fremden von der Fraueninsel vor seinem geistigen Auge auf. Und wieder schob er sie beiseite. Dafür war jetzt wirklich kein Platz. »Hat der junge Bursche noch etwas von sich gegeben? Konntest du ihn verhören? Hatte er Drogen dabei?«, erkundigte er sich stattdessen. Und fügte nach einer kurzen Pause hinzu: »Wenn du mich fragst, ist der hochgradig verdächtig.«

Seine Kollegin winkte ab. »Das sehe ich völlig anders: Sein Name ist Philip Leitner, die Yacht gehört seinem Vater, bei dem er lebt. Und er ist wirklich arm dran … Fast zwei

Promille im Blut und im Urin eine Unmenge THC. Er muss also nicht nur ein Mal am Joint gezogen haben. Außerdem hat er eine Gehirnerschütterung, von den drei angeknacksten Rippen ganz zu schweigen. Anscheinend kann er sich weder daran erinnern, wie er auf die Yacht gekommen ist, die seinem Vater gehört, noch, was sich dort ereignet hat. Haschisch oder andere Drogen hatte er nicht bei sich. Kollege Kramer hat sogar seinen«, sie räusperte sich, »Darm untersucht. Danach hatte der Junge Tränen in den Augen«, erklärte sie mitleidig. »Woher er das Hasch hatte, weiß er natürlich auch nicht mehr. Laut dem behandelnden Arzt muss er noch ein, zwei Tage zur Beobachtung im Krankenhaus bleiben. Sie wollen eine MRT-Untersuchung des Kopfes machen, um sicherzugehen, dass keine Gehirnblutung vorliegt, soweit ich das verstanden habe.«

Tagliebers Hand hatte sich inzwischen zur Faust geballt. Ihm erschien die Amnesiegeschichte des Jungen äußerst unglaubwürdig.

»Hab ich euch doch gesagt, dass der sich die Birne zugekifft hat! Kein Wunder, dass der nichts mehr weiß. Und das muss nicht unbedingt an der Gehirnerschütterung liegen«, grinste Fabian.

»Ich glaube diesem Simulanten kein einziges Wort. Der Knabe weiß etwas, und ich bin mir sicher, dass wir es aus ihm herausbringen, wenn wir ihn uns entsprechend vorknöpfen und Druck machen. Und genau das habe ich vor«, echauffierte sich Taglieber. Er konnte sich nicht helfen, der Bursche war ihm einfach unsympathisch.

»Aber Helmut, der ist doch beinah noch ein Kind, ein Milchbubi«, verteidigte Tanja Philip Leitner empört. »Der könnte niemandem auch nur ein Haar krümmen. Er hat fast geweint, als wir ihn mit dem Ergebnis des Urintests konfrontierten, und mir hoch und heilig versprochen, nie wieder Drogen zu konsumieren.«

Taglieber schnaubte. »Das ist doch alles nur Masche. Für eine erfahrene Polizistin bist du reichlich gutgläubig. Irgendwie seltsam, wo du doch sonst in der Dienststelle als ›scharfer Hund‹ giltst«, stichelte er kampflustig. Er hatte genug davon, dass sich seine Kollegin von dem Burschen um den kleinen Finger wickeln ließ. In seinem Inneren begann es zu brodeln.

Fabian blickte von einem zum anderen. Er spürte offensichtlich die Spannung, die in der Luft lag. »Meine kleine Freundin ist doch eher ein Wadelbeißer als ein scharfer Hund«, witzelte der Gerichtsmediziner, wohl um die Lage zu entspannen, und zupfte frech an einer von Tanjas braunen Locken.

Mit einem »Hey, lass das« schlug sie nach ihm, doch Fabian ging geübt in Deckung.

Taglieber atmete tief durch und versuchte sich zu beruhigen. Er wollte keinen Streit mit Tanja vom Zaun brechen. »Na gut, vergiss es. War ja klar, dass du dich nicht von mir belehren lässt. Aber warten wir's ab, dann werden wir schon sehen«, murmelte er. »Und jetzt lass uns zum Schloss Hohenbeuern fahren und den Schulleiter aus dem Schlaf klingeln. Auf geht's!«

3

Auf dem Weg nach Neubeuern in Tanjas Rostlaube redeten sie nicht viel. Taglieber hatte trotz den zwei Kaffees damit zu kämpfen, seine Augen offen zu halten. Und die geringe Aussicht auf einen schnell gelösten Fall, die die mangelnden Spuren verhießen, besserte seine Stimmung auch nicht. Außerdem ärgerte es ihn noch immer, dass seine Kollegin den seiner Meinung nach hauptverdächtigen jungen Mann in Schutz nahm.

Er presste die Kiefer aufeinander. Würde Tanja neutral alle Fakten berücksichtigen, müsste auch ihr einleuchten, dass der Kerl etwas mit dem Tod des Mädchens zu tun haben musste. Er war ein verzogener Bengel reicher Eltern, die ihren Schützling nicht unter Kontrolle hatten. Und er sich selbst am allerwenigsten. Was half es da schon, dass er mit Tränen in den Augen Besserung gelobt hatte? Aber was soll's?, dachte er. Sie war so stur, dass er sie mit keinem Beweis der Welt überzeugen könnte. Was sie nicht einsah, sah sie nun mal nicht ein.

In Neubeuern machten sie am Marktplatz halt an einer kleinen Bäckerei. Die Ausbeute bestand aus einem weiteren Becher Kaffee, diesmal ohne Brösel, um Tagliebers renitente Müdigkeit zu bekämpfen, und einem Latte macchiato, der seine Kollegin bei Laune halten sollte. Dazu gesellten sich eine Nussschnecke und eine Quarktasche. Es war kurz vor sieben, und die Bäckerei hatte gerade eine frische Lieferung bekommen. Taglieber hätte am liebsten die ganze Auslage aufgekauft, so warm und süß duftete es im Verkaufsraum nach Nuss, Vanille und Zimt.

»Sag mal, behandelst du Fabian eigentlich immer so?«, erkundigte er sich, während sie die ansteigende Privatstraße zum Internat Hohenbeuern hinauftuckerten.

»Wie meinst du das?« Tanja sah ihn verständnislos an. Das

Auto röhrte, als wollte es jeden Moment sein Leben aushauchen und sich von selbst in seine Einzelteile zerlegen. Ein Wunder, dass der alte Ford immer noch durch den TÜV kam. Taglieber schüttelte den Kopf. Es musste wohl an den Beziehungen liegen, die Tanja als Kommissarin hatte, anders konnte er sich nicht erklären, wie sie alle zwei Jahre die neue Plakette für ihre Rostlaube erhielt.

»Na ja, ich finde, du bist schon ziemlich … bestimmend«, antwortete er vorsichtig.

»Ach was!«, winkte sie lächelnd ab. »Der Fabi ist froh, wenn ihm jemand sagt, wo es langgeht, das kannst du mir glauben.«

Taglieber prustete los und hätte beinahe den letzten Schluck lauwarmen Kaffee wieder ausgespuckt.

»Na, dann ist er bei dir ja an die Richtige geraten!«

Endlich stellten sie den Wagen auf dem Parkplatz direkt vor dem Schloss ab.

Beim Aussteigen zog das große Tor rechts vom Haupteingang sofort die Aufmerksamkeit des Kommissars auf sich. Besser gesagt das, was er dahinter erspähte.

»Siehst du, was ich sehe?«, fragte Tanja aufgeregt und marschierte sogleich darauf zu.

Taglieber folgte ihr. »Natürlich. Ich bin doch nicht blind.«

Als sie das Tor durchquert hatten, lag ein mit hohen Bäumen bepflanzter und begrünter Bereich vor ihnen, der sich wie eine überdimensional breite Terrasse in Richtung des Marktes Neubeuern erstreckte, über dem er hoch oben thronte. Eine steinerne Balustrade trennte das Areal vom steil zum Ort hin abfallenden Felsen.

Im gleißenden Licht der Morgensonne blendete Taglieber das grelle Orange der Bierbänke, die ordentlich in Reih und Glied aufgestellt waren.

»Das ist die Südterrasse, von hier aus hast du einen wunderbaren Ausblick auf die Berge, da drüben, das ist das

Kranzhorn«, erklärte Tanja und zeigte auf einen an seinem Gipfel abflachenden Berg.

Neben den Bierbänken befand sich eine Bühne, über der bunte Lichterketten mit Lampions hingen, die auch die umstehenden Bäume wie Girlanden schmückten. In unmittelbarer Nähe gab es eine Bar, auf der noch der ein oder andere Plastikbecher stand.

»Man könnte meinen, hier hat gestern ein Fest stattgefunden«, bemerkte der Kommissar mit einem Zwinkern. Und wäre dabei beinahe über die Beine eines Jungen gestolpert, der es sich unter einem der Bäume bequem gemacht hatte. Höchstwahrscheinlich ein Relikt der Feier, dem der Weg auf sein Zimmer nach der durchzechten Nacht zu weit gewesen war.

»Hey, was soll der Lärm!«, motzte der junge Kerl, der sich jetzt mühsam aufsetzte und kaum die Augen aufbekam, Taglieber an.

»Du kannst gleich wieder weiterschlafen, wir wollen nur wissen, wo wir den Leiter des Internats finden.«

»Die Schmalzlocke, äh, den Diebald? Der wohnt gleich da drüben«, lallte das Bürschchen, dem seine Zunge offensichtlich noch nicht ganz gehorchen wollte, und zeigte auf einen kleinen, efeubewachsenen Turm links neben dem Tor.

»Wie Dornröschen«, murmelte Tanja.

Während Taglieber und sie sich auf den Weg machten, rappelte sich der Junge hoch und suchte torkelnd seinen Weg ins Innere des Schlosses.

Taglieber hätte gern mit ihm getauscht. Der Schüler konnte nun seinen Rausch ausschlafen, während er völlig übernächtigt in einem Mordfall ermitteln musste. Und das auch noch an einem Samstag.

Dr. Theodor Diebald, der Leiter des Internats, bewohnte eine eigene Wohnung im Turm des Schlosses. Tanja übernahm die unangenehme Aufgabe und klingelte. Nichts. Nach dem dritten Versuch, bei dem sie ihren Finger mehrere Sekunden lang nicht vom Klingelknopf nahm, ertönte eine männliche Stimme aus der Sprechanlage.

»Wer ist da?«, knurrte der Internatsleiter, offensichtlich müde und nicht erfreut über die frühe Störung.

»Kriminalpolizei Prien. Kommissar Taglieber und Kommissarin Krimplstötter«, klärte Tanja ihn auf.

»Oh Gott, ist etwas passiert?«, fragte die Stimme jetzt wacher und mit besorgtem Unterton.

»Dürfen wir hereinkommen?«

»Einen Augenblick bitte, ich war gerade unter der Dusche. Wenn es Ihnen nichts ausmacht, würde ich mir gern noch etwas überziehen und meine Morgentoilette beenden.«

Tanja grinste Taglieber an. »Nur zu. Wir warten.«

In der Sprechanlage knisterte es, dann herrschte wieder Stille.

»Nicht dass meine Kollegin so früh am Morgen noch rollig wird«, witzelte Taglieber und bedachte Tanja mit einem hämischen Grinsen.

»Du glaubst doch nicht im Ernst, dass mich ein dröger Internatsleiter in irgendeiner Weise reizt, wenn ich einen heißen Feger wie Fabian zu Hause habe?« Sie funkelte ihn aus ihren kaffeebraunen Augen an, und ihre zum Pferdeschwanz gebändigten dunklen Locken hüpften wild auf und ab.

Taglieber zuckte mit den Schultern. »Ein bisschen Abwechslung hat noch nie jemandem geschadet, oder?«, stichelte er provokant.

Sie hob entrüstet die Augenbrauen und deutete ein Kopfschütteln an.

Es vergingen geschlagene zehn Minuten, bis endlich das erlösende Surren des Türöffners ertönte. Tanja drückte gegen die oben abgerundete Holztür mit den schwarzen Eisenbeschlägen, und Taglieber hatte tatsächlich ein wenig das Gefühl, Dornröschen in seinem Schloss zu besuchen.

»Kommen Sie doch herein!«, forderte sie eine raue Stimme auf, die sich kurz darauf räusperte.

Als der Kommissar das Innere des Turmes betrat, war er von der Größe der Räumlichkeiten überrascht. Von außen hatte das Bauwerk eher den Eindruck vermittelt, im Inneren Zwergen ein Heim zu bieten, doch ein guter Schnitt sorgte für Geräumigkeit.

Ein relativ kurzer Gang gab den Blick in ein mit antiken Möbeln eingerichtetes Wohnzimmer frei. Alles war blitzblank sauber und der dunkle Parkettboden auf Hochglanz poliert. Nicht anders hätte man sich die Wohnung eines Internatsleiters vorgestellt. Die Putzfrau, die er zweifelsohne beschäftigte, erledigte ihre Arbeit sehr gewissenhaft.

Dr. Diebald kam ihnen entgegen. Er reichte zuerst Tanja die Hand und schüttelte sie mit einer leichten Verbeugung. Er war ein großer, schlanker Mann in den mittleren Jahren. Sein dunkles Haar fiel in einer voluminösen Welle zur Seite. Unmengen von Haarfestiger mussten nötig gewesen sein, um zu verhindern, dass sich auch nur ein Härchen aus diesem akribisch konstruierten Kunstwerk löste. Insofern war die Bezeichnung »Schmalzlocke«, die der übernächtigte Junge vorhin verwendet hatte, fehl am Platz. Sie hätte eher »Spraylocke« lauten müssen. Diebald trug eine dunkelblaue Jeans und ein weißes Hemd, zu dem das passende Halstuch mit Paisleymuster nicht fehlen durfte. Die leicht ergrauten Schläfen neben den hohen Wangenknochen unterstrichen das gediegene Erscheinungsbild, dem die kleinen Tränensäcke unter den Augen keinen Abbruch taten.

»Krimplstötter«, stellte sich Tanja erneut knapp vor, während sie ihm ihren Ausweis unter die Nase hielt.

Dann begrüßte Diebald Taglieber. »Diebald, Dr. Theo Diebald, sehr angenehm.«

Frischer Pfefferminzduft strömte Taglieber aus Diebalds Mund entgegen.

»Kann ich Ihnen irgendetwas anbieten? Einen Tee vielleicht?«

»Machen Sie sich keine Umstände, ich hatte bereits ausreichend Kaffee«, winkte Taglieber ab.

Doch Diebald ließ sich seine Höflichkeit nicht nehmen. »Aber nein, es macht mir keinerlei Umstand. Bitte, setzen Sie sich doch in der Zwischenzeit.« Er deutete auf ein helles Barocksofa, das hinter einem ovalen Jugendstil-Glastisch stand.

Taglieber und Tanja nahmen Platz, während der Internatsleiter verschwand und kurz darauf mit einem Silbertablett wieder auftauchte. Nachdem er ihnen aus einer Porzellanteekanne grünen Tee eingegossen und ein Stück Marmorkuchen, der wohl vom gestrigen Fest stammte, angeboten hatte, setzte er sich, faltete seine Hände und sah sie fragend an. »Nun, wie kann ich Ihnen behilflich sein?«

Tanja blickte zu Taglieber, sie überließ ihm das Wort.

Jetzt war es an dem Kommissar, sich zu räuspern. »Also, es ist in dieser Nacht leider zu einem tödlichen«, er überlegte, wie er sich ausdrücken sollte, »Unfall auf dem Chiemsee gekommen. Allem Anschein nach ist dabei ein junges Mädchen auf einer Yacht verbrannt. Ihre Leiche wurde heute früh von uns geborgen.«

»Mhm.« Diebald nahm einen Schluck Tee und nickte aufmerksam, als er die Tasse wieder abstellte. »Das ist natürlich schrecklich, doch was habe ich damit …?« Er verstummte, und seine Hände begannen zu zittern. »Es wird sich doch nicht um eine meiner Schülerinnen …?« Wieder beendete er seinen Satz nicht, und die ohnehin schon recht helle Farbe wich gänzlich aus seinem ungläubigen Gesicht.

»Leider gehen wir im Moment in der Tat davon aus, dass es sich dabei um eine Ihrer Schülerinnen handelt. Um das zu überprüfen, sind wir hier«, sprach Taglieber Diebalds offensichtliche Befürchtung aus.

Der Internatsleiter, der ihm gegenüber mit geradem Rücken in einem verschnörkelten Barockstuhl saß, ließ vor Schreck das Kuchenstück, das er gerade noch zum Mund hatte führen wollen, zurück auf den Teller fallen. »Oh mein Gott! Das … das wäre grauenhaft! Unvorstellbar …«

»So ist es«, gab Taglieber ihm recht. »Deswegen müssen

wir auch so schnell wie möglich feststellen, ob eine Ihrer Schülerinnen fehlt.«

Die Augen des Internatsleiters weiteten sich erschrocken, und er schluckte. »Dürfte ich erfahren, um wen es sich Ihrer Vermutung nach handelt?«, fragte er betroffen. »Nicht auszudenken, was das für das Schloss und unser Image bedeuten würde ... Eine Tragödie von diesem Ausmaß ...« Als wollte er sich damit beruhigen, ergriff er erneut die Gabel und führte den Kuchen zum Mund.

»Klara von Ariethen«, warf Tanja trocken ein, und wie auf ihr Geheiß ertönte ein dumpfer Gongschlag.

Taglieber wandte sich um. Die antike Standuhr hinter dem Sofa schlug halb acht.

Diesmal blieb Diebald der Bissen tatsächlich im Halse stecken. Er verschluckte sich, hustete und würgte ihn keuchend wieder nach oben. Mit rotem Gesicht stand er auf. »Verzeihen Sie bitte«, krächzte er. Er wandte sich ab und hustete weiter, bis sein Hals wieder frei war. Dann verschwand er kurz in der Küche.

Nachdem er zurückgekehrt war, fuhr er fort. »Claire? Das muss ich sofort überprüfen«, murmelte er und wirkte völlig aus der Bahn geworfen. Mit großen Schritten durchquerte er das Wohnzimmer und kramte in der Tasche seines Jacketts, das an der Garderobe hing. Mit seinem Handy am Ohr kehrte er wieder.

»Ja, hier Diebald, ja, das *ist* ein Notfall! Sehen Sie sofort nach Claire d'Aubyn!«, gab er Anweisung. Unruhig begann er im Zimmer auf und ab zu laufen, bis er schließlich stehen blieb und mit den Fingern nervös auf die Oberfläche des antiken Sekretärs trommelte. Hilflos sah er in Richtung der Beamten. »Warum dauert das denn so lange?«

Der Mann stand gehörig unter Strom, was Taglieber in keinster Weise wunderte. Wenn tatsächlich einer seiner Schützlinge tödlich verunglückt war, pfiffen das bald die Spatzen von den Dächern, und es wäre nur eine Frage der Zeit, bis der Vorfall Konsequenzen für das Internat als Institution und folglich auch für seine Person nach sich ziehen würde.

Was Taglieber allerdings stutzig machte, war, dass Diebald von der Schülerin als Claire d'Aubyn gesprochen hatte, obwohl ihnen doch als Besitzer der Yacht ein gewisser von Ariethen und als dessen Tochter eine Klara genannt worden waren.

Diebald schritt wieder im Zimmer auf und ab. Sein Gehabe erinnerte Taglieber an das Verhalten eines Hahns, dem seine Lieblingshenne abhandengekommen ist. Er blickte zur Seite und sah, dass sich seine Kollegin ein Kichern verkniff. Wäre die Sache nicht so ernst gewesen, hätte auch ihm ein Grinsen im Gesicht gestanden.

»Ja, ich höre«, bestätigte der Internatsleiter am Telefon. »Waaaas! Wie haben Sie das bloß übersehen können?« Dem distinguierten Herrn flogen Spucketröpfchen aus dem Mund, während er in den Hörer brüllte und sich in die fein säuberlich gelegten Haare griff. »Ich bezahle Sie doch nicht fürs Sich-veräppeln-Lassen! Sie sollen alles aufmerksam im Auge behalten, und das ausschließlich und immer! ... Um Himmels willen, suchen Sie das Mädchen. Es kann und darf nicht sein, dass sie so einfach verschwunden ist. ... Das weiß ich doch nicht. Das ist *Ihre* Aufgabe, und jetzt befragen Sie alle, die etwas über den Verbleib von Claire wissen könnten. Und geben Sie mir sofort Bescheid, falls Sie Neuigkeiten haben.« Er legte auf und schleuderte das Handy auf die Ablage des Sekretärs. Dann kehrte er an den Tisch zurück und nahm Platz. »Verzeihen Sie meine aufbrausende Art«, entschuldigte er sich bedrückt, »aber es wäre schlichtweg katastrophal, wenn ausgerechnet Claire d'Aubyn etwas zugestoßen wäre.« Er stützte den Kopf in die Hände und zerstörte damit seine Frisur vollends. Als er wieder aufblickte, sah er aus wie ein Matrose, der auf hoher See in einen Sturm gekommen ist.

»Ich verstehe nicht ganz – können Sie uns bitte erklären, warum Sie das Mädchen Claire d'Aubyn nennen? Wir wurden informiert, dass sie Klara von Ariethen heißt. Die ausgebrannte Yacht, auf der die Leiche gefunden wurde, ist jedenfalls auf einen Herrn von Ariethen zugelassen«, merkte Taglieber an.

»Aber natürlich, verzeihen Sie, wie sollten Sie das auch wissen?« Der Internatsleiter sah auf, seine dunkelblauen Augen waren wässrig, wenn Taglieber sich nicht täuschte. »Klara von Ariethen, wie Sie die junge Dame nennen, ist natürlich ihr richtiger Name. Aber sie ist als Claire d'Aubyn bei uns eingeschrieben, da das der Mädchenname ihrer Großmutter war. Dadurch wollten wir jegliches Aufsehen um ihre oder die Person ihres Vaters, dem Präsidenten des Bundesgerichtshofes, vermeiden. Ihre wahre Identität ist außer mir lediglich meiner Stellvertreterin, Frau Waldmann, bekannt.«

»Gibt es denn etwas, was wir über Klaras Vater, diesen Herrn von Ariethen, wissen müssen?«, fragte Tanja neugierig.

»Oh ja! Herr Professor h. c. Dr. von Ariethen ist bereits seit über fünf Jahren Präsident des Bundesgerichtshofs«, erläuterte Diebald geduldig, als ob die Beamten Kinder wären, denen man das kleine Einmaleins erneut erklären muss, nachdem sie drei mal vier falsch berechnet haben. Dabei zog er seine Augenbrauen beinahe bis zum Haaransatz nach oben. »Dieser Herr ist äußerst, äh«, Diebald kräuselte die Lippen, als suchte er nach dem richtigen Wort, »anspruchsvoll. Was zweifelsohne sein gutes Recht ist. Herr von Ariethen möchte keinerlei Aufmerksamkeit auf sich lenken, deshalb bitte ich Sie in seinem Namen, Klaras Identität zu schützen. Nehmen Sie bei Ihren Nachforschungen Rücksicht und nennen Sie das Mädchen bei dem Namen, unter dem es hier bekannt ist. Ich bin mir sicher, dass dies ganz im Sinne aller Beteiligten ist. Ich kann mich doch auf Sie verlassen?«

»Wenn man sie sowieso nur unter diesem Namen kennt, dürfte das sicher kein Problem sein.« Tanja nickte. »Am besten sprechen wir gleich mit dem Chef darüber«, wandte sie sich an Taglieber.

»Ich darf gar nicht an den Skandal denken, den das Verschwinden seiner Tochter unweigerlich für einen Mann in seiner Position bedeuten würde. Und natürlich auch für mich«, fügte Diebald leise hinzu und ließ den Kopf hängen.

»Entschuldigen Sie, aber wenn Claire tatsächlich seit gestern verschwunden ist, dann wird es sich bei der verbrannten Person auf der Yacht mit höchster Wahrscheinlichkeit um sie handeln«, versuchte Taglieber so schonend wie möglich, ihm die Wahrheit beizubringen.

Diebald schüttelte den Kopf. »Absolut unmöglich ... Das ist ... absolut unmöglich. Vielleicht wurde sie entführt ... Aber ermordet, nein, niemals.« Wieder erhob er sich, als ob er geahnt hätte, dass im nächsten Moment sein Handy läuten würde. Er ging ran.

»Ja, ich höre. ... Nein, die Nachfeier ist keine Entschuldigung!«, ging er den Gesprächspartner scharf an. »Sagen Sie mir bitte, dass das nicht wahr ist«, fügte er dann etwas milder hinzu und fuhr sich erneut durchs Haar.

Mittlerweile wirkte seine Frisur, als hätte er zufällig einen seiner Finger in eine Steckdose gesteckt. Die Haare standen ihm im wahrsten Sinne des Wortes zu Berge. Taglieber hatte Mitleid mit ihm. Der schnieke Dandy von vorhin war verschwunden, und der Internatsleiter wirkte plötzlich wie ein armes Würstchen, das verloren in einer Metzgerei am Haken hängt.

»Ich mache mich umgehend auf den Weg und sehe selbst nach«, blaffte er schließlich ungehalten und beendete das Gespräch. Bei den Kommissaren entschuldigte sich Diebald weitaus freundlicher: »Sie verzeihen, ich muss sofort nach Claire sehen.«

»Ist sie denn gefunden worden?«, erkundigte sich Tanja überrascht.

Er verneinte. »Niemand weiß, wo sich das Mädchen in der letzten Nacht aufgehalten hat. Eigentlich ein Ding der Unmöglichkeit, und doch sieht es ganz danach aus. Nach jedem Fest gibt es noch eine Nachfeier, doch Claire ist nie dort angekommen. Es scheint so, als hätte sie sich unerlaubt vom Internatsgelände entfernt, ohne dabei entdeckt worden zu sein. Am besten nehme ich das jetzt selbst in die Hand. Anscheinend bin ich hier der Einzige, der Ordnung in diesem Chaos schaffen kann.«

Die letzten Worte des Schulleiters hatten bitter geklungen. Hastig förderte er eine kleine silberne Schatulle aus seiner Hosentasche zutage, entnahm daraus zwei Tabletten und spülte diese mit etwas Tee hinunter. Anschließend wollte er ungeachtet dessen, dass sich die Kommissare noch in seinem Wohnzimmer aufhielten, davonstürmen, als Tanja Taglieber einen Stoß in die Rippen versetzte.

»Das Medaillon«, zischte sie.

»Ach ja«, fiel es ihm ein. Er zog den Beweisbeutel aus seiner Tasche und wandte sich an Diebald: »Bitte warten Sie noch einen Augenblick.«

Der Internatsdirektor drehte sich zu ihnen um. »Was ist?«

»Kommt Ihnen dieses Medaillon bekannt vor?«

Da Diebald schon fast an der Zimmertür war, eilte er großen Schrittes zurück und betrachtete den verrußten Anhänger und die Kette in dem Beutel. Plötzlich blitzten seine Augen auf, und er nickte. »Es kommt mir durchaus bekannt vor, doch ich kann Ihnen nicht sagen, woher.« Er wandte sich wieder ab, um das Zimmer zu verlassen.

»Einen Moment«, schaltete sich Tanja ein. »Sehen Sie sich den Anhänger noch einmal genauer an und lassen Sie sich Zeit dabei. Vielleicht erinnern Sie sich dann wieder daran, wo Sie ihn zuletzt gesehen haben. Bitte.«

Es gehörte wohl zu Diebalds guter Erziehung, einer Dame wie Tanja keine Bitte abzuschlagen. Vielleicht war es aber auch die Tatsache, dass seine Gäste Polizisten waren, die ihn dazu bewog, das Medaillon noch einmal einer genaueren Betrachtung zu unterziehen.

Aber statt dass er den Anhänger fixierte, wanderten seine Augen hin und her, als wäre er nervös und würde nach einem Ausweg aus einer ausweglosen Situation suchen. Offensichtlich bemerkte er, wie ihn Taglieber und Tanja mit Argusaugen beobachteten, und ihm wurde bewusst, dass sie ihn nicht so leicht entkommen lassen würden. Er knickte ein.

»Ja, tatsächlich«, sagte er mit eindeutig gespielter Überraschung, »ich erinnere mich, wem es gehört.« Er machte eine bedeutungsvolle Pause und schluckte hörbar. »Einer Lehrerin, Sonja Hoegner. Sie unterrichtet Kunst und Werken hier am Internat. Doch es würde mich schon sehr wundern, wenn Frau Hoegner etwas mit Claires Verschwinden zu tun hätte.«

Taglieber kam es vor, als wäre es dem Direktor schwergefallen, den Namen auszusprechen. Als wäre es eine hohe Hürde, die er hatte nehmen müssen.

»Davon gehen wir auch nicht unbedingt aus«, beschwichtigte ihn der Kommissar, »doch sollte es sich bei dem Brandopfer tatsächlich um Claire handeln und bei dem Brand auf der Yacht um einen geplanten Mord, dann müssen wir Frau Hoegner einige Fragen stellen. Uns interessiert, wie ihr Medaillon auf das Boot von Herrn von Ariethen gelangt ist – und in die Hände einer Toten.«

Diebalds Mund stand offen. »Selbstverständlich«, stammelte er. »Doch jetzt entschuldigen Sie mich bitte.« Er nahm die Visitenkarte entgegen, die ihm Tanja hinhielt. »Ich werde mich umgehend bei Ihnen melden, falls sich Hinweise zu Claire oder ihrem Aufenthaltsort der letzten Nacht ergeben. Ich hoffe stark, dass sie unversehrt wieder auftauchen wird.«

»Vielen Dank, Herr Dr. Diebald, Sie haben uns sehr geholfen«, verabschiedete sich Tanja.

»Wären Sie noch so freundlich, uns zu sagen, wo wir Frau Hoegner finden können?«, fragte Taglieber.

»Sie besitzt ein Haus in der nächsten Ortschaft, in Nußdorf«, antwortete Diebald.

Taglieber nickte. »Danke, die Information sollte genügen. Wir kommen wieder auf Sie zu, sollten wir noch Fragen haben. Und Sie melden sich bitte wirklich, wenn Sie etwas Neues über Klara … Claire herausfinden.«

Diebald schenkte ihnen ein misslungenes Lächeln. »Trinken Sie in Ruhe aus. Es reicht, wenn Sie die Tür einfach hinter sich zuziehen, wenn Sie die Wohnung verlassen!«, rief er ihnen schon im Gehen zu, dann war er verschwunden.

Tanja blinzelte Taglieber an und nahm noch einen Schluck Tee. Der Direktor hatte anscheinend nichts zu verbergen.

4

»Unter der beherrschten Oberfläche des feinen Pinkels steckt ein ausgewachsener Choleriker«, bemerkte Tanja, als sie wieder im Auto saßen.

Taglieber lachte. »Selbst seine elegante Frisur hat am Ende der Aufregung wegen Claire nicht standgehalten. Ich kann für ihn nur hoffen, dass er das Mädchen wohlbehalten findet und es sich bei unserer Leiche um jemand anderen handelt.«

»Ansonsten – und das wird meiner Meinung nach wahrscheinlich eher der Fall sein – ist er seinen Job als Leiter des Internats bald los«, prognostizierte Tanja trocken.

Ein paar Minuten später waren sie in Nußdorf. Ein kleines, beschauliches Örtchen, in dem sämtliche Balkonkästen vorbildlich mit roten und weißen Geranien bestückt waren. Ein Bächlein plätscherte fröhlich dahin, und die Strahlen der morgendlichen Maisonne brachen durch das Blätterdach der Bäume. In dem einen oder anderen Garten wehte die königlich bayerische Fahne, und Löwenfiguren thronten majestätisch auf steinernen Sockeln, als wachten sie über das Hab und Gut ihrer Eigentümer.

»Willkommen in der heilen Welt der Ratschkathln und Stammtischkartler«, witzelte Tanja, als Taglieber große Augen machte. Laut seinem Vater hatte den Kommissar die bayerische Idylle, hinter der sich oft Verlogenheit und Hinterfotzigkeit verbargen, bereits als Kind gestört. Sein Vater war Bahnangestellter und mit seiner Familie – Tagliebers Mutter und ihm – aufgrund beruflicher Erfordernisse von Freiburg nach Prien am Chiemsee gezogen. Taglieber war erst sechs gewesen. Heute lebte sein Vater allein in einer kleinen Wohnung in einem stillgelegten Bahnhof. Obwohl Tagliebers Besuche seit seinem Koma eher unregelmäßig waren, begrüßte ihn sein

Vater jedes Mal aufs Neue mit einer herzlichen Umarmung und ließ es sich nicht nehmen, ihm ein Brot mit Schwarzwälder Schinken und ein Zibärtle, einen Schnaps aus Bergpflaumen, aufzutischen. Der Kommissar schmunzelte, wenn er daran dachte.

Seine Partnerin parkte direkt vor der Adresse, die ihnen der Kollege von der Dienststelle genannt hatte. Genau wie die Bewohner der anderen Häuser hielt sich auch Frau Hoegner an die ungeschriebenen Gesetze der Balkonbepflanzung. Rote und weiße Geranien und einige andere Pflanzen, die Taglieber nicht kannte, hielten den Schein von heimatlicher Integrität aufrecht. Statt eines Löwen saß allerdings ein kleiner roter Drache aus Ton auf der Steinsäule an der Einfahrt. Sagte die Eigentümerin mit ihm etwa den anderen Bewohnern des Paradieses durch die Blume den Kampf an?

Im Vorgarten stand ein Magnolienbaum in voller Blüte, und an der auf dem dunklen Holzbalkon gespannten Wäscheleine hing Männerkleidung zum Trocknen. Alles vermittelte den Eindruck ländlicher Unbeflecktheit. Während Tanja noch stehen blieb und gebannt die Blütenpracht auf dem Balkon anstarrte, ging Taglieber zur Tür und klingelte.

Es dauerte etwas, bis eine zierliche Frau um die vierzig mit kastanienbraunem gewellten Haar öffnete. Auf ihrem rundlichen Gesicht tummelten sich ein paar Sommersprossen. Sie hatte eine spitze Nase, und die um die grünen Augen eingegrabenen Fältchen zeugten davon, dass sie schon einiges in ihrem Leben mitgemacht hatte. Sonja Hoegner hatte sich in einen plüschigen sonnengelben Hausmantel gehüllt, unter dem sie vermutlich noch ihren Pyjama trug.

»Wer sind Sie, und was wollen Sie von mir?«, fragte sie mürrisch und musterte Taglieber misstrauisch durch eine Brille mit rotem Rand.

»Entschuldigen Sie die frühe Störung, Frau Hoegner. Kriminalpolizei Prien.« Er zückte seinen Dienstausweis. »Mein Name ist Taglieber, Hauptkommissar Taglieber, und«, er deutete auf Tanja, die noch immer die Blumenpracht am Balkon bewunderte, »das ist Kommissarin Krimplstötter, meine Kollegin.«

»Was kann ich für Sie tun, Herr Kommissar?«

Anstatt sie hereinzubitten, blieb Sonja Hoegner in der Türe stehen und beobachtete Tanja, die sich nun zu ihnen gesellte.

»Es geht um eine Ihrer Schülerinnen. Dürfen wir hereinkommen?«, fragte Tanja freundlich.

Die Lehrerin zuckte zusammen. »Das ist im Moment leider unpassend, mein Partner schläft noch, und ich möchte ihn nicht wecken. Es wäre mir lieber, wenn wir uns hier an der Haustür unterhalten könnten.«

Taglieber sah Tanja an. Es zeugte weder von Unschuld noch von Höflichkeit, wenn jemand die Polizei vor der Tür stehen ließ. Aber gut, dachte er bei sich, es mag tatsächlich sein, dass ihr Partner ungenießbar wird, wenn man ihn an seinem freien Tag am Ausschlafen hindert. Das konnte er aus eigener Erfahrung bestätigen. Er unterdrückte ein Gähnen.

»Natürlich«, sagte er, bemüht, neutral zu klingen, und zog den Beweisbeutel mit dem Medaillon aus seiner Jackentasche. »Erkennen Sie den Anhänger wieder?«

Die Augen der Lehrerin weiteten sich. »Wo haben Sie das her?«, fragte sie entsetzt und griff sogleich nach dem Tütchen, das Taglieber aber wegzog. Da Hoegner größenmäßig mit seiner etwas zu kurz geratenen Kollegin in einer Liga spielte, ging sie leer aus.

»Nicht so schnell, Frau Hoegner. Das ist ein Beweismittel, das können wir Ihnen leider nicht einfach so aushändigen.«

»Noch nicht«, ergänzte Tanja.

»Aber das ist meine Kette! Wo haben Sie sie her?«, fragte Hoegner ein wenig zu scharf, wie Taglieber fand.

»Wir haben sie heute Morgen bei einer Toten gefunden. Die Leiche – vermutlich die einer jungen Frau – befand sich auf einer ausgebrannten Yacht auf dem Chiemsee.« Er beobachtete die Reaktion der Lehrerin, die jedoch seinem Blick standhielt.

»Frau Hoegner«, bohrte Tanja sogleich nach, »das Mädchen hatte Ihr Medaillon in der Hand, als es starb. Haben Sie irgendeine Erklärung dafür?«

Sie und Taglieber musterten die Lehrerin gespannt. Hoegner presste die Lippen aufeinander und schüttelte den Kopf. Schließlich senkte sie den Blick und schluckte. Sie wirkte betroffen.

»Dann handelt es sich um eine meiner Schülerinnen?«, fragte sie leise.

Taglieber bejahte. »Wir haben Grund zur Annahme, dass es sich bei der Toten um Claire d'Aubyn handeln könnte«, begann er und kam damit der Bitte des Internatsleiters nach, die wahre Identität des Mädchens geheim zu halten.

»Claire«, murmelte Hoegner, und Taglieber meinte, eine Spur von Missbilligung herauszuhören.

Tanjas Handy klingelte. Sie nahm das Gespräch an und entfernte sich ein paar Schritte.

»Sie kennen das Mädchen also?«, fragte Taglieber die Lehrerin.

Sonja Hoegner zog die Mundwinkel kaum merklich nach unten. »Zur Genüge. Ich habe sie in Kunst und Werken unterrichtet. Und das schon im vierten Jahr. Außerdem war ich mit ihrer Klasse auf Klassenfahrt. Ein Mal und nie wieder!«, antwortete sie schroff.

Ihre Antipathie gegenüber Claire d'Aubyn war offensichtlich. Taglieber hatte nicht den Eindruck, dass die Lehrerin sie zu verbergen suchte.

»Nicht aufgetaucht … zerwühlt … Verstehe. Sie haben recht, das klingt alles sehr verdächtig«, drangen ein paar Gesprächsfetzen seiner Kollegin zu ihnen herüber.

»Können Sie sich vorstellen, wie Ihr Medaillon in die Hände Ihrer Schülerin gelangt ist?«, wandte er sich wieder der Lehrerin zu.

Hoegner sah ihn ernst mit zusammengepressten Lippen an. »Die Kette wurde mir vor circa einer Woche gestohlen. Ehrlich gesagt, hatte ich ohnehin Claire und ihre Freundinnen in Verdacht.« Ihr Blick glitt wieder zum Beweisstück in dem Plastikbeutel. »Sie müssen wissen, das Internat ist ein wunderbarer Ort – eine Oase, in der Zusammenhalt und gegenseitiger Respekt seit jeher großgeschrieben werden. Doch Claires Clique pfeift auf unsere Werte und macht sich einen Spaß daraus, andere zu schikanieren. Der Anhänger ist ein Erbstück, und er ist alles, was …«, sie seufzte und brach ab. »Er bedeutet mir sehr viel«, sagte die Lehrerin schließlich mit wässrigen Augen.

Taglieber hatte plötzlich eine Ahnung. »Das auf dem Bild ist Ihr Baby?«, fragte er einfühlsam.

Eine Träne lief Sonja Hoegner über die Wange. »Ja, das ist meine Tochter. Ich habe sie verloren … für immer«, sagte sie so leise, dass er sich Mühe geben musste, sie zu verstehen.

»Darf ich fragen, wo Sie sich heute Nacht aufgehalten haben?«, wechselte Taglieber das Thema. »Waren Sie zu Hause?«

Hoegner verneinte. »Ein paar Stunden war ich auf dem Schloss auf dem Frühlingsfest. Ich habe mir das Konzert angehört und ein Glas Wein getrunken. Kurz nach zwölf bin ich gegangen, und mein Partner kam gleich darauf nach. Anschließend sind wir ins Bett.«

»Ich nehme an, Ihr Partner kann das bezeugen?«, hakte Taglieber nach.

»Selbstverständlich«, bekräftigte Hoegner, während sich Tanja, die ihr Telefonat beendet hatte, wieder zu ihnen gesellte.

»Dr. Diebald ist völlig aus dem Häuschen, aus dem bekommt man im Moment kein normales Wort mehr heraus. Aber soviel ich verstanden habe, ist Claire tatsächlich seit heute Nacht verschollen. Ihre Freundinnen haben sie zuletzt gegen halb eins auf dem Fest gesehen. Eigentlich wollte sie wie sie zur Nachfeier an den Neubeurer See, doch dort ist sie nie angekommen. Außerdem hat jemand ihr Zimmer auf den Kopf gestellt«, brachte Tanja ihren Kollegen auf den neusten Stand.

Taglieber brummelte ein zustimmendes »Mhmm«. Die Wahrscheinlichkeit, dass es sich bei der Toten um Klara von Ariethen handelte, wurde für ihn zur Gewissheit.

»Wissen Sie, ob Claire d'Aubyn Feinde hatte?«, wandte sich Tanja nun an Frau Hoegner.

»Ha«, lachte diese gallig auf, »da könnte ich Ihnen einige nennen. Die Liste ist lang. Claire ist nicht besonders beliebt, und das ist noch untertrieben. Keiner unserer Schüler hat einen schlechteren Ruf als sie. Dafür ist sie freilich selbst verantwortlich. Sie hat sich durch Lügen und Intrigen allseits unbeliebt gemacht – bei den Schülern wie auch beim gesamten Kollegium. Selbst wir wurden immer wieder Opfer ihrer sogenannten Streiche. Obwohl man diese Gemeinheiten kaum noch als simple Streiche abtun kann. Einige meiner Kollegen haben wegen ihr sogar das Internat verlassen. Wie gesagt, wir halten hier alle zusammen, ein jeder steht für den andren ein, doch es gibt Grenzen, und diese hat Claire mehr als einmal überschritten.«

»Ich verstehe«, erwiderte Taglieber, dem die Verbitterung, die aus jedem von Hoegners Worten troff, nicht entging. Er war sich sicher, die Lehrerin hatte diese Streiche am eigenen Leib erfahren.

»Sagen Ihnen die Namen Jekaterina Kordakow und Caroline von Stacklborn etwas? Der Direktor hat sie mir gerade als Claires Freundinnen genannt«, ergriff Tanja das Wort.

»Selbstverständlich, das ist die schon erwähnte Clique. Die drei hängen ständig zusammen. Oder hingen«, gab Sonja Hoegner zurück. »Caroline und Jekaterina wohnen auch im Internat und stehen ihrer Rädelsführerin in nichts nach.«

Tanja warf einen Blick zu Taglieber. Sie sollten sich besser auf den Weg machen, um die Mädchen zu befragen.

»Bedenken Sie das, wenn Sie mit den beiden sprechen. Diese Mädchen lügen, wenn sie nur den Mund aufmachen«, warnte Hoegner sie.

»Danke für den Tipp«, antwortete Taglieber, dann wandte er sich an seine Kollegin. »Nicht so schnell«, bremste er sie in ihrer Aufbruchsstimmung und blickte wieder zur Lehrerin. »Wir müssten jetzt noch kurz mit Ihrem Partner sprechen. Er soll nur Ihr Alibi bestätigen. Reine Formalität«, fügte er hinzu, als er ihren mürrischen Gesichtsausdruck sah. Taglieber hatte das Gefühl, sie wäre sie gern losgeworden. Warum wollte sie eine Begegnung mit ihrem Partner vermeiden? Nur wegen der frühen Störung? Oder steckte mehr dahinter?

Hoegner holte tief Luft. »Nun gut, dann kommen Sie herein. Bitte.«

Die kleine Frau gab den Weg ins Innere ihres Hauses frei, und die Kommissare folgten ihrer Aufforderung, die alles andere als freundlich geklungen hatte.

Über einen schmalen Gang betraten sie ein Wohnzimmer: Die weinrote Sofalandschaft gegenüber dem Flachbildfernseher und dem Flokatiteppich wirkte gemütlich, und zur Linken schloss sich ein weiterer Raum an. Eine Art kleiner Wintergarten, der durch ein Dachfenster und eine Glasfront zur Gartenterrasse hin in helles Morgenlicht getaucht wurde. Taglieber schielte um die Ecke. Auf einer Staffelei stand ein Bild mit der Rückenansicht einer nackten Frau.

»Nehmen Sie doch Platz«, forderte Hoegner sie auf und deutete auf die Couch. »Ich werde sehen, ob Robert schon wach ist.«

Nachdem sie sich gesetzt hatten und die Lehrerin verschwunden war, um ihren Partner zu holen, bemerkte Tanja: »Anscheinend ist sie ein kleines Miststück gewesen, unsere liebe Klara. Vielleicht ist es gar nicht so schade um sie.«

»Also, das habe ich jetzt aber überhört. Manchmal bist du furchtbar unprofessionell und voreingenommen«, konterte Taglieber und strafte sie mit einem strengen Blick. Sie konnten bisher schließlich nicht wissen, ob Hoegners Äußerung über Klara von Ariethen der Wahrheit entsprach. Und war eine gewisse Feindschaft zwischen Lehrern und Schülern nicht sogar üblich?

»Ruf du mal bitte bei Rösler an, er soll die Spurensicherung ins Internat schicken. Vielleicht finden die Kollegen ja

Hinweise darauf, wer sich in Klaras Zimmer umgesehen und was er oder sie dort gesucht hat.«

Während Tanja telefonierte, erhob sich Taglieber und schlenderte zum Atelier. Der Raum zog ihn magisch an, und unwillkürlich musste er daran denken, dass ein Gemälde zur Lösung seines ersten Falles nach seiner Zeit im Koma beigetragen hatte.

Auf einem Tisch neben der Staffelei lagen neben verschiedenen Tuben mit Öl- und Acrylfarbe auch mehrere Papiere mit Bleistiftzeichnungen. Die oberste zeigte einen Mann, der in etwa sein Alter hatte, also etwas über dreißig war. Der Porträtierte saß mit schief gelegtem Kopf leger auf einer Bank, die unter einem Baum stand. Die Hände nach links und rechts ausgestreckt, lächelte er apart dem Betrachter entgegen. Ganz so, als ob er vorhätte, diesen und die Malerin mit seinem Charme zu verführen.

Taglieber schob das Bild zur Seite und fand zwei, drei nichtssagende Landschaftsskizzen. Unter ihnen entdeckte er jedoch ein weiteres Bild mit einer Person. Eine junge Frau mit langen dunklen Haaren – vielleicht eine Schülerin? – lehnte mit dem Rücken am Stamm einer Birke und blickte sehnsüchtig gen Himmel. Im Gegensatz zu dem Mann auf dem anderen Bild lächelte sie nicht, und zu ihren Füßen tat sich eine tiefe Kluft oder Schlucht auf. Ein spannendes Motiv, dachte Taglieber gerade, als sich hinter ihm jemand räusperte und ihn aus den Gedanken riss.

Es war Sonja Hoegner, die ihn von unten ansah und das Gesicht verzog. Sie hatte den knallgelben Bademantel gegen eine bunt bedruckte Stoffhose und ein dunkelblaues Shirt getauscht.

»Es freut mich, dass Sie sich für meine Kunst interessieren, aber trotzdem dürfen Sie das nicht. Ich kenne meine Rechte.« Sie war unüberhörbar angesäuert. »Wenn Sie sich nun bitte wieder zu Ihrer Kollegin und meinem Partner begeben.«

Taglieber fühlte sich ertappt, ließ sich aber nichts anmerken, als er in den Wohnbereich zurückkehrte und neben Tanja auf der Couch Platz nahm. Der Geruch von frisch aufgebrühtem Kaffee lag in der Luft, und er bemerkte, wie seine Kollegin ein Schmunzeln unterdrückte.

Der Mann, der sich ihnen als Robert Stratmann vorstellte, saß in grauer Jogginghose und T-Shirt auf einem Sessel zu Tanjas Rechten, und Taglieber erkannte in ihm sofort den adretten Mann auf der Bank von der ersten Zeichnung wieder – den Charmebolzen.

Als Hoegner den Raum verließ, wandte sich Taglieber an ihn.

»Wohnen Sie hier, Herr Stratmann?«

»Nein.«

»Dann bräuchten wir bitte Ihre Anschrift.«

Stratmann gab seine Adresse an, die Tanja in ihr Smartphone notierte. Dabei fiel Taglieber auf, dass seine Kollegin schier an den leicht herzförmigen Lippen des dunkelhaarigen Mannes hing. Überhaupt war der schlanke, große Mann mit den stechend grünen Augen und dem verwegen schräg ins Gesicht fallenden Pony ein Hingucker, wie selbst Taglieber zugeben musste. Er schien einem Modemagazin entsprungen und als Partner für eine Frau wie Hoegner, der ihr Alter ins Gesicht geschrieben stand, etwas zu attraktiv. Er hätte sich diesen Mann eher mit einer Fünfundzwanzigjährigen vorgestellt als mit einer Lehrerin Mitte vierzig.

Hoegner kam mit einem Tablett mit vier Kaffeebechern zurück, das sie auf dem Couchtisch platzierte.

»Danke«, sagte Taglieber und nahm sich eine Tasse. Der Kaffee schmeckte wie erwartet: nach Fairtrade, vermutlich bio aus Bolivien. Hoegner schien auf dem gleichen Trip zu sein wie Cornelia, Tagliebers Frau. Wenigstens schwammen in ihm keine Brösel.

»Machen wir es kurz, Herr Stratmann«, sagte er, nachdem er den Becher wieder abgestellt hatte, »Sie haben die Nacht nach dem Schulfest hier verbracht?«

Stratmann, der sich mittlerweile entspannt im Sessel zurückgelehnt hatte und seinen Becher in der Hand hielt, betrachtete ihn. Auch wenn er mit seinen leicht verquollenen Augen übermüdet wirkte, war sein Blick ruhig und fest.

»Ich bin etwa um halb eins eingetroffen, und kurz darauf sind wir ins Bett gegangen.« Er wandte sich an Tanja, die schon wieder fleißig mitschrieb. »Wenn Sie verstehen, was ich meine«, sagte er mit einem Zwinkern.

Taglieber sah, wie seine Kollegin leicht errötete. Sollte das ein Flirtversuch von Stratmann werden? Nach einem weiteren Schluck Kaffee drehte er sich zu Tanja. »Mehr brauchen wir fürs Erste nicht, lass uns gehen.« Während er sich bereits erhob, fügte er an Stratmann und Hoegner gewandt noch hinzu: »Hier ist meine Karte. Melden Sie sich, falls Ihnen jemand einfällt, dem Claire so verhasst war, dass er ihr nach dem Leben hätte trachten können.«

Hoegner nahm die Visitenkarte entgegen. »Sicher, das werde ich.«

Als sie sich anschickte, sie hinauszubegleiten, winkte Taglieber ab. »Nicht nötig, wir finden allein raus.«

»Einen Moment«, hielt die Lehrerin die Kommissare noch einmal auf. »Wann bekomme ich mein Medaillon zurück?«

»Wenn wir den Fall gelöst haben oder er zu den Akten gelegt wird. Beides kann einige Zeit dauern«, antwortete Tanja.

5

»Dann wieder auf zum Internat!«, feixte Tanja und drückte das Gaspedal durch. Der Motor heulte auf, und der Auspuff entledigte sich mit einem Knall, der in Klang und Lautstärke einem Schuss ähnelte, einer schwarzen Wolke.

Taglieber grinste. Gut, dass seine Kollegin einen Waffenschein besaß!

Es war kurz nach halb neun, doch bis auf zwei Schülerinnen, die hoch motiviert an ihnen vorbeijoggten, befand sich das Schloss noch immer im Dornröschenschlaf.

Da Taglieber Diebald zuvor über Handy erreicht hatte, erwartete sie der Direktor am Haupteingang. Seine Frisur hatte er mittlerweile wieder in Ordnung gebracht, doch sein tadelloses Äußeres konnte die innere Unruhe, die darunter schwelte, nicht verbergen. Bereits sein schweißiger Händedruck verriet, wie es wirklich in ihm aussah.

Immer wieder nervös Phrasen wie »Ein grauenvoller Alptraum ist das« oder »Gott gebe, dass Claire unversehrt gefunden wird« vor sich hin murmelnd, führte er sie über labyrinthische Gänge und steile Holztreppen mit schmalen Stufen immer weiter hinauf zu den Zimmern von Caroline von Stacklborn und Jekaterina Kordakow.

Die Odyssee durch das Schloss war von keinem Erfolg gekrönt. Beide Türen waren verschlossen, und auch auf mehrmaliges Klopfen hin wurde ihnen nicht geöffnet.

Doch sie hatten Glück im Unglück. Caroline von Stacklborns Zimmernachbarin, eine zierliche Japanerin, die so zerbrechlich wie ein Porzellanpüppchen wirkte, wollte gerade ihr Zimmer verlassen.

»Caroline ist Frühaufsteherin. Sie trifft sich samstags um diese Zeit meistens mit ihren Freundinnen im Café Haschl, das liegt gleich am Marktplatz«, erklärte sie völlig akzentfrei.

»Danke, dann werden wir da mal nach ihr sehen«, erwiderte Tanja.

Das Café Haschl war klein und beschaulich. Die wenigen Tische auf der Sonnenterrasse waren nahezu komplett mit Gästen besetzt, die die ersten Sonnenstrahlen einfingen.

Zwischen einem stämmigen Mann in grauer Arbeitshose, der genüsslich eine Leberkässemmel verzehrte, und einer fülligen Frau in den mittleren Jahren, die sich ein Stück Schmandkuchen mit Sahne zu ihrem Kaffee gönnte, stachen die beiden Mädchen mit den überdimensionalen Sonnenbrillen heraus wie Pfaue aus einer Schar Hühner.

Die eine blond mit offenen langen Haaren, die andere brünett mit hohem Pferdeschwanz, hätten die zwei hochgewachsenen, schlanken jungen Frauen in ihren Markenklamotten weit besser in ein Straßencafé im Herzen von Paris gepasst als hier in die bayerische Provinz. »Germany's Next Topmodel« meets »Bauer sucht Frau«, dachte Taglieber amüsiert, als er des sehnsüchtig schmachtenden Blicks des Arbeiters auf die beiden gewahr wurde.

Absolut unbehelligt davon starrten diese gelangweilt in die Ferne und schlürften nebenbei ihren Latte macchiato. Taglieber schielte in Tanjas Richtung.

»Wenn das mal nicht die zwei sind, nach denen wir suchen«, sprach sie seine Gedanken aus.

Sie schlängelten sich an mehreren Tischen vorbei zu dem an der Brüstung, von dem aus man einen wunderschönen Blick auf den tiefer liegenden Ortsteil und die Berge hatte. Die hellen Strahlen der Morgensonne wurden von der spiegelblanken Oberfläche des Tisches zurückgeworfen. Die jungen Damen bemerkten die Beamten sofort, doch anstatt sie anzusprechen, reckten sie nur stumm ihre Hälse weiter der Sonne entgegen.

Erst als der Kommissar sich zwischen die dunkelhaarige Schönheit mit den rot geschminkten Lippen und die Sonne schob, erntete er eine Reaktion.

»Würden Sie bitte so freundlich sein und mir aus der Sonne gehen?« Der Ton des Mädchens entsprach mehr dem eines Befehls als dem einer höflich formulierten Frage. Trotz ausgezeichnetem Deutsch war der leichte russische Akzent nicht zu überhören.

Doch bevor Taglieber etwas erwidern konnte, hatte seine Kollegin schon das Wort ergriffen.

»Nein, das würde er nicht«, entgegnete Tanja patzig. »Kommissarin Krimplstötter von der Kripo Prien.« Sie deutete mit dem Kopf in seine Richtung. »Das ist mein Kollege, Hauptkommissar Taglieber. Wir hätten ein paar Fragen an euch.« Sie trat einen Schritt auf die Mädchen zu, zückte ihre Dienstmarke und hielt sie ihnen direkt vor die verspiegelten Sonnenbrillen.

Die Dunkelhaarige schob in Zeitlupe ihre Brille nach oben und steckte sie sich ins Haar, wobei Taglieber ein kleines dreieckiges Tattoo an ihrem Handgelenk auffiel. Mit hochgezogenen Augenbrauen begutachtete das Mädchen Tanjas Dienstausweis, bevor es zu ihnen aufsah und sie kritisch musterte. Der kalte Blick aus ihren eisblauen Augen ging Taglieber durch Mark und Bein.

Kurz darauf schenkte auch die Blondine ihnen ihre Aufmerksamkeit, indem sie ebenfalls die Sonnenbrille abnahm und sie, den Kopf schräg in den Nacken gelegt, herausfordernd ansah. Ihr Blick war nicht weniger kühl, und ihr breites Lächeln – hatte sie sich in ihrem zarten Alter bereits die Lippen machen lassen? – wirkte übertrieben. Hätte eine Katze, die die Maus in ihrer Falle weiß, ein Lächeln auf den Lippen, so würde es bestimmt so aussehen wie das hier, überlegte Taglieber.

Während ihn, angesichts dieser geballten Kälte, ein Schauder überlief, ließ sich Tanja nicht aus der Ruhe bringen.

»Ihr seid doch Jekaterina und Caroline?«, fragte sie knapp.

Die Dunkelhaarige nickte, lehnte sich im Stuhl zurück,

verdrehte die Augen und gähnte ausgiebig hinter vorgehaltener Hand.

Sie lässt sich deutlich anmerken, dass die Unterhaltung sie jetzt schon langweilt, dachte Taglieber.

»Caroline, das e ist stumm«, erklärte die Blonde herablassend und verzog den Mund abschätzig, um kurz darauf wieder ihr falsches Katzenlächeln aufzusetzen.

»Ich bitte vielmals um Entschuldigung«, sagte Tanja, und Taglieber entging nicht der Sarkasmus in ihrer Stimme. Seine Kollegin war auf Konfrontationskurs.

»Dürfen wir euch ein paar Fragen stellen?«, erkundigte er sich freundlich. Er wollte sich nicht sofort unbeliebt machen, schließlich würde das die Bereitschaft der Mädchen, sie bei den Ermittlungen zu unterstützen, nur verringern.

»Im Moment kommt uns das sehr ungelegen«, ergriff wieder Caroline von Stacklborn das Wort, während ihre Freundin erneut gähnte. »Wir sind hier mit jemandem verabredet, und bis dahin würden wir gern ungestört unseren Latte trinken und die Sonne genießen. Außerdem wäre es sehr freundlich von Ihnen, uns zu siezen – wir sind schließlich achtzehn. Oder legt die Polizei heutzutage keinen Wert mehr auf Höflichkeit?«, fügte sie schnippisch hinzu, setzte die Sonnenbrille wieder auf und wandte den Blick von ihnen ab, der Sonne entgegen.

Während das junge Gör an ihm vorbei in die Ferne starrte und ihn ignorierte, ballte sich Tagliebers Wut zu einem Kloß im Hals zusammen.

Wie konnten diese Mädchen bloß dermaßen versnobt sein? Die Frage nach *ihrem* Anstand und *ihrer* Höflichkeit lag ihm auf den Lippen, doch er schluckte sie und seinen Groll hinunter.

»Selbstverständlich macht es uns nichts aus, Sie zu siezen«, erklärte er förmlich und versuchte, sich nichts anmerken zu lassen. »Und falls es Ihnen gerade ungelegen kommt, unsere Fragen zu beantworten, können Sie uns selbstverständlich aufs Revier begleiten. Der Latte macchiato ist dort allerdings nicht so gut wie hier – er kommt nämlich aus dem Automaten«, fügte er etwas schärfer hinzu.

»Na gut, dann schießen Sie schon los«, lenkte die Blonde ein.

»Warten Sie zufällig auf Ihre Freundin Claire?«, begann Tanja, wobei sie das »Sie« betonte.

Jekaterina Kordakow nickte, während Caroline von Stacklborn antwortete: »Ich wüsste nicht, was das die Polizei angeht!«

Tanjas Handy klingelte, und sie ging ran. »Moment, Fabi, gleich …« Schnell huschte sie davon, um ungestört zu telefonieren.

Jetzt musste sich Taglieber der unsichtbaren Wand der Abweisung der beiden Mädchen allein stellen.

»Es gibt Hinweise darauf, dass Claire d'Aubyn einen tödlichen, äh … Unfall hatte«, begann er. »Wir wollen herausfinden, ob eventuell jemand anderes etwas damit zu tun hatte. Beziehungsweise sind wir auf der Suche nach Claire, für den Fall, dass es sich bei der Toten doch nicht um sie handelt.«

Beide Mädchen lachten auf. Oder lachten sie ihn sogar aus?

»Das ist sicherlich ein Irrtum. Wir waren gestern Abend gemeinsam auf dem Frühlingsfest, und da machte Claire noch einen ziemlich lebendigen Eindruck«, behauptete die Russin steif, während sie mit ihren Eisaugen Taglieber erneut von oben bis unten durchleuchtete.

Er fühlte sich seltsam nackt vor dieser jungen Dame. So als hätte er sein Hemd nicht richtig in die Hose gesteckt oder als stünde gar sein Hosenstall offen. Stand er etwa wirklich …? Unauffällig senkte er den Blick, um es zu überprüfen.

Die Lippen der Brünetten kräuselten sich zu einem spöttischen Lächeln.

Eindeutig durchgefallen, dachte er sich, als er aufsah und ihren Gesichtsausdruck bemerkte.

»Aber wenn Sie nach ihr suchen, sind Sie bei uns richtig.

Claire ist gewiss gerade auf dem Weg hierher.« Jekaterina Kordakow warf zuerst einen prüfenden Blick auf ihre mit Brillanten besetzte Armbanduhr, dann einen enttäuschten in Richtung ihrer Begleitung. »Leider kommt Mademoiselle d'Aubyn einfach immer zu spät.«

»Sie werden sehen, unsere Freundin spaziert mit Sicherheit jeden Moment quicklebendig hier auf die Terrasse und gesellt sich auf einen Latte macchiato zu uns«, versicherte Caroline von Stacklborn, schüttelte ihr langes, blond glitzerndes Haar herausfordernd und sah ihn provokant an. »Dann kann sie Ihnen höchstpersönlich Auskunft über ihren vermeintlich tödlichen Unfall geben.«

Was sollte man bei solch einer gnadenlosen Selbstsicherheit schon erwidern? Taglieber warf einen hilflosen Blick zu Tanja, die gerade ihr Telefonat beendete.

Kurz darauf kam seine Kollegin herbeigerauscht und berichtete aufgeregt: »Bei der Toten handelt es sich tatsächlich um Claire. Frag mich nicht, wie, aber Fabi hat Röntgenaufnahmen von ihrem Zahnarzt organisiert und sie mit dem Gebiss der Toten verglichen oder besser gesagt mit dem, was davon noch übrig ist. Ein Irrtum ist wohl ausgeschlossen.«

Taglieber wusste nicht, ob seine Kollegin mit Absicht so laut gesprochen hatte, dass die Mädchen jedes Wort verstehen konnten. Die Botschaft verfehlte ihre Wirkung jedoch nicht. Die Mienen der beiden Eisprinzessinnen entgleisten.

»Oh mein Gott!«, rief Jekaterina Kordakow, und ihre roten Lippen formten ein entsetztes O. Auch Caroline von Stacklborns Gesichtszüge verfinsterten sich, was nicht einmal die große Sonnenbrille auf ihrer Nase verbergen konnte.

Bestimmt war in dem Kokon aus übertriebener Fürsorge und Weltfremdheit, in dem diese reichen Mädchen lebten, noch nie etwas annähernd Grausames wie ein Mord passiert.

Mehrere Sekunden lang rangen sie um Fassung. Schließlich war es die Blondine, die das Wort ergriff.

»Was können wir denn jetzt noch für Claire tun, wenn es denn so ist, wie Sie behaupten?«, fragte sie mit zitternder

Stimme, sichtlich darum bemüht, ihre Fassungslosigkeit zu überspielen.

»Wie können wir helfen?«, erkundigte sich auch die Russin erschüttert. Der brünetten Schönheit standen plötzlich Tränen in den Augen, die sie kurz darauf gekonnt, ohne ihre Schminke zu verwischen, mit einem Taschentuch abtupfte.

»Wir müssen wissen, wann genau ihr Claire zuletzt gesehen habt. Ihr wart doch zusammen auf dem Frühlingsfest. Wie lief der Abend ab?« Taglieber fiel nicht auf, dass er unbeabsichtigt wieder zum Du zurückgewechselt hatte, und den Mädchen anscheinend ebenso wenig.

Die Freundinnen sahen sich an, dann nickte die Russin. »Wir waren gemeinsam dort, ja. Wir haben getanzt und auch etwas getrunken, wenn Sie das interessiert. Claire hat sich gegen halb eins von uns verabschiedet, obwohl sie – genau wie wir – ein Ticket für die Nachfeier am Neubeurer See hatte. Sie sagte, sie habe Kopfweh und wolle ins Bett. Caro und ich haben uns nichts dabei gedacht und sind alleine weitergezogen.« Sie wandte sich an ihre Freundin. »Wobei das eigentlich eher untypisch für sie war. Zudem auch die Stimmung super war.«

Caroline von Stacklborn nickte und ergänzte: »Normalerweise war Claire eine der Letzten auf jeder Party. Sie stand gern im Mittelpunkt und ließ keine Nachfeier aus. Wir mussten sie des Öfteren zurück auf ihr Zimmer tragen, weil sie sich die Kante gegeben hatte.«

Taglieber notierte alles.

»Und so eine Nachfeier gibt es nach jedem Fest?«, fragte Tanja.

»Ja, sie findet immer woanders statt. Gestern eben am Neubeurer See.«

»Und dort ist Claire nicht aufgetaucht?«

»Nein, da bin ich mir hundertprozentig sicher«, sagte Jekaterina Kordakow. »Dann hätte sie sich dort mit uns getroffen. Sie wollte schlafen gehen, jedenfalls machte sie uns das glauben.«

»Für den Fall, dass ihr Tod kein Unfall war«, sagte Taglieber und ergänzte in Gedanken: Und es sieht ganz danach aus, »würde uns interessieren, ob sie Feinde hatte. Gab es jemanden, der sich für irgendetwas an ihr rächen wollte?«

»Dass eure Freundin nicht allzu beliebt war, wissen wir bereits«, ergänzte Tanja etwas taktlos.

Die beiden Mädchen übergingen die Bemerkung und tauschten erneut Blicke aus, bevor sie einvernehmlich nickten.

»So jemanden gibt es tatsächlich«, bestätigte Caroline von Stacklborn. »Es handelt sich um«, wie eine Schauspielerin auf der Bühne legte sie ihren Finger an die Lippen und machte eine bedeutungsvolle Pause, »Robert Stratmann, unseren Lehrer.«

»Stratmann? Aber das ist doch der Freund von der Hoeg– «, setzte Tanja an, brach aber ab, als sie ihren Fauxpas bemerkte. Die Tatsache, dass Hoegner und Stratmann ein Paar waren, ging Claires Freundinnen schließlich nichts an.

»Das müsstet ihr uns genauer erklären«, verlangte der Kommissar.

Wieder folgte eine kleine Pause.

»Er und Claire hatten eine Affäre, doch auf dem Fest hat sie mit einem anderen rumgemacht«, behauptete die Russin schließlich.

Taglieber erinnerte sich an Hoegners Worte. Nicht alles, was die beiden ihnen sagten, durften sie für bare Münze nehmen.

»Wie bitte? Ein Lehrer, der sich mit einer Schülerin einlässt? An dieses abgedroschene Ammenmärchen glaubt ihr doch selbst nicht«, entrüstete sich Tanja.

Taglieber versetzte ihr einen kleinen Stoß in die Seite und zischte: »Denk an das, was wir gerade in Nußdorf erfahren haben.«

Tanja stutzte kurz, doch gleich darauf entspannten sich ihre Züge wieder.

»Ihr seid also der Meinung, eure Freundin und euer Lehrer hatten etwas miteinander«, stellte Taglieber fest.

»Eine Affäre, ganz genau«, bestätigte Caroline von Stacklborn.

»Und wie kommt ihr darauf?«, wollte Tanja wissen.

»Es war offensichtlich. Wir haben die beiden dabei beobachtet, wie sie auf dem Liebesbänkchen beim Turm miteinander rummachten. Das ist noch gar nicht allzu lange her«, sagte Jekaterina Kordakow.

»Aber was hätte euer Lehrer für ein Interesse daran, Claire etwas anzutun?«, forschte Taglieber weiter. Auch ihm kam die Geschichte von der Affäre des Lehrers mit einer Schülerin äußerst unglaubwürdig und obendrein klischeehaft vor.

»Wurde sie etwa umgebracht?«, rief die Blondine entsetzt aus, als würde ihr jetzt erst bewusst, was ihrer Freundin womöglich zugestoßen war.

Die füllige Tischnachbarin hielt im Essen inne und blickte ungläubig in ihre Richtung. Auch ein paar andere Köpfe drehten sich zu ihnen um.

»Pscht«, zischte Tanja. »Bitte sprecht etwas leiser, ihr wollt doch sicher nicht das ganze Café auf uns aufmerksam machen«, mahnte sie. »Außerdem ist ein Mord zu diesem Zeitpunkt noch nicht bewiesen, auch wenn wir diese Möglichkeit in Betracht ziehen.«

Die jungen Frauen nickten. Das Eis in ihren Gesichtern war geschmolzen, mit einem Mal wirkten sie aufgeschlossen, ja fast hilfsbereit.

»Claire wollte schon länger etwas von Stratmann. Natürlich hat er sich geziert. Ein Lehrer darf nichts mit einer Schülerin anfangen, das wissen wir so gut wie Sie. Aber Claire sieht unheimlich gut aus, und wenn sie sich etwas in den Kopf gesetzt hat, dann bekommt sie es auch … Ich meine, dann bekam sie es auch«, verbesserte sich Caroline von Stacklborn.

»Vor ein paar Wochen hat es endlich zwischen den beiden gefunkt. Claire hat so eine Andeutung gemacht, doch wir hätten es ohnehin bemerkt. Seitdem verschwand sie öfter mal wortlos nach dem Abendessen. Aus Neugier sind wir ihr neulich gefolgt«, berichtete Jekaterina Kordakow.

»Wir haben Claire dabei beobachtet, wie sie sich mit Stratmann auf der Bank am Turm traf. Das, was wir dort zu sehen bekamen, war eindeutig mehr als nur ein freundschaftlicher Kuss, das war wildes Rumknutschen und -fummeln.« Caroline von Stacklborns Augenbrauen hoben sich empört über den Brillenrand.

»Ein leidenschaftlicher Austausch von Körperflüssigkeiten«, pflichtete die Russin der Freundin bei. »Wir haben natürlich vermutet, dass das Probleme nach sich ziehen würde, vor allem, als sie auf dem Fest plötzlich heftig mit einem anderen geflirtet hat. Aber dass das Claire das Leben kosten könnte, damit haben wir wirklich nicht gerechnet.«

»Habt ihr eure Freundin auf die Affäre mit Stratmann direkt angesprochen?«, erkundigte sich Tanja.

Eine Zeit lang herrschte betretenes Schweigen. Die anfangs so selbstsicheren jungen Frauen wichen ihren Blicken aus.

»Wir haben es ein einziges Mal gewagt, sie deswegen zu kritisieren«, fasste sich die Russin ein Herz. »Claires übliche Streiche waren das eine, aber eine Affäre mit einem Lehrer … Doch Kritik an Claire zu üben war eine äußerst blöde Idee«, fügte sie schnell hinzu.

»Warum?«, hakte Tanja nach und erntete verständnislose Blicke.

»Weil Claire *Claire* war«, führte die Blondine genervt aus. »Jemanden wie sie kritisiert man nicht, wenn man ihn sich nicht zum Feind machen will. Sie hat uns dämlich genannt und gesagt, wir dummen Ziegen hätten überhaupt keine Ahnung, was für einen Plan sie schmiede, und dass Robert letztendlich nur ein Spielball sei. Er sei Mittel zum Zweck, auch wenn sie den Sex mit ihm genießen würde. So war es doch?«, wandte sie sich an ihre Freundin.

»Genau das hat sie zu uns gesagt«, bestätigte diese. »Und damit war das Gespräch damals beendet. Wir haben Robert Stratmann nicht mehr erwähnt. Das Thema war durch.«

Ein Spielball und Mittel zum Zweck, dachte Taglieber. Was

mochte das bedeuten? »Und welchen konkreten Grund hätte Stratmann gehabt, sie zu töten?«, fragte er.

Die beiden Mädchen sahen sich an.

»Na ja, er ist nicht gerade einfach einzuschätzen. Er lebt seit Längerem von seiner Frau getrennt, soweit wir wissen. Allerdings will ihn diese anscheinend wieder für sich haben. Wir haben des Öfteren beobachtet, wie sie ihn zusammen mit ihrem kleinen Sohn nach dem Unterricht abgeholt hat«, sagte Caroline von Stacklborn überzeugt.

»Das wiedererwachte Interesse seiner Frau missfiel Claire vermutlich, denn sie war häufiger als sonst gereizt und schlecht gelaunt«, fügte Jekaterina Kordakow hinzu. »Wie ich sie kenne, wollte sie Stratmann ganz für sich. Claire teilte nichts und niemanden. Vielleicht wollte er die Affäre ja vor seiner Frau verheimlichen, während Claire ihm das Messer auf die Brust setzte, seiner Frau zu offenbaren, dass er eine neue Liebe hat. Womöglich hat sie ihn deshalb auf dem Fest eifersüchtig gemacht, als sie mit dem anderen rumknutschte.«

»Doch der Schuss ging nach hinten los«, spann ihre Freundin den Faden zu Ende.

Taglieber war baff. Nicht nur die Phantasie der Mädchen beeindruckte ihn, auch der Abgrund, der sich hinter der charmanten Fassade von Stratmann auftat – wenn die Behauptungen sich als wahr erwiesen –, war nicht zu verachten. Hoegner, Claire, seine Noch-Ehefrau, der smarte Lehrer hatte anscheinend mehr Eisen im Feuer, als er schmieden konnte.

»Dann knöpfen wir uns diesen Stratmann mal vor. Fällt euch sonst noch jemand ein, der mit Claire eine Rechnung offen hatte?«, fragte Tanja geradeheraus.

Wieder folgte ein verschwörerischer Blickaustausch der Mädchen.

»Ja, Daniel«, antwortete die Russin. »Daniel Voss, Claires Ex-Freund. Er ist bis heute nicht über die Trennung von ihr hinweg.«

»Die wie lange her ist?«, wollte Taglieber wissen.

»Sie sind schon seit einiger Zeit kein Paar mehr. Ab und zu hatten sie mal wieder was miteinander. Eine On-off-Geschichte sozusagen. Aber vor ungefähr zwei Monaten war endgültig Schluss«, schätzte die Brünette.

»Als Claires Affäre mit Stratmann begann«, ergänzte Caroline von Stacklborn. »Es ist gut möglich, dass Daniel von Claires Liaison mit ihm wusste. Er spionierte ihr öfter auf dem Internatsgelände hinterher, obwohl er hier nicht einmal zur Schule geht. Claire hatte bereits bei Diebald erwirkt, dass er das Gelände nicht mehr betreten darf, aber auf dem Fest gestern war er trotzdem. Keine Ahnung, woher er das Eintrittsbändchen hatte.«

Sie hob ihr Handgelenk, und Taglieber sah das blaue Band.

Jekaterina Kordakow nickte. »Wenn Daniel tatsächlich wusste, dass sie etwas mit Robert Stratmann hatte, hat ihn das sicher sehr wütend gemacht. Er ist einer, der schon mal handgreiflich werden kann, wenn Sie verstehen, was ich meine. Außerdem dürfte ihm Claires wildes Flirten mit dem anderen gestern genauso wenig wie Stratmann entgangen sein.«

»Dann haben wir also schon zwei Verdächtige. Könnt ihr uns noch sagen, wo wir diesen Daniel Voss finden?«, erkundigte sich Tanja.

»Sein Vater betreibt drei Tankstellen, er arbeitet immer abwechselnd in einer davon, meistens aber in der Raublinger Filiale.«

»Vielen Dank für eure Hilfe, wir kommen wieder auf euch zu, sollten wir noch Fragen haben«, erklärte Taglieber zum Abschluss.

»Und bitte bewahrt absolutes Stillschweigen über das, was wir euch erzählt haben«, fügte Tanja hinzu. »Es würde unsere Ermittlungen unnötig erschweren, sollte etwas davon an die Öffentlichkeit dringen.«

»Stell dir nur vor, was diese Nachricht für einen Skandal im Internat verursachen würde«, flüsterte Caroline von Stacklborn in Richtung der Freundin, und deren Augen wurden dramatisch groß.

Taglieber und Tanja hinterließen ihre Karten, dann verabschiedeten sie sich von den Mädchen.

»Moment, ich habe noch etwas vergessen«, wandte sich Taglieber an seine Kollegin, als sie schon einige Meter entfernt waren, zückte spontan sein Smartphone und machte kehrt.

»Habt ihr diesen jungen Mann schon einmal gesehen?«, fragte er die Mädchen, als er wieder an ihrem Tisch stand, und hielt ihnen ein Foto von Philip Leitner unter die Nase. Er hatte den Burschen im Polizeibus während der Befragung fotografiert. Die Qualität war zwar nicht einwandfrei, und der lange Pony und sein nach unten gerichteter Blick taten ihr Übriges, aber trotz allem war er relativ gut auf dem Bild zu erkennen.

Wieder legte Jekaterina Kordakow ihren Finger auf die roten Lippen, und ihre Augen wanderten nach rechts oben. Doch bevor sie etwas sagen konnte, meldete sich ihre blonde Freundin zu Wort. Sie hatte die Sonnenbrille etwas nach oben geschoben, um das Foto besser betrachten zu können.

»Der war doch gestern auf dem Frühlingsfest!«, rief sie und zeigte auf Leitner.

»Das ist der, mit dem Claire rumgemacht hat«, pflichtete Jekaterina Kordakow ihr bei.

»Der Junge auf dem Foto hat mit ihr geflirtet?«, vergewisserte sich Tanja ungläubig, die auch wieder zu ihnen getreten war.

»Sicher«, sagte Caroline von Stacklborn. »Sie haben eine echt gute Show abgeliefert. Haben eng umschlungen getanzt und wild rumgeknutscht.«

»Haben die beiden gemeinsam das Fest verlassen?«, hakte der Kommissar nach.

Die Mädchen schüttelten synchron ihre Köpfe.

»Nein. Ich glaube, er ist mit seinen Freunden verschwunden. Claire hat ihn auf einmal von sich gestoßen. Hatte wohl keinen Bock mehr auf ihn«, mutmaßte die Brünette.

»Trotzdem sehr interessant«, murmelte Taglieber. »Wir

bräuchten eure Aussage nun doch auf dem Revier.« Er wandte sich an Tanja. »Am besten lassen wir die beiden gleich von Dobermann abholen. Er soll sich um alles Weitere kümmern.«

Seine Kollegin nickte und zückte ihr Handy.

Während Tanja telefonierte, zeigte Taglieber den Schülerinnen den Beutel mit dem Medaillon, konnte ihnen aber nicht mehr als ein gelangweiltes Achselzucken entlocken.

6

»Philip Leitner war gestern also auf dem Fest auf dem Schloss«, murmelte Tanja vor sich hin, als sie ins Auto stiegen. »Rumgemacht haben er und Claire miteinander, bis …« Sie startete den Wagen.

»Claire die Lust an ihm verging«, ergänzte Taglieber trocken. »Nicht zu vergessen, dass er nicht allein war, sondern in Begleitung seiner Freunde.«

»Wir müssen herausfinden, wer diese Freunde sind. Vielleicht können sie ihn durch ein Alibi für gestern Nacht entlasten«, überlegte Tanja.

»Ich glaube eher, das Gegenteil wird der Fall sein. Das Bürschchen hat hundertprozentig Dreck am Stecken«, hielt Taglieber überzeugt dagegen. »Aber mir bereitet eine andere Sache viel mehr Sorgen. Ich denke nicht, dass wir uns auf das Stillschweigen der beiden Prinzessinnen verlassen können. Wenn ich meinem Bauchgefühl vertraue, dann dürstet es sie geradezu nach einem Skandal. Auch wenn die Tatsache, Claire könnte ermordet worden sein, sie glaubhaft schockiert hat, sind sie doch wie Hyänen, die Blut geleckt haben.«

»Jede Wette, dass die Nachricht von Claires Tod wie ein Lauffeuer die Runde durch das Internat machen wird. Das Leben dort muss wohl sehr schön, aber auch eintönig und ereignislos sein, da sorgt ein Skandälchen hier und da bestimmt für willkommene Abwechslung.«

Taglieber nickte, bevor er das Thema wechselte. »Stratmann hat ein Alibi, dem fühlen wir später noch einmal auf den Zahn. Fahren wir zuerst zur Tanke«, schlug er vor. »Aber was hältst du von der Theorie, dass der Lehrer mit Claire eine Affäre hatte? Es klingt zwar hanebüchen, aber zutrauen würde ich es ihm nach dem ersten Eindruck.« Er musterte Tanja eindringlich, die plötzlich ihre ganze Aufmerksamkeit dem Straßenverkehr zu widmen schien, der lediglich aus einem entgegenkommenden Traktor bestand, und schmunzelte. »Der adrette Pauker ist dir wohl sympathisch?«, stichelte er, als sie ihm eine Antwort schuldig blieb.

»Ach geh, du weißt doch selbst, dass die Männer bei mir Schlange stehen«, gab sie zwinkernd zurück. »Wenn Fabi mich verlassen würde – was er ohnehin nicht tut –, dann stünden schon neun andere an, um mich zu umwerben. Ich hätte überhaupt keine Kapazität für noch einen Verehrer.«

»Jaja«, lachte Taglieber, »und Kollege Dobermann, Verzeihung, ich meine natürlich: Dobsi, stünde sicherlich ganz vorn in der Schlange«, neckte er seine Kollegin. Dabei wusste er genauso gut wie sie, dass Schnellspanner Dobermann ebenfalls vergeben war.

Der obligatorische Schlag in seine sensible Seite folgte prompt. So prompt, dass Taglieber ihn nicht hatte abwehren können und kurz auf dem Beifahrersitz zusammensackte.

An der Tankstelle von Daniel Voss' Vater parkten sie etwas abseits und sahen sich um. Auf den ersten Blick wirkte die Tankstelle aufgeräumt und sauber. Ein Vater betankte gerade die Familienkutsche, während eine Dreierbande Jungs die Gurte gelöst hatte und wild auf der Rückbank herumtobte. Dann gingen sie hinein.

»Ist Daniel Voss da?«, fragte Taglieber den pickeligen Rothaarigen, der hinter der Theke gerade frische Brezen aus dem Ofen holte. Der Angestellte hatte alle Hände voll damit zu tun, das heiße Blech zu balancieren. Er setzte es vor der Auslage ab und begann schweigend, das Gebäck einzuräumen. Der Duft der frischen Backwaren stieg Taglieber in die Nase, und sein Magen knurrte.

»Davon nehmen wir gleich mal zwei«, bestimmte Tanja und zeigte auf die frischen Brezen.

Nachdem der Junge die Auslage aufgefüllt hatte, griff er zwei Brezen mit einer Zange und ließ sie in eine Tüte fallen. »Macht neunzig Cent.«

Tanja reichte ihm einen Euro. »Stimmt so.«

»Den Daniel suchen S'?«, fragte er dann. »Den finden S' draußen bei der Waschanlage.« Mit einer Kopfbewegung deutete er vage in die entsprechende Richtung.

»Danke.« Tanja griff nach der Tüte, öffnete sie im Hinausgehen und reichte Taglieber eine der Brezen.

Sie war so heiß, dass er sich beinahe die Finger daran verbrannte und sie fallen gelassen hätte.

Als sie um die Ecke zur Waschanlage bogen, bemerkte der Kommissar den muskulösen jungen Mann sofort. Er war gerade dabei, einem roten Sportwagen, der aus der Waschanlage kam, die Windschutzscheibe zu polieren. Daniel Voss war zwar nicht besonders groß, doch den Mangel an Größe machte er durch einen durchtrainierten Körper wett. Bei den kreisenden Wischbewegungen zeichnete sich das Spiel seiner Muskeln deutlich unter seinem dunklen Shirt ab.

Tanja nickte, während sie einen Bissen Breze hinunterschluckte, und stieß dann einen anerkennenden Pfiff aus. »Ein Bizeps wie ein Bär«, murmelte die ungekrönte Queen des Kickboxens, ohne den Blick von ihm abzuwenden.

Taglieber interessierte die Muskelmasse weniger. Sein Blick blieb erst an den karierten Boxershorts hängen, die Voss unter seiner Jeans trug, dann an dem protzigen goldenen Anhänger in Form eines Schriftzuges, der von seinem Hals baumelte, und schließlich an dem orangefarbenen Baseballcap. Einer von den Supercoolen, dachte er.

Als Daniel Voss bemerkte, dass er beobachtet wurde, warf er ihnen einen unfreundlichen Blick zu.

Der Kommissar kaute genüsslich weiter an seiner Breze und erwiderte ihn mit einem Lächeln. Obwohl er selbst übermüdet und nicht gerade glücklich über seinen neuen Fall war, sah er keinen Grund, seine schlechte Laune nach außen zu tragen.

Nachdem der junge Mann auch die letzte Scheibe des Wagens gereinigt hatte, fuhr der Fahrer des Sportwagens sein Fenster herunter und drückte ihm einen Schein in die Hand, bevor er mit quietschenden Reifen den Hof verließ.

Der junge Kerl zog seine Hose nach oben, wobei ein Teil seiner karierten Shorts noch immer sichtbar blieb, und kam auf die Kommissare zu, die gerade die letzten Brezenstücke verspeisten.

»Guten Tag, die Herrschaften, was kann ich für Sie tun?«, fragte er gelangweilt und rückte seine Baseballkappe zurecht. Mit einer Kopfbewegung deutete er zu Tanjas altem Ford, von dem man nur die Schnauze sah. »Braucht Ihr Goldstück vielleicht einen Rundumservice? Die Waschbär-Wäsche haben wir gerade im Angebot, das wäre schon mal ein Anfang«, sagte er und ließ sich jetzt zu einem kecken Zwinkern herab.

Während Taglieber sich das Lachen verkniff, sah seine Kollegin den Knaben bissig an.

»Danke, aber den Waschbären kannst du behalten, mein Goldstück glänzt auch ohne Service wie ein Brilli«, sagte sie patzig und zückte ihren Ausweis. »Kommissarin Krimplstötter von der Kripo Prien. Das ist mein Kollege, Hauptkommissar Taglieber. Du bist Daniel Voss?«

Der Junge nickte und machte, anstatt sich den hingehaltenen Dienstausweis anzusehen, unsicher einen Schritt zurück, wobei sein Blick schnell von einer Seite zur andren huschte.

Taglieber überlegte, ob er vielleicht vorhatte zu fliehen, und holte schon instinktiv Luft, um auf eine Verfolgungsjagd vorbereitet zu sein, doch nichts dergleichen geschah. Voss blieb, wo er war, und zog seine Baseballkappe tiefer ins Gesicht.

»Also, wenn es um das Motorrad geht«, stammelte er, während seine Hände in seinen Hosentaschen wühlten. »Das mit dem Tuning, das … ähm … kann ich alles erklären.«

»Wir sind nicht wegen deinem Motorrad hier, darum kümmert sich, wenn überhaupt, die Verkehrspolizei«, sagte Taglieber und bemerkte, wie sich der Körper des Jungen sofort entspannte. »Frau Krimplstötter und ich sind von der Kriminalpolizei, wir bearbeiten Kapitaldelikte.«

»Wie zum Beispiel Mord«, platzte Tanja dazwischen, und Taglieber beobachtete Voss' Reaktion.

Der Sohn des Tankstellenbesitzers zuckte zurück und schien ehrlich schockiert zu sein, soweit der Kommissar das mit der nach unten gezogenen Kappe beurteilen konnte.

Dann hob der Junge den Kopf und sah ihn mit großen Augen an. »Mit Mord habe ich nichts am Hut, das können Sie mir glauben!«, beteuerte er.

»Davon gehen wir aus, trotzdem kannst du uns vielleicht weiterhelfen«, sagte Taglieber. »Wir sind wegen deiner Ex-Freundin hier.«

»Was ist mit Claire? Ihr hat doch niemand etwas getan?« Voss machte wieder einen Schritt auf die Kommissare zu, schob seine Kappe aus dem Gesicht und sah Taglieber herausfordernd an. »Sagen Sie mir sofort, was passiert ist!«, forderte er mit bebender Stimme.

Taglieber war zwar etwa einen halben Kopf größer als Voss, doch dessen offensichtliche Erregung in Verbindung mit seiner Muskelmasse ergab eine ehrfurchteinjagende Mischung. Intuitiv wich er ein wenig zurück. Nicht so seine kleine Kollegin, die mutig auf den jungen Mann zuging.

»Immer mit der Ruhe«, mahnte sie und legte eine Hand auf seine Schulter. »Leider haben wir tatsächlich keine guten Nachrichten für dich: Claire ist gestern Nacht auf der Yacht ihres Vaters tödlich verunglückt, und wir können nicht ausschließen, dass sie ermordet wurde. Im Gegenteil.«

Der gerade noch forsche Blick des Jungen erlosch, und sein Gesicht verzog sich zu einer Fratze. Die Augen zu Schlitzen verengt, schüttelte er Tanjas Hand ab.

»Das ist absolut unmöglich, Claire ist nicht tot«, behauptete er und sah Taglieber provokant an.

»Das haben wir heute doch schon mal irgendwo gehört«, bemerkte Tanja spitz.

»Ein jeder Mensch ist nun mal sterblich, und die Fakten sprechen für sich. Deine Ex-Freundin ist tot. Ihre Identität wurde bereits durch eine Gebissanalyse bestätigt«, blieb Taglieber sachlich und bemühte sich, Daniel Voss' Blick standzuhalten. »Nun bleibt zu klären, ob es ein Unfall war oder ob jemand ihren Tod verursacht hat. Dazu müssten wir wissen, wo du dich heute Nacht aufgehalten hast.«

»Wo warst du zwischen Mitternacht und vier Uhr?«, fragte Tanja.

Voss' Augenschlitze wurden noch schmaler. »Verdächtigen Sie mich etwa? Denken Sie, ich hätte ihr etwas angetan?«, blaffte er Taglieber mit erhobener Faust an. »Hören Sie auf mit diesen Lügen. Dann irrt sich Ihre Gebissanalyse eben. Claire ist nicht tot, niemals!« Seine Stimme zitterte, und wieder drohte er dem Kommissar mit der Faust.

»Doch, das ist sie«, bekräftigte Tanja. »Und dass du dich aufführst wie Rumpelstilzchen, macht sie auch nicht wieder lebendig.« Mit einem strengen Blick auf seine erhobene Faust warnte sie: »Das nennt man übrigens Bedrohung eines Beamten im Dienst. Allein dafür könnten wir dich mit aufs Revier nehmen.«

Sichtlich widerwillig ließ Voss seine Faust sinken. Doch Taglieber, der hoffte, sie könnten nun ein vernünftiges Gespräch mit dem jungen Mann führen, wurde erneut enttäuscht. Voss sah die Kommissare trotzig an und warf seine Kappe zu Boden, während sich den Tiefen seiner Kehle ein wütend-verletztes Röhren entrang. Dann machte er überraschend ein paar schnelle Schritte und war bei der Waschanlage.

Tanja spurtete ihm geistesgegenwärtig hinterher, kam aber zu spät. Zusammen mit Taglieber konnte sie nur noch mit großen Augen dem Flug des mobilen Reifendrucktesters folgen. Das Gerät, das Voss hochgehoben hatte, als handelte es sich dabei um ein Stofftier, donnerte gegen die Plexiglasscheibe der Waschstraße, bevor es mit einem lauten Aufprall auf dem Boden landete. In der Verglasung der Waschstraße prangte ein langer Riss, und ein Teil von ihr war sogar herausgebrochen.

Tanja war neben den zitternden Voss getreten. Wohlweislich hielt sie diesmal lieber Abstand und legte ihm auch keine Hand auf die Schulter.

Der junge Mann schüttelte den Kopf. »Aber sie war … Das

geht doch nicht … Nicht Claire, nein, nicht Claire!«, ächzte er verzweifelt.

»Wann hast du sie zum letzten Mal gesehen?«, fragte Tanja, während Taglieber zu den beiden aufschloss.

»Gestern«, antwortete Voss leise. »Ich war auf dem Fest … Ich weiß, ich hab eigentlich Hausverbot auf dem Gelände, aber ich musste sie einfach sehen. Ich wollte wissen, ob die Gerüchte stimmen.«

»Welche Gerüchte?«, fragte Taglieber neugierig.

»Na, dass sie 'nen Neuen hatte.«

»Und, hatte sie einen?«, wollte Tanja wissen.

Voss' Miene verfinsterte sich. Allein sein Gesichtsausdruck sprach Bände. »Klar. Eine wie sie bleibt doch nicht lange allein.« Bittere Enttäuschung triefte aus seinen Worten.

Taglieber zog sein Smartphone aus der Hosentasche und präsentierte dem Jungen das Foto von Leitner. »Sah der Neue zufällig so aus?«

»Das ist der Kerl, dieses Schwein! Der hat sie auf dem Gewissen, oder?« Wütend schlug er mit der Hand nach Tagliebers Smartphone, das dieser geistesgegenwärtig in Sicherheit brachte.

»Nein, hat er nicht«, versuchte Tanja, ihn zu beruhigen, »wir –«

»Wenn ich das Schwein erwische, dann mach ich kurzen Prozess mit ihm«, fiel Voss ihr ins Wort. »Den bring ich um!« Er ballte seine Faust, während ihm der Geifer aus dem Mund spritzte.

»Und du bist dir wirklich sicher, dass *das* Claires neuer Freund ist?«, bohrte Taglieber nach und ließ den jungen Mann noch einmal einen Blick auf das Foto werfen.

»Freilich. Auf dem Fest haben sie rumgemacht, und später dann, auf der Yacht …« Er brach mitten im Satz ab, und sein Blick wanderte kurz die Lage einschätzend von Taglieber zu Tanja. »Das Schwein stech ich ab«, stieß er aus, dann schubste er Taglieber so stark, dass der gegen seine Kollegin taumelte. Auch Tanja schwankte, da sie offenbar ebenfalls nicht mit einem Angriff gerechnet hatte. Daniel Voss nutzte den günstigen Moment zur Flucht.

Tanja nahm als Erste seine Verfolgung auf, doch Klara von Ariethens Ex-Freund, der in einem Affenzahn hinter das Tankstellenhaus lief, hatte sie bereits abgehängt. »Scheiße!«, fluchte sie, als er auf einem Motorrad mit donnerndem Auspuff vor ihren Augen von der Tanke fuhr.

Taglieber schnappte nach Luft. »War das gerade eine Morddrohung?«, keuchte er.

Tanja bejahte und zückte ihr Handy. »Ich ruf die Kollegen an, hoffentlich erwischen sie ihn. Noch einen Toten können wir heute wirklich nicht brauchen. Gott sei Dank hat Voss keine Ahnung, wo Leitner sich aufhält und wie er heißt. Außerdem wird sein Zimmer im Krankenhaus ja bewacht, sodass er im Moment in Sicherheit sein dürfte.«

»Hast du auch gehört, dass er die Yacht erwähnt hat? Der Kerl weiß was und haut einfach ab«, schimpfte Taglieber aufgebracht. »Hoffentlich baut er keinen Mist.«

»Darauf würde ich meinen hübschen Arsch sicher nicht verwetten«, hielt Tanja dagegen.

7

Nach einem verfrühten Mittagessen an einer Raublinger Dönerbude machten Taglieber und Tanja sich auf den Weg zum Revier.

Während Tanja auf der Fahrt noch einmal mit den Kollegen von der Verkehrsüberwachung telefoniert hatte, um Voss aufzuspüren, hatte Taglieber sich bemüht, die Puzzleteile seines Traumes der letzten Nacht zusammenzusetzen. Er wollte so schnell wie möglich mit dem Polizeizeichner reden, um mit dessen Hilfe ein Phantombild seines Angreifers zu erstellen.

Kaum hatten sie den Ford in der Garage der Inspektion abgestellt, kam Rösler auch schon mit wehenden Fahnen auf sie zu. Wie ein Bulldozer walzte der hochgewachsene Mann mit dem bereits äußerst licht gewordenen Haupthaar heran und keuchte dabei vor Anstrengung. Die Trennung von seiner Frau war daran schuld – so munkelte man auf dem Revier –, dass der eh bereits dicke Rösler in den letzten Monaten noch mehr zugelegt hatte.

»Es ist einfach nur schrecklich!«, stieß er hervor, um gleich darauf wie ein Fisch auf dem Trockenen nach Luft zu schnappen.

Ein Todesfall ist immer schrecklich, hätte Taglieber beinahe zurückgegeben, verkniff sich die Spitze aber.

Als Rösler wieder ausreichend Luft zur Verfügung stand, sprach er weiter: »Der Präsident des Bundesgerichtshofs nimmt heute Abend einen Flug nach München. Ernst von Ariethen hat genaue Vorstellungen davon, wie der Tod seiner Tochter untersucht werden soll. Am liebsten würde er eine Staatsangelegenheit daraus machen. Die Spurensicherung und die Gerichtsmedizin haben bereits bestätigt, dass es Mord war.« Rösler machte eine Pause, um Luft zu holen.

»An den Überresten der Yacht wurden bis jetzt keine technischen Defekte entdeckt, die ein Feuer verursacht haben könnten. Dafür gibt es an der Toten deutliche Spuren einer Strangulation.«

Die Tatsache, dass Klara von Ariethen ermordet worden war, überraschte Taglieber nicht.

Tanja verzog das Gesicht. »Und was bedeutet das mit der Staatsangelegenheit jetzt für uns konkret?«, fragte sie nach.

Röslers Gesicht nahm einen gequälten Ausdruck an. »Hören Sie mir damit auf!« Er winkte ab. »Er will keine Obduktion, ohne selbst vor Ort zu sein, und erachtet die Anwesenheit eines Spezialisten vom LKA für ›absolut unverzichtbar‹, wie er sich ausdrückte. Dabei hat er, rechtlich betrachtet, keine Befugnis dazu, sich in unsere Angelegenheiten einzumischen.«

»Anders gesagt, er traut uns Provinzbullen anscheinend nicht zu, einen Fall wie diesen eigenständig zu lösen«, übersetzte Taglieber.

Tanja ballte die Hand zur Faust. Das kleine Energiebündel kochte. »Aber … das ist doch! … Wir lassen uns von niemandem in die Suppe spucken, und schon gar nicht von so einem Großkopferten«, schimpfte sie, und ihr Blick wanderte von Rösler zu Taglieber, der nickte.

Er sah das genauso.

Rösler dagegen raufte sich verzweifelt die nicht vorhandenen Haare. »Sie beide haben ja keine Ahnung«, jammerte er. »Dieser Mann ist noch nicht einmal hier, und schon zieht er alle Fäden. Sogar der Generalbundesanwalt persönlich will über jeden unserer Schritte informiert werden.« Er ließ den Kopf hängen. »Wie sollen wir bitte dabei noch unsere Arbeit machen? Und Schmidt kann ich Ihnen auch nicht zur Seite stellen, der steckt bis über beide Ohren in Nachforschungen wegen des Ohland-Falls.«

Taglieber erinnerte sich noch gut an den Hänsel-und-Gretel-Fall, in den sie ihn passenderweise umbenannt hatten. Die Kinder, die vor ein paar Monaten im Fasching von einem älteren Ehepaar entführt worden waren, hießen Johannes-Louis und Anna-Greta. Es war wie verhext gewesen: keine brauchbaren Spuren, keine Lösegeldforderung – nichts. Sie fanden die beiden damals zwei Wochen später im Wald. Der sechsjährige Junge war völlig verwirrt und ausgehungert, die Leiche der vierjährigen Schwester wurde ein Stück weiter geborgen. Von den Entführern, die die Beamten mittlerweile kannten, fehlte noch immer jede Spur. Ein älteres Ehepaar, das unter falschem Namen bei den Eltern im Betrieb gearbeitet und sich scheinbar immer gern um die Kinder gekümmert hatte, während die beiden in Wahrheit nur auf eine günstige Gelegenheit gewartet hatten, sie zu entführen. Den Grund dafür kannte niemand.

Rösler sah Taglieber hilfesuchend an, und in den braun gesprenkelten Augen des Dienststellenleiters glomm ein Funken Hoffnung. »Lösen Sie diesen Fall, Taglieber, am besten bis gestern. Wir müssen uns die von Ariethen'sche Bürde so schnell wie möglich wieder vom Hals schaffen. Wie ich hörte, ist Ihnen bereits ein Verdächtiger entwischt«, fügte er vorwurfsvoll hinzu. Dann wandte er sich an Tanja und hob mahnend den Zeigefinger. »Auf gar keinen Fall darf uns ein Fehler unterlaufen, der unsere Professionalität in Frage stellt.«

Tanja spitzte die Lippen und legte den Kopf schief. »Selbstverständlich.« Sie nickte verständig.

Ihr Gebaren rang Rösler ein zufriedenes »Ich wusste, ich kann mich auf Sie beide verlassen« ab, versetzte Taglieber jedoch in Alarmbereitschaft. Er kannte seine Partnerin und deutete ihre Reaktion anders: Seine kleine Kollegin würde wie immer ihren eigenen Weg gehen und dabei ihre ganz persönlichen Ermittlungsmethoden anwenden, solange diese zur Lösung des Falles beitrugen. Taglieber wollte noch entgegnen, dass Voss zwar entwischt, aber eigentlich kein Verdächtiger im engeren Sinne war, doch Rösler war schon wieder auf dem Sprung.

»Was ist eigentlich mit der Mutter des toten Mädchens?«, hielt Tanja den Dienststellenleiter auf.

»Frau von Ariethen? Die ist laut ihrem Mann sehr früh verstorben. Somit müssen wir uns nur mit einem anspruchsvollen Elternteil beschäftigen. Also, mein Schicksal liegt in Ihren Händen«, schloss er pathetisch. »Ich treffe mich gleich zum Mittagessen mit dem Staatsanwalt, um das weitere Vorgehen zu besprechen und einen Haftbefehl gegen den jungen Mann im Krankenhaus zu erwirken. Nehmen Sie ihn in die Zange. Wir brauchen dringend etwas, das wir vorweisen können, wenn von Ariethen morgen hier eintrifft.«

Als Taglieber mit seiner Kollegin die Neurologische Abteilung des Priener Krankenhauses betrat, kroch eine leichte Übelkeit von seinem Magen in die Speiseröhre. Er schob es auf den »Döner mit allem und scharf«, den er vielleicht etwas zu früh an diesem Tag verspeist hatte, doch insgeheim wusste er genau, woher das ungute Gefühl rührte: Es war gerade mal drei Monate her, dass er hier, auf dieser Station, aus dem Koma erwacht war.

Eine Gruppe Ärzte kam ihnen entgegen, darunter einer mit dunklem Haar und schwarzer Brille – Dr. Götz. Tagliebers Hände wurden feucht. Obwohl ihn der Mann im weißen Kittel allem Anschein nach nicht erkannte, begann sich im Kopf des Kommissars das Rad der Erinnerung zu drehen. Die schwarze Brille, Dr. Götz' braune Augen, dessen Dreitagebart – das war es, was er als Erstes wahrgenommen hatte, als er nach dem Koma die Augen öffnete. Den Bart trug der Arzt mittlerweile nicht mehr, dafür war sein Haupthaar länger, und dem Kommissar fielen zum ersten Mal ein paar graue Strähnen darin auf.

Tagliebers Handflächen hörten auch nicht auf zu schwitzen, als er mit Tanja im Schwesternzimmer der Station stand, um sich zu erkundigen, wo genau Philip Leitner lag.

Während ihnen eine stark gebräunte Schwester mit Nasenring Auskunft gab, huschten zwei andere Schwestern draußen auf dem Gang vorbei.

Taglieber kannte die blonden Löckchen der einen genau.

Der mit ihrer unverkennbar piepsigen Stimme gesprochenen Worte »Er hat es versprochen, aber er hat wieder nicht angerufen. Jetzt weiß ich nicht, was ich tun soll …« hätte es nicht bedurft, denn Schwester Irmi hatte sich in das Gedächtnis des Kommissars eingebrannt wie ein Brandzeichen in einen Pferdehintern. Sie war, genau wie Dr. Götz, dabei gewesen, als er aufgewacht war. Und nicht nur das, sie hatte sich in all der Zeit, die er im Koma lag, liebevoll um ihn gekümmert. Die Tränen auf ihren Wangen, als er sich damals von ihr verabschiedet hatte, wurden vor seinem geistigen Auge genauso lebendig wie das schreckliche Gequietsche – als Gesang konnte man das wirklich nicht bezeichnen – von ihr und ihren Freundinnen bei der Karaoke-Nacht im »Barbarossa«. Damals hatten er und Irmi Brüderschaft getrunken, bevor er einen Filmriss gehabt hatte. Bei der Erinnerung daran spürte er einen leichten Druck auf seinem Herzen.

Der Stoß seiner Kollegin in die Seite riss Taglieber jäh aus den Gedanken.

»Los, du Schnarchnase, Zimmer 256, wir müssen uns sputen. Gleich gibt es Essen, und dabei dürfen wir den Patienten nicht stören«, schnauzte Tanja ihn an. »Rösler will schnelle Erfolge, schon vergessen?«

»Ist ja schon gut«, murmelte Taglieber, während er Irmis grüne Augen noch einmal vor sich sah. Er seufzte tief und trottete dann krumm wie ein in die Jahre gekommener Hund hinter seiner Kollegin her.

Als sie Zimmer 256 betraten, schob er die Vergangenheit beiseite, richtete sich auf und nahm den Platz neben seiner Kollegin am Krankenbett von Leitner ein.

Dem Bürschchen sah man deutlich an, dass es schon bessere Zeiten gesehen hatte: Auf der Stirn klebte ein kleines und auf seinem Hinterkopf, der offensichtlich rasiert worden war, ein größeres Pflaster, seine Oberlippe war vom Blut gereinigt, aber immer noch geschwollen. Im Handrücken steckte eine Nadel, über die eine Infusion in seinen Körper lief. Leitners

Blick wirkte glasig, als wäre der Knabe den Tränen nahe. Trotzdem meinte Taglieber, eine leichte Aggressivität darin zu erkennen.

Als die Kommissare, die ihn schon am frühen Morgen im Polizeibus verhört hatten, sein Zimmer betraten, war Phils erster Gedanke, einfach davonzulaufen.

Das Gespräch am Vormittag mit seinem Vater, der ihm gehörig die Leviten gelesen hatte, saß ihm immer noch in den Knochen. Dass er ein paar Bier zu viel gehabt hatte, ließ sein alter Herr gerade noch durchgehen, anders verhielt es sich, was das Kiffen betraf. Und dass ein Bulle vor seiner Tür saß und ihn bewachte, weil er als Verdächtiger in einem Mordfall galt, das war eindeutig zu viel des Guten gewesen.

Androhung von Hausarrest, kein Internet, nicht mal das Handy wollte er ihm lassen, das waren nur einige der Sanktionen – so hatte sein Dad sich ausgedrückt –, die er ihm angekündigt hatte. Wenigstens hatte er seinen Vater dazu überreden können, das Handy vorläufig behalten zu dürfen, und dank der Schmerzmittel, die er bekommen hatte, war das üble Kopfweh endlich weg.

Aber das Schlimmste an der Sache war, dass er sich immer noch an nichts erinnern konnte. Mal abgesehen von dem brennenden Boot und der tanzenden Gestalt darauf – natürlich –, aber das durfte er den Bullen auf keinen Fall erzählen, oder vielleicht doch?

Denn Phil fühlte sich auch so schon schuldig genug, und wenn er ihnen davon berichtete, würde er sich nur noch verdächtiger machen, als er es ohnehin schon war.

»Na, wie schaut's aus, kannst du dich schon an etwas erinnern?«, fragte die kleine Kommissarin mit den dunklen Locken freundlich.

Phil verzog das Gesicht. Die ewige Fragerei nervte ihn. Erst der Arzt, dann die Schwester und sein Vater und nun wieder die Polizei. Jeder wollte wissen, was in der Nacht geschehen war. »Nein. Immer noch an nichts«, antwortete er tonlos.

Der große Blonde musterte ihn eindringlich. Der kauft mir das niemals ab, dachte Phil, blieb aber trotzdem bei der Aussage, die er sich zuvor zurechtgelegt hatte. »Ich hab's dem Arzt schon gesagt und der Schwester auch. Das Letzte, was ich weiß, ist, dass ich mit meinen Kumpels einen Kasten Bier an der Tanke besorgt hab. Was danach passiert ist, ist wie aus meinem Gedächtnis gelöscht.« Er zuckte mit den Schultern. »Ich hab keine Ahnung, ehrlich.«

Taglieber glaubte Leitner, der den Unschuldigen mimte, kein Wort. »Aber *wir*. Wir wissen nämlich, wo du anschließend warst.« Er musterte den Verdächtigen streng, während er eine Pause entstehen ließ. Doch Leitner verzog keine Miene.

»Du warst mit deinen Freunden auf dem Frühlingsfest auf dem Schloss bei Neubeuern«, schaltete sich Tanja milder ein.

»Du hast mit der Toten getanzt – mit Claire geflirtet«, versuchte Taglieber abermals, den Jungen aus der Reserve zu locken.

»Was soll die Scheiße?«, echauffierte sich der Bengel und schlug mit einer Hand auf die Bettdecke.

Taglieber trat einen Schritt auf ihn zu, seinen Zeigefinger auf die Brust des Jungen gerichtet, während sein Blick ihn fixierte. »Du hast auf dem Fest sogar mit dem Mordopfer rumgeknutscht, das haben uns mehrere Augenzeugen bescheinigt«, rückte er ihm weiter auf den Pelz. »Und später wart ihr zusammen auf der Yacht von Claires Vater. Auch dafür gibt es einen Augenzeugen.«

»Ach du heilige Scheiße«, entfuhr es Leitner, der sich an die Stirn griff. »Das kann doch nicht sein!«

Taglieber lächelte. Schon besser, dachte er. Wenn wir so weitermachen, gesteht er bald, sie getötet zu haben.

Tanja zog ein Foto von Klara von Ariethen, das sie in ihrer Schuluniform vor dem Internat zeigte, aus ihrer Tasche und hielt es Leitner unter die Nase. »Schau dir das Bild mal an. Erkennst du sie wieder?«

Das Gesicht des Jungen verriet keine Gefühlsregung, und

er schüttelte den Kopf. »Ich habe dieses Mädchen noch nie gesehen. Und wenn, dann weiß ich nichts mehr davon. Sie war definitiv nicht meine Freundin, fragen Sie meinen Dad oder meine Kumpels.«

Obwohl die Worte des Jungen ehrlich klangen, hatte Taglieber seine Zweifel daran, dass er die Wahrheit sagte. »Wir werden deiner Erinnerung schon auf die Sprünge helfen«, sagte er entschlossen. »Und jetzt gib uns Namen und Adressen der Freunde, mit denen du gestern Abend zusammen warst.«

»Vielleicht können sie dich mit ihrer Aussage entlasten«, erklärte Tanja geduldig.

Taglieber regte die weichgespülte Art, die seine Kollegin, was den Jungen betraf, an den Tag legte, langsam, aber stetig auf. Hatte sie schon vergessen, dass Rösler sie gerade noch ermahnt hatte, ihn hart ranzunehmen, damit er gestand?

Nachdem Philip Leitner ihnen die geforderten Informationen genannt hatte, ging die Tür auf, und Taglieber, der gerade noch darüber nachgedacht hatte, wie er die Schlinge um den Hals des Verdächtigen enger ziehen könnte, vergaß augenblicklich alles.

Ausgerechnet Schwester Irmi betrat das Krankenzimmer, einen voll beladenen Essenswagen vor sich herschiebend.

Als sie den Kopf hob und sich ihre Blicke trafen, fuhr es wie ein Stromschlag in Tagliebers Glieder. Mit einem Mal war er unfähig, einen klaren Gedanken zu fassen. »Schw… Schwester Irmi«, stammelte er.

»Hel… Herr Taglieber«, erwiderte sie, während ihre leuchtend grünen Augen ihn in ihrem Bann gefangen hielten. Die Schwester fing sich als Erste wieder. »Ich muss Sie bitten, jetzt zu gehen. Der Patient bekommt sein Essen, dabei darf er laut ärztlicher Anordnung nicht gestört werden. Danach können Sie ihn gern weiter befragen.«

Taglieber brummelte ein »In Ordnung« und gab seiner Partnerin ein Zeichen, das Zimmer zu verlassen.

Während Tanja kurz für kleine Mädchen verschwand, wartete Taglieber auf dem Gang auf Schwester Irmi. Natürlich einzig und allein aus dem Grund, weil er sie bitten wollte, den behandelnden Arzt von Leitner um ein kurzes Gespräch zu ersuchen – zumindest redete er sich das hartnäckig ein. Doch letztendlich wusste er nur zu gut, dass er den Kontakt zu ihr suchte. Warum hatte er sich sonst so weit von Zimmer 256 entfernt, dass der uniformierte Kollege, der Leitner bewachte, nichts von ihrer Unterhaltung mitbekommen würde?

Als die Schwester endlich mit ihrem Essenswagen auf ihn zukam, stellte sich Taglieber ihr direkt in den Weg. Irmi hielt an. Die Sekunden, in denen beide schwiegen und sich nur ansahen, vergingen.

Taglieber räusperte sich gerade, als Irmi das Eis brach: »Und wie geht es Ihnen so?«

Er lächelte. »Solange Sie mich nicht fragen, ob ich mich an etwas erinnern kann«, meinte er schmunzelnd, »werde ich Ihnen jede Frage beantworten. Mir geht es den Umständen entsprechend gut. Im Job habe ich mich mittlerweile auch wieder eingewöhnt.« Mit einer Kopfbewegung deutete er in Richtung Zimmer 256. »Ein neuer Fall. Das heißt immer: wenig Schlaf, viel Arbeit.«

Irmi nickte verständnisvoll.

»Und was ist mit Ihnen?«, erkundigte sich Taglieber, dem der Gesprächsfetzen einfiel, den er vorhin aufgeschnappt hatte, als er mit Tanja im Schwesternzimmer gewesen war.

Irmi blickte zu Boden. »Ehrlich gesagt geht es mir beschissen. Aber was soll's, so ist das Leben nun mal«, gestand sie seufzend. Dann zuckte sie mit den Schultern und versuchte, mit einem missglückten Lächeln ihre Traurigkeit wegzuwischen.

Taglieber verspürte einen Stich im Herzen. Ihm tat Schwester Irmi leid. Der Kerl, der versäumte, eine Frau wie sie anzurufen, war ein riesiger Idiot. Wieder schwiegen sie, doch bevor die Stille unangenehm werden konnte, trabte Tanja herbei. Sie kam ihm ungelegen.

»Können wir jetzt mit dem behandelnden Arzt sprechen?«, fragte sie.

»Ach ja, Irmi, könnten Sie ihm Bescheid geben, dass wir kurz mit ihm reden wollen?«, bat er die Schwester.

Sie bejahte. »Das mache ich, wenn ich das Essen ausgefahren habe, es wird sonst kalt.« Sie sah Taglieber entschuldigend an. »Nehmen Sie derweil doch im Wartebereich Platz.« Sie wies den Kommissaren mit einer Geste die Richtung den Gang entlang.

Gerade als sie sich anschickte, ihren Wagen wieder in Bewegung zu setzen, gab sich Taglieber einen Ruck und zog seine Visitenkarte aus der Tasche. »Ich weiß nicht mehr, ob ich sie Ihnen bereits gegeben habe. Aber rufen Sie mich doch einfach mal an. Wir könnten gemeinsam etwas trinken gehen«, brachte er etwas holprig hervor.

Seine Worte rangen Schwester Irmi ein Lächeln ab – diesmal ein gelungenes. »Gerne. Das machen wir.« Dann verabschiedete sie sich und setzte ihren Weg fort.

»Etwas trinken gehen. Soso. So nennt man das also heutzutage, wenn ein Mann vorhat, seine Frau zu hintergehen«, stichelte Tanja, als sie im Wartebereich auf den blauen Plastikstühlen saßen.

Obwohl Taglieber sich ertappt fühlte, gab er Kontra. »Man wird ja wohl noch mit einer Bekannten etwas trinken gehen dürfen! Nur weil wir beide gemeinsam in der Kneipe sitzen, springe ich nach zwei Bier ja auch nicht gleich mit dir ins Bett. Außerdem sind Cornelia und ich sehr glücklich miteinander, aus welchem Grund sollte ich sie betrügen?«, behauptete er, mehr, um sich selbst als seine Kollegin von seiner funktionierenden Ehe zu überzeugen.

Wenn er es sich eingestand, hatte er seit ein paar Wochen das Gefühl, dass seine Frau und er nur nebeneinanderher lebten, ohne wirklich Anteil am Leben des anderen zu nehmen. Und das, obwohl er sie nach seinem Koma quasi wieder neu kennengelernt hatte. Er nahm sich vor, das gleich heute

Abend zu ändern. Vorausgesetzt, er würde nicht zu müde für einen Plausch mit ihr sein.

Während Taglieber überlegte, ob er Cornelia vielleicht mit Blumen überraschen sollte, trat ein schlanker, großer Mann in weißem Kittel auf sie zu. Mit den eingefallenen Wangen und den hervortretenden Augen, die er hinter einer Brille verbarg, wirkte er mehr wie ein Patient als wie ein Arzt. Er reichte zuerst Taglieber die Hand.

»Ich bin Dr. Beer, der behandelnde Arzt von Philip Leitner«, stellte er sich vor. »Sie wollten mich sprechen?«

Taglieber erhob sich. »Hauptkommissar Taglieber, und das ist meine Kollegin, Kommissarin Krimplstötter.«

Sie schüttelten sich die Hände, dann nahmen sie wieder Platz, während der Arzt sich mit halbem Hintern auf einen kleinen Beistelltisch setzte, auf dem einige Zeitungen lagen.

»Was haben Sie für Fragen? Ich muss Sie jedoch bitten, es kurz zu machen, da ich gleich zu einer Besprechung muss.«

»Glauben Sie als Arzt auch an die Mär, dass der Junge sich an nichts erinnern kann?«, fragte Taglieber geradeheraus.

Der Mediziner hob die Schultern. »Möglich ist es jedenfalls. Allein die Kombination von Alkohol und Haschisch, wovon er jede Menge im Blut hatte, kann eine Amnesie herbeigeführt haben. Dazu kommen die Kopfverletzungen … die Commotio«, der Doktor rieb sich nachdenklich das Kinn, auf dem ein paar Bartstoppeln sprossen.

»Wenn Sie mich fragen, weiß er mehr, als er zugibt«, beharrte Taglieber auf seiner Vermutung.

»Ich glaube dem Jungen«, schaltete sich Tanja ein. »Du selbst leidest doch bis heute an einer Amnesie. Habe ich vielleicht jemals daran gezweifelt, dass du mir darüber die Wahrheit sagst?«, fragte sie und sah ihn aus vorwurfsvoll blitzenden Augen an.

»Nein, aber –«, begann Taglieber, wurde jedoch von Dr. Beer unterbrochen.

»Entschuldigung, aber Sie haben mich um meine Meinung gebeten. Und da ich gleich wegmuss … Also, es gibt auch noch eine andere – für Sie viel interessantere – Erklärung dafür, warum Herr Leitner an Amnesie leidet«, verkündete er verheißungsvoll.

»Und die wäre?« Tanja musterte den Arzt neugierig.

Taglieber hatte das Gefühl, als träten Dr. Beers ohnehin schon vorgewölbte Augäpfel noch ein Stück weiter aus ihren Höhlen. Gleich werden sie an die Brillengläser stoßen, dachte er.

»Dissoziative Amnesie, so nennt sich diese Art der Gedächtnislücke.«

Taglieber horchte auf. Den Begriff hatte er noch nie gehört.

»Dissozi... was?«, warf Tanja ein, ein großes Fragezeichen im Gesicht.

Die eingefallenen Wangen des Arztes wurden etwas voller, als er lächelte. »Es verhält sich folgendermaßen, junge Frau«, begann er, »wenn einem Menschen etwas Schlimmes zustößt oder er jemandem anderes etwas Schreckliches antut –«

»Zum Beispiel seine Freundin umbringt?«, spann Tanja den Gedanken fort.

Der Arzt nickte. »Genau. Dann kann es sein, dass er dieses Ereignis von sich und seinem Erleben abspaltet und es damit aus seiner Erinnerung löscht. In Ihrem Fall würde Philip Leitner dann an einer Art Täter-Amnesie leiden. Vorausgesetzt, er hat wirklich etwas mit dem Tod des Mädchens zu tun. Aber diese Theorie ist natürlich nichts als reine Spekulation.«

»Und was können wir tun, damit seine Erinnerung zurückkommt?«, fragte Tanja weiter.

»Nichts. Abwarten und Tee trinken, wahlweise auch Kaffee«, scherzte der Mediziner. »Natürlich könnten Sie ihm einen Psychotherapeuten zur Seite stellen – aber letzten Endes wird auch das wohl nur einen sehr geringen Einfluss auf sein Erinnerungsvermögen haben. Die Erinnerung wird, wenn, dann von ganz allein wiederkehren. Meist braucht es einfach seine Zeit«, schloss der Arzt und erhob sich. »So, leider muss ich jetzt wirklich los. Wenn Sie noch Fragen haben, rufen Sie einfach an und vereinbaren einen Termin mit mir.«

Taglieber reichte ihm zum Abschied die Hand und gab ihm seine Karte. »Danke, Sie haben uns sehr geholfen.«

8

»Denkst du, Dr. Glupschauge hat recht mit dem, was er über den Jungen behauptet?«, wollte Tanja auf der Fahrt nach Breitbrunn zu Lukas Dotz, einem der beiden Freunde, die Philip Leitner ihnen genannt hatte, wissen. »He, schläfst du jetzt schon mit offenen Augen? Ich habe dich gerade etwas gefragt!«, setzte sie nach, als sie keine Antwort erhielt.

Taglieber hatte gedankenverloren aus dem Fenster gestarrt. Die blond gelockte Schwester war in seinem Gehirn herumgegeistert, während er vorgeblich Kühen auf einer hügeligen Weide beim Grasen zusah. Ein Schuldgefühl nagte in seiner Brust. Obwohl er eine gute Frau zu Hause hatte, ging ihm Irmi nicht mehr aus dem Kopf. Und nicht nur das. Das Bedürfnis, sich mit ihr zu treffen und mit ihr zu reden, war so groß, dass er ihren Anruf kaum erwarten konnte. Hatte er bereits vor dem Koma seine Fühler in andere Richtungen ausgestreckt? War er gar mehrgleisig gefahren, hatte eine Geliebte gehabt? Diese Lücke in seinem Gedächtnis zu schließen, dabei konnte ihm seine Frau leider nicht helfen. Oder doch? Sag mal, Schatz, war ich dir eigentlich immer treu?, formulierte er in Gedanken die entscheidende Frage und verdrehte die Augen. Nein, er konnte unmöglich so direkt sein.

»Was hast du gerade gesagt?«, erkundigte er sich bei seiner Kollegin, als ihm endlich bewusst wurde, dass sie ihn angesprochen hatte.

Tanja nahm die nächste Kurve extrascharf, sodass Taglieber trotz Gurt gegen die Beifahrertür gedrückt wurde.

»Hey, pass doch auf!«, meckerte er verärgert.

»Selber!«, motzte seine Kollegin zurück. »Was ist nun? Hältst du es für möglich, dass Philip Leitner eine Täter-Amnesie hat?«

Taglieber überlegte. »Nein, eher nicht. Wenn du mich

fragst, weiß er, was geschehen ist. Zumindest in groben Zügen. Meine aktuelle Theorie ist folgende: Leitner war Klaras Freund und verabredete sich mit ihr auf dem Fest. Dort gab es Zoff, sie vertrugen sich wieder, dann schipperten sie gemeinsam auf der Yacht über den See, wo es erneut zum Streit kam. Welcher für die liebe Klara tödlich ausging, während Leitner mit ein paar Blessuren davonkam.«

»Klingt unlogisch«, wandte Tanja ein, während ihr Goldstück hustend eine Anhöhe hinaufkroch. »Die Hohenbeurer Prinzessinnen hätten doch von Klaras festem Freund gewusst, aber sie haben lediglich ausgesagt, die beiden hätten miteinander rumgemacht. Über die Affäre mit Stratmann waren sie doch auch im Bilde. Vorausgesetzt, an der ist was Wahres dran«, fügte sie skeptisch hinzu.

»Hmm«, machte Taglieber. »Eventuell hatte sie ja mit beiden etwas: mit ihrem Lehrer und mit Leitner. Und als Letzterer herausfand, dass Klara ihn mit Stratmann betrog, erwürgte er sie aus Eifersucht und steckte auch noch das Boot in Brand. Das Mädchen ging in Flammen auf, und der ach so arme Junge kann sich jetzt aus Angst vor seiner gerechten Strafe an nichts erinnern.«

Tanja brummelte etwas Unverständliches vor sich hin, verzichtete jedoch auf einen Kommentar. Der war ohnehin nicht notwendig. Ihnen war auch so klar, dass sie diesmal nicht einer Meinung waren.

Das Haus, in dem Lukas Dotz mit seinen Eltern wohnte, lag auf einem Hügel am Ortsrand von Breitbrunn. Umgeben von einem Garten, den etwa ein Dutzend knorriger Apfelbäume in voller Blüte und Pflanzbeete mit Tomatenstauden dominierten, grasten zwei zufrieden wirkende Esel in einem eigens für sie abgetrennten Bereich.

Esel müsste man sein, dann wäre das Leben einfacher, dachte Taglieber, und ein Lächeln umspielte seine Mundwinkel.

Der alte Bauernhof war gut in Schuss und ging direkt in

ein modernes Holzhaus über, das sich im Neunziggradwinkel daran anschloss.

Die trotz ihrer sicherlich vierzig Jahre recht jugendlich wirkende rotblonde Frau, die ihnen auf ihr Klingeln hin die Tür des Holzhauses öffnete, sah sie verwundert an, in ihrem Blick eine Mischung aus Abweisung und Vorsicht.

»Was kann ich für Sie tun?«, fragte sie, aber alles an ihr sagte: Wir spenden nichts, und einen Markenstaubsauger habe ich bereits.

»Frau Dotz?«, erkundigte sich Tanja.

»Ja.«

»Kommissarin Krimplstötter und Hauptkommissar Taglieber von der Kripo Prien«, stellte sie sie vor und zog ihren Ausweis aus der Tasche.

Die Frau zuckte sichtbar zusammen.

»Wir möchten mit Lukas sprechen«, sagte Taglieber, der ihr ebenfalls seinen Ausweis reichte.

Nun schaute Frau Dotz leicht verängstigt drein. »Einen Moment bitte«, sagte sie mit zitternder Stimme, nachdem sie sich die Ausweise angesehen hatte. Sie trat einen Schritt zurück, wandte sich um und rief eine Holztreppe hinauf: »Luuukas!«

Als sie nach mehreren Versuchen immer noch keine Antwort bekam, entschuldigte sie sich mit den Worten: »Einen Augenblick, er hat bestimmt wieder die Kopfhörer auf«, und verschwand ins Obergeschoss.

Kurz darauf kehrte sie wieder, einen müde wirkenden Achtzehnjährigen in dunklen kurzen Cargohosen und weißem T-Shirt im Schlepptau. Um den Hals trug er ein Lederband mit einem Haifischzahn. Ähnlich wie Leitner hingen ihm die Fransen seines langen Ponys ins Gesicht und verdeckten die Augen, mit dem Unterschied, dass Lukas Dotz strohblond war. Eine freche Stupsnase ließ ihn verschmitzt wirken.

Der Aufforderung von Frau Dotz folgend, betraten die Kommissare erst den Flur und dann ein geräumiges Wohnzimmer. Nachdem sie sich auf einem beigefarbenen Ledersofa niedergelassen hatten und Frau Dotz ihnen Kaffee und sogar einen Nusskuchen serviert hatte, nahmen sie Lukas Dotz in die Mangel. Er wollte, dass seine Mutter dabeiblieb, und Taglieber hatte das Gefühl, dass sie neugierig die Ohren spitzte.

»Es geht um deinen Freund Philip Leitner«, begann der Kommissar mit ernster Miene. Obwohl er glaubte, noch nie im Leben einen so guten Nusskuchen gegessen zu haben, hatte er nicht vor, Dotz junior zu schonen. »Wir haben Hinweise darauf, dass ihr letzte Nacht zusammen auf dem Frühlingsfest auf Schloss Hohenbeuern wart. Ist das korrekt?«

»Schon. Aber was geht das die Kripo an?«, fragte das Bürschchen frech und nahm einen Schluck Kaffee.

Tanja zog das Foto von Klara von Ariethen aus der Tasche und zeigte es dem Jungen. »Kennst du dieses Mädchen? Sie war auch auf der Feier. Kannst du dich daran erinnern, dass dein Freund sie geküsst hat?«

Dotz betrachtete das Bild, während er auf den Lippen kaute, und nickte schließlich. »Er hat mit dem Chick auf der Party rumgemacht. Die hat sich aber auch ziemlich an ihn rangeschmissen.« Lukas Dotz sah Taglieber an, als wäre der Kommissar ein Verbündeter und als Mann ebenfalls mit Erfahrungen dieser Art vertraut. Er nickte erneut. »Jap, ich glaub, die haben auch rumgeknutscht.«

»War sie seine Freundin?«, fragte Taglieber.

»Nee, der Phil hat keine Freundin«, entgegnete Dotz ohne Zögern und lächelte breit.

»Könnte er dir das nicht verschwiegen haben? Vielleicht waren die beiden ja noch nicht lange zusammen. Wäre das nicht möglich?«, bohrte Tanja nach.

Lukas Dotz brach in schallendes Gelächter aus und schlug sich sichtlich amüsiert mit der Hand auf den Schenkel. »Der Phil und Geheimnisse? Nee, Alter, das geht gar nicht zusammen! Der posaunt sogar seine PIN-Nummer raus, wenn er einen sitzen hat. Wir haben ihm schon mal zum Spaß das

Konto leer geräumt. Glauben Sie mir, wenn er 'ne Freundin hätte, dann wüsste ich das hundertpro.«

»Na gut«, übernahm Taglieber, der Philip Leitner bisher als alles andere, aber nicht als mitteilungsbedürftig erlebt hatte. »Wie lange wart ihr gestern zusammen? Habt ihr das Frühlingsfest gemeinsam verlassen?«

Der Junge zuckte mit den Schultern und trank noch einen Schluck Kaffee. »Wir sind so um halb eins rum los. Phil hat uns bei mir abgesetzt und ist dann heim. Adi und ich wollten noch 'ne Runde zocken.«

»Können Sie das bestätigen, Frau Dotz?«, wandte sich Tanja an seine Mutter.

Frau Dotz wirkte verunsichert. Ihr Blick wanderte unruhig zwischen den Kommissaren und ihrem Sohn hin und her. »Das Dachstudio hat einen eigenen Eingang, den benutzt Lukas meistens, um uns nicht zu wecken, wenn er am Wochenende länger unterwegs ist. Darum kann ich nur davon ausgehen, dass mein Sohn die Wahrheit sagt. – Und das sollten Sie auch«, setzte sie mit fester Stimme nach.

Taglieber deutete ein Kopfnicken an und nahm sich noch ein Stück des unverschämt guten Kuchens, den Frau Dotz auf einem Teller vor ihnen angerichtet hatte. Plötzlich war Menschsein gar nicht mehr so übel, Esel bekamen sicher keine Leckereien wie diese vorgesetzt. Trotzdem ließ sich der Kommissar nicht von dem dick mit Schokoladenglasur überzogenen Wunderwerk der Backkunst ablenken. »Wie sieht es aus mit Alkohol? Auf dem Fest habt ihr doch sicher auch etwas getrunken?« Er fixierte den Jungen, der sich deutlich versteifte.

»Ein paar Bier. Is doch völlig normal«, gab er zurück und imitierte, die Augen groß wie Murmeln, das Unschuldslamm. »Phil hat natürlich nichts getrunken, der ist ja gefahren«, fügte er gleich darauf hinzu.

Für den Kommissar war es offensichtlich, dass Lukas Dotz versuchte, seinen Freund durch eine Lüge in Schutz zu nehmen, doch er hakte nicht weiter nach. Stattdessen brachte er ein anderes, verfänglicheres Thema zur Sprache. »Drogen?« Er ließ das Wort einen Moment lang im Raum stehen.

Die Wirkung war nicht zu übersehen: Frau Dotz blickte ihren Sohn an, der wiederum zuerst auf den Boden sah, um dann den Kopf zu heben und Tagliebers Blick zu erwidern.

»Philip Leitner hatte einiges an THC, das ist der Wirkstoff von Haschisch, im Blut. Es wäre doch ungewöhnlich, wenn er es ganz allein geraucht hätte, findest du nicht?«, fuhr der Kommissar unbeirrt fort.

Lukas Dotz schluckte. »Mit Drogen habe ich nichts zu tun, ehrlich. Die würde ich niemals nehmen, schaden schließlich dem Gehirn«, beteuerte er und legte seine Hand auf die Brust.

Für Tagliebers Geschmack klang seine Aussage unglaubwürdig, doch sie genügte, um den Mutterinstinkt von Frau Dotz, die Tagliebers Skepsis vermutlich spürte, zu wecken.

»Ich finde, Sie haben meinen Sohn jetzt wirklich ausreichend befragt. Sie haben doch gehört, dass er mit dieser Drogensache nichts zu tun hat«, verteidigte die Glucke ihr Junges.

Tanja, die für ihre Verhältnisse lange geschwiegen hatte, räusperte sich. »Frau Dotz, wann es der Fragen genug sind, entscheiden immer noch wir. Schließlich geht es hier um Mord und nicht um irgendein banales Drogendelikt«, maßregelte sie die Frau, der augenblicklich die Farbe aus dem Gesicht wich.

»Mord?«, fragten Mutter und Sohn wie aus einem Munde. Der Adamsapfel von Dotz junior hüpfte erneut beim Schlucken auf und ab.

Tanja bejahte, und Taglieber beobachtete erfreut, wie seine Kollegin die volle Aufmerksamkeit der beiden genoss. Diesmal zog sie ihr Smartphone hervor und ließ den Jungen einen Blick auf ein Bild der verkohlten Leiche werfen. »So sieht das Mädchen, das ich dir vorhin auf dem Foto gezeigt habe, jetzt aus.« Sie machte eine Pause und gab ihm Zeit, den Anblick sacken zu lassen. »Also, Lukas: Weißt du, ob dein Freund

Philip noch etwas vorhatte, nachdem er euch beide hier abgeliefert hat? Wollte er sich vielleicht mit jemandem treffen? Hat er etwas angedeutet?«

Der Junge sah hilfesuchend zu seiner Mutter. »Keine Ahnung, wirklich nicht«, verneinte er dann die Frage. »Ich dachte, er würde heimfahren. Phil macht öfter früher schlapp als wir.«

»Und du und Adi, ihr wart nur hier im Haus? Ihr seid nicht noch mit Philip weiter auf die Yacht seines Vaters?« Tanja ließ den Jungen nicht aus den Augen.

Doch Dotz junior blieb standhaft. »Nein, das sagte ich doch schon. Der Adi und ich haben die ganze Nacht auf der PS3 gezockt.«

Lukas Dotz' Mutter öffnete empört den Mund, entschied sich dann aber doch zu schweigen und klappte ihn wieder zu.

»Damit ist Adrian Lederhuber gemeint?«, erkundigte sich Taglieber.

»Ja. Der hat bei mir gepennt und ist immer noch oben, falls Sie ihn auch ausquetschen möchten«, gab Lukas Dotz zurück und machte Anstalten aufzustehen. »Ich kann ihn holen.«

Taglieber nickte. »Das wäre hilfreich, wir brauchen nämlich seine Aussage.« Er konnte die Erleichterung des Jungen förmlich sehen, als der flotten Schrittes das Wohnzimmer verließ.

Ein paar Minuten später saß ihnen der nächste junge Mann – diesmal ein dunkelhaariger in beigen Cargohosen – gegenüber. Adrian Lederhuber trug keinen Pony, sondern einen Undercut. Sein langes Scheitelhaar war hinten zu einem Dutt zusammengewickelt, während die Seiten kurz rasiert waren.

Aufmerksam betrachtete er die Kommissare, denen er nun völlig allein ausgeliefert war. Lukas Dotz und seine Mutter hatte Taglieber gebeten zu gehen. Vielleicht hatten sie so eine größere Chance, der Wahrheit näher zu kommen. Er zweifelte an der Version von Lukas Dotz. Warum hätte sich Leitner allein auf der Yacht einem Drogen- und Alkoholexzess hingeben sollen? Es sei denn, er und Klara … Doch er kam nicht dazu, den Gedanken zu Ende zu denken, denn Tanja begann mit der Vernehmung.

»Du warst also mit Philip Leitner und Lukas Dotz auf dem Frühlingsfest auf Schloss Hohenbeuern?«

Der junge Mann bejahte. Die darauffolgenden Fragen und Antworten glichen denen von Lukas Dotz wie ein Ei dem anderen. Obwohl Tanja und Taglieber nachbohrten und ihre Fragen verschieden formuliert wiederholten, taten sich weder Unstimmigkeiten im Vergleich mit der Aussage seines Freundes noch neue Erkenntnisse auf.

9

Müde schleppte sich Taglieber hinter Tanja die Treppe zu ihrem Büro im ersten Stock der Polizeiinspektion Prien hinauf.

Bei dem Gedanken an den Papierkram, der dort auf sie wartete, hatte er vorsorglich gleich zwei Kopfschmerztabletten mit einer starken Tasse Kaffee aus dem hauseigenen Automaten hinuntergespült. Obwohl sein Herz – der an diesem Tag zugeführten Koffeinmenge sei Dank – wie ein Schlagbohrer in seiner Brust hämmerte, konnte er kaum die Augen offen halten. Wenigstens fühlte sich sein Schädel nicht mehr so an, als wäre das Gehirn darin auf die doppelte Größe angeschwollen.

»Von mir aus kannst du nach Hause gehen. Ich schaukel den Laden hier auch allein«, bot ihm Tanja großzügig an, als sie sah, wie er sich halb schlafend, halb wach am Computer durch die Akten klickte.

Taglieber horchte auf. »Und das würde dir wirklich nichts ausmachen?«

»Nein, so matschig in der Birne bist du mir ohnehin keine große Hilfe«, gab sie charmant zurück. »Ich hab mir gerade deinen Tatortbericht angesehen, du hast statt der Postleitzahl 83209 für Prien 38209 für Salzgitter eingegeben. Als ob wir hier in Niedersachsen wären …«, mokierte sie sich.

Taglieber musste sich eingestehen, dass sie recht hatte. Obwohl die Strahlen der Nachmittagssonne durchs Fenster fielen und ihn wohlig an der Nase kitzelten, war sein Geist vernebelt wie ein schottisches Spukschloss im Herbst. Und genauso ging es darin auch zu: In ihm geisterte alles herum, nur keine brauchbaren Fakten. Angefangen bei den blonden Locken der Krankenschwester Irmi, der er heute hoffnungsvoll seine Nummer in die Hand gedrückt hatte, über die zufriedenen Esel im Garten der Familie Dotz bis hin zu seinem Alptraum am frühen Morgen, in dem ihn sein Angreifer niedergeschlagen hatte. Er ergriff seine Jacke, strich sich eine blonde Strähne aus der Stirn und bedankte sich bei seiner Kollegin. »Dann bis morgen«, verabschiedete er sich.

»Vergiss aber bitte nicht, das Medaillon noch zur Spusi zu bringen«, erinnerte ihn Tanja mit erhobenem Zeigefinger. »Wie sagte Rösler gleich noch mal? Auf gar keinen Fall dürfen wir den Eindruck von Unprofessionalität erwecken«, äffte sie den Dienststellenleiter nach.

Taglieber lächelte müde und stupste seine Kollegin an der Schulter an. »Na, dann gib dir mal Mühe, sonst wirst du es nie zur Hauptkommissarin bringen«, neckte er sie und suchte schnell das Weite.

»Hau bloß ab, sonst ...!«, drohte Tanja ihm hinterher. Er hatte ihren wunden Punkt getroffen. Seit Jahren wartete sie darauf, endlich befördert zu werden, um eigenständig Fälle bearbeiten zu dürfen.

»Die Nase bitte etwas größer«, bat Taglieber Renner, der neben ihm vor dem Bildschirm saß und sichtlich gereizt mit den Augen rollte. Er hatte den Polizeiobermeister extra herbeordert, um ihm beim Erstellen des Phantombildes seines Angreifers von der Fraueninsel behilflich zu sein. Zuvor hatte er das Medaillon bei der Spurensicherung abgegeben und sich vielmals dafür entschuldigt, dass er es entwendet hatte, ohne die Kollegen darüber zu informieren.

»Und dafür habe ich den Ausflug mit meiner Family in den Märchenpark abgebrochen? Meine Kleine hat die ganze Fahrt nach Hause Rotz und Wasser geheult, weil sie nicht noch einmal zu Schneewittchen durfte!«, hatte Renner sich aufgebracht beschwert, als er erfuhr, dass er lediglich das Phantombild eines Mannes anfertigen sollte, der Taglieber im Traum erschienen war. Er hatte gedacht, im aktuellen Fall ein wichtiges Puzzlestück beisteuern zu können. Jetzt quälte Taglieber sein schlechtes Gewissen, weil er Renner bis zu dem Zeitpunkt, als sie gemeinsam am Computer saßen, in dem Glauben gelassen hatte.

»Die hier?«, fragte der Polizist ungeduldig und deutete mit dem Mauszeiger auf eine spitze Hakennase.

Hätte ich ihm doch bloß nicht gesagt, dass es sich um ein Traumbild handelt! Hätte ich nur gelogen und so getan, als würde ich mich plötzlich erinnern können, ärgerte sich Taglieber im Stillen über seine Ehrlichkeit.

Doch jetzt war es zu spät. Seit über einer Dreiviertelstunde bastelten sie schon am Bild seines Angreifers von der Fraueninsel, und noch immer war er mit dem bisherigen Ergebnis unzufrieden.

»Versuchen wir es mit der, die ist besser«, wies er Renner an, der die Nase auf dem Bildschirm sogleich gegen die neue austauschte. Sie veränderte das Gesicht komplett. »Sehr gut«, lobte Taglieber. »Und jetzt noch die Wangen ein bisschen schmaler, eingefallen.«

Renner gab einen Laut des Unmuts von sich, aber tat wie ihm geheißen.

»Perfekt, genau so sah er aus!« Taglieber war begeistert.

»Wurde auch langsam Zeit«, meckerte Renner.

Der Kollege speicherte das Bild ab und wollte das Programm schließen, doch der Kommissar hielt ihn zurück.

»Ich brauche noch ein paar Ausdrucke davon. Und senden Sie mir das Bild bitte zusätzlich per E-Mail, dann kann ich es an die Kollegen weiterleiten.«

Widerwillig erledigte Renner auch noch diesen Auftrag, bevor er, der von Anfang an wieder nach Hause gewollt hatte, um den Restnachmittag dieses sonnigen Samstages mit seiner Familie zu genießen, sich aus den Staub machte.

Taglieber blieb allein zurück und betrachtete einen der Ausdrucke. Er war zufrieden. Ja, genau so hatte sein Angreifer ausgesehen. Das war der Mann, der ihn auf der Fraueninsel niedergeschlagen hatte!

Als er wenig später gerädert sein Auto in der Einfahrt vor dem Haus abstellte, sah er, wie seine Frau Cornelia mit einer Sprühflasche in der Hand am Küchenfenster herumturnte.

Die Bewegungen der Ballettlehrerin wirkten wie immer grazil und sie selbst ein wenig zerbrechlich, wie ein junges Mädchen.

»Hallo, Schatz!«, rief er so enthusiastisch wie möglich, als er seine Jacke an die Garderobe hing. Obwohl sein Schädel dröhnte – die Wirkung der Schmerztabletten hatte schon wieder nachgelassen –, wollte er sich an sein Vorhaben halten, einen Schritt auf seine Frau zuzugehen, mit ihr zu reden.

Er warf einen Blick in die Küche. Cornelia kniete auf der Arbeitsfläche aus schwarzem Granit, die Augen auf eine der beiden Orchideen gerichtet, die in einer Schale von der Decke hingen und ihre krummen Luftwurzeln gen Himmel reckten. Sie hatte die Pflanze gerade eingesprüht, und der Nebel hatte sich noch nicht ganz verflüchtigt. Der Kommissar beobachtete, wie er sich als kleine Tropfen auf den Blättern absetzte.

»Diese Orchideenessenz wirkt Wunder. Die Dendrobium phalaenopsis bekommt endlich Blüten«, sagte Cornelia mehr zu sich selbst als zu ihm, ihrem Mann, bevor sie sich umwandte und sich auf der Kante der Arbeitsfläche niederließ. Sie stellte die Sprühflasche beiseite und ließ ihre schlanken Füße baumeln. »Hallo, Schatz«, erwiderte sie seinen Gruß müde.

Taglieber betrachtete seine Frau: Sie trug beerenfarbene Leggings und dazu ein eng anliegendes weißes T-Shirt, das ihre mädchenhafte Figur betonte. Ihr blondes Haar hatte sie zu einem Pferdeschwanz gebunden, aus dem sich einige Strähnen gelöst hatten. Ihre blauen Augen waren traurig auf den Fußboden gerichtet. Cornelia wirkte heute besonders schmal und blass. Irgendetwas bedrückte sie. Hatte sie ihn etwa so sehr vermisst? Wusste sie von seinen Gedanken?

»Was ist denn los?«, erkundigte er sich, um einen interessierten Tonfall bemüht, obwohl sein Kopfschmerz gerade sein Gehirn wie ein Schlagbohrer malträtierte.

»Ach, nichts. Ich muss für ein paar Tage verreisen.« Sie schwang sich von der Arbeitsfläche und schnappte sich die

Sprühflasche. Dann näherte sie sich ihm, drückte ihm einen Kuss auf die Lippen und verließ die Küche.

Taglieber nahm die Verfolgung auf und fand sie im Wohnzimmer, wo sie auf Zehenspitzen stehend weitere Orchideen auf einem Teleskop-Blumenregal mit ihrer Wunderessenz beglückte.

»Sprich bitte nicht in Rätseln. Ich habe heute Nacht kaum ein Auge zugemacht, mein Tag war hart, und in meinem Kopf tanzen Trampeltiere Samba. Also, was ist los?«

Cornelia hielt inne, ließ die Sprühflasche sinken und atmete ein und aus, als ob sie siebzig wäre und ihr eine tonnenschwere Last auf der Brust läge. »Meine Mutter ist im Krankenhaus, sie hat sich das Schlüsselbein gebrochen. Sie kommt zwar laut dem Doktor ohne OP aus und wird schon heute wieder entlassen, muss aber mehrere Wochen lang einen Verband tragen. Außerdem darf sie absolut nichts heben. Morgen fahre ich zu ihr nach Landsberg, um ihr im Haushalt zu helfen. Ich bleibe so lange, bis sie eine Hilfe von der Krankenkasse gestellt bekommt. Meine freie Woche habe ich mir wirklich anders vorgestellt.« Sie klang enttäuscht.

Taglieber ertappte sich dabei, dass er sich im ersten Moment über die Neuigkeit freute. Ohne Cornelia hätte er die Möglichkeit, in Ruhe an seinem neuen Fall zu arbeiten, und vielleicht würde sich ja auch Irmi bei ihm … – Nein!, unterbrach er seinen Gedankengang und verbot sich, ihn zu Ende zu denken. Stattdessen schloss er Cornelia in die Arme.

»Das tut mir leid. Ich hoffe, sie bekommt die Hilfe bald. Vielleicht geht es ja schneller, als du denkst«, tröstete er sie und küsste sie auf die Stirn. »Wie ist das eigentlich passiert?«

Cornelia sah ihn an. Tränen standen in ihren Augen. »Ach, das war ganz blöd. Sie ist über ein Spielzeug ihrer Katzen gestolpert und auf den linken Arm gefallen. Als sie dann versuchte, den Arm zu bewegen, tat er höllisch weh.«

Taglieber streichelte ihr sanft übers Haar. »Das wird schon wieder, wenigstens ist die linke Seite betroffen und nicht die rechte.«

»Was es nur schlimmer macht«, erwiderte seine Frau schmunzelnd. »Meine Mutter ist Linkshänderin, das wüsstest du, wenn du dein Gedächtnis nicht verloren hättest.«

Gegen halb sieben, als sie an der Kneippanlage im Kurpark am Roseneck vorbeikamen – Cornelia war es gelungen, ihn nach dem Essen noch zu einem Spaziergang zu überreden –, fragte er sie: »Sag mal, kennst du zufällig ein paar Mädchen vom Schlossinternat Hohenbeuern?«

Seine Frau sah ihn mit leuchtenden Augen an. »Erinnerst du dich etwa daran?«, fragte sie hoffnungsvoll. »Es ist zwar schon einige Jahre her, dass ich dort gearbeitet habe, aber …«

Der Kommissar verneinte. »Das nicht, aber mein neuer Fall hat damit zu tun.«

Sie nickte und sah im Vorbeigehen ein paar Burschen zu, die wagemutig im eisigen Wasser standen und sich gegenseitig nass spritzten.

»Vor drei oder vier Jahren habe ich ein paar von ihnen unterrichtet. Im Einzel- und Gruppenunterricht. Das erste Jahr lief prima. Im nächsten verdoppelte sich die Zahl der Schülerinnen, und wir planten eine große Inszenierung«, sie überlegte, »den ›Nussknacker‹.«

Taglieber bemühte sich, aufmerksam zuzuhören.

Während der Weg durch den Wald anstieg und sich dem Aussichtspunkt entgegenschlängelte, fuhr seine Frau mit ihrer Erzählung fort. »Du wirst nicht glauben, was für eine Konkurrenz unter den Mädchen entstand. Die Premiere sollte auf dem alljährlichen Sommerfest stattfinden, bei dem auch die meisten Eltern anwesend sind. Ein jedes der Mädchen wollte unbedingt die Hauptrolle der Clara spielen. Jede buhlte anders um meine Gunst: Die eine wollte mir Blumen schenken, die andere eine Tiffany-Lampe, eine von ihnen bot mir sogar einen vierstelligen Geldbetrag, sollte ich die Clara mit ihr besetzen. Ich habe nichts davon angenommen und die Rolle derjenigen gegeben, die ich für die richtige Besetzung hielt. Doch das war ein Fehler«, seufzte sie.

»Warum denn?«, wollte er wissen.

»Meine Wahl fiel auf Miriam. An sich ein schüchternes, zurückhaltendes Mädchen, aber auf der Bühne tanzte sie mit der Leichtigkeit einer Feder. Sie besaß die Gabe, einen mit ihrer Präsenz zu verzaubern. Wie eine große Tänzerin!«, schwärmte Cornelia. »Die Rolle der Clara war ihr wie auf den Leib geschneidert. Doch die Neiderinnen, für die lediglich die Nebenrollen abfielen, wollten das nicht akzeptieren. Claire, die Claras Schwester Louise spielen sollte, war die schlimmste von ihnen.«

Taglieber, der nur noch mit einem Ohr zugehört hatte, horchte auf. »Claire?«

»Ja«, Cornelia schwieg kurz, »ihr Nachname ist mir entfallen. Irgendwas Französisches. So ein hinterlistiges und intrigantes Miststück wie sie habe ich im Leben noch nicht getroffen. Sie hat der armen Miriam Abführtropfen ins Getränk getan, und am Ende des zweiten Aktes, beim Blumenwalzer, setzte die Wirkung ein. Das wunderbare weiße Kleid – ein Traum aus Tüll und Pailletten –, die komplette Aufführung, alles war im wahrsten Sinne des Wortes versaut. Ein schreckliches Malheur!«

Endlich flachte der Weg ab, und der Wald lichtete sich. Das Aussichtsplateau war nicht mehr weit.

Gott sei Dank, dachte Taglieber, der sich so matt wie nach einer fünfstündigen Wanderung fühlte. »Wie ging es weiter?«, wollte er keuchend wissen.

»Zuerst glaubten wir an einen Zufall. Alle dachten, Miriam hätte sich einen Magen-Darm-Virus eingefangen, doch als weitere Symptome ausblieben, zweifelten wir daran. Die Clara wollte sie natürlich nicht mehr tanzen, obwohl mehrere Aufführungen in regionalen Kulturzentren geplant waren. Die Blamage war zu groß. Miriam hat sich eine Woche lang nicht mehr aus dem Zimmer getraut und wollte nicht einmal ihre Eltern sehen.«

»Wer bekam dann die Rolle der Clara?«

»Claire«, antwortete seine Frau knapp. »Ich hatte keine

Wahl, ich musste diese schöne Rolle mit dem verdorbensten Mädchen der ganzen Schule besetzen, weil sie die Einzige war, die sich nach dem Vorfall dazu bereit erklärte. Und ich muss zugeben, Claire beherrschte sie beinahe ebenso perfekt wie Miriam.«

Taglieber nickte. »Claire d'Aubyn.«

»Genau, so hieß das Mädchen!«, bestätigte seine Frau überrascht. »Bald machte das Gerücht die Runde, dass sie Miriam mutwillig Abführtropfen in eine Trinkflasche getan hatte, doch beweisen konnte ihr das niemand. Claire kam mit einer Verwarnung davon, aber Miriam verließ das Internat, und meine Karriere als Ballettlehrerin dort war so schnell beendet, wie sie begonnen hatte«, schloss sie ihre Erzählung.

»Dann hat sich Claire sicherlich eine Menge Feinde gemacht?«, fragte Taglieber.

Endlich hatten sie den Aussichtspunkt erreicht. Taglieber sog die frische Luft in seine Lunge und ließ sich erschöpft auf eine Bank sinken. Der Blick in den Chiemgau war wunderbar. Der See lag umrahmt von den im Abendlicht blau schimmernden Bergen da wie ein glitzernder Spiegel.

Cornelia nickte und stimmte ihm zu: »Das kannst du laut sagen. Ich erinnere mich noch genau an sie. Claire sah aus wie ein Engel. Sie hatte langes dunkelblondes Haar. Ihre Gesichtszüge waren so ebenmäßig wie die einer Porzellanpuppe und ihre Bewegungen so anmutig wie die einer Prinzessin. Doch ihr Blick war berechnend, in ihren Augen lag eine Eiseskälte. Claires Innerstes war finster und so undurchdringlich wie das dichteste Dickicht.«

Den Kommissar schauderte bei dieser Beschreibung. Wenn das stimmte, was Cornelia über Klara von Ariethen behauptete – und warum sollte sie ihn anlügen? –, dann hatte das Mädchen den Tod vielleicht tatsächlich verdient. Doch nein, niemand hat es verdient, auf so grausame Weise ermordet zu werden, vertrieb Taglieber schnell diesen unprofessionellen, aber nur allzu menschlichen Gedanken aus seinem Kopf. Bald bin ich ebenso voreingenommen und vorurteilsbehaftet wie Tanja, schalt er sich. Dann legte er den Arm um Cornelia und küsste seine Frau. »Danke.«

»Wofür?«, fragte sie verdutzt.

Doch Taglieber antwortete nicht, sondern küsste sie erneut. Ausgiebiger als beim ersten Mal.

10

Der nächste Morgen begann für den Kommissar so, wie der letzte Tag geendet hatte: mit extremer Müdigkeit und höllischen Kopfschmerzen.

Nachdem seine Frau wie ein Schachtelteufel um sechs Uhr morgens aus dem Bett gesprungen war, begann sie, zwischen Bad und Schlafzimmer hin- und herzuflitzen, um ein paar letzte Dinge wie ihre elektrische Zahnbürste, die Arganölhaarkur und ihre Puderdose im Koffer zu verstauen.

»Kannst du das nicht später machen?«, fragte er sie halb wach, halb schlafend, zog sich genervt das Kissen über den Kopf und rollte sich zur Seite.

»Nein, kann ich nicht«, antwortete sie ebenso gereizt. »Um sieben geht mein Zug. Fährst du mich zum Bahnhof?«

Auch das noch, dachte Taglieber, grummelte aber ein »Ja, mache ich« und hoffte, dass ihm vorher noch ein paar Minuten Schlaf vergönnt sein würden.

Doch der Schlagbohrer, der sein Hirn schon wieder malträtierte, sah das anders. Er gab nicht eher Ruhe, bis er sich aus den Laken gequält und ihn mit Hilfe von zwei Schmerztabletten davon überzeugt hatte, sein Vorhaben, ihn in den Wahnsinn zu treiben, aufzugeben.

Eine heiße Dusche und zwei Tassen starken Kaffee später – er war gerade dabei, den prall gefüllten Koffer seiner Frau in den Kofferraum zu hieven – fiel ihm ein, was er vergessen hatte. »Moment«, rief er Cornelia zu und eilte ins Haus.

»Helmut, nein! Wir haben doch keine Zeit mehr, es ist gleich fünf vor!«

Es dauerte nicht lange, und er war zurück – das Papier in seiner Jackentasche –, sprang in den Wagen und brauste zum Bahnhof.

Auf dem Bahnsteig stehend, stellte sich heraus, dass Cornelias Zug eine Viertelstunde Verspätung hatte.

»Wir hätten uns gar nicht so hetzen müssen«, meckerte er und dachte daran, wie er gerade mit sechzig durch die Dreißigerzone gefahren war, um pünktlich zu sein. Er atmete tief durch, zog die Zeichnung, die er gestern mit Hilfe von Renner erstellt hatte, hervor und hielt sie seiner Frau vor die Nase.

Erstaunt blickte sie ihn an, während ein kühler Windhauch ihr ein paar blonde Strähnen vors Gesicht wehte. Obwohl auch heute die Sonne schien, war es am Morgen noch recht frisch. Cornelia strich sich die Haare hinters Ohr, begutachtete das Phantombild, und ihre Miene verfinsterte sich. »Wer ist das?«, fragte sie, und Taglieber bemerkte die deutliche Antipathie in ihrem Tonfall wie auch in ihrem Blick.

»Ach, niemand«, tat er ihre Frage ab. Er hatte keine Lust dazu, ihr alles zu erklären. »Mich interessiert nur, ob du diesen Mann schon mal irgendwo gesehen hast.«

Seine Frau schüttelte sichtlich angewidert den Kopf. »Nicht dass ich wüsste. Ballettunterricht hatte er jedenfalls nicht bei mir. An so einen – verzeih – scheußlichen Kerl würde ich mich garantiert erinnern. Jemand, der so aussieht ... der kann einem ja Alpträume bescheren.«

»Oh ja«, bestätigte Taglieber und richtete den Blick in die Ferne auf den Zug, der sich langsam näherte. »Das kann er in der Tat«, murmelte er und spürte, wie ihm der kühle Wind über die Wangen strich.

Genau wie im letzten November auf der Fraueninsel.

»Aufwachen, du Schlafmütze! Wir müssen los in die Gerichtsmedizin. Fabi wartet schon auf uns«, motzte Tanja eine knappe Stunde später und knuffte ihn frech in die Seite.

Taglieber war tatsächlich an seinem Schreibtisch eingenickt.

Peinlich berührt, rappelte er sich hoch. »Komme ja schon«, gab er zurück, während er seine müden Knochen sortierte. Wenigstens war sein Kopfweh fast weg.

Auf der Fahrt nach Rosenheim sprachen sie nicht viel. Taglieber hing seinen eigenen Gedanken nach, und Tanja schien genauso wenig darauf erpicht zu sein, sich mit ihm zu unterhalten. Mit ihren Fingern trommelte sie im Takt zu Lady Gagas »Poker Face«, das gerade im Radio lief, auf das Lenkrad und sang ungeniert lauthals mit, ohne auch nur einen einzigen Ton zu treffen.

Auf das Phantombild, das Taglieber auch ihr gezeigt hatte, hatte sie ähnlich wie seine Frau reagiert.

»Dem möchte nicht einmal ich nachts allein begegnen. Gruselige Typen wie ihn kenne ich aus der Zeit, als ich noch Streife gefahren bin. Du triffst diese Hackfresse, denkst dir nichts Böses, aber dann zieht der Kerl plötzlich ein Messer und sticht dich eiskalt ab. Und all das nur, um dir die zwanzig Euro zu rauben, die du in der Tasche hast.«

Die Frage, ob sie ihn jemals irgendwo gesehen hatte, verneinte sie.

Taglieber hatte geseufzt und den Ausdruck resigniert wieder in seine Tasche gesteckt.

Hoffentlich würde er bei den anderen Kollegen mehr Glück haben. Eine E-Mail mit Anhang hatte er gleich als Erstes in der Früh an sie versendet. Noch bevor er am Schreibtisch eingeschlafen war.

In der Rechtsmedizin, ein unscheinbares Haus in einer Sackgasse, steuerte Tanja sofort zielstrebig Fabians Büro an, das im Erdgeschoss lag.

»Dr. Gleiser ist bereits im Obduktionssaal«, erklärte ihnen eine rundliche Frau, die über ihrer Jeans und dem rosa T-Shirt einen weißen Kittel trug.

»Danke, Rita«, erwiderte Tanja, die die Frau offensichtlich schon kannte, und schlug eine andere Richtung ein.

Über eine Treppe gelangten sie und Taglieber in den ersten Stock.

Der beißende alkoholische Geruch nach Desinfektionsmittel stieg dem Kommissar bereits vor der Türe in die Nase.

Sie traten ein, und Taglieber war überrascht, den Gerichtsmediziner nicht allein vorzufinden.

Vor der Fensterfront lehnte eine große, attraktive Blondine am Sims. Sie war gut eineinhalb Köpfe größer als seine etwas zu klein geratene Kollegin und um die vierzig. Den Kopf mit einem Lächeln auf den wohlgeformten Lippen leicht schräg gelegt und die gerade Nase gen Himmel gereckt, bedachte sie die Kommissare mit einem kurzen, abschätzigen Blick. Während die Morgensonne schüchtern durch ihr zu einem Pferdeschwanz gebundenes naturblondes Haar blinzelte und es mit einem fast überirdischen Glitzern überzog, galt ihre ungeteilte Aufmerksamkeit Fabians Ausführungen. Die Frau trug anders als der Arzt in grüner Klinikuniform einen weißen Kittel, der offen stand und den Blick auf ein kurzes rotes Kleid freigab. An ihren Füßen leuchteten Pumps in der gleichen Farbe. Die Aufmachung erschien Taglieber dann doch ein wenig unpassend für eine Obduktion.

Wer ist das, und was will die Schlampe hier?, konnte er Tanjas Gedanken förmlich hören, ohne dass sie sie aussprechen musste. Ein Blick auf ihre entgleisten Gesichtszüge reichte völlig.

Doch der kleine Wadelbeißer, wie Fabian sie gestern im Scherz tituliert hatte, fing sich sogleich wieder. Tanja straffte die Schultern und ging zum Angriff über. Schnurstracks steuerte sie auf ihren Freund zu, der seinen Satz noch nicht beendet hatte, streckte sich und küsste ihn demonstrativ. »Hallo, Schatz«, flötete sie mit Engelszungen und bedachte ihre Widersacherin mit einem triumphierenden Blick.

Fabian wirkte zunächst überrascht, erwiderte aber kurz darauf schmunzelnd ihren Gruß.

»Hallo, Fabian, lange nicht gesehen«, scherzte Taglieber.

Der Gerichtsmediziner nickte ihm lächelnd zu, bevor er sich wieder an die Blondine wandte. »Das sind Hauptkommissar Helmut Taglieber und Kommissarin Tanja Krimplstötter von der Kripo Prien. Sie bearbeiten den Fall von Ariethen.«

Die Blondine löste sich vom Fenster und kam auf sie zu. »Charlotte von Toth, das LKA schickt mich, um Sie bei Ihrer Arbeit zu unterstützen. Ich bin auf Brandermittlungen spezialisiert«, stellte sie sich vor, während sie die dargebotenen Hände schüttelte.

»Ein passender Nachname, wenn man häufig mit Leichen zu tun hat«, bemerkte Taglieber im Spaß.

Von Toth schenkte ihm ein nachsichtiges Lächeln. »Er kommt aus dem Ungarischen und bedeutet lediglich, dass meine Vorfahren aus einem slawischen Land stammen. Mit Tod oder töten hat er nichts zu tun«, klärte ihn die LKA-Beamtin sachlich auf.

Die schöne Charlotte ist nicht besonders humorvoll, dachte Taglieber, während er verständig nickte.

»Dann wenden wir uns doch einmal der Toten zu«, mischte sich Fabian ein und deutete auf den verkohlten Körper vor ihnen auf dem Untersuchungstisch. Der Kopf hing in unnatürlicher Art nach hinten, und die leeren Augenhöhlen starrten an die von Leuchtstoffröhren erhellte Decke.

Taglieber musste bei dem Anblick schlucken.

»Charlotte und ich haben den Leichnam bereits untersucht«, fuhr der Gerichtsmediziner enthusiastisch fort.

»Ach ja?« Tanja trat näher an die Leiche. Deren Brust wies bereits den typischen Y-Schnitt auf, der allerdings aufgrund der starken Verbrennungen schlecht zu erkennen war.

»Fabian und ich haben bei der Obduktion einige interessante Entdeckungen gemacht«, begann die Blondine. »Mir fielen sofort die Petechien in der Mundschleimhaut der Toten auf.«

Der Kommissar und seine Kollegin tauschten fragende Blicke.

Fabian, der es bemerkte, erläuterte: »Als Charlotte mich auf diese Einblutungen aufmerksam machte, die normalerweise auf einen gewaltsam herbeigeführten Erstickungstod hindeuten, habe ich sofort überprüft, ob eine Strangulation als Todesursache in Frage kommt.«

Das Verbrennen einer Leiche dient oft nur dazu, die eigentliche Todesursache zu verschleiern, erinnerte sich Taglieber. Jedenfalls besagte das die Theorie aus seinem Kriminalistikbuch, in dem er, seit er nach dem Koma wieder in den Dienst zurückgekehrt war, mehr oder weniger häufig las. »Und was kam bei der Überprüfung heraus?«, fragte er neugierig nach.

»Wie ihr euch vorstellen könnt, ist so eine Untersuchung bei einer Leiche mit diesem hohen Verbrennungsgrad nicht unbedingt leicht«, holte Fabian aus.

»Es fehlen die äußerlichen Petechien im Gesicht, auch Einblutungen der Kopfschwarteninnenfläche oder Ähnliches sind bei derart entstellten Toten nicht sichtbar.« Von Toth zeigte mit mitleidiger Miene auf das verkohlte Etwas auf dem Untersuchungstisch.

»Also habe ich mich ausgiebiger mit ihrem Inneren beschäftigt«, fuhr Fabian fort, »und konnte einen Bruch im Zungenbein und einen Abbruch des rechten oberen Schildknorpelhorns feststellen. Ebenso fanden sich fleckige Blutungen in der Halsmuskulatur.«

Der Kommissar verstand genau wie seine verwirrt dreinblickende Kollegin nur Bahnhof.

»Moment.« Fabian verschwand kurz im angrenzenden Raum, um mit einem Modell des Kehlkopfes wiederzukehren. »Hier«, er zeigte auf einen halbrunden, dünnen Knochen, der wie ein Reif oder ein Bumerang geformt war und wie eine Krone auf dem Modell saß, »das ist das Zungenbein, das gebrochen ist.«

Taglieber und Tanja nickten wie zwei aufmerksame Schüler.

»Etwas darunter«, der junge Gerichtsmediziner deutete auf etwas, das dem Brustpanzer eines Kriegers glich, »findet sich der Schildknorpel und«, sein Finger strich darüber nach hinten, wo ein kleiner Zapfen nach oben stand, »dessen oberes Horn.«

»Was abgebrochen war, jetzt verstehe ich«, sagte Tanja.

Fabian nickte sichtlich zufrieden und stellte das Modell auf den Untersuchungstisch neben sich.

»Diese beiden Strukturen werden bei einer Halskompression gern in Mitleidenschaft gezogen«, erklärte von Toth. »Eine Verletzung dieser Art kann unmöglich das Resultat eines Feuers sein. Somit steht fest, dass Klara vor ihrem Tod gewürgt wurde.«

»Warum davor?«, erkundigte sich Taglieber.

Fabian lächelte wissend. »Nun ja, Klara ist – wie wir herausgefunden haben – nicht durch die äußere Gewalteinwirkung auf ihren Hals, also durch Würgen, gestorben.«

»Und woran dann?«, fragte Tanja ungeduldig.

»Der Tod des Mädchens trat tatsächlich erst durch das Verbrennen ein«, behauptete von Toth. »Die Ärmste hat noch gelebt, als sie in Brand gesteckt wurde.«

»Aber warum seid ihr euch da so sicher?«, hakte Tanja ungläubig nach.

Fabian lachte auf. »Wegen der Ergebnisse auf mikrobiologischer Ebene.«

»Ich habe Klaras Blut untersucht und eine sehr hohe Konzentration von Carboxyhämoglobin darin festgestellt«, fuhr von Toth fort. »Genauer gesagt betrug die Konzentration des CO-Hb im Herzblut dreiundzwanzig Prozent und war damit in jedem Fall letal.«

»Das bedeutet, dass Klaras Gehirn nicht mehr ausreichend mit Sauerstoff versorgt wurde, weil sie die giftigen Gase des Brandes eingeatmet hat«, erklärte Fabian den Laien. »Dafür sprechen auch die Rußschlieren in der Luft- und der Speiseröhre sowie in den Bronchien.«

»Dazu kommen als Hinweise die erhebliche Rötung und die Ausdünnung der Schleimhäute von Luftröhre und Bronchien«, fachsimpelte von Toth weiter. »Durch die mikroskopische Untersuchung des Lungengewebes konnte ich schließlich eindeutig ein Hitzeinhalationstrauma als Todesursache bestätigen.«

»Sie ist vermutlich innerhalb weniger Minuten bewusstlos geworden und an einer Rauchgasvergiftung gestorben«, ergänzte Fabian. »Den Todeszeitpunkt würde ich demnach auf zwischen halb zwei und zwei Uhr morgens festlegen.«

Taglieber rechnete nach. »Dann suchen wir nach jemandem, der für die Zeit zwischen ein und zwei Uhr kein Alibi hat, weil er damit beschäftigt war, das Mädchen auf der Yacht zu würgen und es anschließend lebendig zu verbrennen.«

»Wie pervers ist das denn!«, echauffierte sich Tanja. »Reichte es dem Täter etwa nicht, das arme Ding zu erwürgen? Wofür wollte er sie bestrafen, dass er sie auch noch lebendig angezündet hat?«

Taglieber blickte von einem zum anderen und bemerkte die Ratlosigkeit in den Augen der Anwesenden. Keiner von ihnen – er selbst eingeschlossen – konnte sich einen Reim auf diese Geschichte machen.

»Vielleicht dachte der Täter, sie wäre bereits tot, als er das Boot in Brand gesteckt hat?«, äußerte Fabian seine Vermutung.

Taglieber nickte. Möglich wäre es. »Eventuell wollte er mit dem Feuer nur seine Spuren verwischen.«

»Oder«, begann von Toth mit einem verheißungsvollen Augenaufschlag, »Klara musste deshalb so qualvoll sterben, weil sie schwanger war.«

Taglieber blieb einen Augenblick lang die Luft weg.

»Was? Das Mädchen war auch noch schwanger?«, rief Tanja schockiert und fasste damit seinen Unglauben in Worte.

»Das hat mir jedenfalls ihre Gebärmutterschleimhaut verraten«, sagte von Toth.

»Klara war im ersten Monat, etwa in der vierten Schwangerschaftswoche«, meinte Fabian. »Der Embryo ist zu diesem Zeitpunkt noch recht klein. Er ist nicht mehr als ein Zellhaufen, der circa die Größe eines Mohnsamens hat. Es war nicht ganz einfach, ihn in ihrer Gebärmutter zu finden.«

»Doch Fabian ist es schließlich gelungen, ihn mit dem Stereomikroskop aufzuspüren und zu isolieren«, ergänzte von Toth mit Stolz in der Stimme. Sie war an Fabian herangetreten und legte ihm jetzt anerkennend die Hand auf die Schulter.

Taglieber fielen ihre langen, gepflegten Nägel auf, aber auch das deutliche Missfallen über diese vertraute Geste in der Miene seiner kleinen Kollegin entging ihm nicht. Tanjas Augen feuerten vernichtende Blitze in Richtung der LKA-Beamtin ab. Wenn das mal gut geht mit den beiden, dachte der Kommissar, der absolut keine Lust auf Revierkämpfe und Konkurrenzgebaren hatte. Der Fall an sich war – jedenfalls seiner Meinung nach – schon kompliziert genug.

»Fragt sich jetzt natürlich, wer der Vater des Zellhaufens ist«, überlegte er laut, um Tanja abzulenken.

Fabian nickte. »Die nötige DNA für einen Test ist bereits isoliert. Fehlt nur noch eine Speichelprobe des in Frage kommenden Vaters. Mit der können wir dann auch abklären, ob das Opfer mit ihm vor seiner Ermordung Geschlechtsverkehr hatte.«

»Klara hatte also Sex, kurz bevor sie starb«, murmelte der Kommissar.

»Ob das Würgen Teil einer Sexpraktik war? Und der Vater des Kindes … ist er auch unser Mörder?«, rätselte Tanja.

Taglieber atmete auf. Es war ihm gelungen, die Aufmerksamkeit seiner Kollegin wieder auf den Fall zu lenken. »Möglich, aber bei einer wie Klara wird es wahrscheinlich mehrere Vaterschaftskandidaten geben«, antwortete er nüchtern.

Als sie die Obduktionsräume verließen, hatte er den Eindruck, ihr Besuch in der Gerichtsmedizin hatte, anstatt Erklärungen zu liefern, nur weitere Fragen aufgeworfen.

11

»Hast du gesehen, wie sie ihn angeschaut hat?«, polterte Tanja auf dem Weg zum Wagen ungehalten los. Schnaubend machte sie ihrer Wut Luft.

Taglieber seufzte. »Sollten wir uns nicht lieber auf den Fall konzentrieren? Du könntest dich zum Beispiel zur Abwechslung mal nützlich machen und Rösler anrufen, um ihm zu sagen, dass wir vom Staatsanwalt dringend eine Anordnung für einen Speicheltest von Philip Leitner brauchen.«

Tanja plusterte sich auf, als hätte er gerade von ihr verlangt, sich auf der Straße nackt auszuziehen. »Sag mal, geht dir mein Seelenheil denn völlig am Arsch vorbei?«, giftete sie ihn jetzt an. »Fabian ist mein Ein und Alles, und wenn diese eingebildete Hyäne vorhat, mir meinen Lieblingsdoktor auszuspannen, dann hast du als mein Partner gefälligst auf meiner Seite zu stehen und sie gemeinsam mit mir an ihren güldenen Glitzerhaaren aufzuhängen. Jedenfalls metaphorisch gesprochen.«

Taglieber blickte leicht verstört in Tanjas puterrotes Gesicht. Das Funkeln in ihren Augen verriet ihm, dass sie zu allem bereit war.

»Du wirst mir helfen, meinen Freund vor ihren gierigen Krallen zu beschützen, dass das klar ist! Und zwar so lange, bis das schlaue Charlottchen diese wieder einfährt und zurück nach München abrauscht«, bestimmte sie, als sie den Wagen aufschloss.

Taglieber musste sich das Lachen verkneifen. Eifersüchtige Frauen waren süß. »Weißt du auch schon, wie wir die liebe Charlotte am schnellsten wieder loswerden?«, fragte er, während Tanja die Fahrertüre öffnete.

Seine Kollegin blieb stehen und sah ihn unverwandt an. »Wie denn?« Sie legte ihren Kopf schief, als wägte sie ab, ob er sie unterstützen und irgendeinen hinterhältigen Plan zu

Charlottes Beseitigung aushecken oder einen Witz auf ihre Kosten machen wollte.

»Ganz einfach: indem wir den Fall lösen.« Lächelnd stieg Taglieber ein, ohne auf eine Antwort zu warten.

Auf der Fahrt erreichte er Rösler und konnte ihn überzeugen, sich so bald als möglich mit dem Staatsanwalt in Verbindung zu setzen, um ihnen die Möglichkeit zu geben, Philip Leitner als Sexualpartner und möglichen Vater von Klara von Ariethens Kind zu identifizieren. Denn mindestens eines von beidem war der Bursche, da war sich der Kommissar sicher. Was Stratmann anging, blieb Rösler jedoch eisern. Er war überzeugt davon, dass der Lehrer getreu seiner Berufsehre niemals Hand an eine Schülerin gelegt hatte.

»Außerdem hat Stratmann ein Alibi«, äffte Taglieber den Dienststellenleiter nach, als die Verbindung schon getrennt war.

Tanja kicherte. »Dann kümmere ich mich eben darum. Vielleicht gelingt es mir ja, ihm eine freiwillige DNA-Probe abzuschwatzen.«

»Nimm dich bloß vor dem Charmebolzen in Acht«, ermahnte Taglieber seine Partnerin.

»Keine Sorge, ich bin wie immer auf der Hut. So leicht lasse ich mich nicht um den Finger wickeln«, behauptete sie, doch er zweifelte an ihrer Aussage. Schließlich war er bei ihrem Besuch bei Sonja Hoegner Zeuge der Wirkung der gewinnenden Aura des Lehrers auf Tanja geworden.

Zurück in ihrem Büro, traute Taglieber seinen Augen kaum. Polizeihauptmeister Dobermann fläzte breitbeinig auf seinem Bürostuhl, dessen Lehne er nach hinten gekippt hatte. Die Augen geschlossen, erfüllten sein leises rhythmisches Schnarchen und ein strenger Geruch nach fauligem Gemüse den Raum.

»Das ist doch die Höhe«, wisperte Taglieber Tanja verdutzt ins Ohr. »Dem müsste man wirklich mal eine Lehre erteilen.«

Sie nickte zustimmend.

»Aufwachen, Hauptmeister Dobermann!«, brüllte Tanja ein paar Minuten später wie ein übellauniger Feldmarschall, der seine Soldaten aus purer Schikane um vier Uhr in der Früh aus den Federn holt, und schlug mit der Faust auf den Tisch. Den Edding hatte sie inzwischen wieder weggelegt.

Ein Ruck ging durch den Körper des gerade noch schlafenden Polizisten. Er fuhr hoch und schnappte nach Luft. »Mei, habts ihr mi aber jetzt erschreckt«, sagte er sichtlich verärgert. »Da möcht ma helfen, und des is der Dank dafür«, schimpfte er weiter, während er sich von dem Stuhl erhob.

Taglieber öffnete wortlos das Fenster, damit der üble Geruch sich verflüchtigen konnte.

»Womit kannst du uns schon helfen, Dobsi?«, fragte seine Kollegin diesmal etwas liebevoller. »Oder hast du den flüchtigen Daniel Voss im Alleingang gestellt?«

Dobermann schüttelte zerknirscht den Kopf. »Na, hob i ned. I war haarscharf dro, aber plötzlich war der wia vom Erdboden verschluckt, der Krippe.« Er winkte ab und zog ein zusammengeknülltes Stück Papier aus der Hosentasche. »Es geht um ganz wos andres.« Er strich das Blatt mit der Abbildung des Phantombildes glatt. »Des Bockfotzengsicht da, des hab i scho moi wo gsehn«, behauptete er und fuchtelte wie zum Beweis damit vor ihren Nasen herum.

Als Taglieber nicht sofort reagierte, fuhr er fort. »Du host des doch heid Früh rumgschickt, gelt?«

Endlich bejahte der Kommissar überrascht, weil er sich nicht vorstellen konnte, wo Dobermann seinem Angreifer begegnet sein mochte. Wahrscheinlich war dessen vermeintliches Wiedererkennen einer Verwechslung oder – was noch wahrscheinlicher war – Dobermanns aufgeblasenem Ego und Geltungssucht geschuldet. »Und wo hast du den Kerl nun schon mal gesehen?«, wollte er wissen.

»Du kennst doch den langhaaraden Typen von den Zivilen?«

»Ja, den hab ich schon mal gesehen.« Taglieber erinnerte sich dunkel an ihn. Er hatte ihn damals nach seinem Erwachen aus dem Koma zusammen mit den anderen Kollegen im Krankenhaus besucht.

»Der hat mal Verstärkung angfordert. Is scho länger her. In Traunstoa in der Disse war des. I glaub, ›Meteor‹ hoaßt der Schuppen.«

»Und was war in der Disse los?«, klinkte sich nun auch Tanja in die Unterhaltung ein.

»Irgendoana hat am andren a Messer in ’n Bauch gstochen oder so.«

»Hab ich doch gleich gewusst, ein Messerstecher ist das!«, pulverte Tanja los. »Der Kerl ist hochgradig gefährlich. Nimm dich bloß vor dem in Acht.«

»Do hod Tanja recht«, bekräftigte Dobermann. »Auf jeden Fall war der da«, er deutete auf das Phantombild, »damois verdächtig. Mia ham den verfolgt, doch er is uns auskemma.«

»Typisch … War ja klar«, murmelte Taglieber.

»Wos host gsogt?«, fragte Dobermann.

»Ach nichts. Nur schade.«

»Na ja, du konnst ja moi den Zivilen fragen. Der woaß sicher, wo sich der schiache Hund rumtreibt.«

»Danke für deine Hilfe«, sagte Taglieber und klopfte seinem Kollegen freundlich auf die Schulter.

Dobermann stand noch einen Moment unschlüssig herum, bevor er sich zum Gehen wandte. Kurz vor der Tür drehte er sich noch einmal zu ihnen um. »Fast hätt i’s vergessen: Do habts no an vorläufigen Bericht von da Spusi.« Er zog ein weiteres, mehr geknülltes als gefaltetes Stück Papier aus seiner Hosentasche und versuchte durch Glattstreichen, die Knicke zu entfernen, was ihm jedoch nur unzureichend gelang. »De ham Spuren von am Benzinkanister auf da Yacht gfunden. Und an dem Boot von dem Bürscherl san a Spuren. Aber schauts es euch selber an.«

Taglieber nahm das Schreiben in Empfang und bedankte sich ein weiteres Mal bei Dobermann, der nun wirklich das Büro verließ. Während Tanja ihren Computer anwarf, um ihre E-Mails zu checken, warf er einen Blick auf das Ergebnis der Spurensicherung.

Als vom Gang her schallendes Gelächter ertönte, zollte Taglieber seiner Kollegin, die verschmitzt grinste, Beifall, indem er einen Daumen nach oben hielt.

»Ah geh, wos hods jetzt scho wieder mit mir gmacht!«, polterte Dobermanns Stimme bis in ihr Büro.

»Ich glaube, man nennt ihn ›Villain‹.« Tanja grinste und zwirbelte ihren imaginären Schnurrbart.

»Du meinst das Prachtexemplar mit den mehrfach eingedrehten Enden, das du Dobsi ins Gesicht gepinselt hast?«

Sie nickte. »Dabei ist er doch eher ein Möchtegern-Supermann als ein Schurke.«

»Jedenfalls wird er sich in Zukunft davor hüten, noch mal in meinem Bürostuhl einzuschlafen«, war sich Taglieber zufrieden sicher, bevor er sich mit ganzer Aufmerksamkeit dem Bericht der Spurensicherung widmete.

»Man hat also Reste eines Benzinkanisters auf der ausgebrannten Yacht entdeckt?«, wiederholte Tanja die letzten Worte von Dobermann.

Taglieber reichte ihr das Papier und zeigte auf den Absatz, in dem der Benzinkanister erwähnt wurde.

»Sieht ganz danach aus, als müssten wir noch mal zur Tankstelle nach Raubling fahren«, stellte sie nach dessen Betrachtung fest.

»Das sollten wir. Die Tanke wird sicherlich videoüberwacht. Möglicherweise wurde der Täter dabei gefilmt, wie er den Kanister dort gekauft oder aufgefüllt hat. Natürlich käme dafür auch jede andere Tankstelle der gleichen Marke in Frage, aber vielleicht haben wir ja Glück. Außerdem zieht sich die Schlinge um den Hals deines kleinen Lieblings Leitner immer weiter zu. Ob es dir gefällt oder nicht«, behauptete Taglieber nicht ohne ein Quäntchen Schadenfreude. Ihm taugte nicht, wie seine Kollegin den Jungen in Schutz nahm.

Tanja runzelte die Stirn. »Und wieso?«

»Zum einen hat er doch etwas von einer Tankstelle gesagt, an der er mit seinen Freunden gehalten hat, um Bier zu kaufen. Und zum anderen … Sieh her.« Er deutete auf einen anderen Absatz im Ergebnis der Spurensicherung. »Lies das.«

Seine Partnerin verzog mürrisch das Gesicht, während sie den Bericht der Spusi studierte. »Die Lackspuren des Bootes von Julius Leitner an Ernst von Ariethens Yacht können nur auf eine Art und Weise dorthin gelangt sein, nämlich durch eine Kollision der beiden?«, murmelte sie ungläubig.

»Damit ist es wahrscheinlich, dass dein Klein Philip mit der intriganten Klara aneinandergeraten ist. Zumindest jedoch sind ihre Boote auf Tuchfühlung gegangen«, neckte sie Taglieber mit einem Zwinkern.

»So viel habe ich auch ohne deine Erklärung verstanden«, gab Tanja patzig zurück.

»Und ich bin mir nach wie vor sicher, dass zwischen den beiden mehr war als nur der Kontakt ihrer Boote«, fuhr Taglieber unbeirrt fort.

»Nicht unbedingt«, konterte sie. »Hast du diesen Abschnitt hier nicht gelesen?« Tanja zeigte auf den unteren Teil der Auswertung und gab ihm das Blatt zurück.

»Nein.« Taglieber überflog den Satz. »Es wurden keinerlei Rußspuren an Julius Leitners Yacht entdeckt … Das ist tatsächlich merkwürdig.« Er überlegte. »Wenn Philip Leitner das Boot von von Ariethen in Brand gesteckt hat, dann müssten sich auch Rußspuren an dem seines Vaters finden«, schlussfolgerte er.

»Du hast es erfasst. Jedenfalls wäre es anzunehmen. Somit lockert sich die Schlinge um Leitners Hals wieder.« Sie hob triumphierend eine Augenbraue. »Sag, was du willst, aber ich glaube dem Jungen. Er hat nichts mit dem Mord an Klara zu tun.«

Taglieber schnaubte innerlich. Tanja verhielt sich ganz so, als handelte es sich bei der Unschuld des Bengels um eine unumstößliche Tatsache. Und das, obwohl sämtliche Fakten gegen ihn sprachen. Dabei war Leitner der Einzige, der nicht einmal den Hauch eines Alibis für die Tatzeit aufweisen konnte, und obendrein behauptete Voss, ihn in der Mordnacht zusammen mit der Toten auf deren Yacht gesehen zu haben. Noch nicht einmal ein passendes Motiv musste man an den Haaren herbeiziehen. Eifersucht galt bei Morden immer noch als Tatmotiv Nummer eins. Doch seine sture Partnerin hatte wie immer ihren eigenen Kopf und würde erst bereit sein, ihre Meinung zu ändern, wenn er ihr unumstößliche Beweise lieferte. Und das hatte er vor.

Die Nachmittagssonne schien Taglieber golden ins Gesicht, als er auf dem Parkplatz der Tankstelle von Daniel Voss' Vater aus seinem Wagen stieg und nach oben zu dem blauen Logo blickte. Der gefundene Benzinkanister hatte den gleichen Aufdruck getragen, er stammte mit Sicherheit von hier.

Der Kommissar setzte seine Sonnenbrille auf, wohl wissend, dass er sie im Verkaufsraum der Tankstelle wieder abnehmen würde.

»Wow, eine Ray-Ban! Ganz der coole Bulle«, staunte Tanja.

»Cornelia hat sie mir geschenkt. ›Zum Segeln‹, hat sie gesagt. Dabei waren wir beide, seit ich aus dem Koma erwacht bin, noch kein einziges Mal mit einem Segelboot unterwegs«, stichelte er ein wenig vorwurfsvoll. Tanja versprach ihm schon seit den drei Monaten, in denen sie wieder als Partner zusammenarbeiteten, ihn auf einen kleinen Segeltörn mitzunehmen.

»Wie selbstlos von deiner Frau«, spöttelte seine Kollegin, die ganz genau wusste, wie sehr Cornelia sein früheres Hobby hasste. »Als ob nicht sie es wäre, die seit Wochen verhindert, dass wir gemeinsam über den Chiemsee schippern. Wenn ich angerufen habe, um dich abzuholen, hatte sie entweder Migräne und brauchte dich, oder der Kompost musste dringend umgegraben werden oder Kaffee und Kuchen standen frisch auf dem Tisch oder, oder, oder.«

»Du hast ja recht«, lenkte Taglieber lächelnd ein. »Sie hasst diesen Sport, und ich hatte noch nicht einmal Gelegenheit herauszufinden, ob ich selbst Spaß daran habe.«

»Aber dafür hast du nun dieses teure Stück Plastik auf der Nase, mit dem du aussiehst wie eine Kreuzung aus amerikanischem Filmstar und Puck, der Stubenfliege«, machte Tanja sich über ihn lustig, als die elektrische Schiebetür sich vor ihnen öffnete.

Taglieber schob die Ray-Ban nach oben und sah sich im Inneren um. Der Platz hinter der Verkaufstheke war leer, weit und breit keine Spur von dem Pickelgesicht oder einem anderen Angestellten. Nicht einmal der Duft von frisch aufgebackenen Brezen begrüßte sie.

Erst als Taglieber, den spontan die Lust auf ein süßes Gebäckstück überkam, das Angebot in der Auslage studierte, trat ein Mann Ende vierzig, Anfang fünfzig aus einem Nebenraum. Er war nicht besonders groß, aber stämmig. Seine grauen Haare trug er kurz, und auf der rechten Wange prangte ein Muttermal, das Taglieber an einen Schauspieler erinnerte. Auch Daniel Voss hatte ein solches, fiel ihm im Nachhinein auf.

Die flinken Augen des Mannes musterten die Kommissare, und Taglieber entging nicht das vermeintliche Erkennen ihres Berufes und der Absicht, in der sie ihn aufsuchten, das in ihnen aufflackerte.

»Was kann ich für Sie tun?«, fragte der Mann, bei dem es sich mit an Sicherheit grenzender Wahrscheinlichkeit um Daniel Voss' Vater handelte, distanziert.

»Sind Sie der Besitzer?«, erkundigte sich Tanja geradeheraus.

»Wer will das wissen?«

Obwohl Taglieber sich sicher war, dass Voss die Antwort bereits kannte, stellte er sich und seine Kollegin vor.

Nachdem der Mann sich ihre Ausweise angesehen hatte, begann er von selbst zu reden: »Ich habe keine Ahnung, wo mein Sohn sich aufhält, das habe ich Ihren Kollegen schon x-mal gesagt.« In seiner Stimme klang ein genervter Unterton mit.

»Es geht nicht mehr nur um Ihren Sohn, Herr Voss«, versuchte Taglieber, der genau spürte, dass ihm der Mann ins Gesicht log, zu beschwichtigen und holte das Foto des gefundenen Kanisters, das er sich von der Spurensicherung hatte aushändigen lassen, aus seiner Tasche. »Sehen Sie sich das bitte an.«

Voss folgte seiner Anweisung und begutachtete das Bild, das ihm der Kommissar zeigte. »Sieht aus wie ... Das könnte einer von uns sein. Jedoch ziemlich ... geschmolzen, würde ich sagen.«

»Genau«, übernahm Tanja. »Der Benzinkanister wurde auf der ausgebrannten Yacht entdeckt, auf der wir die Leiche von Claire, der Ex-Freundin Ihres Sohnes, gefunden haben. Sie wurde allem Anschein nach mit Benzin übergossen und dann bei lebendigem Leib angezündet.« Sie machte eine Pause, um ihren Worten mehr Gewicht zu verleihen.

»Das ist schrecklich«, warf Voss ein, »aber Daniel –«

»Ja, das ist es«, unterbrach ihn Tanja. »Und aus diesem Grund benötigen wir dringend die Bänder der Überwachungskamera Ihrer Tankstelle.«

»Außerdem sollten Sie den Aufenthaltsort Ihres Sohnes preisgeben«, ergänzte Taglieber und beobachtete die Reaktion seines Gegenübers.

Doch Voss verriet sich mit keiner Miene. Er spielte weiter die von ihm einstudierte Rolle. »Ich sagte Ihnen bereits, dass ich nicht weiß, wo Daniel ist«, behauptete er steif und fest. »Die Bänder können Sie von mir aus haben. Aber nur, wenn Sie mir einen Beschluss vorlegen. Das ist doch üblich, oder nicht?«

»Eine junge Frau wurde auf brutale Art und Weise ermordet, und Sie sind nicht bereit, die Polizei bei ihren Ermittlungen zu unterstützen? Sie geben uns jetzt auf der Stelle die Überwachungsvideos!«

Taglieber legte seine Hand beschwichtigend auf die Schulter seiner Kollegin, die wütend mit den Hufen scharrte. Er musste sie daran hindern, über die Theke zu springen und auf Voss loszugehen. Sie hat noch einiges an Wut von heute Morgen in sich, dachte er und konnte ihre Anspannung unter seiner Hand fühlen. »Wenn Sie nicht auf unserer Seite sind, dann sind Sie auf der Seite des Täters, der eines mitleidslosen Mörders«, ergänzte er nüchtern und spürte, wie Tanja sich langsam wieder entspannte.

»Ist ja schon gut, Ihre Masche zieht. Sie bekommen die Bänder«, gab Voss nach. »Weder mein Sohn noch ich stehen auf der Seite von jemandem, der einer jungen Frau so etwas Abscheuliches angetan hat, das können Sie mir getrost glauben.« Angewidert verzog er das Gesicht und verschwand in dem Nebenraum, aus dem er vorhin gekommen war.

»Ich wette mit dir, der weiß haargenau, wo Daniel steckt«, flüsterte Tanja.

Taglieber nickte. Sie war also zur gleichen Ansicht gelangt wie er. »Und nun sagen Sie uns, wo wir Ihren Sohn finden. Sie wissen es doch ganz genau«, forderte er deshalb erneut, als Voss zurückkam.

Voss' Gesichtszüge verfinsterten sich, als er die Bänder abrupt in Tagliebers Hände fallen ließ. »Wie oft soll ich Ihnen denn noch sagen, dass ich keine Ahnung habe, wo Daniel steckt?« Der Tankstelleninhaber war wütend. »Vielleicht ist er bei einem seiner vielen Freunde untergetaucht oder gerade nach Norddeutschland zu unseren Verwandten unterwegs, aber ich kann es Ihnen nicht sagen, denn ich habe ihn seit gestern Morgen nicht mehr gesehen. Und genau das habe ich bereits Ihren Kollegen zu Protokoll gegeben. Wenn Sie mir nicht glauben, dann lesen Sie nach.«

Taglieber blieb ruhig, obwohl ihn die dreiste Lüge des Mannes innerlich zum Kochen brachte. Doch mit Druck würde er hier nichts erreichen. Er gab Tanja die Bänder und zog eine Visitenkarte aus der Jackentasche. »Hier«, erwiderte er möglichst gleichmütig. »Sollten Sie es sich anders überlegen, dann rufen Sie mich an.«

»Vorerst gilt Ihr Sohn in dem Fall nur als Zeuge. Aber sollte er sich – wie er in unserem Beisein angedroht hat – etwas zuschulden kommen lassen, dann sieht die Sache schnell ganz anders aus«, ergänzte Tanja.

»Daniel ist ein einsichtiger junger Mann. Er wird wieder zur Vernunft kommen und ganz sicher nichts anstellen. Dafür lege ich meine Hand ins Feuer. Seine große Liebe ist tot. Ermordet. Das muss ein junger Mann wie er erst einmal verarbeiten. Ich denke, er braucht nur ein paar Tage Abstand und seine Ruhe.« Voss fixierte Taglieber eindringlich.

Der Kommissar hatte das Gefühl, als würde der Mann in seinen Augen nach Verständnis suchen.

»Ich bin mir sicher, mein Sohn kommt von allein auf Sie zu, wenn er über den Schock hinweg ist.«

»Und falls nicht«, sagte Tanja, »haben Sie ja unsere Nummer. Rufen Sie an, bevor ein weiteres Unglück geschieht.«

Voss ignorierte ihren Einwurf, steckte aber Tagliebers Karte in die Tasche seines karierten Hemdes.

Der Kommissar verließ mit Tanja die Tankstelle, ohne sich etwas Süßes gekauft zu haben. Die Lust darauf war ihm vergangen.

12

Der Sonntagnachmittag wollte und wollte einfach nicht vergehen. Schon seit geschlagenen zwei Stunden saßen Taglieber und Tanja im Videoraum und starrten auf den Bildschirm vor sich. Sie sortierten und sichteten die Überwachungsbänder der Tankstelle. Von Ordnung hielt Voss senior anscheinend nicht viel. Keines der Bänder war auch nur annähernd korrekt mit Datum oder Uhrzeit beschriftet.

Endlich wurde Taglieber erlöst. Der Klingelton seines Handys riss ihn aus der Betrachtung einer unbarmherzigen Eintönigkeit: Wagen fuhren ein, tankten, die Fahrer bezahlten und kauften den ein oder anderen Snack, stiegen wieder ins Auto und fuhren davon, nicht ohne sich noch schnell eine Handvoll Chips oder einen Schokoladenriegel in den Mund zu stopfen. Erleichtert nahm er das Gespräch an. Es war Rösler.

»Der Staatsanwalt hat zugestimmt. Sie können Philip Leitner eine Speichelprobe entnehmen. Ich will außerdem, dass Sie ihn noch einmal verhören. Nehmen Sie ihn in die Mangel, setzen Sie ihn unter Druck. Von mir aus drohen Sie ihm auch an, ihn vorläufig festzusetzen. Die Fakten sprechen eindeutig gegen ihn, und wir brauchen dringend Ergebnisse. Es kann doch nicht sein, dass der Bursche sich an überhaupt nichts mehr erinnert. Helfen Sie seinem Gedächtnis auf die Sprünge!«

»Meine Rede«, stimmte ihm der Kommissar zu und fühlte sich in seiner Ansicht bestätigt. Nebenbei behielt er den Bildschirm im Auge und zog verblüfft eine Augenbraue hoch. War das tatsächlich Philip Leitner, der da aus dem blauen Passat stieg? Aufgeregt fuchtelte Taglieber mit der freien Hand herum, um Tanja zu bedeuten, das Band anzuhalten. »Wir nehmen uns den jungen Mann noch einmal zur Brust, und zwar mit Nachdruck«, fügte er mit einem Seitenblick auf sie noch hinzu.

Das deutliche Missfallen in den Augen seiner Kollegin war nicht zu übersehen, aber wenigstens hatte sie seine Anweisung verstanden und hielt das Band an. Genau im richtigen Augenblick.

»Sehr gut, dann rechne ich mit der baldigen Lösung des Falls«, verabschiedete sich Rösler.

Der Kommissar sah währenddessen auf dem schwarzweißen Standbild, wie Leitner die Tankstelle mit einem Benzinkanister verließ. Gefolgt von seinen Freunden, die je einen Kasten Bier und Cola schleppten. »Einen Moment, Herr Rösler, wir haben …«, wollte Taglieber seinen Chef noch über seine neueste Entdeckung informieren, doch der hatte bereits aufgelegt.

»Was hast du eigentlich gegen Leitner?«, fragte Tanja ihn, als sie durch die Flure des Priener Krankenhauses schlenderten.

Taglieber hatte keine Lust auf eine Antwort. Er war müde, ihm setzte die Hitze zu, und er wollte sich nicht mit seiner Kollegin streiten. »Ich habe gar nichts gegen Philip Leitner«, entgegnete er dennoch und seufzte. »Ich finde nur, dass du ihn in Anbetracht der Fakten viel zu sehr in Schutz nimmst. Er ist ebenso verdächtig, wie es ein Erwachsener an seiner Stelle wäre, und sollte meiner Meinung nach genau wie ein solcher behandelt werden. Warum soll ein Jugendlicher keinen grausamen Mord aus niederen Motiven begangen haben? Leitner wäre nicht der erste.«

Tanja sah ihn mit großen Augen an, setzte dazu an, etwas zu erwidern, entschied sich aber dagegen.

Hatte sie möglicherweise eingesehen, dass er im Recht war? Doch das war so wahrscheinlich wie Schneefall im Wonnemonat Mai.

Philip Leitner saß in beigen Shorts und einem froschgrünen T-Shirt mit geschlossenen Augen auf seinem Bett, die Stöpsel seines MP3-Players im Ohr. Das sanfte Wippen seines Kopfes begleitete die Musik, die er vermutlich gerade hörte, im Takt.

Widerwillig gestand sich Taglieber ein, dass die Situation etwas Friedliches ausstrahlte und es ihm fast leidtat, dass sie gekommen waren, um diese Harmonie zu zerstören. Er trat neben ihn. »Wir müssen uns noch einmal mit dir unterhalten«, sagte er laut. Der strenge Unterton in seiner Stimme war nicht zu überhören.

Der Junge schreckte hoch und griff sich an die Brust. »Haben Sie mich erschreckt!« Er nahm die Stöpsel aus den Ohren.

»Es sieht nicht gut für dich aus«, stellte Tanja fest, während Taglieber das Röhrchen für den Speicheltest aus seiner Tasche holte.

»Was ist das?«, fragte der Junge misstrauisch. Er ahnte wohl, was ihm bevorstand.

»Mach den Mund auf, wir brauchen deine DNA«, ordnete der Kommissar knapp an und schraubte die Röhrchenkappe ab.

Schlagartig weiteten sich die Augen von Philip Leitner, und er schluckte. »Wieso das denn? Ich hab doch nichts verbrochen.«

»Mund auf.« Taglieber zielte mit dem Wattestäbchen bereits zwischen Leitners Lippen.

»Der Staatsanwalt hat es angeordnet«, erläuterte Tanja währenddessen.

Zögerlich öffnete der Junge den Mund und starrte Taglieber weiterhin entgeistert an, während dieser mit dem Wattestäbchen fest über dessen Wangeninnenseite strich.

Anschließend begannen sie mit einer weiteren Befragung.

»Wir sind hier, weil deine Freunde dein Alibi für die Tatzeit nicht bestätigt haben«, legte ihm Tanja dar. »Außerdem haben wir ein paar Details herausgefunden, die speziell die männlichen Verdächtigen ins Visier unserer Ermittlungen rücken.«

»Glückwunsch übrigens, du bist immer noch unser Verdächtiger Nummer eins«, ergänzte der Kommissar sarkastisch.

»Na super!«, schimpfte Leitner. »Mein alter Herr wird mir den Kopf abreißen.«

»Deine Freunde sagen aus, dass du sie Samstagfrüh vor ein Uhr zu Hause abgeliefert hast. Wohin bist du dann gefahren? Warst du vielleicht mit Claire auf der Yacht ihres Vaters verabredet?«, fuhr Tanja fort.

»Und wofür brauchtest du den Benzinkanister?«, fügte Taglieber hinzu.

Leitner legte die Stirn in Falten und begann, unruhig an der Bettdecke, auf der er lag, herumzuzupfen. »Ich weiß nicht … Ich erinnere mich nicht an einen Kanister. Ich erinnere mich an nichts, doch das will mir hier ja keiner glauben. Und überhaupt, 'ne Freundin? Ich mach grad mein Abi, das wäre mir doch viel zu viel Stress. Ein bisserl rummachen ist okay, aber mehr ganz bestimmt nicht.« Er deutete ein Kopfschütteln an. »Sie haben den falschen Fisch an der Angel.« Er versuchte, seiner Behauptung Nachdruck zu verleihen, indem er Taglieber fest in die Augen sah.

»Warum hat die Spurensicherung dann Spuren der Yacht deines Vaters an dem Boot der Toten gefunden, die eindeutig für eine Kollision sprechen?«, bohrte der Kommissar weiter nach.

»Aber das ist absolut unmöglich«, wehrte Leitner heftig ab.

»Ist es nicht«, beharrte Taglieber. »Du warst mit Claire auf der Yacht verabredet, ihr hattet Sex, aber dann habt ihr euch gestritten. Vielleicht weil das Kind, das sie im Leib trug, nicht das deine war? Oder vielleicht gerade, weil es von dir war?« Taglieber musterte den Jungen prüfend. »Du bist ausgeflippt und hast das Mädchen zuerst gewürgt, dann mit Benzin übergossen und schließlich mitsamt der Yacht in Brand gesteckt. Gib es zu!«

»Was, jetzt war die Bitch auch noch schwanger? Warum wollen mich eigentlich alle verarschen und mir etwas anhängen? Was ist das denn bitte für ein Höllentrip?«, echauffierte sich Leitner. Plötzlich sprang er aus dem Bett, lief zum Fenster, zog sein Handy aus der Hosentasche und wischte über den Bildschirm. »Mir reicht's. Ich ruf meinen Dad an, der soll mir einen Anwalt besorgen. Ohne den sag ich kein Wort mehr.«

Taglieber beobachtete den Jungen, der unruhig im Zimmer auf und ab lief, während er darauf wartete, dass sein Vater abhob. Tat er ihm womöglich doch unrecht und verdächtigte einen Unschuldigen?

Gott sei Dank, dass die Bullen endlich weg sind, dachte Phil, als er sich zurück aufs Bett fallen ließ.

Der große Blonde hatte ihm gehörig zugesetzt. Auch als er unnachgiebig geschwiegen hatte, hatte dieser ihn noch mit Vorwürfen und Anschuldigungen traktiert. Schlussendlich war ihm nichts anderes übrig geblieben, als nach der Schwester zu klingeln.

Phils Kopf dröhnte. Fest stand, dass die Kommissare ihn zum Sündenbock auserkoren hatten. Warum nur schienen alle bisherigen Spuren auf ihn hinzudeuten? Und wie sollte er aus der Nummer jemals wieder heil rauskommen?

Jedenfalls nicht, indem er sich an nichts erinnerte, das wurde ihm schlagartig klar. Also kam er nicht drum herum, sich das, was gestern in der Früh geschehen war, wieder ins Gedächtnis rufen.

Aber wollte er das auch? Was, wenn dabei herauskam, dass er tatsächlich etwas mit dem Mord zu tun hatte oder, schlimmer noch, gar der Mörder war?

Phil pfriemelte sich die Stöpsel seines MP3-Players wieder in die Ohren, wählte The Killers aus und schloss die Augen. Zuerst setzte die E-Gitarre ein, dann das Schlagzeug. Und während die ersten Takte von »Run for Cover« wie Nebel an ihm vorüberzogen, kroch aus ihnen tatsächlich die Erinnerung hervor. Auch wenn es Phil widerstrebte, ließ er sich in den Strudel saugen und erlaubte den schrecklichen Bildern, die er bis jetzt verdrängt hatte, aus dem Schatten zu treten.

Zuerst war da nur die schwarze Nacht, die schützend wie ein Mantel über dem See lag, aber dann gebar die Dunkelheit plötzlich das in Flammen stehende Boot. Als Nächstes erschien die brennende Gestalt an der Reling. Phil zwang sich hinzusehen. Wie weit war er entfernt? Und war er wirklich allein?

Er schätzte die Entfernung zu der anderen Yacht auf mehr als zehn Meter. Die Frage, ob noch jemand anders bei ihm war, konnte er so lange nicht beantworten, bis er die Stimme von Dotz neben sich hörte.

»Mann, tut doch was!«, rief sein Freund verzweifelt.

»Scheiße, Phil, das ist alles deine Schuld!«

War das Adis kreischende Stimme? Als der Song beinahe zu Ende war, brach die Erinnerungssequenz mit einem Mal ab.

Phils Wunde am Hinterkopf begann zu pochen, sein Herz jagte, und ihm wurde so heiß, als würde das Feuer, das er gesehen hatte, nun in ihm lodern. Hektisch griff er sich an die Stirn. Sie war klitschnass.

Was war in dieser verdammten Nacht bloß geschehen? Und vor allem, warum hatten Dotz und Adi behauptet, sie wären nicht mit ihm auf dem Boot gewesen?

Und vor allem: Woran bin ich schuld?

Als Taglieber um halb sieben das Präsidium verließ, hatte er die Nase gehörig voll. Nicht nur hatte er aus Philip Leitner außer der DNA-Probe nichts Brauchbares herausbekommen, obendrein hatte ihn Tanja in einer Tour mit ihrer Eifersuchtsnummer wegen Charlotte von Toth genervt. Fabi hier, Charlotte da, was, wenn er sich in sie verlieben würde? Er konnte ihr Gezeter einfach nicht mehr ertragen.

Missmutig trottete er zu seinem Wagen. Heute Abend würde er sich ein kühles Feierabendbier im »Westernacher« direkt am See genehmigen – allein. Doch zuvor wollte er noch jemandem einen Besuch abstatten.

13

Drrrreng!, ertönte die Klingel im ersten Stock schrill und so laut, dass ihr Ton bis vor die Haustür im Erdgeschoss zu hören war.

Kurz darauf krächzte ein nur wenig begeistert klingendes »Ja?« aus der angeschlagenen Sprechanlage. Sie hatte, genau wie das baufällige Mehrfamilienhaus, vor dem der Kommissar stand, schon bessere Tage erlebt.

»Ich bin's, Kommissar Taglieber.«

Der Türöffner summte.

Er musste sich anstrengen, um die alte Holztüre, deren Lack nahezu völlig abgeblättert war, aufzudrücken. Dahinter erstreckte sich ein dunkler Hausflur, in dem es muffig roch.

Müde stapfte Taglieber die steile Treppe empor, Richtung bereits offen stehende Wohnungstür.

»Hier rein«, wies ihn der zivile Beamte, der mit Decknamen Peter Jänisch hieß, mit einer Kopfbewegung an.

Taglieber folgte der Aufforderung, während Jänisch schnell die Tür hinter ihm zuzog.

Auch in der Wohnung roch es nicht viel besser als in dem stickigen, nach Schimmelpilzkulturen duftenden Hausgang. Taglieber sah sich um. Die Bude mit den zugezogenen vergilbten Vorhängen und der spärlichen Beleuchtung durch ein veralgtes Aquarium glich einer schmuddeligen dunklen Höhle, die automatisch die Stimmung jedes Gastes drückte. Und mit seinem äußeren Erscheinungsbild fügte sich sein Undercoverkollege zweifelsohne in die Reihen der sozialen Randgruppen ein, die seine Nachbarn waren.

»Was verschlägt dich denn hierher?«, fragte Jänisch nicht ohne Argwohn in der Stimme und strich sich eine fettige dreckbraune Strähne seines ungekämmten Haupthaares aus dem Gesicht.

Taglieber spürte die ablehnende Haltung seines Gegenübers und kam gleich zur Sache. »Dobermann hat behauptet, du würdest den Burschen hier kennen.« Er zeigte ihm das Phantombild.

»Der kommt mir allerdings sehr bekannt vor«, bestätigte Jänisch, nachdem er das Bild eingehend betrachtet hatte. »Was hat er ausgefressen?«

»Das ist derjenige, der mich letztes Jahr auf der Fraueninsel niedergeschlagen hat.«

»Und wie kann ich dir jetzt behilflich sein?« Der Zivile steckte sich eine selbst gedrehte Zigarette, die er von einem restlos zugemüllten Couchtisch genommen hatte, in den Mund und zündete sie an.

»Weißt du, wo sich der Knabe aufhält?«

Jänisch zwinkerte ihm zu. »Ich weiß so gut wie alles. Auch, dass der Kerl auf dem Bild Drago Berisha heißt und seine Finger in vielen schmutzigen Geschäften drinhat. Wird meistens mit Drogen bezahlt. Soweit mir bekannt ist, ist er seit einiger Zeit auf Heroin.«

»Ein Junkie?« Taglieber grübelte. Sollte das sein Informant bezüglich des Drogenrings gewesen sein?

»Ja. Aber nachweisen konnten wir ihm bis auf seine Drogenabhängigkeit bis jetzt nichts. Hab ihn schon länger nicht mehr gesehen. Ist wohl für 'ne Zeit abgetaucht oder wieder mal auf Entzug. Das letzte Mal«, Jänisch zog an seiner Kippe, »bin ich ihm vor ein paar Wochen im ›Meteor‹ in Traunstein über den Weg gelaufen.«

»Das ist eine Disko, richtig? Die hat Dobermann bereits erwähnt.«

»Jepp.« Jänisch nickte und aschte in eine alte Whiskey-Cola-Dose, die auf dem Tisch stand. »Berisha gehört zur untersten Kategorie von Straftätern. Er ist gefährlich und unberechenbar. Ich wette, für einen Schuss bringt der seine eigene Mutter um – zumindest, wenn er einen Affen schiebt.« Der Zivile zog erneut an seiner Kippe und blies den Rauch gen Decke, die vom Nikotin bereits eine fahlgelbe Farbe angenommen hatte.

Taglieber beobachtete ihn. »Affen?«, fragte er schließlich nach.

»Na, wenn er auf Entzug ist, sich länger keinen Schuss gesetzt hat.«

»Ach, stimmt ja, ich erinner mich. Kannst du mir noch mehr über Berisha sagen?«

Jänisch verneinte und warf einen Blick auf sein Handy, das er zwischen ein paar versifften, leeren Zigarettenschachteln und einer Dose Fischfutter hervorgezogen hatte. »Sorry, aber ich muss dich jetzt rausschmeißen. Gleich kommen ein paar Leute vorbei, und es wäre nicht besonders gut, wenn sie dich hier antreffen würden. Überhaupt hättest du nicht herkommen dürfen. Was, wenn dich jemand als Bulle erkannt hätte?« Jänisch betrachtete den Kommissar ernst.

Taglieber war wie vor den Kopf gestoßen. Er hatte keinen Gedanken daran verschwendet, ob er einen verdeckt arbeitenden Kollegen in dessen Wohnung aufsuchen durfte, und grob fahrlässig gehandelt. »Tut mir leid«, entschuldigte er sich kleinlaut bei Jänisch, während der ihn in den Flur begleitete.

Kurz bevor der Zivilpolizist die Tür hinter ihm ins Schloss fallen ließ, hielt er inne. »Mir ist grad noch eingefallen, dass Berisha, als er noch nicht ganz so fertig war, eine Zeit lang als Informant für uns gearbeitet hat«, sagte Jänisch. »Frag mal bei Schmidt nach, der könnte was drüber wissen. Ist allerdings schon ein paar Jahre her.«

»Danke für deine Hilfe«, erwiderte Taglieber mit gesenkter Stimme. Als er die Treppe hinunterstieg, kreisten seine Gedanken immer wieder um die Worte »Informant«, »unberechenbar« und »Drogen«.

Es ging also tatsächlich um Drogen, schlussfolgerte er. Jedenfalls war das anzunehmen, wenn die Information aus seinem Traum stimmte und Berisha als Informant für die Polizei gearbeitet hatte. Hatte er versucht, über Berisha an dessen Hintermänner heranzukommen? Und wenn ja, warum? Und was wusste Schmidt über diesen offensichtlich gefährlichen Mann?

Tagliebers Kopf dröhnte, als er aus dem muffigen Hausgang hinaustrat und ihn die gute Priener Luft und die abendliche Sonne wieder willkommen hießen.

Er war erst ein paar Meter gegangen, da wurde er von einer Gruppe junger Männer der Marke Vollproll vom Gehsteig gedrängt. Als er sich noch einmal umsah, stoppten sie vor dem Haus, das er gerade verlassen hatte.

Hoffentlich haben sie mich nicht erkannt und schöpfen keinen Verdacht, dachte er, um Jänisch besorgt. Unwahrscheinlich, beruhigte er sich kurz darauf, sie haben mich noch nicht einmal angesehen. Trotzdem war es Taglieber immer noch peinlich, dass er nicht daran gedacht hatte, die Identität seines Kollegen zu schützen.

Eine halbe Stunde später saß er auf der Terrasse des »Westernacher« an der Uferpromenade des Chiemsees und ließ sich ein frisch gezapftes Blondes munden. Er atmete tief durch. Das kühle Bier beruhigte nicht nur sein Gemüt, sondern linderte obendrein das ständige Kopfweh.

Die Abendsonne tauchte den See in goldenes Licht, über den Himmel zogen sich ein paar rosafarbene Streifen. Taglieber leckte sich den würzigen Schaum von den Lippen und beobachtete, wie ein Segler durch ein gewagtes Manöver den Zusammenstoß mit einem Tretboot gerade noch verhindern konnte. Dass die Touristen aber auch ständig die Vorfahrt missachteten!

Es dauerte nicht lange, und die bestellte Pizza wurde serviert. Der Duft frischer Tomaten, gerösteter Auberginen, von Zucchini und rassigem Knoblauch stieg ihm in die Nase und ließ ihm das Wasser im Mund zusammenlaufen. Beherrscht achtete er darauf, sein Essen nicht zu schnell hinunterzuschlingen – so wie Cornelia es stets von ihm verlangte. Es kostete ihn einiges an Überwindung, doch sein kleiner, aber bereits sichtbarer Bauchansatz würde es ihm hoffentlich danken.

Er war gerade dabei, sich ein weiteres kleines Stück abzuschneiden, als ihn das Klingeln seines Handys unterbrach.

Taglieber blickte auf das Display, erkannte die Nummer nicht und entschied sich, nicht ranzugehen. Wenn es wichtig war, würde derjenige sicher noch einmal anrufen.

Zwei Mundvoll Pizza und einen Schluck Bier später wurde er erneut durch das Gedudel seines Smartphones gestört. »Taglieber«, meldete er sich, ohne den unfreundlichen Unterton in seiner Stimme zu unterdrücken.

»Hier … hier ist Irmi. Schwester Irmi«, drang eine piepsige Stimme leise und, wie er fand, unsicher aus dem Hörer.

Augenblicklich schlug Tagliebers Stimmung um. Sie war es, Irmi. Sicher meldete sie sich, um sich, wie vereinbart, auf ein Bier mit ihm zu treffen. Wäre sie möglicherweise spontan genug, sich hier und jetzt zu ihm zu gesellen? Bei dem Gedanken, den Rest des Abends mit ihr zu verbringen, durchströmte wohlige Wärme seine Brust und auch seine Lenden. »Freut mich, dass Sie anrufen«, antwortete er so nett wie möglich, in der Hoffnung, sie durch seine ruppige Art nicht verschreckt zu haben.

»Ich … ich hätte ein Anliegen an Sie«, fuhr sie zögerlich fort. »Es geht um einen Patienten.«

»Was gibt es denn?« Er musste zugeben, er war enttäuscht, dass sie sich nicht wegen ihm meldete.

»Ein alter Mann möchte die Beichte ablegen«, flüsterte sie.

Taglieber lachte auf. »Damit ist er bei mir aber an der falschen Adresse. Sie sollten besser einen Priester anrufen«, gab er nun doch amüsiert zurück.

»Ich glaube, ich habe mich falsch ausgedrückt. Der Priester war bereits bei ihm. Hubert Erntl hat ein Verbrechen begangen und möchte sich stellen.«

»Dann soll er morgen früh auf die Wache kommen.«

»Das kann er nicht. Herr Erntl«, sie stockte, »er liegt im Sterben. Sein letzter Wunsch ist es, seine Seele zu erleichtern. Er wollte beichten. Vor Gott, aber auch vor einem Polizisten. Es geht um die Kindesentführung, soll ich Ihnen sagen.«

Auch das noch!, dachte Taglieber verzweifelt. Hatte man denn niemals seine Ruhe? »Mein Kollege Schmidt bearbeitet den Fall.« Er heftete seinen Blick auf die verbliebene Pizza, die vor ihm lag und mit jeder Sekunde stärker abkühlte. »Ich rufe ihn an. Er kommt sicher sofort vorbei.«

Es dauerte einige Zeit, bis Irmi antwortete. »Er möchte aber mit Ihnen sprechen. Allein.«

»Wieso?«

»Ich habe ihm von Ihnen erzählt. Ihm gesagt, dass man Ihnen vertrauen kann, dass Sie«, sie druckste herum, »ein Herz haben.«

Der Kommissar gestand sich ein, dass er sich durch ihre Worte geschmeichelt fühlte. »Na gut, ich komme«, sagte er und verabschiedete sich in Gedanken bereits von der restlichen Pizza und seinem Bier.

»Bitte beeilen Sie sich. Es kann jeden Moment mit ihm zu Ende gehen«, mahnte Irmi.

So wie mit meinem entspannten Feierabend, dachte Taglieber sarkastisch und winkte den Ober zu sich.

14

Taglieber setzte in Gedanken Scheuklappen auf. Er konnte den Anblick der Gänge der Neurologischen Station nicht mehr ertragen, die er nun schon zum dritten Mal an diesem Wochenende entlanglaufen musste. Scheinbar gleichmütig trabte er neben Irmi her, die ihn am Eingang der Station erwartet hatte. Ihr Ziel war ein abgedunkelter Raum, in dem es bereits nach Tod roch.

Auf dem Bett vor ihm lag ein Mann um die siebzig mit schlohweißem Haar und einem Dreitagebart. Die schmale Brust, die eingefallenen Wangen und die halb geschlossenen Lider ließen ihn ausgemergelt und müde wirken. Seines Lebens müde.

»Das ist Hubert Erntl«, stellte Irmi ihren Patienten vor.

»Guten Tag, Herr Erntl. Mein Name ist Taglieber, ich bin Kommissar bei der Kripo in Prien«, begrüßte ihn Taglieber. »Sie wollten mich sprechen?«

Erntl, in dessen Nasenlöchern kleine Plastikstöpsel steckten, die ihn mit ausreichend Sauerstoff versorgten, öffnete seine Augen etwas weiter. Allein diese kleine Bewegung schien ihn anzustrengen. »Ich möchte mich stellen«, hauchte er schließlich so leise, dass Taglieber näher an sein Bett trat, um ihn besser zu verstehen.

Irmi hielt sich im Hintergrund, blieb an der Wand neben der Tür stehen.

»Dann muss ich zunächst Ihre Personalien aufnehmen«, sagte Taglieber und machte sich an die Arbeit. Es dauerte eine gefühlte Ewigkeit, die nur bröckchenweise gewisperten Angaben des Todkranken in sein Smartphone zu tippen. »Und nun erzählen Sie mir, was Sie verbrochen haben. Es geht um die Kindesentführung?«

»Meine Schwester Maggi und ich, wir haben uns unter falschem Namen als Ehepaar ausgegeben und die Anni und den Johannes vor drei Monaten entführt«, begann Erntl, den das Sprechen sichtlich Kraft kostete. »Es … es tut mir so leid.« Eine Träne löste sich aus seinem Augenwinkel. »Die Anni ist damals gestorben, doch der Johannes, der hat Gott sei Dank überlebt.«

»Das wissen wir, wir haben die Kinder gefunden. Erzählen Sie mir lieber, wie sich alles abgespielt hat und warum Sie und Ihre Schwester das Verbrechen begangen haben. Außerdem will ich wissen, wo sich Ihre Schwester derzeit aufhält.«

Hubert Erntl deutete ein Kopfschütteln an. »Wo Maggi ist, werden Sie niemals von mir erfahren. Ich kann Ihnen nur eins sagen: Sie ist weit genug weg, dass die deutschen Behörden sie nicht finden werden.« Er schloss die Augen und atmete schwer.

»Dann erzählen Sie mir, was sich an dem Tag der Entführung ereignete und was Ihr Motiv war.«

»Maggi und ich hatten versprochen, auf Anni und Johannes aufzupassen, während die Eltern beim Priener Faschingszug waren. Doch anstatt sie wie versprochen mit in unsere Wohnung zu nehmen, setzten wir sie ins Auto und fuhren mit ihnen zu unserer Hütte im Zillertal. Wir hatten vor …« Erntl brach ab und presste die Lider zusammen. Erneut liefen ein paar Tränen über seine Wangen. »Sie sollten jämmerlich verhungern«, brachte er mit gebrochener Stimme mühsam hervor.

Taglieber fehlten die Worte. »Es … es war also von vornherein Ihre Absicht, die Kinder sterben zu lassen?«, hakte er nach, ohne glauben zu wollen, was er gerade aussprach.

Der alte Mann nickte müde, und sein Brustkorb hob sich, als läge eine tonnenschwere Last auf ihm.

»Darum gab es auch keine Lösegeldforderung«, murmelte der Kommissar, der sich daran erinnerte, wie verwundert die gesamte Mannschaft darüber gewesen war.

»Wir wollten kein Geld, sondern Vergeltung.« Hubert Erntls Stimme war jetzt erstaunlich fest. In den Augen des

Todgeweihten blitzte so etwas wie ein letzter Kampfeswille auf.

»Was musste denn vergolten werden? Was hatten Ihnen die Kinder angetan?«

»Um die ging es doch überhaupt nicht«, fuhr Erntl fort. Sein Gesicht war so bleich wie die Wand hinter ihm. »Wir wollten die Mutter, vor allem aber deren Familie bestrafen. Ihre Vorfahren sind für den Tod unserer Mutter verantwortlich.«

»Wollen Sie damit sagen, Frau Ohlands Familie hätte Ihre Mutter umgebracht?« Taglieber hatte von dem wirren Gerede des Alten langsam genug.

»Sie müssen mir schon zuhören. Ich sagte, ihre Familie ist für ihren Tod verantwortlich.« Die Lider des Mannes hoben sich erneut, und er fixierte den Kommissar mit seinen dunklen Augen, während er leise fortfuhr: »In der Nachkriegszeit lebten wir gemeinsam mit unserer Mutter als Kinder auf dem Hof der Familie Braun. Das ist Frau Ohlands Mädchenname. Unsere Mutter, die Vevi, diente als Magd auf dem Gut. Maggi und ich waren zu der Zeit noch jung.« Hubert Erntl seufzte. »Trotzdem kann ich mich erinnern: Sie behandelten unsere Mutter schlecht und hielten sie knapp, obwohl sie mehr als genug zu essen hatten. Das wenige, das sie von ihnen bekam, reichte sie an uns weiter. Dennoch hatten Maggi und ich immer Hunger und bettelten ständig um mehr Nahrung. Hätten wir gewusst … Aber wir waren ja noch Kinder.«

Der Mann hielt inne, hob langsam die Hand und wischte sich unbeholfen wie ein kleiner Junge die Tränen aus den Augen.

Auch wenn Taglieber die Logik der Vergeltung und das Vorgehen des Mannes in keinster Weise nachvollziehen konnte, bekam er Mitleid mit ihm.

»Die Großmutter von Anni und Johannes machte sich damals über meine Mutter und uns immer lustig. Sie war in unserem Alter und wohlgenährt. Ein rundliches, dreistes kleines Ding, dem der Speck, den es jeden Morgen gab, schon zu den Ohren rauskam«, erinnerte er sich verächtlich. »Sie hat mit dem Finger auf uns gezeigt und uns dürre Bohnenstangen genannt. Vevi hat sie sogar mal Skelett geheißen.« Wieder wurde Erntls Erzählung durch eine Pause, in der er Kraft sammelte, unterbrochen. »An ihr war ja auch kaum mehr etwas dran. Selbst die Vogelscheuchen auf den Feldern waren dicker als unsere Mutter.« Der alte Mann schluchzte auf.

Taglieber konnte die tragische Figur der Vevi geradezu vor sich sehen. Eine klapperdürre Frau, die sich am Ende ihrer Kräfte an einem heißen Tag mit schwerer Feldarbeit abmühte. Wäre nicht Irmi an die Seite ihres Patienten getreten und hätte ihre Hand tröstend auf die seine gelegt, so hätte er es womöglich selbst getan.

»Dann kam der Winter und mit ihm eine unbarmherzige Kälte. Vevi hatte die Grippe. So ausgemergelt, wie sie war, überlebte sie nicht einmal die erste Nacht. Niemand von den Brauns hat nach ihr gesehen, und Maggi und ich haben ihre Leiche am nächsten Morgen in ihrem Bett entdeckt. Den Anblick werde ich niemals vergessen: Mama war ganz blau.« Erntl schnaufte schwer. »Damals waren wir nicht älter als Johannes und Anni heute.« Er drückte die Lippen aufeinander, doch wieder bahnten sich die Tränen ihren Weg. Er heulte.

Es klang wie das Weinen des tapferen kleinen Kindes, das es damals geschafft hatte, trotz des Todes weiterzuleben.

Irmi strich Erntl immer wieder liebevoll über das weiße Haar.

»Das Motiv der Kindesentführung war also, den Tod Ihrer Mutter zu rächen«, fasste Taglieber zusammen.

Der Sterbende nickte und schluckte die Tränen hinunter. »Wir konnten das doch nicht für alle Zeiten so stehen lassen. Unser ganzes Leben lang haben wir darunter gelitten, unsere Mutter so früh verloren zu haben. Maggi und ich, wir haben lange nichts gekannt als Leid, harte Arbeit und Hunger.«

»Ich verstehe«, sagte Taglieber. »Sie sind nie darüber hinweggekommen.«

Als Antwort presste der Mann wieder die Lippen und Lider zusammen und weinte.

»Erzählen Sie dem Kommissar, wie Sie den Jungen befreit haben«, forderte Irmi Erntl auf. An Taglieber gewandt erklärte sie: »Er bereut, was er getan hat. Er sah ein, dass die Entführung ein Fehler war, und versuchte, das Leben der Kinder zu retten.«

»Wir haben die beiden in unserer Hütte eingesperrt«, fuhr der Alte fort. »Die Fenster eines Zimmers hatte ich vernagelt, damit keiner hineinsehen konnte. Manchmal kommen auch im Winter Tourengeher oder hartgesottene Wanderer vorbei. Anni und Johannes bekamen weder zu essen noch zu trinken. ›In ein paar Tagen ist alles vorbei, dann ist die Schuld ihrer Vorfahren gesühnt‹, hat Maggi zu mir gesagt.« Der alte Mann seufzte bei der Erinnerung. »Doch ich konnte das Leid der beiden nicht länger mit ansehen. Sie waren doch wie wir damals.« Er machte eine Pause und flüsterte: »Der Junge sang für seine Schwester, so wie Maggi damals für mich gesungen hatte, wenn ich nicht schlafen konnte, weil mein Magen wehtat. Also habe ich ihnen ein Würstchen zugesteckt und sie mit Trinken versorgt. Bald wurde Maggi misstrauisch, aber ich beschloss schweren Herzens, mich gegen unseren Plan und meine Schwester zu stellen und die Kinder zu retten.« Wieder hielt er inne, weil ihn das Sprechen erschöpfte. »Doch als ich eines Morgens nach ihnen sah, war das Mädchen tot.« Erntl sog unter sichtbarer Anstrengung Luft in seine Lunge. »Die Kleine sah aus, als würde sie tief und fest schlafen. Ich hab sie in den Kofferraum gelegt, dann auch den Jungen eingeladen, bin nach Deutschland zurück und habe beide unweit von hier im Wald ausgeladen. Ich weiß, es war falsch, was wir getan haben. Wir haben ein unschuldiges Kind auf dem Gewissen. Und nun, vor meinem eigenen Tod, möchte ich Zeugnis ablegen. Bevor mich der Gehirntumor auffrisst, sollen die Menschen wissen, aus welchem Grund wir so gehandelt haben, und ich möchte Gott dafür um Vergebung bitten«, schloss er seine Erzählung.

Taglieber überlegte. »Gott vergibt Ihnen mit Sicherheit«, begann er, »aber das weltliche Gesetz ist strenger. Es verlangt von mir, dass ich Sie augenblicklich festnehme.« Sein Blick wanderte von Erntl zu Irmi, die ihn völlig perplex ansah.

»Aber Hel… ich meine, Herr Taglieber, Sie können ihn doch jetzt nicht mitnehmen. Er braucht medizinische Betreuung.«

»Zumindest muss ich es im Revier melden. Morgen Vormittag sollte noch früh genug dafür sein. Er kann doch hier nicht weg, oder?« Er warf einen Seitenblick auf Irmi.

»Für ihn gibt es nur noch einen einzigen Weg aus diesem Zimmer«, erklärte die Schwester mit gedämpfter Stimme, während sie Erntls Hand drückte.

Taglieber verstand. »In Ordnung. Ich informiere morgen den Dienststellenleiter, und bis dahin bleibt alles so, wie es ist.«

Er hatte sich schon verabschiedet und zum Gehen umgewandt, da richtete Irmi zaghaft das Wort an ihn: »Wenn Sie möchten, dann könnten wir noch gemeinsam etwas trinken gehen, ich habe«, sie schaute kurz zur Wanduhr, »eigentlich schon seit über einer Stunde Feierabend.«

Tagliebers Herz machte einen Sprung, und mit einem Mal fühlte er sich so unbeholfen wie ein Jugendlicher beim ersten Date. »Natürlich, das … das würde mich sehr freuen«, stotterte er. Warum brachte ihn diese Frau nur jedes Mal, wenn er ihr begegnete, völlig aus dem Konzept? Nicht nur ihr scheues Lächeln, das sie ihm gerade schenkte, allein der bloße Gedanke an sie raubte ihm schier den Verstand. Was soll das eigentlich? Ich bin doch glücklich verheiratet, ermahnte er sich selbst.

Wenig später saß er zum zweiten Mal an diesem Abend auf der Terrasse des »Westernacher«, diesmal jedoch in Begleitung.

Die Sonne war bereits untergegangen, und während sich auf dem Wasser die Lichter der Laternen am Ufer spiegelten, zuckten neben ihnen die Flammen von Fackeln dem sternenklaren Himmel entgegen. Eine Kerze auf dem Tisch sorgte überflüssigerweise ebenfalls für romantische Stimmung. Was Taglieber betraf, so hätte es keines Kerzenlichtes bedurft, um seine schwärmerischen Empfindungen anzufachen. Dafür genügte allein Irmis Anwesenheit.

Als sie den Tränen nah von ihrem letzten gescheiterten Beziehungsversuch berichtete, musste er sich beherrschen, um nicht ihre Hand zu nehmen.

»Wir waren doch eigentlich schon beim Du, wenn ich mich recht entsinne«, unterbrach er sie, da sie ihn gesiezt hatte. »Und da sollten wir meiner Meinung nach auch wieder hin. Wir sind doch so etwas wie Freunde.« Dass dies eine glatte Lüge war, wurde ihm beim Aussprechen des Wortes »Freunde« schlagartig bewusst. Irmi würde ihm immer mehr bedeuten als eine Freundin.

Die Krankenschwester schenkte ihm ein dankbares Lächeln und biss genüsslich in ein Stück Pizza Hawaii. Es hatte sie nicht viel Überzeugungskraft gekostet, ihn dazu zu überreden, sich mit ihr eine Pizza und eine kleine Karaffe Roten zu teilen. Nur ihr Angebot, ihn einzuladen, hatte er mit den Worten: »Wenn hier einer in der Schuld des anderen steht, dann bin ich das«, ausgeschlagen. Selbstverständlich würde er an diesem Abend die Rechnung übernehmen.

Nachdem Irmi ihre Erzählung über die gescheiterte Beziehung mit einem Mann, der sie betrogen und dann eiskalt abserviert hatte, beendet hatte, begann Taglieber zögerlich, über sich und seine größtenteils immer noch verlorene Erinnerung zu berichten.

»Immer wieder tauchen einzelne Puzzleteilchen auf. Ein Musikstück, das ich früher mochte, oder die Erinnerung an den alten Golf, den meine Eltern fuhren, als ich Kind war. Allerdings sind es immer nur klitzekleine Bruchstücke, leider zu wenig, um ein sinnvolles Ganzes zu ergeben.«

Irmi nickte verständnisvoll. »Vielleicht würde es helfen, wenn du dir mal ein paar Kinderbilder von dir ansiehst? Wenn du willst, leiste ich dir dabei Gesellschaft.«

Taglieber gab sich Mühe, ihr offenes Lächeln zu erwidern. Er war sich sicher, dass ihr Angebot rein freundschaftlicher Natur war. Was ihn jedoch betraf … »Das würdest du für mich tun?«

Er konnte sich nicht vorstellen, dass irgendjemanden vergilbte Fotos von vor dreißig Jahren interessierten.

»Na klar, wir sind doch so was wie Freunde«, griff sie seine Worte von vorhin auf und kicherte leise, bevor sie am Wein nippte.

Der Kommissar betrachtete die Karaffe, die bereits zur Hälfte geleert war. »Ich muss mich anscheinend sputen, dass ich auch noch etwas abbekomme«, stellte er mit einem Zwinkern fest und schenkte sich nach, nachdem er Irmis Glas noch einmal aufgefüllt hatte.

Der Wein lockerte seine Zunge zusehends, sodass er nicht nur über die neusten Erkenntnisse, was seinen Angreifer von der Fraueninsel betraf, mit ihr sprach, sondern auch über die Probleme in seiner Ehe.

»Es ist nicht leicht, mit jemandem vier Jahre verheiratet zu sein und ihn oder besser gesagt sie gleichzeitig neu kennenzulernen.« Er fuhr sich ratlos durchs Haar. »Ich habe das Gefühl, dass Cornelia und ich nicht wirklich zusammenpassen. Natürlich frage ich mich, ob das schon immer so war und ich es bloß erfolgreich ignoriert habe oder wir vor meiner Amnesie besser miteinander harmoniert haben.«

Dem Geständnis folgte eine unangenehme Pause. Doch anders als er wagte Irmi einen Vorstoß und ergriff beherzt seine Hand.

»Das geht einem nicht nur so, wenn man seine Erinnerung verliert. Jeder kennt das und hat manchmal das Gefühl, dass ihm ein einstmals vertrauter Mensch über die Jahre fremd geworden ist.«

Er überlegte. »Vermutlich hast du recht.« Wie von einer

höheren Macht gelenkt, begegneten sich ihre Blicke. »Und werden manchmal nicht Fremde plötzlich zu Vertrauten?«, fragte er, während ihn das im Licht der Kerze changierende Grün ihrer Augen in seinem Bann gefangen hielt.

15

Als sich Taglieber am nächsten Morgen auf den Weg in die Arbeit machte, schwebte er auf Wolke sieben. Der Abend mit Irmi hatte ihn emotional nachhaltig in höhere Gefilde katapultiert. Obwohl seine Nachtruhe keine sechs Stunden gedauert hatte, fühlte er sich ausgeschlafen und frisch.

Das Auto hatte er kurzerhand zu Hause stehen lassen und lief die zweieinhalb Kilometer zum Priener Revier zu Fuß.

Mit Vogelgezwitscher im Ohr und der Wärme der glitzernden Strahlen der Morgensonne auf der Haut ging er in Gedanken die Fakten seines neuen Falles durch. Er war hoch motiviert.

Einen Erfolg konnte er schließlich schon für sich verbuchen: Dank Irmis Hilfe konnte er Rösler den Entführer der Kinder auf dem Silbertablett servieren. Schmidt würde vor Neid erblassen. Dass es ja eigentlich dessen Fall war, ignorierte Taglieber erfolgreich.

»Das ist ja widerlich. Du strahlst, als hätte man dir eine Packung Glückszäpfchen in den Hintern geschoben«, meckerte Tanja ihn an, als er das Büro betrat.

»Dein Problem, wenn du meine gute Laune nicht erträgst«, gab er achselzuckend zurück und reichte ihr einen Cappuccino to go, den er unterwegs für sie gekauft hatte. »Vielleicht hilft ja ein Schluck mit extraviel Milchschaum.«

Während Tanja den Deckel abnahm und den Inhalt des Bechers kritisch inspizierte, beschloss Taglieber, sich den Tag auf keinen Fall von ihr oder jemand anderem verderben zu lassen.

»Bestimmt nicht«, antwortete sie. »Fabian schwärmt seit gestern nur noch von der ›schlauen Charlotte‹, ihrer Erfahrung und ihrem Wissen. Sie hätte ja sofort vermutet, dass Klara schwanger war, und, und, und.« Sie gab ihm die aktuelle

Ausgabe der Zeitung. »Außerdem hat Rösler einen halben Herzinfarkt bekommen, als er das hier gelesen hat.«

Taglieber nahm das Blatt und überflog den Leitartikel im Regionalteil.

»Grausamer Mord am Chiemsee«, lautete die Überschrift. Satzfetzen sprangen ihm ins Auge. »Mädchen auf Yacht auf dem Chiemsee verbrannt ... Lehrer und Schüler des Schlossinternats Hohenbeuern verzweifelt ... Priener Polizei ratlos ...«

Neben dem Text war ein Foto abgebildet, das Klara von Ariethen alias Claire d'Aubyn mit ihren Freundinnen Caroline von Stacklborn und Jekaterina Kordakow zeigte, die in dem Artikel gleich mehrfach zitiert wurden.

Hatte er das nicht vorhergesehen? Diese publicitygierigen Möchtegernprinzessinnen nutzten den Tod ihrer Freundin schamlos aus, um sich selbst ins Rampenlicht zu rücken.

»Na, was sagst du dazu? Dämpft das deine Happy-Honigkuchen-Stimmung ein wenig?«

»In der Tat«, knurrte Taglieber. Sein Gute-Laune-Barometer kämpfte verzweifelt darum, dem Sog nach unten nicht nachzugeben. Er nahm einen Schluck von seinem eigenen Kaffee. »Das ist wahrlich ein Schlag unter die Gürtellinie, aber ich gedenke, den Chef für diesen Schock gebührend zu entschädigen.«

»Und wie wollen Sie das anstellen?«

Die Stimme von Rösler ließ den Kommissar herumfahren.

Der füllige Mann, der hinter ihm in der Tür stand, wirkte wie ein kleiner Junge, der vor einem scheinbar unlösbaren Problem steht. Teils verzweifelt, teils hoffnungsvoll sah er Taglieber an.

»Vielleicht freut es Sie, zu hören, dass ich gestern den Fall der Entführung der Ohland-Kinder lösen konnte«, begann dieser.

»Veräppeln Sie mich nicht. Heute ist ein ausgesprochen schlechter Zeitpunkt für Scherze. Schmidt beißt sich seit drei

Monaten die Zähne an dem Fall aus, und Sie wollen ihn quasi über Nacht aufgeklärt haben?«

Taglieber legte die Zeitung beiseite und schaute von Rösler zu seiner Kollegin. Unglauben stand in ihren Blicken, als er zu erzählen begann.

Während Tanjas Augen vor Erstaunen immer größer wurden und sie so konzentriert mit gespitzten Ohren seinen Worten lauschte, dass sie völlig vergaß, ihren Cappuccino zu schlürfen, berichtete er haarklein von seinem Besuch im Krankenhaus.

»Hubert Erntl ist todkrank, es besteht keine Fluchtgefahr. Den Bericht dazu werden Sie bis heute Mittag erhalten«, schloss er.

»Das ist ein kleiner Durchbruch, auch wenn von der Mittäterin in Person von Erntls Schwester jede Spur fehlt«, gab Rösler zu, dessen Miene sich im Laufe von Tagliebers Ausführungen deutlich aufgehellt hatte. »Aber dieser Artikel ...« Er unterbrach sich selbst, um über sein nahezu haarloses Haupt zu streichen.

»Was gibt's denn noch?«, erkundigte sich Tanja.

»Ach, wahrscheinlich ist es nur ein dummer Streich«, winkte Rösler ab, »aber unter den gegebenen Umständen bereitet mir die Sache doch Kopfzerbrechen.« Wieder machte der Dienststellenleiter eine Pause und legte seine Stirn in Falten. »Vorhin hat mich eine Lehrerin vom Internat angerufen. Sie war völlig aufgelöst. Eine ihrer Schülerinnen ist nicht zum Unterricht erschienen und auch auf dem Schulgelände nicht aufzufinden. Es handelt sich ausgerechnet um eine Klassenkameradin von Klara von Ariethen.«

»Das kann unmöglich ein Zufall sein«, platzte Tanja heraus.

Rösler nickte. »Taglieber, bitte gehen Sie der Sache nach. Und nehmen Sie Dobermann zur Verstärkung mit«, wies er ihn an. »Krimplstötter, Sie fahren mit Schmidt ins Krankenhaus und kümmern sich dort zuerst um den Entführer der Kinder und im Anschluss daran um unseren Hauptverdächtigen im aktuellen Fall. Von Ariethen ist eingetroffen, er war vorhin bei mir im Büro und hat ordentlich Stunk gemacht.«

Taglieber war baff. Seine gute Stimmung drohte zu kippen. Während Schmidt und Tanja sich im Krankenhaus seine Lorbeeren abholen durften, sollte er nach einem Mädchen suchen, das noch keine vierundzwanzig Stunden verschwunden war. Und das ausgerechnet mit Dobermann!

»Ach, bevor ich es vergesse«, nahm Rösler den Faden wieder auf, während er einen Plastikbeutel aus seiner Sakkotasche zog, »das hier hat die Spurensicherung in Klara von Ariethens Zimmer gefunden. Vielleicht stammt es ja von ihrem Mörder oder ihrer Mörderin.«

Tanja erhob sich vom Schreibtischstuhl und streckte sich, um gemeinsam mit Taglieber das lange rotbraune Haar in dem durchsichtigen Beutel zu betrachten. »Ich habe schon so eine Vermutung, zu welchem Kopf es gehört«, meldete sie ihren Verdacht an. »Denkst du, was ich denke?«

Taglieber stimmte ihr zu.

Der Kommissar schaltete auf Durchzug, während Dobermann ihm auf ihrem Weg nach Neubeuern die Vorzüge der einzelnen Damen der Traunsteiner Freudenhäuser aufzählte. Obwohl Taglieber ihn mehrmals ermahnt hatte, sich besser auf das Fahren zu konzentrieren, wurde sein Kollege nicht müde, sich in Details zu ergehen.

»De Barbi, de hod die dicksten Möpse von alle«, schwärmte er und nahm sogleich die Hände vom Lenkrad, um Taglieber die Ausmaße von Barbis Busen zu demonstrieren.

Der Kommissar nickte, lehnte sich zurück und schloss für einen Moment die Augen. Auch ein desinteressiertes Seufzen brachte seinen Kollegen nicht davon ab, weiterzureden.

Wenn man Rosenheim mit Traunstein vergleiche, so seien die Mädchen in Traunstein natürlicher und obendrein um einiges günstiger, so Dobermann. »A wenn s' in Rosenheim jetzt a Bums-Flatrate ham.«

Die Frage, ob seine Dani so ohne Weiteres toleriere, dass

er diese Art von Etablissements aufsuche, überhörte Dobermann geflissentlich. Taglieber hätte gewettet, dass die gute Dani keine Ahnung hatte, was ihr Freund trieb, wenn er mal wieder einen »Nachtdienst« für einen kranken Kollegen übernehmen musste.

Vielleicht sollte ich ihr mal einen heißen Tipp geben?, überlegte er, entschied sich aber dagegen. Schließlich bewegte er sich selbst, was seine neuerlich aufgeflammte Vorliebe für die blonden Löckchen einer Priener Krankenschwester betraf, auf dünnem Eis – äußerst dünnem Eis, um genau zu sein. Und obendrein war Dobermann in seinen Augen nicht mehr als ein geltungssüchtiger Provinzbulle mit der Intelligenz einer Aprikose. Wahrscheinlich, so mutmaßte Taglieber, war er erst ein- oder zweimal in einem Puff gewesen, markierte aber vor ihm den großen Freudenhaus-Connaisseur. Bei dem Gedanken daran, mit diesem Proll im Schlepptau das Nobelinternat aufzusuchen, schämte er sich. Hoffentlich blamierte ihn sein Kollege nicht allzu sehr.

Sonja Hoegner erwartete sie schon auf dem Vorplatz. Als Taglieber ihr gegenübertrat, zog ihr welliges kastanienbraunes Haar sofort seine Aufmerksamkeit auf sich.

Wenn sie nicht diejenige ist, die Klara von Ariethens Zimmer durchsucht hat, dann ist Dobermann mein bester Freund, dachte er. Er musste unbedingt in den Besitz einer Haarprobe von ihr kommen. Aber würde sie ihm die freiwillig überlassen? Dobermann knuffte ihn in die Seite, und er kehrte in die Realität zurück.

Die kleine Lehrerin sah ihn fragend an. »Wo Ihr Suchtrupp bleibt, will ich wissen«, wiederholte sie ihre Frage gereizt. Ihre Stimme war brüchig und ihre Augen wässrig. Sie war völlig durch den Wind.

Taglieber seufzte. Die Frage nach einer Haarprobe würde er ihr besser später stellen. Er und Dobermann tauschten Blicke aus.

»Ähm, ja, der Suchtrupp, also, der san mia«, verkündete

Letzterer, streckte seinen Rücken durch und straffte die Schultern. »Es is nämlich so, dass mia ned viel machen kenna, wenn des Verschwinden no koane vierundzwanzig Stunden her is. Und so a jungs Madel, mei, in dem Alter machen de oft mal an Schmarrn und haun einfach ob.«

»Das stimmt … leider«, warf Taglieber unterstützend ein. »Haben Sie denn irgendeine Vermutung, wo sich die Schülerin aufhalten könnte? Gibt es eine Verbindung zu Claire? Die beiden waren doch in einer Klasse, richtig?«

»Schon, aber Annabelle Wegener ist vom Charakter her das genaue Gegenteil von Claire. Sie ist ein sensibler Mensch, eine Träumerin – eine typische Einzelgängerin eben. Sie ist gern in der Natur, beobachtet Menschen und Tiere und zeichnet, was sie sieht. Nicht nur von Claire wurde sie wegen ihrer stillen, zurückgezogenen Art oft gemobbt.«

»Können Sie Annabelle beschreiben, oder haben Sie vielleicht ein Foto von ihr?«, fragte Taglieber.

Hoegner zog ein paar Bilder aus der Innentasche ihres braunen Blazers und reichte sie ihm.

Der Kommissar betrachtete die Fotos von einem schlanken, hellhäutigen Mädchen mit schmalem Gesicht und hohen Wangenknochen, dessen Augen nicht auf den Betrachter gerichtet waren, sondern der Welt entrückt in die Ferne schauten. Die Bilder wirkten auf ihn wie Vorlagen für ein Gemälde. Tagliebers Blick blieb an ihren langen, bis über den Po reichenden dunklen Haaren hängen. Wo hatte er diese junge Frau nur schon einmal gesehen? Es dauerte nicht lange, und es fiel ihm ein. »Ist das nicht dasselbe Mädchen, von dem Sie eine Zeichnung angefertigt haben?«

Hoegners Lippen kräuselten sich. »Sie wollen wissen, ob Annabelle auf einem der Bilder ist, die neben der Staffelei in meinem Atelier liegen und in denen Sie, ohne mich zu fragen, herumgestöbert haben?«

Taglieber bejahte. »Sie lehnt sich an einen Baum vor einer Schlucht, wenn ich mich nicht irre.«

»Richtig, die Wolfsschlucht.« Hoegner runzelte nachdenklich die Stirn, und plötzlich begannen ihre Augen zu leuchten. »Warum bin ich nicht selbst darauf gekommen?«, rief sie und setzte sich unerwartet in Bewegung. »Kommen Sie schon, worauf warten Sie noch!«

»Wo wollen S' denn jetzt so schnell hie?«, erkundigte sich Dobermann offensichtlich verwirrt.

»In die Wolfsschlucht?«, vermutete Taglieber und folgte der Lehrerin.

»So ist es.« Hoegner ließ es zu, dass der Kommissar zu ihr aufschloss. »Dorthin zieht sich Annabelle zurück, wenn ihr alles zu viel wird. Für sie ist die Schlucht ein Kraftplatz. Ein Ort voller Magie. In meiner Panik habe ich überhaupt nicht daran gedacht, sie dort zu suchen.«

»Dann war's doch gut möglich, dass wir des Mädel dort finden«, schlussfolgerte Dobermann und stapfte hinter den beiden her. »Schau ma mal, dann seh ma scho.«

Nach einem etwa zehnminütigen Fußmarsch erreichten sie einen schmalen Waldpfad, der kurz darauf um einen großen Findling herum verlief. Der Stein, neben dem selbst Dobermann schmächtig wirkte, markierte den Eingang zur Schlucht.

Dahinter säumten steile Felswände ihren Weg, die teils bereits von der Morgensonne beschienen wurden, teils noch in dunklen Schatten lagen.

»Aaaannaa-beeelle!«, rief die Lehrerin immer wieder verzweifelt. Doch außer dem Echo, das die Felsen zurückwarfen, erhielt sie keine Antwort.

»Bleiben Sie ruhig, wir finden das Mädchen schon«, redete ihr Taglieber gut zu.

Die Luft war kühl und duftete nach Moos. Über den Weg erreichten die drei ein Felstor, einen von der Natur geschaffenen Tunnel, der sie kurz verschlang, um sie tiefer in der Schlucht wieder auszuspeien.

Tagliebers Blick folgte dem Efeu, der die neben ihm hoch aufragenden Felsen des ehemaligen Steinbruchs mühelos erklomm. Auf ihnen konnte er verschiedenste Laubbäume erkennen. Der Gesang der Vögel in ihrem Geäst erinnerte ihn wieder an sein morgendliches Vorhaben, sich seine gute Laune nicht verderben zu lassen, und er riss sich zusammen.

Ein junger Feuersalamander kreuzte flink seinen Weg, und er war froh, dass er den kleinen Kerl rechtzeitig bemerkt und nicht unachtsam zertreten hatte. Sie würden Annabelle Wegener aufspüren und unversehrt ins Internat zurückbringen, das stand für ihn fest.

»Können Sie uns die Stelle zeigen, wo Sie das Porträt des Mädchens gezeichnet haben?«, bat er Hoegner. »Sie haben doch draußen gearbeitet, oder?«

»Natürlich, aber das … das war oben auf der Schlucht. Dorthin gelangt man nur vom Internat aus, nicht über diesen Weg. Es sei denn, Sie wollen dort hinaufklettern.« Hoegner wies auf einen Hang rechts von ihnen, der durchaus eine sportliche Herausforderung darstellte.

Taglieber überlegte. Ohne Grund würde er sich der nicht stellen. Lieber sog er ein ums andere Mal die frische Luft in seine Lungen, während er durch das grüne Blätterdach gen Himmel blickte.

»Do, wos is des do?« Dobermann, der bis jetzt geschwiegen und beinahe andächtig die Felswände angestarrt hatte, als handelte es sich bei ihnen um Statuen von Heiligen, zeigte auf einen der Bäume oberhalb der Schlucht.

»Annabelle, oh mein Gott!« Zitternd hob Hoegner ihre Hand in Richtung einer schwarzen Silhouette, die an einem der Stämme direkt neben dem Abgrund lehnte.

Taglieber seufzte. Jetzt hatte er einen Grund, sich der Herausforderung zu stellen und seine Sportlichkeit zu beweisen.

Mit Anlauf erklomm er die steile Böschung, gefolgt von Dobermann, der die Lehrerin an der Hand nahm und hinter sich her nach oben zog. Nach kurzer Anstrengung gelangten sie auf eine Anhöhe. Dort war es hell und licht, das Dunkel der Schlucht lag unter ihnen.

Taglieber legte eine Verschnaufpause ein, sah sich um und konnte verstehen, warum sich jemand hierher zurückzog.

Die Lehrerin hatte keine Erholung nötig. »Annabelle, mein armes Mädchen!«, rief sie und stürmte auf eine riesige Birke am Rande der Schlucht zu.

Als das Stechen in der Seite nachließ und er wieder durchatmen konnte, schickte Taglieber sich an, ihr und seinem muskelbepackten Kollegen zu folgen.

Der Anblick, der sich ihnen bot, als sie den Baum erreichten, war schrecklich: Eine weibliche Gestalt – allem Anschein nach Annabelle Wegener – war geknebelt und an den Stamm gefesselt worden. Das lange Haar, das Taglieber wenige Minuten zuvor noch auf den Fotos bewundert hatte, war bis auf ein paar Strähnen komplett geschoren, die Kopfhaut zum Teil von roten Striemen geronnenen Blutes bedeckt. Es sah aus, als hätte jemand Zeichen darin eingeritzt. Dreieckige Zeichen.

Die schwarzen Fetzen, die den Körper des Mädchens bedeckten, ließen das Kleid, das sie mal gewesen waren, nur mehr erahnen. Überall leuchteten blaue Flecken: an ihren Armen, auf dem Dekolleté und im Gesicht. Annabelle Wegeners Unterlippe war wie ihr linkes Auge geschwollen und blutig.

Mit dem unversehrten sah sie Taglieber aus einem dicken schwarzen Ring an, der von verschmiertem Kajal stammen musste. Er stutzte, als er keine Spur von Leid oder Anklage in ihm lesen konnte. Das Mädchen wirkte einer Märtyrerin gleich gefasst. Sie hatte sich völlig ihrem Schicksal ergeben.

Im Gegensatz dazu stand ihre Lehrerin, die sich mit zitternden Händen und unter Tränen daran machte, die Fesseln zu lösen. »Alles ist gut. Gleich bist du frei«, stammelte Hoegner, während sie vergebens an einem dicken Knoten herumnestelte.

Taglieber schob sie beiseite. Wie gut, dass ihn Tanja, die erwiesenermaßen eine Schwäche für Werkzeug jeglicher Art hatte – legales wie illegales –, von der unglaublich hohen Wichtigkeit, ein Multifunktionswerkzeug sein Eigen zu nennen, überzeugt hatte. Mühelos schnitt er mit dem integrierten

Taschenmesser die Fesseln durch, und Hoegner konnte ihre Schülerin in die Arme schließen.

Das Mädchen sank zu Boden und vergrub sein zerschundenes Gesicht im Blazer der Lehrerin, die liebevoll sein kahles Haupt streichelte.

»Ist ja gut ... Alles wird wieder gut«, wiederholte sie murmelnd.

Langsam löste sich die Starre des Mädchens, es schluchzte, und sein Körper begann zuerst leicht, dann stärker in Wellen zu erzittern.

Taglieber beobachtete Dobermann, der etwas verloren herumstand und mit dem Fuß einen Stein hin- und herdrehte. Emotionen waren alles andere als seine Baustelle.

Nachdem Annabelle Wegeners Schluchzen verebbt war und sie sich offensichtlich beruhigt hatte, kniete sich Taglieber neben sie: »Ich bin von der Kripo Prien. Kannst du uns sagen, wer dir das angetan hat?«

Die junge Frau hob den Kopf und sah ihn unverwandt an. »Nein«, war das Einzige, was sie antwortete, bevor sie die Lippen zu einem Strich verzog und erneut Tränen über ihre Wangen liefen.

Hoegner entledigte sich ihres Blazers und legte ihn dem Mädchen schützend um die Schultern.

Als sie zum Internat zurückmarschierten, gab der Kommissar sich alle Mühe, Annabelle Wegener zum Reden zu bewegen. Doch ohne Erfolg. Es gelang ihm nicht, ihr auch nur das kleinste Detail zu entlocken. Ob Tanja mehr Erfolg gehabt hätte?, fragte er sich.

In Gedanken versuchte er immer wieder, eine Verbindung zwischen dem, was der jungen Frau passiert war, und dem Mord an Klara von Ariethen herzustellen. Was ging bloß in diesem Internat hinter seiner säuberlich getünchten Fassade vor?

16

»Ich habe Ihnen nichts zu sagen, außer dass ein jeder früher oder später die gerechte Strafe für seine begangenen Taten erhält. Und jetzt lassen Sie mich endlich mit Ihren Fragen in Ruhe«, blaffte ihn das Mädchen rüde an, als sie im Büro des Direktors Diebald bei Tee und Kaffee saßen. Taglieber hatte Annabelle Wegener bereits mehrmals auf das, was mit ihr geschehen war, angesprochen. Vergebens.

Auch Sonja Hoegner, die neben ihrer Schülerin saß und schützend den Arm um sie gelegt hatte, schaltete sich nun ein. »Sehen Sie denn nicht, dass Annabelle völlig verstört ist?«, fragte sie mit vorwurfsvollem Blick.

Der Internatsleiter war ebenfalls zugegen, doch er war, ähnlich wie Dobermann, mehr Zierde als hilfreich. Wie zwei Zimmerpflanzen, die nicht recht mit ihrem Standort zufrieden sind, lehnte der eine krumm an der Tür, während sich der andere mit ratloser Miene schief auf den Tisch stützte.

Taglieber musste an den »Frauenversteher-Pass« denken, den seine Kollegin ihm neulich im Scherz überreicht hatte, als er sich über eine Stunde die Probleme eines alten Mütterchens angehört hatte, dem die Handtasche gestohlen worden war. Den Täter hatten sie leider nicht gestellt, doch die alte Dame hatte am nächsten Tag vier Gläser selbst gemachter Marmelade und ein Stück Obstkuchen für den »herzensguten Kommissar«, wie sie sich ausdrückte, vorbeigebracht.

Heute jedoch würde er wohl ohne ein Stück Kuchen nach Hause fahren. Wie er seine ihm von Tanja bescheinigte Fähigkeit auch einsetzte, Annabelle Wegener schien immun dagegen zu sein. Sie schwieg eisern und verriet weder, wer sie misshandelt und gefesselt hatte, noch, warum. Dabei war sich der Kommissar sicher, dass sie genau wusste, wer ihr das angetan hatte. Und auch seine Frage danach, ob die Tat mit dem Mord an ihrer Mitschülerin zu tun hätte, ließ sie unbeantwortet. Aus welchem Grund schützte die dumme Gans den- oder diejenigen? Taglieber zwang sich, ruhig zu bleiben.

»Das führt doch zu nichts«, meldete sich der nun wie ein aufgeplusterter Vogelstrauß im Zimmer auf und ab laufende Direktor zu Wort. »Das Mädchen hat einen Schock, und den gilt es erst einmal zu überwinden. Am besten, Sie verlassen jetzt das Internat und setzen morgen die Befragung fort.«

Sonja Hoegner pflichtete ihm bei. »Annabelle ist hier bestens versorgt. Alles, was sie jetzt braucht, ist Ruhe.«

»Von mir aus«, knurrte Taglieber. »Du möchtest also keine Anzeige erstatten?«, fragte er ein letztes Mal nach und sah ihr fest in die Augen.

Annabelle Wegener schüttelte ihr kahles, blutverkrustetes Haupt. »Nein«, antwortete sie bestimmt.

Tagliebers Kiefer mahlten. Am liebsten hätte er vor Wut aufgeschrien. Warum erschwerte sie ihm die Arbeit und stellte sich auf die Seite des oder der Täter? Weil sie Angst hatte? Sein Blick und der des Mädchens fochten ein stummes Duell, das Annabelle Wegener für sich entschied. Taglieber wandte sich frustriert an Dobermann. »Wir haben hier nichts mehr verloren. Lass uns gehen«, bestimmte er angefressen. Ihn ärgerte, dass er sich für nichts und wieder nichts ins Zeug gelegt hatte, während seine Kollegen in Prien weiter an seinem Fall arbeiteten und vielleicht just in dem Moment den entscheidenden Durchbruch erzielten.

Gerade als sie sich verabschiedet hatten, wurde die Tür zu Diebalds Büro geöffnet, und seine Sekretärin begleitete einen stattlichen Mann mit ergrauten Schläfen herein.

Von einem ätherischen Strahlen umgeben, schritt der circa Fünfzigjährige wie ein König auf Staatsbesuch ins Zimmer. Fehlten nur noch der rote Teppich zu seinen Füßen und die Krone auf seinem Haupt. Taglieber unterdrückte den spontanen Impuls, sich vor ihm zu verbeugen. Von oben herab inspizierte der Besucher den Raum und die Anwesenden, und der Kommissar hatte das Gefühl, als ordnete er umgehend einem jeden von ihnen den entsprechenden Platz in einer imaginären Rangfolge zu.

Das bräunliche, gewellte Haar trug er nach hinten gekämmt, sein ausgeprägter Unterkiefer war glatt rasiert, und seine grauen Augen blickten gefechtsbereit drein, während sie an Diebald haften blieben. Der hellgraue Maßanzug und das anthrazitfarbene Hemd saßen so perfekt, dass der kleine Bauchansatz nur bei genauer Betrachtung auffiel.

Als hätte ein Gong geschlagen, war es mit einem Mal mucksmäuschenstill in Diebalds Büro. Niemand rührte sich, es war, als könnte der Fremde sogar die Zeit kontrollieren und hätte beschlossen, diese anzuhalten. Alle starrten den majestätisch wirkenden Mann gebannt an, in Erwartung eines Zeichens, das ihnen erlaubte, sich wieder zu bewegen und zu sprechen.

Unerwartet glitt der eindringliche Blick des Neuankömmlings erneut zu Hoegner und blieb an der Lehrerin hängen. Ein unsicheres, fast beschämtes Lächeln legte sich auf die Lippen des Fremden, und Taglieber kam es vor, als würde die Aura von Sicherheit und Überlegenheit, die der Mann bis dahin aus jeder seiner Poren ausgedünstet hatte, augenblicklich aus dessen Gliedern entweichen. Die Lehrerin wurde leichenblass.

»E-E-Ernst, du h-h-ier?«, stammelte sie verwirrt und erhob sich am ganzen Leib zitternd. Sie machte einen unsicheren Schritt auf den Unbekannten zu, um sich gleich darauf unvermittelt an die Brust zu fassen. Mit weit aufgerissenen Augen und um Luft ringend, stieß sie ein leises »Hilfe!« hervor, bevor sie in sich zusammensank und zu Boden fiel.

Sowohl der Fremde als auch der Kommissar sprangen ihr sofort bei.

Das hat mir gerade noch gefehlt, dachte Taglieber, dem es geglückt war, Hoegner aufzufangen, und der nun kniend und ihr Haupt in seinen Schoß gebettet den unregelmäßig und viel zu schnell pochenden Puls der Lehrerin fühlte. »Dobermann, ruf die Rettung!«, wies er seinen Kollegen an.

»Ich ... ich ... Herr von Ariethen ... ich ...« Mehr als ein mit überflüssigen Gesten seiner Hilflosigkeit garniertes Stammeln brachte der überforderte Direktor, der sich nun ebenfalls neben die käsig bleiche Lehrerin kniete, nicht heraus. »Frau Hoegner, hören Sie mich?« Er schüttelte sie, als gälte es, unreife Äpfel vom Baum zu rütteln, dabei huschten seine Augen unruhig zwischen der Bewusstlosen, Herrn von Ariethen und dem Kommissar hin und her.

Während Dobermann tat wie ihm geheißen, schob Klara von Ariethens Vater Diebald beiseite und nahm dessen Platz neben Taglieber ein. So sanft, als berührte er ein gläsernes Ei, nahm er Hoegners Hand und legte sie in die seine. »Ich bin ja da, Sonja. Jetzt wird alles gut«, flüsterte er zärtlich und strich ihr mit der anderen Hand über die schweißnasse Stirn.

»Kemman S' schnell, sonst stirbt s'!«, drängte Dobermann seinen Gesprächspartner am Handy.

Taglieber nutzte den Moment, um von Ariethen einer gründlichen Musterung zu unterziehen. In welcher Verbindung stand der Vater des Opfers zu der Lehrerin? Und warum hatte sie das Zimmer des Mordopfers durchsucht? Hatte sie ihr Medaillon finden wollen, oder steckte mehr dahinter? Der Fall wurde immer verzwickter. Die Hand des Bundesrichters auf Hoegners Haupt erinnerte ihn an sein Vorhaben, ihr eine Haarprobe abzuschwatzen. Aber auch das konnte er vergessen, wenn sie nicht bald zu sich käme. Was sie allem Anschein nach nicht tun würde. Der stolpernde Puls der Lehrerin legte noch einmal einen Zahn zu.

Jetzt oder nie, dachte der Kommissar und nahm eines ihrer Haare zwischen die Finger. Einmal kurz gezupft und er hatte, was er wollte. »Herr Diebald, machen Sie sich nützlich und bringen Sie uns kalte Tücher«, befahl er dem Direktor.

»Sonja, bleib bei uns«, flehte von Ariethen beinahe, als er ihre Wange tätschelte. Auch ihm stand der Schweiß auf der Stirn.

Nach einer gefühlten Ewigkeit, in der Taglieber mit den feuchten Tüchern unter anderem die Stirn und den Nacken der Lehrerin gekühlt hatte, trafen endlich die Sanitäter mitsamt Notarzt ein.

»De is ja kasweiß«, bemerkte ein dicker Sani überflüssigerweise, und das übliche Prozedere nahm seinen Lauf.

Puls, Blutdruck und Sauerstoffgehalt des Blutes der Bewusstlosen wurden gemessen, und nachdem man ihr eine Spritze gegeben hatte, legte man sie eilig auf eine Bahre und transportierte sie ab. Wie ein Zug Trauernder geleiteten alle Anwesenden – bis auf Annabelle Wegener – die Sanitäter und ihre Patientin zum Krankenwagen.

»Was hat die Frau?«, fragte Taglieber den Arzt, nachdem er sich ausgewiesen hatte.

»Normalerweise darf ich Ihnen ohne Schweigepflichtentbindung keine Auskunft geben«, antwortete dieser mit gedämpfter Stimme, während die Sanis die Bahre in den Wagen schoben, »aber unter uns: Alles spricht für einen Schock, ausgelöst durch eine kardiale Ursache. Etwas mit dem Herzen.«

»Danke«, erwiderte Taglieber.

Der Notarzt verschwand im Krankenwagen.

»Ich komme mit«, bestimmte von Ariethen und versuchte, den dicken Sanitäter beiseitezuschieben, doch der hielt ihn auf.

»Des geht ned, oder san Sie da Mo von ihr?«

Geknickt schüttelte von Ariethen den Kopf. »Nein, aber das war ich einmal.«

Während Taglieber aufgrund dieser Erkenntnis die Kinnlade herunterklappte, startete von Ariethen erneut einen Anlauf, in den Krankenwagen zu gelangen. Doch der Sani stoppte ihn abermals.

»Duad ma wirklich leid, aber dann miaßen S' selber fahrn«, verkündete er und schlug ihm die Türe vor der Nase zu.

Mit Blaulicht verließ der Krankenwagen den Innenhof des Schlosses in gemäßigtem Tempo, und von Ariethen gab seinem Chauffeur, einem Mann in schwarzem Anzug, der vor einer S-Klasse-Limousine stand und gerade eine Zigarette austrat, ein Zeichen.

»Habe ich richtig gehört, dass Sie miteinander … verheiratet waren?«, erkundigte sich Taglieber, bevor von Ariethen in den vorfahrenden Wagen einsteigen konnte.

Der sah ihn eindringlich an und brachte schließlich mit einem Seufzen hervor: »Ja, Sonja war einmal meine Frau. Sie ist … Klaras Mutter.« In dem Blick des hochdekorierten Mannes lag unendlich tiefes Bedauern.

17

»Dann hat der gediegene von Ariethen uns also belogen, als er sagte, Klaras Mutter sei tot. Er und die spröde Hoegner waren verheiratet. Unglaublich.« Tanja kontrollierte mit der linken Hand geschickt das Lenkrad, während sie sich mit der rechten einen Hotdog in den Mund schob, ein großes Stück davon abbiss und mit vollem Mund weiter die Ergebnisse, die die Befragung von von Ariethen ergeben hatte, für sich zusammenfasste. »Aber die Eltern waren mit Hoegner als Ehefrau ihres Sohnes nicht einverstanden. Während der damit beschäftigt war, Karriere zu machen, haben sie sie so lange gepiesackt, bis die Arme aus dem familieneigenen Gutshaus ausgezogen ist. Natürlich nicht ohne ein geringes Bestechungsgeld der von Ariethens im Gepäck, das sie für das Versprechen, sich von Klara und ihrem Vater für immer fernzuhalten, erhalten hatte. Sie nahm ihren Mädchennamen wieder an, begann als Lehrerin am Schlossinternat Hohenbeuern zu arbeiten und kaufte sich von dem Geld das Haus in Nußdorf. Von Ariethen hat sich nie verziehen, damals seinen Eltern gegenüber kein Rückgrat gezeigt und nicht zu seiner Liebe gestanden zu haben.«

Wieder landete ein Stück Hotdog in Tanjas Mund, während sie das Ketchup wie einen nachlässig aufgetragenen Lippenstift drum herum verschmierte. Tagliebers Kollegin sah aus wie eine Vierjährige, der das Schminkkästchen der Mutter in die Hände gefallen ist. Essen, den Wagen steuern und nebenbei am gemeinsamen Fall arbeiten, da sollte noch einmal jemand ihre Multitaskingfähigkeit in Frage stellen. Ob sie ihnen nutzte oder vielleicht doch eher im Straßenverkehr gefährlich werden konnte, darüber wollte sich Taglieber gerade nicht den Kopf zerbrechen. Und Tanja zu ermahnen, das Essen am Steuer zu unterlassen, würde nur das Gegenteil bewirken.

»Wohin fahren wir eigentlich?«, fragte er stattdessen vorsichtig.

Als sie in Prien aufgebrochen waren, hatte sie ihn lediglich mit einem Satz abgespeist: »Es gibt beachtliche neue Erkenntnisse, und ich brauche deine Hilfe.«

»Hierhin.« Sie zog ihr Handy aus der Tasche ihrer roten Kunstlederjacke. »Tipp ›2436‹ ein und dann sag mir, wo der orangefarbene Punkt ist.«

»Wie bitte?«

Sie seufzte. »Das ist der Code zum Entsperren des Displays, und der farbige Punkt zeigt, wo sich das verdächtige Subjekt im Moment aufhält.«

»Bist du dir sicher, dass wir hier richtig sind?«, fragte Taglieber, als sie zehn Minuten später im Schutz der Arkaden am Max-Josefs-Platz durch die Rosenheimer City schlichen. Jemanden zu observieren war für den Kommissar mit der verlorenen Erinnerung Neuland.

Prüfend warf Tanja einen Blick auf ihr Smartphone und murmelte: »Sie müssen ganz in der Nähe sein.«

»Sagst du mir nun endlich, um wen es sich handelt? Wer ist diese heiße Spur, wegen der ich meine Mittagspause heute sausen lasse?«

Unschuldig wie ein Lämmchen sah seine Partnerin ihn an, dann wanderte ihr Blick an ihm vorbei, ohne dass sie seine Frage beantwortet hätte. Plötzlich wich sie zurück und schubste ihn unvermittelt gegen eine der Säulen der Arkaden. »Schschsch«, zischte sie aufgeregt und presste sich neben ihn an die Mauer. »Da sind sie!«

»Wer? Ich will endlich von dir wissen, was oder wen wir verfolgen und warum ich dafür meine schwer verdiente Mittagspause opfern musste«, flüsterte Taglieber genervt.

»Na, Fabi und seine neue Flamme«, gab seine Kollegin endlich das Zielobjekt ihrer Observation preis, als wäre es das Selbstverständlichste auf der Welt, ihren Freund und dessen Arbeitskollegin beim Mittagessen zu stalken.

Am liebsten hätte Taglieber seiner Wut freien Lauf gelassen, sie am Kragen gepackt und rüde gegen die Säule geschleudert. Doch einmal mehr übte er sich ihr gegenüber in Beherrschung und unterdrückte das verärgerte Grollen, das aus seinen hungrigen Eingeweiden nach oben drängte und nach einem Ventil suchte.

»Du hast Fabian verwanzt, um ihn zu verfolgen? Und mich, deinen Partner, ziehst du unter dem Vorwand, eine heiße Spur zu haben, in deine kranke Eifersuchtskiste mit hinein?« Jetzt fuhr er sie doch derart an, dass die Passanten sich nach ihm umdrehten. Wie kann er die nette Kleine nur so anfauchen?, konnte er den Vorwurf buchstäblich in ihren Blicken lesen. Wenn ihr wüsstet, hielt Taglieber gedanklich dagegen.

Tanja setzte ihm mit dreister Miene einen Finger auf die Brust. »Du, lieber Helmut, wirst noch staunen, wenn du dir eingestehen musst, dass ich recht habe und mein Fabi mich mit der Schlange betrügt«, wisperte sie offensichtlich überzeugt von ihrer paranoiden Theorie.

Taglieber atmete tief durch, beugte sich vor und drehte den Kopf, sodass er Fabian und die LKA-Beamtin beobachten konnte. Sie hatten sich an einem der Tische vor dem »Santa« niedergelassen und studierten gerade die Speisekarte. Alles wirkte genauso, wie es vermutlich war: als äßen zwei Arbeitskollegen friedlich gemeinsam zu Mittag. Nicht mehr und nicht weniger. »Das ist doch völlig harmlos. Die beiden essen lediglich gemeinsam. So wie wir es jetzt auch tun würden, hättest du uns mit deiner eifersüchtigen Hinterherspioniererei nicht darum gebracht.«

Tanja verzog empört das Gesicht. »Polier dir mal die Linse. Ist dir entgangen, wie sie sich zu ihm rüberbeugt? Allein ihr übertriebenes Lächeln, als wäre Fabi ein Pokal oder eine Trophäe, die sie sich sichern will.«

»Oder ein süßer, kleiner Happen, den sie gleich vor versammeltem Publikum vernascht«, spöttelte Taglieber, der um seiner Nerven willen beschlossen hatte, das Ganze nicht mehr ernst zu nehmen.

Sein Sarkasmus prallte an Tanja ab wie ein Ball an der Wand einer Gummizelle, wo die wahnhaften Ideen seiner Kollegin hingehörten. »Genau«, regte sie sich weiter auf. »Deshalb kann man ihr auch bis auf den Busen schauen. Hat diese schamlose Schlampe denn nichts Gescheites anzuziehen?«

Taglieber erkannte die Sinnlosigkeit seines Unterfangens, Tanja eines Besseren zu belehren. Wie Don Quijote gegen die Windmühlen, so kämpfte er nahezu tagtäglich vergebens gegen ihre Uneinsichtigkeit. Aber hatte der Wadelbeißer sich einmal festgebissen, würde er nicht eher Ruhe geben, bis er seine Vermutung bestätigt sah. Am schnellsten wäre vermutlich alles wieder vorbei, wenn er einfach mitspielte.

Also wehrte er sich nicht gegen Tanjas Anordnung, den beiden, nachdem von Toth genüsslich einen Salat mit Pute oder Hühnchen und Fabian ein Wiener Schnitzel mit Pommes verspeist hatte, zur Gerichtsmedizin zu folgen.

»Jetzt wird es aber wirklich hanebüchen«, beschwerte sich der Kommissar dann aber doch, als Tanja ihn am Hemdsärmel packte und um eine Hausecke schleifte, damit sie durch das Fenster in Fabians Büro spähen konnte.

»Noch ein Stück weiter rauf, ich sehe nichts«, spornte sie ihn an, sie mit der Räuberleiter, die er ihr protestierend gebaut hatte, etwas höher zu hieven.

Taglieber schnaubte und rackerte sich ab. So klein Tanja war, so schwer war sie auch. »Lange halte ich das aber nicht durch«, motzte er, ließ es sich jedoch gefallen, dass sie dreist ein Bein auf seine Schulter stellte.

»Jaja«, erwiderte sie leise, während sie seitlich durch das gekippte Fenster spähte. »Jetzt sehe ich alles.«

Während der Kommissar von drinnen ein gelöstes weibliches Lachen vernahm, begann der linke Fuß auf seiner Schulter zu wackeln, und seine Kollegin murmelte empört: »Das … das darf doch nicht wahr sein, so ein Schwein.« Schon knallte ihre Faust gegen die Fensterscheibe, sodass Taglieber fürchtete, sie würde zerspringen. Doch ein Scherbenregen blieb ihm Gott sei Dank erspart.

Tanja sprang in hohem Bogen von ihm herunter. »Komm mit, ich hab genug gesehen«, befahl sie in eisigem Ton.

Taglieber gehorchte, ohne zu zögern. Er hatte ohnehin die Schnauze voll von dieser sinnbefreiten Verfolgerei.

Was Fabian wohl zu dem wahnwitzigen Unterfangen seiner Freundin gesagt hätte? Von Toth war sicherlich nicht mehr als eine versierte und deshalb geschätzte Kollegin für ihn. Aber würde das so bleiben, wenn Tanja so weitermachte?

Auf der Rückfahrt nach Prien schwieg seine Partnerin eisern. Selten hatte er sie so mundfaul erlebt wie heute.

Nachdem sie ins Auto gestiegen waren, hatte sie den zweiten, mittlerweile kalten Hotdog grimmig dreinblickend und kommentarlos in ihrer Faust so lange zusammengepresst, bis das Brot und auch das Würstchen in der Mitte auseinandergerissen waren. Ein Bild, das für sich sprach.

»Was hast du eigentlich vorhin gesehen?«, wagte sich Taglieber endlich nachzufragen. Er konnte sich beim besten Willen nicht vorstellen, dass Fabian sich freiwillig in eine verfängliche Situation mit von Toth begeben hatte. Doch nachdem Tanja ihm eine Antwort schuldig blieb und ihn stattdessen wütend anfunkelte, beschloss er, dass auch er besser schwieg, um ihren Zorn nicht auf sich zu lenken.

Erst einige Zeit später machte er einen erneuten Vorstoß in Richtung Kommunikation mit ihr. »Was hat sich vorhin im Krankenhaus ergeben?«, wählte er ein Thema, das möglichst nichts mit der Gerichtsmedizin zu tun hatte. »Hast du mit Schmidt etwas Neues herausgefunden?«

Auf der Hinfahrt hatte sie wegen der Besprechung der komplexen von Ariethen'schen Familienverhältnisse und dem Hotdog keine Gelegenheit gehabt, ihn bezüglich der Ergebnisse der Befragung von Philip Leitner und Hubert Erntl auf den aktuellen Stand zu bringen.

Tanja warf ihm einen Blick zu, der in seiner Schärfe einer

Rasierklinge in nichts nachstand. Sie durchschaute ihn und wusste, dass die Frage vor allem dazu dienen sollte, sie abzulenken.

Nach einiger Zeit antwortete sie dennoch. »Der alte Mann ist vergangene Nacht leider verstorben. Alles, was uns von ihm bleibt, ist seine Aussage von gestern«, sagte sie tonlos. »Was Philip Leitner betrifft, so war es tatsächlich hilfreich, dass Schmidt dabei war. Es ist ihm gelungen, dem Jungen eine wichtige Information zu entlocken.«

Taglieber kam die Galle hoch. Wie bereits in seinem letzten Fall mischte sich der stellvertretende Dienststellenleiter dreist in seine Angelegenheiten ein. »Schmidt soll seine Finger von unserem Fall lassen«, blaffte er.

»Wenn man es streng betrachtet, warst du es, der sich zuerst in seinen Fall eingemischt hat, als du gestern dem Ruf deiner Herzdame gefolgt und ins Krankenhaus gefahren bist.«

Taglieber schluckte. Das war nicht die Reaktion, die er sich von seiner Partnerin erhofft hatte. Natürlich hatte sie recht, aber er war sich sicher, hätte er Schmidt an seiner statt in die Klinik geschickt, hätte ihm der alte Mann kein einziges Wort anvertraut. »Einem selbstgefälligen Klugscheißer wie Schmidt hätte Erntl doch niemals sein Herz ausgeschüttet«, verteidigte er sein Vorgehen jetzt auch laut. »Aber sag schon, was ist diese wichtige Information?«

Tanja blieb ihm die Antwort vorerst schuldig. Sie blickte prüfend in den Rückspiegel, setzte den Blinker und überholte den Trödler vor ihnen, der ungeniert mit fünfzig auf der Landstraße dahinzuckelte. Sie sah so aus, als würde sie es wie so häufig genießen, ihn zappeln zu lassen.

»Stell dir vor, Leitners Mutter, Frau Walther, war Lehrerin am Schlossinternat Hohenbeuern, bis ... es dort zu einigen unschönen Ereignissen kam«, begann sie endlich.

»Was ist darunter zu verstehen?«

»So genau konnte Philip Leitner uns das auch nicht sagen. Aber es ging wohl um eine Schülerin, die ihren Willen nicht bekam. Dafür hat sie sich an seiner Mutter gerächt, sie gemobbt, bis sie schließlich das Internat verlassen hat. In der Zeit ist auch die Ehe der Eltern zerbrochen.«

Der Kommissar hatte aufmerksam zugehört. Er überlegte, bevor er sagte: »Die Geschichte mit der intriganten Schülerin, die, komme, was wolle, ihren Willen durchsetzt, klingt in meinen Ohren irgendwie bekannt. Das ist doch das typische Verhalten unserer allseits beliebten … Klara.« Er und Tanja hatten den Namen der Toten wie aus einem Munde ausgesprochen. »Weißt du, wo Frau Walther wohnt?«, fragte er.

Seine Kollegin nickte. »Japp. Genau genommen sind wir vorhin direkt dran vorbeigefahren. Sie lebt in Riedering.«

»Interessant, dass ich das jetzt auch erfahre. Ist ja nicht so, als hättest du während der Fahrt keine Zeit gehabt, mir davon zu erzählen«, beschwerte sich Taglieber. Angefressen schüttelte er innerlich den Kopf darüber, was für Prioritäten seine Kollegin setzte.

»Entschuldige«, murmelte diese kleinlaut, »aber ich war die ganze Zeit dabei, über Fabi und die von Toth nachzugrübeln, sodass ich nicht mehr klar denken konnte.«

Wenigstens sah sie es ein. Das stimmte ihn milder, und er meinte tröstend: »Wir reden später darüber, in Ordnung?«

Tanja nickte. »Alles halb so wild«, behauptete sie tapfer und lächelte, doch Taglieber sah aus dem Augenwinkel, dass sie mit den Tränen rang.

18

Elisabeth Walther wohnte in einer kleinen, aber hübsch eingerichteten Zwei-Zimmer-Wohnung.

Philip Leitners Mutter, die – wie Sonja Hoegner – nach der Scheidung wieder ihren Mädchennamen angenommen hatte, servierte den Beamten auf dem Balkon in einem duftenden Blumenmeer aus Pfingstrosen, Maiglöckchen und Vergissmeinnicht Jasmintee und mit Schokolade überzogene Vollkornkekse. Von hier aus konnte man fast den gesamten Simssee überblicken. Die zarte Dunkelhaarige mit den kurzen Haaren, der alabasterfarbenen Haut und den Rehaugen strahlte Zerbrechlichkeit aus.

»Was ist mit meinem Sohn? Ich war gestern bei ihm im Krankenhaus, aber dass gegen ihn ermittelt wird, hat man mir verschwiegen. Ist Philip in Schwierigkeiten?«, erkundigte sie sich.

Taglieber fragte sich, als was man ihr den polizeilichen Wächter vor der Zimmertür ihres Sohnes verkauft hatte, und antwortete: »Das kommt ganz darauf an, von welcher Seite aus man es betrachtet.« Dabei zwinkerte er seiner Partnerin zu, die, was Philip Leitner betraf, immer noch die These »In dubio pro reo« vertrat.

»Was können Sie uns über Claire d'Aubyn sagen?«, machte Tanja nun einen direkten Vorstoß, während Taglieber neugierig über den Rand seiner Teetasse hinweglinste, um Elisabeth Walthers Reaktion zu verfolgen.

Die zierliche Frau schluckte und verzog dabei das Gesicht, als hätte sie gerade einen Schluck Säure anstatt des lieblichen Jasmintees zu sich genommen. »Über diese Person möchte ich nicht sprechen – nie wieder«, erwiderte sie bestimmt.

Taglieber berührte die Verletzlichkeit, die aus den dunklen Murmeln ähnelnden Augen der Frau sprach, die nun leicht glasig schimmerten. Er schaltete sich ein: »Dafür haben wir Verständnis, Frau Walther, doch leider hängt einiges für Ihren Sohn von Ihrer Aussage ab. Eventuell können Sie ihn damit entlasten.« Er fühlte sich wie ein Lügner, denn in Wahrheit würde sich der Verdacht gegen ihn mit jeder Verbindung erhärten, die seine Mutter zwischen ihm und dem Opfer herstellte.

Elisabeth Walther blickte hilflos von ihm zu Tanja und wieder zurück, dann begann sie zaghaft zu erzählen: »Es war ungefähr vor fünf Jahren. Claire war damals in meiner Klasse, ich unterrichtete sie sowohl in Mathe als auch in Physik. In beidem war sie keine große Leuchte, hatte sich aber bis dahin immer irgendwie durchgemogelt.« Sie nahm noch einen Schluck Tee, bevor sie fortfuhr. »Dann aber stand die Fünf in beiden Fächern unverrückbar fest, und die Zeugnisse waren schon so gut wie geschrieben. Claire würde die Klasse wiederholen müssen. Sie kam zu mir in die Sprechstunde und forderte, ich solle eine der Fünfen in eine Vier umwandeln – doch das war unmöglich.« Sie sah Taglieber um Verständnis bittend an.

Als der Kommissar aufmunternd nickte, setzte sie ihre Erzählung fort.

»Also begann sie mir zu drohen, doch ich dachte, es handle sich lediglich um heiße Luft. Kein anderer Schüler hätte so etwas gewagt. Außerdem, was konnte eine Schülerin einer Lehrerin schon antun? So dachte ich damals. Dass ich mich getäuscht und die Niedertracht und Skrupellosigkeit dieses Mädchens bei Weitem unterschätzt hatte, sollte ich bald darauf feststellen«, erklärte sie bitter. »Unter falschem Namen und mit einem falschen Profilbild schloss sie auf Facebook Freundschaft mit mir und begann, mich aufs Übelste zu verleumden. Doch das war nicht das Schlimmste.« Ihr Kinn begann zu zittern. Nachdem sie sich ein paar Tränen aus den Augenwinkeln gewischt hatte, nahm sie den Faden wieder auf. »Das Ärgste war, dass sie meinen Mann dabei gefilmt hatte, wie er mich mit seiner Geliebten auf unserer Yacht betrog. Den kleinen Film nannte sie passenderweise ›Julius in Love‹ und postete ihn in meiner Chronik. All meine Freunde konnten das Video anklicken und mit ansehen, wie mein Mann mich hintergeht.« Sie stand abrupt auf und verließ den Balkon. Die letzten Worte hatte sie nur noch mühsam unter Zurückhaltung von Tränen hervorgebracht.

Taglieber blieb der Schokoladenkeks im Halse stecken. Das, was er erwartet hatte, war eingetreten: Philip Leitners Mutter hatte mit ihrer Aussage ihren Sohn belastet, anstatt den Verdacht gegen ihn zu entkräften.

»Philips Eltern haben sich also nicht zufällig zu der Zeit getrennt, als seine Mutter das Internat verließ«, sagte Tanja. »Und unser allseits beliebtes Opfer, die intrigante Klara, ist dafür verantwortlich.«

»Und was haben wir damit?«, fragte Taglieber seine Kollegin.

Tanja sah ihn erst unverwandt an, kam dann aber zum gleichen Resultat wie er. »Ein überzeugendes Motiv für einen Mord«, gab sie geknickt zu.

Der Kommissar spähte durch die Balkontür ins Wohnzimmer, wo Frau Walther stand, ein Taschentuch, mit dem sie die Tränen trocknete, in ihrer Hand. Sie musste alles mit angehört haben. Den leisen Selbstvorwurf, der in ihm aufkeimte, vertrieb er mit dem Gedanken, dass die Wahrheit früher oder später ohnehin ans Licht gekommen wäre. Philip Leitner hatte Klara von Ariethen umgebracht, das stand für ihn nun unumstößlich fest. Von dieser Theorie konnten ihn nicht einmal die traurigen Rehaugen von dessen Mutter abbringen.

»Es ist vermutlich nicht sonderlich von Interesse für Sie, aber Claire hat die siebte Klasse letztlich trotzdem geschafft. Ihr Vater hat sich beim Direktor für sie eingesetzt oder besser gesagt ihn bestochen. Dr. Diebald persönlich wurde von Herrn d'Aubyn mit einer großzügigen Spende bedacht, damit sie ›auf Probe‹ versetzt wurde, wie er es nannte«, fügte sie bitter hinzu. »Nach allem, was geschehen war, blieb für mich nur noch die Kündigung. Und später die Scheidung.« Sie zögerte kurz. »Danach verfiel ich in eine Depression, ich kam mit meinem Leben einfach nicht mehr klar, geschweige denn war ich in der Lage, mich entsprechend um meinen pubertierenden Sohn zu kümmern. Deshalb lebt Phil seitdem bei seinem Vater.«

»Wusste Ihr Sohn von der Facebook-Sache?«, erkundigte sich Tanja.

Elisabeth Walther verneinte. »Natürlich hat Philip mitbekommen, dass ich große Schwierigkeiten mit einer Schülerin hatte, und wusste auch, dass ich mich von seinem Vater trenne, weil er eine Geliebte hat, ja. Aber wie seine Untreue aufgeflogen ist, davon habe ich ihm nichts erzählt. Mir reichte die Schande auch so, und Julius war verständlicherweise ebenso wenig wie ich erpicht darauf, dass sein Sohn ein Video zu sehen bekommt, in dem er es mit seiner – verzeihen Sie den Ausdruck – Schlampe treibt.«

»Könnte er den Film nicht trotzdem gesehen haben? Sind Sie denn nicht über Facebook miteinander befreundet?«, fragte Taglieber nach.

»Das ist eher unwahrscheinlich. Phil war dreizehn, damals hielt er Facebook für pure Zeitverschwendung, und ich habe den Film sofort gelöscht, als ich ihn entdeckte. Einen Tag nachdem Claire ihn hochgeladen hatte. Und selbst wenn, so hätte er nicht gewusst, dass sie dafür verantwortlich war«, sagte Elisabeth Walther. »Und jetzt darf ich Sie bitten zu gehen. Claire hat mein berufliches und privates Leben ruiniert, offen gesagt gönne ich ihr den Tod. Aber Philip ist unschuldig. Er hat einiges durchgemacht. Wie jedes andere Scheidungskind leidet er unter der Trennung, aber er ist sicher kein Mörder.« Ihr Gesicht glich einer Maske, seltsam emotionslos.

Mit einer Kopfbewegung gab Taglieber Tanja zu verstehen zu gehen. Was ihn betraf, so hatte er erfahren, was er wissen musste.

»Und nun zu dir. Was hast du in Fabians Büro gesehen?«, versuchte Taglieber locker das prekäre Ergebnis der vorhin durchgeführten Überwachung aus Tanja herauszukitzeln, als sie auf ihrem Weg zurück nach Prien waren. In seinen Augen bestand kein Grund, an der Treue des Gerichtsmediziners zu zweifeln.

Seine Partnerin musterte ihn aus dem Augenwinkel. »Was ich dir jetzt erzähle, ist streng geheim und bleibt unter uns«, forderte sie mit ernster Miene. »Ich will nicht, dass Gerüchte entstehen und das ganze Revier darüber lacht, wie mein Freund mir Hörner aufgesetzt hat.«

»Selbstverständlich«, sagte Taglieber schnell und wollte noch anfügen, dass er ohnehin nicht glaube, dass es für ihre Angst einen triftigen Grund gab. Doch er behielt seinen Einwand für sich.

Tanja seufzte, als sie ihre alte Schüssel mit hundert die nächste Anhöhe hinaufjagte, bevor sie mit der Sprache herausrückte. »Dieses dreiste Stück hatte Sex mit meinem Fabian!«

Taglieber klappte die Kinnlade nach unten, so perplex war er. »Und du hast es mit angesehen?« War es wirklich möglich, dass er Fabian dermaßen falsch eingeschätzt hatte?

»Nicht direkt, das wollte ich mir nicht auch noch antun. Aber sie waren kurz davor. Ich habe alles gesehen, was nötig war.«

Der Kommissar musterte seine Kollegin von der Seite. Ihre Miene wirkte beinahe so starr und emotionslos wie die von Elisabeth Walther am Ende der Befragung. Mit dem einzigen Unterschied, dass seine Partnerin nervös auf ihrer Unterlippe herumkaute, als wäre sie ein Kaugummi. »Darf ich fragen, was genau du gesehen hast, dass du diesen Schluss ziehst?«, tastete er sich vorsichtig voran. Er war sich der Problematik dieses heiklen Themas durchaus bewusst.

»Die Schlange im roten Kleid hat ihr Höschen ausgezogen, es hochgehalten und dann frivol um ihren Finger kreisen lassen. Ich denke, das ist mehr als eindeutig.«

Taglieber staunte. »Und du bist dir sicher, dass es ihr Höschen war?« Schon in dem Moment, als er die Frage stellte, schalt er sich. Wie konnte er anzweifeln, was sie gesehen hatte? Andererseits wusste er nur zu gut, dass seine Partnerin die Tatsachen gern verdrehte und nur das sah, was sie sehen wollte. Vor allem dann, wenn es sie persönlich betraf. »Ich meine«, legte er nach, »hast du wirklich gesehen, wie sie es ausgezogen hat?«

Tanja schwieg eine Weile und verneinte dann. »Aber es war ganz sicher ihr Slip, wo sonst hätte der herkommen sollen?«, insistierte sie.

»Aber werden nicht ab und an auch Slips in der Gerichtsmedizin untersucht?«, hakte er nach.

Seine Partnerin rollte mit den Augen. »Papperlapapp«, tat sie seinen Einwand ab. »Ich bin mir deshalb so sicher, weil dieser Hauch-von-Nichts-String genau dieselbe Farbe hatte wie ihr knallrotes Gucci-Kleid. Und dazu noch ihr schrilles Kichern – wiehernd, wie ein Zebra auf Drogen. Das hast du doch sicher gehört!«

»Im Grunde hast du also nur gesehen, dass Charlotte von Toth im Beisein von Fabian einen roten Slip um ihren Finger kreisen ließ?«

»Was heißt hier nur? Mir hat das gereicht. Fabian hat sie angelächelt, und als er wie ein rolliger Pavian auf sie zusteuerte, da … da konnte ich nicht mehr hinsehen.«

»Zugegeben, komisch klingt es schon, was du beobachtet hast. Trotzdem glaube ich, dass es dafür eine ganz einfache Erklärung gibt«, bemühte sich Taglieber, die Wogen zu glätten.

»Auf die bin ich dann aber mal gespannt«, moserte Tanja. »Ach, und weißt du was? Mir ist völlig egal, was für eine ›einfache Erklärung‹ Fabian mir dafür auftischt. Meine Schlüsse habe ich bereits gezogen und werde entsprechende Schritte in die Wege leiten. Auf gar keinen Fall sehe ich tatenlos dabei zu, wie er sich schamlos hinter meinem Rücken mit einer anderen vergnügt«, beschloss sie mit fester Stimme und bog mit quietschenden Reifen in die Einfahrt zur Priener Polizeidienststelle ein.

Jetzt war es an Taglieber, zu seufzen. Denn wenn seine Partnerin beschloss, Schritte einzuleiten, hatte das noch selten Gutes bedeutet.

19

Schmidt ließ ihn warten. Wahrscheinlich, um ihm auf diese Art zu verstehen zu geben, dass er wegen des Verhörs von Erntl wütend auf ihn war.

Taglieber streckte die Beine aus und lehnte sich nach hinten. Er machte es sich, so gut es ging, auf dem mit Kunstleder bezogenen Besucherstuhl im Büro des stellvertretenden Dienststellenleiters bequem. Die Wartezeit hatte er bereits genutzt, um mit Rösler zu telefonieren, der nun endlich einen Haftbefehl für den jungen Leitner in der Hand hatte. Das war aber auch höchste Zeit geworden, denn der Junge sollte morgen aus dem Krankenhaus entlassen werden.

Da Schmidt immer noch nicht auftauchte, schrieb Taglieber eine SMS an Cornelia, die ihm daraufhin Fotos von einem Berg ungewaschener Wäsche und der Kleidung ihrer Mutter, die noch zu bügeln war, sandte und ihm wünschte, dass es ihm besser erginge als ihr.

Endlich kam der Kollege herein. Wie immer mit einem Siegerlächeln im Gesicht. »Ah, Helmut, gut, dass du vorbeischaust«, begrüßte er ihn und nahm hinter seinem Schreibtisch Platz. Nachdem er sich auf seinem Bürostuhl lässig einmal um die eigene Achse gedreht hatte, musterte er Taglieber durchdringend aus stahlblauen Augen. »Du hast sicher schon den Bericht von gestern Abend für mich, oder? Rösler sagte mir, er sei mittags fertig.«

»Mist, den Bericht habe ich in dem Trubel ganz vergessen.«

»Macht nix, kann jedem mal passieren. Vor allem dann, wenn man so beschäftigt ist wie du gerade«, antwortete Schmidt Verständnis heuchelnd.

Taglieber entging die Spitze trotzdem nicht.

»Was kann ich also für dich tun? Brauchst du Hilfe im aktuellen Fall?«, erkundigte sich der stellvertretende Dienststellenleiter scheinheilig.

»Danke, aber Tanja und ich kommen ganz gut voran. Elisabeth Walther, die Mutter von Philip Leitner, hat uns gerade ein einwandfreies Mordmotiv geliefert. Der Junge ist so gut wie überführt«, beschönigte Taglieber die Sachlage ein wenig, um sich keine Blöße zu geben. Außerdem hatte er alles andere als Lust darauf, sich einen Fall mit Schmidt zu teilen. Und das wusste sein Gegenüber genauso gut wie er.

»Dann hatte ich also den richtigen Riecher mit der Mutter des Jungen. Freut mich, wenn ich helfen konnte«, grinste Schmidt breit.

Taglieber kochte innerlich. Am liebsten wäre er aufgestanden und hätte das Büro verlassen, in dem es förmlich vor Selbstbeweihräucherung stank. Doch er schluckte seinen Groll hinunter und zog das Phantombild aus der Tasche. Während er es Schmidt reichte, fragte er: »Jänisch meint, du würdest den Kerl kennen. Was kannst du mir über ihn sagen?«

Schmidt warf einen – wie Taglieber fand – zu beiläufigen Blick auf das Bild, hob die Augenbrauen verheißungsvoll, schüttelte dann aber den Kopf. »Ich hab deine E-Mail diesbezüglich schon heute Vormittag gelesen. Tut mir leid, aber an den Kandidaten kann ich mich nicht erinnern. Vielleicht haben wir ihn mal hier festgesetzt, aber das Gesicht kommt mir nicht bekannt vor.«

Schmidt sah Taglieber geradeheraus an, der erstaunt und enttäuscht zugleich war. Das hatte er nicht erwartet.

»Jänisch sagte, er heißt Drago Berisha, ist ein Junkie und war eine Zeit lang Informant. Ist schon etwas her, aber angeblich soll es sogar irgendwo eine Akte zu ihm geben«, versuchte er es erneut. »Leider konnte ich in unserer Datenbank nichts über ihn finden.«

»Sorry, aber davon weiß ich nichts. Vielleicht verwechselt Jänisch ihn auch. Diese Drogis schauen sich doch alle irgendwo ähnlich«, behauptete Schmidt lapidar und gab Taglieber das Phantombild zurück. »Wegen der Akte: möglich, dass die noch nicht digitalisiert ist, kannst ja mal im Keller bei den Altakten nachsehen. Aber wenn du mich fragst, dann lässt Jänisch langsam nach. Der hatte schon mal mehr aufm Kasten.«

»Schmidt ist so eine Lusche! An einen wie den«, Tanja schlug mit der flachen Hand auf das Blatt mit dem Phantombild, »mit so einer Hackfresse, müsste er sich doch eigentlich erinnern.« Sie legte das Bild mit einem verächtlichen Gesichtsausdruck zur Seite. »Weißt du was? Du tippst jetzt endlich deinen Bericht über den Ohland-Fall, und unterdessen mache ich mich auf den Weg ins staubige Archiv und begebe mich dort auf die Suche nach Berishas Akte.«

»Das würdest du wirklich für mich tun?«, fragte Taglieber ungläubig, denn er hatte bereits einmal mit dem unfreundlichen fensterlosen Raum, der sich Archiv nannte, Bekanntschaft gemacht und keine Lust auf eine weitere Begegnung.

Seine Kollegin nickte. »Na klar, wir sind doch Partner. Es ist selbstverständlich, dass ich dir helfe. Schließlich will auch ich den Kerl fassen, der dir das angetan hat.«

»Danke«, sagte er leise, dann setzte er sich an seinen Schreibtisch und machte sich an die Arbeit.

Obwohl er versuchte, sich auf den Bericht zu konzentrieren, gingen ihm Schmidts Worte nicht aus dem Kopf. Jänisch würde nachlassen und ein Drogenabhängiger wie der andere aussehen. Beide Äußerungen wollten einfach nicht zu dem sonst so akkuraten Schmidt, der alles bis ins letzte Detail analysierte, passen. Verheimlichte er ihm vielleicht irgendetwas?

Als Tanja in ihr Büro zurückkehrte, lag eine Staubschicht auf ihrem schwarzen Shirt, und in ihren Locken hatte sich eine Spinnwebe verfangen.

»Komm mal her«, forderte der Kommissar sie auf und klopfte ihr den Staub von den Schultern, nachdem er die Spinnwebe mitsamt einem kleinen Bewohner durchs geöffnete Fenster entsorgt hatte. »Und, etwas gefunden?«, erkundigte er sich neugierig.

Seine Partnerin kräuselte die Lippen. »Weder unter Berisha noch in den Akten über die Informanten. Alles, was ich habe, ist das hier.« Sie holte ein zusammengefaltetes Blatt Papier aus ihrer Hosentasche.

Taglieber überflog den kurzen kopierten Bericht. Er handelte von Drago Berisha, den man einige Tage nach einer Messerstecherei im »Meteor« in Traunstein aufgegriffen und verhört hatte.

»›... wegen Drogenbesitzes (Kleinstmenge) festgenommen. Der Verdacht des versuchten Totschlags gegen ihn konnte nicht bestätigt werden‹«, las er vor. »Seine Freundin hat ihm damals ein Alibi gegeben. Eine gewisse Luana Taqui. Jänisch hat die Messerstecherei in der Diskothek mir gegenüber erwähnt. Und du meinst wirklich, mehr haben wir nicht über ihn?«, hakte er ungläubig nach.

»Ich habe da unten alles auf den Kopf gestellt, das kannst du mir glauben«, versicherte ihm Tanja.

»Die Adresse stimmt sicherlich auch nicht mehr«, gab der Kommissar zu bedenken. »Im Computer findet sich auch nichts über ihn, ich habe noch mal nachgeschaut. Anscheinend ist Berisha nicht in Deutschland gemeldet.«

»Zumindest nicht unter dem Namen«, ergänzte Tanja.

Obwohl Taglieber entsetzliche Kopfschmerzen plagten, wollte er seine Verabredung am heutigen Abend um jeden Preis einhalten. Irmi und er hatten vereinbart, sich bei ihr zu treffen, um seine alten Fotos anzusehen.

Die Handflächen des Kommissars waren feucht, als er den Wagen vor Irmis Haus parkte. Im Gepäck hatte er, neben ein paar gekühlten Bier, Fotoalben und einige der Musik-CDs, die er, Cornelias Aussage nach, gern gehört hatte, bevor er ins Koma gefallen war.

»Komm rein und leg ab«, begrüßte Irmi ihn gut gelaunt, huschte aber sogleich wieder davon, nachdem sie ihm mit spitzen Lippen einen Kuss auf die Wange gehaucht hatte. »Ich muss wieder in die Küche«, rief sie beschwingt, während sie verschwand.

Taglieber, dem keine Zeit für eine Antwort geblieben war, lächelte, als er der Frau in der leichten dunklen Bluse mit dem fliederfarbenen Blumendruck und dem beigen Minirock hinterhersah. Ihre Locken federten bei jedem Schritt auf und ab, ganz so, als würden auch sie sich darüber freuen, dass er heute hier war. Hier bei ihr.

Während sein Herz noch damit beschäftigt war, unregelmäßig vor Glück zu stolpern, verdrängte er den Gedanken erfolgreich, dass er, ein verheirateter Mann, in Irmis Wohnung nicht das Geringste zu suchen hatte.

Stattdessen folgte er wie eine Biene, angelockt vom süßen Nektar, dem vanilligen Duft in die Küche. Bildete er sich das nur ein, oder hatte sein Kopfweh tatsächlich schlagartig nachgelassen?

»Geh schon mal raus auf den Balkon, der Kaiserschmarrn ist gleich so weit«, sagte Irmi fröhlich, und ihre Laune war ansteckend.

Ein warmes, sonniges Gefühl durchströmte Tagliebers Brust, und er schalt sich, für seine Gastgeberin keine Blumen besorgt zu haben. Andererseits, vielleicht wäre das dann doch zu viel des Guten gewesen.

Irmi hatte sich offensichtlich daran erinnert, dass er ihr am vergangenen Abend anvertraut hatte, er habe, laut Cornelia, schon als Kind gern süße Mehlspeisen wie Kaiserschmarrn gegessen.

Da seine Frau allerdings penibel auf ihre Figur achtete und strikt nach Low-Carb-Speiseplan kochte, um seinem kleinen Bauchansatz den Garaus zu machen, hatte Taglieber bis jetzt kaum Gelegenheit gehabt, seiner Erinnerung auf diese ihm sehr angenehme Art auf die Sprünge zu helfen.

Er begab sich zur Dachterrasse, jedoch nicht, ohne seinen Blick durch die Wohnung schweifen zu lassen. Sie hatte geschätzt nur um die fünfzig Quadratmeter, war jedoch gut geschnitten.

Der Gang führte direkt ins Wohnzimmer, wo die knallrote Couch mit den Kissen mit Blumenmuster vor einer rosa gestrichenen Wand sofort seine Aufmerksamkeit auf sich zog. Typisch Frau, dachte er schmunzelnd.

Außerdem war nicht zu übersehen, dass Irmi Pflanzen liebte. Eine Zimmerlilie, ein Ficus und eine Palme flankierten die Couch, während auf der langen Fensterbank zwei Orchideen sich gegenseitig mit ihren Blüten bezirzten. Gegenüber der Sitzgelegenheit stand nicht etwa wie erwartet ein Fernseher, sondern ein Aqua-Terrarium. Durch die Glasscheibe blickte Taglieber in ein etwa drei Quadratmeter großes, fast vollständig mit Wasser gefülltes Paradies inklusive Wasserrutsche.

»Das sind Lilly und Oskar«, stellte Irmi ihm ihre Wasserschildkröten vor, während sie mit zwei Tellern um die Ecke bog, auf denen sich Kaiserschmarrn türmte.

Taglieber sog den Duft seines ehemaligen Leibgerichtes begierig ein, während ihn Oskar mit zusammengekniffenen Augen anvisierte, als wollte er ihn warnen. Wage es ja nicht, meinem Frauchen wehzutun, lautete die unmissverständliche Botschaft des Schildkrötenmännchens an ihn. Lilly dagegen schenkte ihm keinerlei Beachtung. Sie saß eitel auf ihrem Felsen und ließ sich durch seine Gegenwart nicht beim Sonnenbaden stören.

Auf der bräunlich gefliesten Dachterrasse standen neben ein paar Pflanzen wie Hortensien und einem kleinen Ahornbaum eine Hollywoodschaukel und ein runder roter Metalltisch mit drei Stühlen. Auf allen Sitzgelegenheiten lagen – getreu Irmis Faible für Florales – Kissen mit rosafarbenem Blumendruck. All das wurde von wildem Wein umwuchert, der sich wagemutig an dünnen Seilen dem Dach entgegenwand.

In Tagliebers Augen wirkte dieser Ort wie der Garten Eden in Miniaturausgabe. Eine winzige Oase, eine heile Insel, zu der der Alltag im Allgemeinen und das unmenschliche Verbrechen dieser Welt im Besonderen keinen Zugang hatten.

Nur der Ausblick hätte besser sein können. Sah man nach unten, so fiel der Blick direkt auf die Straße und die gegenüberliegenden Häuser. Natürlich erstreckte sich im Hintergrund das herrliche Alpenpanorama, doch eine Aussicht ins Grüne oder auf das herrliche Blau des Chiemsees wäre Tagliebers Hochstimmung eher gerecht geworden.

»Setz dich doch, sonst wird das Essen noch kalt.« Irmi musterte ihn unsicher.

Taglieber nahm schnell Platz. Ihm war nicht aufgefallen, dass er einige Zeit in der Gegend herumgestarrt hatte, ohne ein Wort zu sagen.

Der Abend verlief, wie er besser nicht hätte verlaufen können. Irmis Lachen, das ihre Unterhaltung des Öfteren unterbrach, war so leicht und locker wie der hervorragende Kaiserschmarrn. Nachdem sie den Tisch abgeräumt hatte, nahm sie ihn bei der Hand und zog ihn mit sich auf die Hollywoodschaukel.

Als Taglieber an ihrer Seite in die bequemen Polster sank, stolperte sein Herz zum zweiten Mal an diesem Abend auffällig. Oder lag das an der riesigen Portion Kaiserschmarrn, die er verdrückt hatte?

Mit vollem Magen und nicht mehr ganz so grässlichen Kopfschmerzen begannen sie, sich Tagliebers Fotoalben anzusehen, nachdem Irmi das mitgebrachte Bier geöffnet und links und rechts der Schaukel große Kerzen in weißen Holzlaternen angezündet hatte.

Nach ein paar Schlucken Bier nahm Taglieber sein Kopfweh gar nicht mehr wahr, und die wohlige Wärme, die sich in seinem Körper ausbreitete und die nicht nur dem Alkohol und dem guten Essen, sondern vor allem der Frau neben ihm geschuldet war, verleitete ihn dazu, näher an Irmi heranzurücken.

Jetzt war es nicht mehr der vanillige Duft der Mehlspeise, der ihn betörte, sondern ein zarter Hauch von Frühlingsblumen, der sie umwehte und ihm schier den Verstand raubte.

Während sie in dem Fotoalbum blätterte und die Bilder –

auf einem posierte er mit erhobenen Fäusten wie Sylvester Stallone – mit »Ach, was warst du für ein süßer Junge« und einem ironischen »Schau her, du warst ja schon immer so muskulös« kommentierte, legte der Kommissar seinen Arm um ihre schmalen Schultern.

Warum fühlte sich das nur so richtig, so passend an? So als würde eins der Lego-Teilchen, aus denen er auf einem anderen Foto gerade einen hohen Turm baute, haargenau auf das darunter passen. Spätestens das ist der Moment, in dem du dich verabschieden solltest, mahnte ihn das schlechte Gewissen mit strenger Stimme.

Doch anstatt ihm nachzugeben, fingen seine Finger wie von selbst an, an Irmis Schulter über den leichten Stoff ihrer Bluse zu kreisen. Als wäre ihr Körper elektrisch geladen, begannen seine Fingerspitzen auf angenehme Weise zu kribbeln.

Das Kerzenlicht warf seinen flackernden Schein auf Irmis makellose Züge, während sie ihn fragend ansah. »Na, kommen die Erinnerungen zurück?«

Begleitet von Police' »Every Breath You Take«, das leise zu ihnen auf die Dachterrasse drang, suchte der Kommissar nicht nach Erinnerungen, sondern nach den richtigen Worten. Worte, die auszudrücken vermochten, was er gerade fühlte. Doch als ihm das einzige ihm passend erscheinende Wort einfiel, verschlug es ihm die Sprache.

In diesem Augenblick gab es für ihn nur sie und ihn. Irmis grüne Augen nahmen die seinen im Kerzenlicht gefangen, so als wäre es das Natürlichste auf der Welt, einer Frau vollends zu verfallen.

Wie bei einer Marionette, die an unsichtbaren Fäden geführt wird, näherten sich seine Lippen ohne sein Zutun den ihren. Sein Herz schlug aufgeregte Kapriolen, doch es kam nicht zum herbeigesehnten, erlösenden Kuss.

Ein penetrantes Geräusch mischte sich unter die entspannten Klänge von Police. Tagliebers Handy meldete sich hartnäckig in seiner Hosentasche zu Wort und erstickte den romantischen Funken zwischen ihnen. Das feurige Knistern erlosch.

Die Nummer des Anrufers war unterdrückt.

»Ja?«, knurrte der Kommissar ins Telefon. Wer auch immer am anderen Ende der Leitung war, er sollte spüren, dass er störte.

Zuerst war nichts als ein Atmen zu hören. Tagliebers erster Gedanke war, dass seine Frau ihn anonym anrief, um ihn zu kontrollieren.

Doch dann meldete sich sein Kollege. »Jänisch hier, suchst du noch nach dem Albaner?«

»Sicher«, erwiderte der Kommissar überrascht.

»Gut, dann schwing dich her. Er ist hier, im ›Meteor‹. Lungert mit ein paar Fixern herum.«

»Danke fürs Bescheidgeben. Ich … ich … mache mich natürlich gleich auf den Weg. Kannst du ihn für mich festhalten?« Er seufzte, und in seiner Brust breitete sich ein dumpfer Schmerz aus. Er würde Irmi verlassen müssen.

»Nee, leider nicht. Meine Tarnung, du verstehst. Außerdem muss ich los, hab 'nen anderen Verdächtigen, und es geht um 'ne große Menge … Heroin.« Die letzten Worte hatte Jänisch geflüstert, sie waren kaum zu verstehen gewesen.

»Dann kannst du mir also keine Garantie –?«

»Die hat man in unserem Metier doch nie«, unterbrach ihn Jänisch. »Aber je früher du dich in Bewegung setzt, umso größer deine Chance, ihn zu treffen. Sorry, ich muss jetzt.«

»Also gut, ich bin schon unterwegs.«

Als Taglieber sich kurz darauf an der Tür von Irmi verabschiedete, vermied er es, ihr in die Augen zu sehen. Er wusste auch so genau, dass Tränen darin standen. »Es tut mir leid … der Fall. Ich mache es wieder gut, versprochen.« Ihm fiel selbst auf, wie hohl seine Worte klangen, doch sie nickte tapfer.

»Kein Problem. Jederzeit gern.«

Die Enttäuschung in ihrer Stimme schnürte ihm die Kehle zu. Am liebsten hätte er sie fest an sich gedrückt, ihr Kinn gehoben und ihr dann einen langen, intensiven Kuss gegeben, doch das durfte er nicht. So blieb es bei einer kurzen, unpersönlichen Umarmung, die bei ihm das Gefühl hinterließ, weder genug gegeben noch genug bekommen zu haben. Als er Irmi verließ, war sein Herz genauso leer wie die zwei Bierflaschen auf der Dachterrasse. Das einzig Volle war sein Magen.

20

Taglieber stieg an zwielichtigen Gestalten vorbei die schmale Treppe nach unten, dem dröhnenden Lärm der Disko entgegen, und fühlte sich so, wie sich wohl Jona im Bauch des Wals gefühlt haben mochte: als würde er gleich lebendig verdaut werden.

»Alter, pass doch auf«, motzte ihn ein dicker Langhaariger im Lederoutfit an, dessen Schulter er aus Versehen gestreift hatte. Unter seinem linken Auge waren drei Tränen tätowiert, obwohl der Klotz so wirkte, als hätte er noch nie geweint. Wohl um seinen Satz gebührlich in Rockermanier zu unterstreichen, schickte er einen Rülpser hinterher, der den Kommissar das kalte Grausen lehrte.

Mit schwitzigen Fingern tastete Taglieber durch die Jacke nach seiner Dienstwaffe, und ein reumütiger Gedanke durchzuckte ihn: Warum nur hatte er der heimeligen Dachterrasse und ihrer bezaubernden Besitzerin für diese Hölle den Rücken gekehrt? Zumal es noch nicht einmal die Garantie gab, Berisha hier anzutreffen. Was, wenn er das »Meteor« längst verlassen hatte?

Eine E-Gitarre heulte gequält auf, als würde ihr gerade der Garaus gemacht. Taglieber nahm die letzten Stufen nach unten und bahnte sich einen Weg zwischen einem knutschenden Pärchen und zwei Jugendlichen hindurch, die aussahen, als wären sie weit unter achtzehn. Doch er war heute nicht hier, um Ausweise zu kontrollieren. Ohnehin hätte er niemals allein diesen Laden auf den Kopf stellen können. Aber Tanja, die er von unterwegs aus zu erreichen versucht hatte, war partout nicht an ihr Handy gegangen.

Er schlenderte an die Theke und bestellte sich ein alkoholfreies Bier. Mehr, um nicht aufzufallen, als aus Durst.

Mit der lauwarmen Flasche in der Hand machte er sich auf den Weg zur Tanzfläche, während er Ausschau nach einem Mann mit eingefallenen Wangen und Hakennase hielt.

Im Gegensatz zum Rest des Clubs herrschte auf der Tanzfläche kein Gedränge. Eine schwarz gekleidete Frau in Netzstrümpfen, hochhackigen Schuhen und mit einem Zopf, bei dessen Anblick Rapunzel vor Neid erblasst wäre, tanzte allein, während ein schlanker Mann mit Wallemähne wie verrückt auf seiner Luftgitarre klampfte und sich buhlend um sie herumschlängelte.

Ich muss so schnell wie möglich wieder raus aus diesem Irrenhaus, dachte der Kommissar. Hoffentlich war der geballte Wahnsinn, dem die Gäste der Disko erlegen waren, nicht ansteckend. Seine Blicke, mit denen er die Leute an den Tischen nahe der Tanzfläche scannte, wurden gehetzter.

Berisha ist sicher längst über alle Berge, schimpfte er bereits stumm vor sich hin, als ihm ein hagerer Mann mit dunklem Haar auffiel.

Unter seiner Lederjacke trug er ein Kapuzenshirt und lehnte von ihm abgewandt lässig an einer Säule, umgeben von einer Gruppe heruntergekommener Kerle.

Tagliebers Puls beschleunigte sich derart, dass er seinen Herzschlag bis ins Zahnfleisch spürte. Etwas in ihm sagte ihm, dass das der Mann war, nach dem er suchte.

Einen Moment lang schloss er die Augen, brachte seinen Atem unter Kontrolle und versuchte, die Umgebung auszublenden. Dann näherte er sich den Männern möglichst lässig, blieb aber in einem Sicherheitsabstand von ein paar Metern stehen.

Als der Fremde ihm sein Gesicht zuwandte und ihm in die Augen sah, war es, als verfielen all seine Nervenzellen gleichzeitig in Panik und schütteten sämtliche Botenstoffe aus, die ihnen zur Verfügung standen. Es gab keinen Zweifel: Dieser Mann war Drago Berisha!

Tagliebers Kiefer pressten sich wie Schraubzwingen aufeinander, als beabsichtigten sie, sich gegenseitig zu Staub zu zermahlen. Er wollte dem Mann, der ihn am Ufer der Fraueninsel niedergeschlagen hatte, am liebsten die Faust ins Gesicht rammen und zugleich vor ihm davonlaufen, blieb aber wie gelähmt stehen.

Berisha schien seine Gefühlswallung nicht zu bemerken. In seinen Augen mit den dunklen Ringen darunter spiegelte sich weder ein Hauch von Interesse noch Erkennen wider. Sie blickten nur gelangweilt durch ihn hindurch.

Taglieber, dessen Lähmung langsam wieder verflog, war fast ein wenig enttäuscht darüber. Mutig machte er einen Schritt auf den Albaner zu.

Doch was war das? Die Situation änderte sich abrupt, als ein Funke in den Augen des Mannes aufblitzte. Der Kommissar hätte schwören können, dass er ihn erkannt hatte. Ohne Vorwarnung machte der andere einen Satz und schleuderte einen der Umstehenden mit voller Wucht gegen ihn, sodass er nach hinten taumelte und zu Boden ging.

Mit einem Schubs befreite sich Taglieber von dem nach Tabak und Moder stinkenden Kerl, unter dem ihn Berisha begraben hatte, sprang auf und folgte dem Albaner, der bereits auf dem Weg zum Ausgang war. Ihm fiel auf, dass die anderen Gäste wie von selbst eine Gasse bildeten, um den Abschaum durchzulassen.

Nicht so bei ihm: Er musste sich jeden Zentimeter hart erkämpfen, im Hintergrund das Dröhnen der Gitarren, das wie Donnerschläge gegen seinen Rücken prallte. War das ein Omen für das, was ihm gleich bevorstand?

Tanja blickte tief in den Inhalt ihres Weinglases, dem die dahinterstehende Kerze ein warmes rubinrotes Leuchten verlieh. Sie hatte sich bereits ein zweites Viertel des fruchtigen Cabernets bestellt, der ihre Kehle weich wie Öl hinunterglitt und dafür verantwortlich war, dass sich ihre Zunge mit der Zeit beim Formen der Worte immer mehr wie ein Regenwurm im Wasser anfühlte.

Bevor sie sich in die kleine Neubeurer Kneipe begeben hatten, war Stratmann so freundlich gewesen, ihr das Schloss zu zeigen. Neben der Geschichte darüber, wie es beinahe den Nazis in die Hände gefallen war, hatte sie die sogenannte Mausefalle am meisten fasziniert: ein Tunnelwerk, das angeblich vom Schlosskeller durch den Berg bis hinab zum Mühlsteinbruch führte. Ein früherer Fluchtweg für die Adligen.

Unauffällig berührte die Kommissarin ihre linke Wange. Sie war verräterisch warm und glühte sicherlich ebenso rot wie der Wein im Kerzenschein. Ihre Augen suchten ihr Gegenüber. Wollte sie heute noch herausfinden, ob das Alibi des Lehrers gefälscht war und er etwas mit dem Mord an Klara von Ariethen zu tun hatte, dann musste sie das in Angriff nehmen, solange sie noch einigermaßen klar denken konnte.

Robert Stratmann erwiderte ihren Blick, runzelte aber dann die Stirn und musterte sie mit halb wissendem, halb fragendem Gesichtsausdruck. In ihm lag eine Souveränität, als wäre ausschließlich er es, der die Regeln dieses Spiels festlegte.

»Es tut mir wirklich leid, was mit Frau Hoegner passiert ist. Wie geht es ihr?«, tastete sich Tanja vor.

Stratmann hob die Schultern, und seine Coolness war wie weggeblasen. Ihre simple Frage hatte das Podest, auf dem seine Überlegenheit ruhte, zum Wackeln gebracht. »Das weiß ich nicht, weil an ihrem Bett ein anderer wacht. Mich lässt man nicht einmal zu ihr.«

»Tatsächlich?«, fragte die Kommissarin, war aber nicht wirklich überrascht. »Lassen Sie mich raten: Von Ariethen hält nicht nur auf seiner Yacht das Ruder in der Hand?«

Stratmann lachte müde auf. »Er hat mir klar und deutlich zu verstehen gegeben, dass meine ›Dienste‹, wie er sich ausgedrückt hat, nicht mehr benötigt werden. Sollte ich anderer Meinung sein, so würde er dafür sorgen, dass ich weder als Mensch noch als Lehrer meines Lebens wieder froh werde. Und für den Fall, dass ich in irgendeiner Weise mit dem Tod seiner Tochter in Verbindung stünde, wäre mein Recht auf Weiterleben ohnehin verwirkt.«

»*Haben* Sie denn etwas mit Claires Tod zu tun?«, nutzte Tanja seine Vorlage geschickt für sich.

Stratmann nahm schweigend einen Schluck Cognac. »Natürlich nicht«, antwortete er entrüstet, als er bemerkte, dass sie ihn abschätzend taxierte.

»Schon gut, ich glaube Ihnen«, beschwichtigte sie sofort. »Trotzdem würde mich interessieren, was Claire in Ihren Augen für ein Mensch war.« Sie bemühte sich, der Frage den Anstrich von Beiläufigkeit zu geben, doch Stratmann war nicht dumm. Er durchschaute sie.

»Eigentlich habe ich einem Treffen mit Ihnen nicht zugestimmt, damit Sie mich in die Mangel nehmen. Doch das investigative Element schläft wohl bei jemandem wie Ihnen nie«, bemerkte er, den Anflug eines Schmunzelns auf den Lippen.

Tanja erwiderte sein Lächeln. »Es gehört in der Tat zur Natur eines jeden Ermittlers, jedenfalls hat gesunde Neugier noch niemandem in meinem Beruf geschadet.«

Stratmann legte erneut die Stirn in Falten. »Das kann ich Ihnen nicht genau sagen – niemand könnte das«, begann er zögerlich. »Ich meine, was Claire wirklich für ein Mensch war. Sicher, oberflächlich betrachtet war sie, was von ihr allgemein behauptet wird: egozentrisch, herrschsüchtig und intrigant. Claire war rücksichtslos und bereit, alles Erdenkliche zu unternehmen, um die Aufmerksamkeit zu bekommen, die ihr, ihrer Meinung nach, zustand.« Er seufzte. »Doch in ihrem Inneren sah es anders aus, wenn Sie mich fragen: Sie war labil, sehnte sich nach Geborgenheit. Ja, ich lehne mich aus dem Fenster und wage sogar zu behaupten, dass sie im Grunde nur auf der Suche nach einem war – nach Liebe. Doch ich bezweifle, dass ihr das bewusst war.«

Als er das Wort »Liebe« erwähnte und ihr tief in die Augen sah, lief Tanja ein angenehmer Schauer über den Rücken, der das Glühen ihrer Wangen noch verstärkte. Sie wandte sich von Stratmann ab und ihrem Weinglas zu. Der Lehrer verunsicherte sie. Sie genoss einen weiteren Schluck des nach reifen

Kirschen und Süßholz schmeckenden Weines, dann blickte sie wieder auf. »Woher wollen Sie das so genau wissen? Hatten Sie etwa doch – wie manche behaupten – eine Affäre mit ihr?«, erwiderte sie scharf.

Stratmanns Augen blitzten sie verärgert an. »Halten Sie mich echt für so dämlich, eine Affäre mit einer Schülerin zu beginnen?«, fragte er aufgebracht. »Wenn es Sie interessiert: Ich weiß es nicht nur, weil ich sie mehrere Jahre lang in Deutsch unterrichtet habe, sondern auch, weil sie beinahe ebenso lang aktives Mitglied der Theater-Gilde war, die ich leite.«

»Das … das habe ich nicht gewusst«, entschuldigte sich Tanja.

»Claire liebte die Bühne, und die Bühne liebte Claire«, schwärmte der Lehrer mit einem Glänzen in den Augen. »Ich sage nur: ›Medea‹ von Jahnn. Wie sie kämpft, klagt und leidet und letztlich rasend vor Zorn ihre eigenen Kinder tötet. Claire war die Einzige, die in der Lage war, den gekränkten Stolz und die Verletzlichkeit glaubhaft mit eiskalter Rachsucht und Grausamkeit zu vereinen.«

»Denken Sie, sie hat den Tod verdient?«

Stratmann schwieg, dann sah er sie durchdringend an. »Wer sind wir, dass wir uns einbilden, das Recht zu haben, über das Leben oder Sterben eines anderen bestimmen zu können? Niemand hat das. Egal, welches Verbrechen deroder diejenige begangen hat. Sicher, Claire hat den ein oder anderen ruiniert.« Er seufzte leise. »Manch einer wird der Meinung sein, das rechtfertige einen Mord«, fügte er nachdenklich hinzu. Plötzlich strahlte er die ganze Strenge seines Berufs aus. »Aber ich bleibe dabei, kein Mensch darf einem anderen Menschen mutwillig das Leben nehmen, was auch immer derjenige ihm angetan hat.«

Tanja nickte und bemühte sich, seinem Blick standzuhalten. Trotz seiner überzeugenden Rede nagte noch ein leiser Zweifel an ihr. War sein Monolog nur Teil einer Rolle, die er wie die in einem Theaterstück spielte, oder meinte er jedes Wort so, wie er es sagte?

Als Stratmann gerade das Glas zum Mund führte, spielte sie ihren letzten Trumpf aus. »Wussten Sie übrigens, dass Claire schwanger war?«

Das Glas entglitt seiner Hand, und der Cognac ergoss sich über Stratmanns Hose. »Verdammt!« Er stellte das Glas beiseite und versuchte mit ein paar Servietten, das Getränk aufzutupfen. »Nein, natürlich wusste ich das nicht«, herrschte er sie mit zusammengezogenen Augenbrauen an. »Ist schon klar, von wem?«

»Zum Stand der Ermittlungen darf ich Ihnen keine Auskunft geben«, erklärte die Kommissarin, während sie sich wünschte, eine DNA-Probe des Lehrers in ihren Besitz zu bringen. Sie setzte ihr Pokerface auf, doch wie zuvor durchschaute Stratmann sie auch dieses Mal.

»Sie würden nicht danach fragen, wenn Sie es bereits wüssten«, schlussfolgerte er mit einem Zwinkern. »Überhaupt wird immer deutlicher, dass ein nettes Gespräch mit mir nicht der eigentliche Grund ist, warum Sie sich mit mir getroffen haben.« Ohne Vorwarnung bohrte sich sein Blick tief in den ihren, während er beiläufig dem Barmann ein Zeichen gab.

Tanja wurde unvermittelt so heiß, als strömte kochende Lava durch ihre Blutbahnen. Wer verhörte hier eigentlich wen? Und warum fühlte sie sich in Gegenwart dieses Mannes immer wie eine Maus in der Falle? Das Gefühl der Hilflosigkeit war ihr ansonsten fremd.

Offensichtlich bemerkte Stratmann ihre Unsicherheit. Seine ganze Aufmerksamkeit galt ihr, obwohl auf dem Tresen vor ihm mittlerweile ein neues Glas Cognac stand. Zielstrebig näherte sich seine Hand.

Gefangen in dem im Kerzenlicht changierenden Glanz seiner blauen Augen, wich sie nicht zurück, als er ihr zärtlich eine Locke aus dem Gesicht strich.

»Es ist schon spät«, sagte er sanft und leerte sein Glas in einem Zug. »Was hältst du davon, wenn wir noch zu mir gehen? Ich habe eine DVD von der ›Medea‹-Aufführung mit Claire.«

»Aber was ist mit Ihrer ... deiner ...« Partnerin, Frau Hoegner?, hatte sie noch fragen wollen, doch der Lehrer brachte sie mit seinem Finger auf ihren Lippen zum Schweigen. Der kokette Augenaufschlag, der seine Geste begleitete, und der Alkohol in ihrem Blut, der nicht mehr nur ihr Gesicht, sondern auch ihren Unterleib erhitzte, genügten, um sie davon zu überzeugen, dass gründliche Polizeiarbeit immer vorging. Ausnahmslos.

Sie spülte den Anflug von Schuldgefühlen Fabian gegenüber erfolgreich mit dem letzten Schluck Wein hinunter und hakte sich selbstlos bei Stratmann ein, als sie die Bar verließen.

Vergiss bloß nicht die DNA-Probe, ermahnte sie sich, aber der Nebel aus Alkohol verschleierte ihr Bewusstsein zunehmend und verstopfte ihre kriminalistische Spürnase.

Kurze Zeit später fand sich die Kommissarin mitten im Gefecht wieder. Dabei war sie in keine Schlägerei mit dem charmanten Lehrer geraten, der lustvolle Kampf fand in den Gefilden der Leidenschaft statt: Stratmanns heiße Küsse prasselten nur so auf sie ein, dass sie kaum zum Luftholen kam. Während sie sich eilig die Klamotten vom Leibe rissen und ihre Hände über den Körper des anderen gleiten ließen, klingelte ihr Diensthandy.

Tanja zog es aus der Tasche ihrer halb heruntergezogenen Hose und warf es achtlos fort. Sie hatte nur noch ihn im Kopf: den dunkelhaarigen Traummann, dessen hypnotische Augen sie unter seinem seitlich gescheitelten Pony verwegen anfunkelten.

»Is bestimmt nich so wich...tig«, lallte sie und beförderte Stratmann mit einem kräftigen Schubs auf das Doppelbett hinter ihm. Dann sprang sie mit einem Satz neben den etwas verdutzt Dreinblickenden, und gemeinsam machten sie es sich zur Aufgabe, die weinrote Satinbettwäsche zu zerwühlen, indem sie sich in wilder Ekstase darauf wälzten.

Die DNA-Probe, ich darf die DNA-Probe auf keinen Fall

vergessen, hallte es ein letztes Mal ganz leise in ihrem Kopf wider.

Taglieber stand außerhalb der Diskothek und sah sich um. Wohin war Berisha geflohen? Bis auf ein paar kichernde Mädchen, die untergehakt den Bürgersteig entlangtorkelten, konnte er nichts und niemanden entdecken.

»Himmelsakra… Zement!«, fluchte er und erinnerte damit eindeutig, aber unbeabsichtigt an Kollege Dobermann, wenn der sich aufregte.

Als er schon glaubte, die Spur des Albaners verloren zu haben, ließ ihn ein lautes Scheppern herumfahren.

Ein Stück die Straße hinunter war eine Baustelle. Der ideale Ort, um sich zu verstecken. Das Gerüst an dem Rohbau war ihm bereits auf der Hinfahrt aufgefallen. Ohne einen Gedanken daran zu verschwenden, was für Gefahren eine derartige Örtlichkeit barg, wandte er sich nach links.

Wenig später glitt sein Blick über die einzelnen Stockwerke des im Entstehen begriffenen Hauses nach oben und blieb schließlich an Berisha hängen, der sich auf der Leiter zwischen dem zweiten und dritten Stock befand.

Wieder pressten sich seine Kiefer aufeinander, doch diesmal stand Taglieber nicht wie angewurzelt da, sondern folgte dem Verdächtigen. Stockwerk für Stockwerk hetzte er, das Klappern der Schritte des Albaners über sich, hinter diesem her, bis er um Luft ringend und mit Seitenstechen auf dem Flachdach stand. Es wurde nur spärlich durch die umstehenden Straßenlaternen beleuchtet, da das Haus fünf Etagen besaß. Auch der volle Mond, der sich feige hinter ein paar Wolken verbarg, war dem Kommissar keine große Hilfe.

Taglieber hielt einen Moment die Luft an, doch auch ohne sein lautes Atmen war kein Geräusch zu vernehmen.

Das Dach bot eine Menge an Versteckmöglichkeiten für Berisha. Größere oder kleinere Haufen von Baustoffen standen herum, Rollen von Dämmmaterial lagen dicht neben einer Plane, unter der sich Fensterrahmen stapelten, und etwas weiter türmten sich Ziegelsteine auf Holzpaletten.

Ein leiser Seufzer entwich seiner Kehle. Würde er den Kerl jemals in die Finger bekommen?

Taglieber folgte einer Eingebung, zog seine Waffe und entsicherte sie. »Kommen Sie raus, Berisha, oder ich schieße!«, drohte er mit scharfer Stimme. Vielleicht ließ sich der Albaner unter Druck setzen.

Als nichts geschah, schlich er in Richtung dessen, was in dem fertigen Gebäude einmal der Aufgang sein würde, momentan aber noch aussah wie eine unfertige kleine Hütte aus Ziegelstein.

Zum zweiten Mal war es ein lautes Scheppern, das den Flüchtigen verriet. Es kam ganz aus der Nähe. Getrieben von der Angst, Berisha aus den Augen zu verlieren, eilte Taglieber weiter Richtung Aufgang. Hinter diesem ging es etwa zwei Meter in die Tiefe, auf die Dachterrasse des fünften Stocks. Ohne nachzudenken, sprang er mit der geladenen Waffe in der Hand dem dunklen Schatten hinterher.

Um den Aufprall abzufedern, ging er beim Landen in die Hocke, sodass ihn der harte Schlag mit einem metallischen Gegenstand unvermittelt an der Stirn traf, als er sich erhob.

Taglieber kippte nach hinten, fiel zu Boden, und ein Schuss löste sich aus seiner Heckler & Koch SFP9. Noch im Taumeln dachte er, wie dumm er doch gewesen war, dem Flüchtigen in die Falle zu gehen. Doch vielleicht hatte er ja ausnahmsweise einmal Glück im Unglück, und der Verbrecher hatte auch etwas abbekommen?

21

War das etwa Berisha, der sich da lächelnd über ihn beugte? Verwirrt zerrte der Kommissar an dem leise glimmenden Schimmer, der sein Bewusstsein gerade so weit erhellte, dass er die Augen zur Hälfte öffnen und Bruchstücke seiner Umgebung wahrnehmen konnte.

»Ah, da ist er ja wieder!«, rief Dr. Beer, den Taglieber nun langsam erkannte. Der Arzt hatte zwar ähnlich dunkles Haar und die gleichen eingefallenen Wangen wie der Albaner, doch sein Markenzeichen, die Hakennase, fehlte. Stattdessen musterten ihn die unverwechselbar hervortretenden Augen des Mediziners, die scheinbar nur durch die Gläser seiner Brille davon abgehalten wurden, aus ihren Höhlen zu hüpfen.

Der Kommissar wusste nicht, ob er lachen oder weinen sollte. Er hatte seinen Verdächtigen nicht stellen können und war – wieder einmal – wegen ebendiesem in Prien in der Neurologie gelandet. Wenigstens hatte er ihn nicht wieder ins Koma befördert, oder etwa doch?

»Welchen Tag haben wir, wie spät ist es?«, fragte er beunruhigt, als ihm auffiel, dass bereits Tageslicht durch die Gardinen drang.

»Dienstag, den zehnten Mai. Es ist kurz nach halb neun Uhr morgens.«

»Danke.« Taglieber war erleichtert, er hatte lediglich eine Nacht und keine Wochen oder Monate verloren.

»Schwester Irmi bringt Ihnen gleich das Frühstück, falls Sie etwas zu sich nehmen möchten«, bot ihm der Doktor freundlich an.

Die Erleichterung verflog augenblicklich, und Taglieber wollte am liebsten vor Scham im Boden versinken. Bloß das nicht! »Nein danke, ich möchte nichts essen. Mir ist etwas übel«, schwindelte er. Er wollte die Begegnung mit Irmi um jeden Preis vermeiden.

»Dann lasse ich Sie derweil in Ruhe. Schlafen Sie und erholen Sie sich. Ich komme später wieder und teile Ihnen die Ergebnisse des MRTs mit, das wir gemacht haben, während Sie bewusstlos waren. Nichts, worüber Sie sich Sorgen machen müssten«, lächelte der Arzt aufmunternd. Er wollte gerade aus dem Zimmer verschwinden, als Taglieber ihn aufhielt.

»Warten Sie … Berisha, ein gewisser Drago Berisha, wurde der zufällig auch letzte Nacht eingeliefert?« Seine Hoffnung war nicht allzu groß, aber er wollte sichergehen.

»Ist er ein Verdächtiger? Sie wissen, dass ich Ihnen sonst keine Auskunft geben darf.«

Er nickte. »Und er ist auf der Flucht. Drago Berisha hat gestern zum zweiten Mal versucht, mich auszuschalten. Dabei hat sich ein Schuss aus meiner Waffe gelöst.«

»Verstehe. Ich höre mich um«, versprach Dr. Beer.

»Wie bin ich eigentlich hergekommen?«, erkundigte sich Taglieber.

»Ein Taxifahrer hat Sie gefunden. Sie lagen auf dem Dach eines Rohbaus in Traunstein. Er hat einen Schuss gehört und gemeinsam mit einem Kollegen nachgesehen.«

»Und warum bin ich hier und nicht im Traunsteiner Krankenhaus?«

»Das haben Sie einem Geisterfahrer auf der Autobahn zu verdanken. Mehrere Autos sind ineinandergerast, sodass die Traunsteiner Neurologen im Moment restlos ausgebucht sind. Die leichteren Fälle kommen zu uns.«

»Na, dann muss ich mir ja wirklich keine ernsthaften Gedanken um mein Hirn machen«, scherzte Taglieber.

»Jedenfalls nicht deswegen. Ihr Os frontale, Ihr Stirnknochen, ist recht robust und hat den Schlag abgefangen«, zwinkerte ihm der Doktor zu und verließ den Raum.

»Sie haben Besuch«, holte ihn eine bekannte Stimme aus dem Schlaf.

Eben hatte er noch geträumt: Wie Supermann war er Berisha hinterhergeflogen, war ihm dicht auf den Fersen gewesen, und doch hatte sich seine Spur schließlich in einer Menge zwielichtiger Nachtgestalten verloren, die ihm mit grimmigen Fratzen den Weg versperrten.

Taglieber seufzte, als er die Augen öffnete. Und hätte sie am liebsten gleich wieder geschlossen. Der Grund dafür war nicht seine Partnerin Tanja, die vor ihm stand und ihm eine Schachtel Schokoladenherzen unter die Nase hielt, sondern die Tatsache, dass es Irmis Stimme gewesen war, die ihn eben geweckt hatte.

»Es … es …«, setzte er stammelnd zu einer Erklärung an, doch sie wandte sich von ihm ab.

»Ich lasse Sie jetzt besser mit Ihrer Kollegin allein. Sie haben sicher einiges zu besprechen.«

Er nickte stumm. Ihr Wechsel zum förmlichen Sie verletzte ihn. Andererseits war es ihr gutes Recht, sich von ihm zu distanzieren, denn er hätte sie gestern nicht verlassen und sich selbst auf so unvernünftige Weise in Gefahr bringen dürfen.

»Danke«, wandte er sich trocken an Tanja und nahm ihr die Pralinen ab. Dann musterte er seine Partnerin im Tageslicht. Bei näherer Betrachtung sah sie ein wenig mitgenommen aus, wenn das der richtige Ausdruck war: Ihre Locken hatte sie notdürftig zu einem schiefen Pferdeschwanz gebunden, und unter den Augen klebten noch Reste der Schminke von gestern. »Du siehst …«

»Etwas derangiert aus, ich weiß«, nahm sie ihm die Worte aus dem Mund und zwirbelte eine ihrer Locken.

Ihm fiel sofort auf, dass sie leicht errötete. »Was hast du ausgefressen? Und warum habe ich dich letzte Nacht nicht auf dem Diensthandy erreicht? Ich hätte deine Hilfe gebraucht«, fragte er vorwurfsvoller als beabsichtigt.

Seine Kollegin fixierte beschämt die Bettdecke. »Ich habe Nachforschungen in unserem Fall angestellt. Aber du, du hast dir wieder mal einen Schlag auf den Kopf eingefangen. Dich kann man aber auch wirklich nicht alleine lassen«, mokierte sie sich teils ernst, teils scherzend.

»Wenigstens habe ich dieses Mal mein Gedächtnis nicht

eingebüßt, das ist schon mal ein Fortschritt«, gab der Kommissar zurück.

»Bei deiner hartnäckigen Amnesie hättest du eh nicht mehr als ein paar Monate verloren«, neckte sie ihn.

Als Tagliebers Magen knurrte, öffnete er die Pralinenschachtel und stopfte sich ein paar Herzen mit Milchcremefüllung in den Mund. Seine Zähne schmerzten bei der Berührung mit dem pappsüßen Zeug, aber es war besser als nichts. Und um keinen Preis wollte er Irmi rufen und sie um etwas zu essen bitten.

»Was wollen Sie denn schon wieder hier?«, empfing Philip Leitner die Beamten barsch, als diese wenig später sein Zimmer im Krankenhaus betraten. Er war gerade dabei, ein paar Kleidungsstücke in eine Sporttasche zu packen.

Taglieber hatte sich gegen den ärztlichen Rat von Dr. Beer selbst entlassen. Was Berisha betraf, so war dieser laut dem Arzt nicht im Priener Krankenhaus versorgt worden, und der Kommissar wollte unbedingt beim Verhör des jungen Leitner dabei sein.

Tanja traute er in diesem speziellen Fall nicht über den Weg: Zu sehr wurde sie seiner Meinung nach von einem neuerdings bei ihr auftretenden Gluckeninstinkt beeinflusst.

Und was Schmidt oder Dobermann anging, so wollte er den beiden auf keinen Fall die Lorbeeren überlassen, falls sich denn Leitners angebliche Amnesie verflüchtigte und er endlich den Mord an Klara von Ariethen gestand.

»Wir nehmen dich mit aufs Revier, du bist vorläufig festgenommen.« Taglieber kostete seinen Triumph aus, indem er sich die Worte auf der Zunge zergehen ließ.

Der Junge kippte fast aus den Latschen. Offensichtlich hatte er nicht mit einer Festnahme gerechnet.

Tanja verdrehte genervt die Augen. »Kein Grund zur Beunruhigung«, milderte sie seine Worte, »vielleicht klärt sich ja dann endlich alles auf. Sollen wir deinen Anwalt, deinen Vater oder deine Mutter anrufen?«

Der Kommissar hätte ihr am liebsten den Hals umgedreht. Was hatte sie bloß im Hirn? So schüchterte man doch keinen Verdächtigen ein!

»Ich denke nicht, dass ich meinen Anwalt brauche, aber danke«, gab Leitner zurück und grinste breit. Er hatte sich überraschend schnell wieder gefangen.

Begleitet von den neidvollen Blicken seiner Kollegen auf dem Revier, allen voran dem von Schmidt, führte Taglieber Philip Leitner in den Verhörraum.

»Du stolzierst daher wie ein Gockel während der Balz. Dem Jungen auch noch Handschellen anzulegen, das hätte es wirklich nicht gebraucht. Wie peinlich!«, meckerte Tanja so laut, dass es jeder der Umstehenden mitbekam.

»Sei bloß still, du enthältst mir schließlich Ermittlungsergebnisse vor. Oder hast du mir etwa schon erzählt, wo du dich letzte Nacht bei deinen sogenannten Nachforschungen herumgetrieben hast? Sie müssen ja sehr«, mit einem abschätzigen Seitenblick auf seine Partnerin suchte er nach dem richtigen Wort, »*intensiv* gewesen sein.«

Doch anstatt ihm endlich zu erzählen, was sie so Wichtiges zu erledigen gehabt hatte, schwieg Tanja verstockt.

Taglieber schnaubte wütend. Philip Leitner hatte es sich im Verhörraum auf dem Plastikstuhl bequem gemacht und grinste ihn noch immer überaus zufrieden an. Gerade so, als würde er sich mit einem Cocktail in der Hand am Pool eines Fünf-Sterne-Hotels sonnen. Na warte, Bürschchen, dir wird das Lachen schon noch vergehen, drohte er in Gedanken.

»Am einfachsten für uns alle ist es, wenn du gleich gestehst«, legte er ihm großzügig nahe. »Das würde sich vor Gericht auch strafmildernd für dich auswirken.«

Der Junge hob die Augenbrauen und schüttelte den Kopf. »Auf keinen Fall bringen Sie mich dazu, einen Mord zu gestehen, den ich nicht begangen habe.«

»Diesbezüglich bin ich anderer Meinung. Ich fasse jetzt

unsere Ermittlungsergebnisse für dich zusammen, und dann wollen wir mal sehen, welche Erklärung du dafür parat hast«, fuhr er fort. »Also, deine Mutter war Lehrerin auf dem Schlossinternat Hohenbeuern. Unser – oder soll ich besser sagen: dein? – Opfer, Claire d'Aubyn, war ihre Schülerin. Du hast dich zuerst an das Mädchen rangemacht und es dann, als du die Gelegenheit dazu hattest, auf grausame Art und Weise umgebracht. Und zwar, weil du Claire die Schuld an der Scheidung deiner Eltern gegeben hast. Das ist ein astreines Motiv, findest du nicht auch?«

Leitner blickte ihn verdutzt an.

»Spiel uns nicht den Unwissenden vor. Du warst mit deinen Freunden auf dem Frühlingsfest mit dem Hintergedanken, Claire anzubaggern. Oder lief schon länger etwas zwischen euch, ihr wart ein Paar, und du bist der Vater ihres ungeborenen und von deiner Hand getöteten Kindes?«

»Warum sollte ich irgendeiner Tussi vom Internat die Schuld an der Trennung meiner Eltern geben? Außerdem habe ich keine Freundin, das habe ich Ihnen doch bereits gesagt.«

Taglieber musterte den Jungen. Überraschung spiegelte sich in seinen Augen wider, er spielte seine Rolle gut. »Wenn du immer noch alles abstreitest, will ich dir den Grund für deinen Mord gern verraten. Claire hat, weil sie deine Mutter vergeblich erpresst hat, um bessere Noten zu bekommen, ein Video in deren Facebook-Chronik gepostet. Darin zu sehen sind dein Vater und seine Geliebte auf dessen Yacht.«

»Ohne Claires Zutun wäre deine Mutter vielleicht nie dahintergekommen, dass dein Vater vor Jahren eine Affäre hatte, und deine Eltern hätten sich nicht getrennt«, schaltete sich Tanja erklärend ein.

Leitners Augen wurden immer größer. »Krass, aber das wusste ich nicht. Ich schwör's. Aber vor dem Hintergrund ist es noch weniger schade um die Bitch.«

Leitners Wortwahl und seine gelassene, scheinbar über allem stehende Art verärgerten den Kommissar.

»Ich kann mir vorstellen, dass du unter der Scheidung deiner Eltern leidest«, übernahm seine Partnerin.

In Taglieber brodelte es. Ständig machte Tanja einen auf verständnisvolle Polizistin. Glaubte sie etwa im Ernst, der Junge würde auspacken, wenn sie ihm weiterhin den süßen Honig der Empathie um den Mund schmierte? Er hielt seine geballte Faust erfolgreich davon ab, auf den Tisch zu schlagen. Jegliche Art der Gewalt lag ihm fern, aber heute und in diesem speziellen Fall ... Taglieber fuhr sich mit der Hand einige Male durchs Haar. Er brauchte ein Geständnis, dringend.

»Du warst mit deinen Freunden auf dem Schulfest. Claire und du, ihr hattet Streit, habt euch aber danach wieder versöhnt und an Bord der Yacht von ihrem Vater getroffen. Dort habt ihr miteinander geschlafen, und sie hat dir gesagt, dass sie schwanger von dir ist. Du bist ausgerastet und hast sie zuerst bis zur Besinnungslosigkeit gewürgt, um sie danach mit Benzin zu übergießen und anzuzünden. Lass endlich deine Maske fallen! Es ist doch kein Zufall, dass wir dich mitten in der Nacht unweit des ausgebrannten Boots gefunden haben. Noch dazu mit Verletzungen, die eindeutig davon stammen, dass das Mädchen sich gewehrt hat«, redete er sich in Rage, während er Leitner fixierte und immer wieder mit dem Finger auf ihn zeigte.

Doch der fläzte nach wie vor umgeben von einer Aura der Unantastbarkeit auf dem Stuhl und lachte unvermittelt auf. War er irre? Oder folgte jetzt endlich das ersehnte Geständnis? Doch weit gefehlt.

»Sie haben eine ausgesprochen lebendige Phantasie, Herr Taglieber«, gab er belustigt zurück.

Verärgert brachte der Kommissar ein entscheidendes Argument vor: »Nichts davon ist Phantasie! Ein Zeuge hat dich mit Claire auf der Yacht gesehen. Es ist nur eine Frage der Zeit, bis wir ihn aufgreifen und er dich eindeutig identifiziert.«

Ein süffisantes Lächeln umspielte die Mundwinkel des Jungen. »Das ist völlig unmöglich«, entgegnete er entspannt und machte eine bedeutungsvolle Pause, bevor er fortfuhr. »Weil ich niemals mit dieser Claire auf dem Boot war. Und dafür gibt es wirkliche Zeugen: meine Freunde Dotz und Adi. Sie waren in der Nacht gemeinsam mit mir auf der Yacht meines Dads.« Leitner hielt Tagliebers strengem Blick stand und fügte etwas leiser hinzu: »Ich gebe zu, dass wir die Yacht von Claire gesehen haben, doch da stand sie schon längst in Flammen.«

Die Fingernägel des Kommissars gruben sich in sein Fleisch, bis ein Schmerz ihn durchzuckte, dann erschlaffte seine Faust. Konnte das wahr sein? Voss hatte doch angedeutet, Leitner mit Klara zusammen auf der Yacht gesehen zu haben.

»Schauen Sie mich nicht so an, als wollten Sie mich gleich fressen. Sie haben den Falschen. Ich erinnere mich – an alles«, bekräftigte der junge Mann und setzte wieder sein unverwüstliches Grinsen auf.

»Aber … wir haben doch deine Freunde befragt, und die …«, stammelte Taglieber und blickte hilfesuchend zu Tanja. Konnte er sich tatsächlich getäuscht haben?

»Mein Vater hat mittlerweile mit Dotz und Adi gesprochen. Sie haben gelogen, um sich selbst zu schützen. Was durchaus verständlich ist bei dem, was wir getan haben. Wir haben auf der Yacht gefeiert, gekifft und getrunken. Außerdem haben wir nichts unternommen, um der brennenden Person auf dem anderen Boot zu helfen. Ich wollte keinen Ärger mit meinem Dad, also hab ich mich gesträubt einzugreifen. Deshalb gab es Streit und daher«, der Junge zuckte mit den Schultern, »auch meine Verletzungen. Adi hat mir ein paar mitgegeben und dann, während ich ohnmächtig war, einen Notruf abgesetzt. Nachdem wir zur Anlegestelle zurückgekehrt waren, haben meine Freunde mich in die Kajüte verfrachtet, da ich immer noch nicht wieder bei Bewusstsein war, und sich daraufhin aus dem Staub gemacht. Als sie am nächsten Morgen nach mir sehen wollten, war ich schon lange in Gewahrsam und die Yacht meines Vaters in der Hand der

Polizei.« Er warf einen Blick auf seine Armbanduhr. »Dotz und Adi müssten jeden Augenblick auf dem Revier eintreffen, um ihre Aussagen zu machen.«

Just in diesem Moment klopfte es an der Tür des Verhörzimmers, und Polizeihauptmeister Dobermann steckte seinen blonden Stoppelkopf herein. Taglieber konnte sich bereits denken, was er zu vermelden hatte.

»Da Herr Leitner senior und zwoa Burschen san da. Sie möchten a Aussage machen.«

»Alles klar«, erwiderte Taglieber kurz.

»Ois klar«, plapperte Dobermann nach und verzog sich wieder.

»Und bevor ich es vergesse«, fügte Leitner junior noch hinzu, »ich habe jetzt eine Vermutung, woher die Spuren der Kollision der beiden Yachten stammen. Anscheinend hat Claire meinen Vater damals gestalkt, um das Video von ihm und seiner Geliebten zu machen. Dabei ging sie wohl etwas zu sehr auf Tuchfühlung. Als ich meinen Vater danach fragte, erinnerte er sich daran, dass vor ein paar Jahren eine Yacht mit kichernden Mädels an Bord seiner ein paar Kratzer verpasst hat. Er wird gleich seine Aussage machen.«

»Aber was ist dann mit dem Benzinkanister, den du an der Tankstelle in Raubling an dem Abend vor dem Mord aufgefüllt hast?«, startete Taglieber einen letzten Versuch, den Jungen zu überführen.

»Was soll schon damit sein? Mein Vater besteht darauf, dass wir immer einen vollen Kanister in der Garage haben, und hat mir aufgetragen, ihn aufzufüllen, wenn ich zur Tanke fahre. Das ist alles, und das wird er Ihnen auch gern selbst bestätigen.«

Der Kommissar betrachtete noch einmal den jungen Mann vor sich: Leitner lehnte sich im Stuhl zurück. Er hatte gewonnen. Jetzt war er es, der seinen Triumph über ihn auskostete.

»Was für ein Pech für Sie«, bemerkte er schadenfroh, »aber ich fürchte, ich bin dann wohl ein für alle Mal raus aus Ihrer Kartei der Verdächtigen.«

Tanja warf Taglieber einen Blick zu, der besagte, dass sie zwar nicht unglücklich, aber trotz allem enttäuscht über die Wendung in ihrem Fall war.

Niedergeschlagen fuhr sich der Kommissar durchs Haar. Die Last der Ereignisse der letzten Tage schien ihn plötzlich zu erdrücken. Berisha hatte ihn erneut k.o. geschlagen und war ihm entwischt. All seine guten Vorsätze ignorierend, hatte er seine Frau beinahe mit Irmi betrogen und diese verletzt. Und dann war sein Hauptverdächtiger gerade auch noch zum unschuldig Festgenommenen mutiert.

Natürlich blieb die leise Hoffnung, dass das Alibi, das die Jungen ihrem Freund gaben, nicht wasserdicht oder gar gefälscht war, doch das war sehr unwahrscheinlich. Leitners Erklärung klang mindestens genauso logisch wie alle Verdachtsmomente, die gegen ihn gesprochen hatten. Zur Krönung von Tagliebers Verzweiflung setzte nun auch noch ein wohlbekannter hämmernder Schmerz in seinem Schädel ein. »Nimm du bitte die Aussage der beiden auf«, bat er seine Partnerin und seufzte. »Ich brauche grad ein wenig Zeit für mich.«

Tanja verstand. »In Ordnung«, erklärte sie, »wir sehen uns dann später.«

22

»Danke, dass du dir Zeit für mich genommen hast«, begrüßte Taglieber Christian Waldherr, den Priester von der Fraueninsel, und umarmte ihn herzlich.

Die frische Luft, die in seine Lungen strömte, der Sonnenschein und die Nähe seines guten Freundes vermochten das, woran die zwei Schmerztabletten vorhin kläglich gescheitert waren: Sein Kopfweh war wie weggeblasen.

»Was ist denn mit dir los? Du siehst ja völlig fertig aus.« Christian, der ihm vor einem halben Jahr, als Berisha ihn niedergeschlagen hatte, das Leben gerettet hatte, wirkte besorgt. Brüderlich tätschelte er ihm den Rücken, als sie gemeinsam den schmalen Uferweg entlangschlenderten.

»Ich weiß überhaupt nicht, wo ich anfangen soll. Es ist einfach ... alles ...« Taglieber versuchte, die Gedanken zu sortieren, die ihm im Kopf herumspukten. Aber er war so wahnsinnig müde.

Christian runzelte die Stirn. »Ich glaube, es ist besser, wenn ich dir ein paar Fragen stelle. Woher stammt die Verletzung?« Er richtete den Blick auf das Pflaster auf Tagliebers Stirn.

Der Kommissar schnaubte. »Du wirst es nicht glauben, aber die hat mir derselbe Mann zugefügt, der letztes Jahr genau hier versucht hat, mich umzubringen. Als du mich gefunden hast.«

Der Priester machte ein überraschtes Gesicht. »Du hast ihn endlich aufgestöbert? Wie das?«

Taglieber erzählte seinem Freund, wie er Berisha anhand seines Traumes identifiziert hatte.

»Erstaunlich«, bemerkte Christian, »es ist mir nicht neu, dass Menschen, die ein Trauma erlebt haben, es im Traum noch einmal durchleben. Aber dass du ihn so genau beschreiben konntest, ist ... außergewöhnlich. Nur schade, dass er dir entkommen ist.«

»Du sagst es. Er ist glitschig wie ein Aal, ich bekomme ihn einfach nicht zu fassen. Vermutlich ist er jetzt irgendwo untergetaucht. Nun, ich werde nicht aufgeben. Wir haben die Adresse seiner früheren Freundin über die Daten des Einwohnermeldeamtes herausgefunden, vielleicht erfahre ich ja von ihr, wo er sich im Augenblick aufhält.«

»Ich drücke dir die Daumen. Aber sei vorsichtig, dieser Mann hätte dir schon einmal bereits um ein Haar das Lebenslicht ausgeblasen.« Der Blick des Priesters war ernst. »Wie läuft es eigentlich mit deiner Frau?«, wechselte er das Thema und traf damit intuitiv den nächsten wunden Punkt.

Taglieber schluckte und schwieg zunächst. Scheinbar interessiert wandte er sich den handgetöpferten Vasen und Krügen zu, die eine Töpfermeisterin vor ihrem Laden am Uferweg feilbot. Die Karaffe, deren Ausguss wie ein Entenschnabel geformt war, gefiel ihm. »Leider nicht so gut, wie ich es mir vorgestellt habe«, begann er dann zögerlich. »Sie ist diese Woche bei ihrer Mutter. Ehrlich gesagt bin ich ganz froh darüber, denn ... Ich weiß, es ist nicht richtig, aber ich kann es nicht ändern. Mir geht eine andere einfach nicht mehr aus dem Kopf – die blonde Krankenschwester. Vielleicht erinnerst du dich an sie. Die mit den Löckchen und der hohen Stimme.«

Christian überlegte. »Ich denke, ich kann mich entfernt an sie erinnern. Sie hat mich zu dir begleitet, als ich dich im Krankenhaus besuchte. Ich kann deine Gefühle nachvollziehen, sie ist – weltlich gesprochen – wirklich süß«, fügte er mit einem Lächeln hinzu.

Taglieber konnte es nicht erwidern. Stattdessen seufzte er und erzählte dem Freund von der Verabredung mit Irmi und der heutigen peinlichen Begegnung. »Dazu kommt, dass mich momentan mein aktueller Fall sehr beansprucht. Leider wurde mein Hauptverdächtiger soeben entlastet, und nun stehe ich wieder ganz am Anfang. Ich bin gezwungen, sämtliche gesammelten Fakten noch einmal völlig neu zu bewerten und zu sortieren. Aber meine Gedanken drehen sich ständig im Kreis. Ich kann überhaupt nicht mehr klar denken, nichts ergibt einen Sinn.«

Christian sah ihn mitleidig an, während ein paar Enten lustig schnatternd ans Ufer wackelten, um sich die Brotkrumen zu sichern, die ein paar Kinder dort verstreut hatten. »Ich glaube, dir würden eine Tasse Kaffee und ein leckeres Stück Kuchen nicht schaden«, bestimmte er und schlug, ohne auf eine Antwort zu warten, den Weg zum »Klosterwirt« ein.

Nach dem Genuss eines überdimensional großen Stücks Schokoladentorte und einer Tasse Kaffee hatten sich die Fakten zwar nicht geändert, doch der Kommissar war tatsächlich bei Weitem besser gelaunt als zuvor.

Anstatt zu grübeln, lehnte er sich zufrieden in seinem Stuhl zurück und genoss den Augenblick: Durchs dichte Blätterdach einer Kastanie brachen Sonnenstrahlen, in den Bäumen um sie herum zwitscherten die Vögel, der See glänzte blau. Sein Blick blieb an ein paar Touristen hängen, und er beobachtete sie amüsiert dabei, wie sie sich auf umständliche Art und Weise abmühten, aus ihrem Elektroboot auszusteigen.

Christians Mundwinkel zuckten ebenfalls, als der Mann, der seiner Frau beim Aussteigen helfen wollte, sie geradewegs im See versenkte. Er war gestolpert und hatte sie vornüber ins Wasser gezogen. Sie rappelte sich hoch. Das schöne Dirndl mit der lilafarbenen Schürze, das die Dame vermutlich extra für den Ausflug erstanden hatte, hing von der Hüfte an abwärts klatschnass an ihr runter. Der Mann hingegen hatte Glück gehabt, er war nahezu trocken geblieben. Letztendlich gelang es dem Tollpatsch auch noch, seinen jugendlichen Sohn – ein Abbild seiner selbst, ebenfalls in kariertem Hemd, Lederhose und Weste – ins Wasser zu befördern. Unterdessen stöckelte die Frau auf wackeligen Füßen wild gestikulierend und ihn offensichtlich erbost beschimpfend an Land.

»So was bringen auch nur die Touristen zustande.« Taglieber lachte leise, doch dann überfiel ihn das Gefühl, dass diese Begebenheit zwar zufällig war, das Schicksal ihm aber vielleicht dennoch etwas damit sagen wollte. Sie war ein

Hinweis. Er betrachtete die Familie. Gab es eine Parallele zu seinem Fall? Und wenn ja, wie passten die Puzzleteile zusammen?

»Woran denkst du?«, erkundigte sich Christian.

»Das erinnert mich an etwas ... an die nassen Sachen auf der Wäscheleine von Sonja Hoegner. Und der Vater, schau dir ihn und den Sohn mal genauer an.«

»Der Sohn sieht aus wie er, und damit meine ich nicht nur die Kleidung«, bestätigte Christian seinen Eindruck. »Sie haben sogar die gleiche Frisur.«

»Du sagst es. Sie sind aus der Ferne kaum zu unterscheiden, weil ihre Größe, ihre Statur und auch der Haarschnitt sich ähneln. Das ist es!«, rief Taglieber aufgeregt.

»Du sprichst in Rätseln, Helmut.« Christian betrachtete ihn fragend.

»Es war die ganze Zeit über direkt vor meinen Augen«, erklärte der Kommissar. »Der Junge war es wirklich nicht. Voss hat sich getäuscht, als er Leitner wiedererkannt haben wollte, der Stratmann nur ähnlich sieht. Und das Alibi vom Lehrer ist mit Sicherheit gefälscht, darauf wette ich.«

»Und das soll ich jetzt verstehen?«, fragte Christian belustigt. »Du hörst dich an wie einer meiner Bauern bei der Beichte.«

»Danke für das Kompliment«, lachte Taglieber, »aber mir geht es um die Lösung eines Falls, nicht darum, mit wem ich meine Frau betrüge.«

»Ich will nicht hoffen, dass es so weit kommt«, entgegnete der Priester immer noch lächelnd, doch der ernste Tonfall war nicht zu überhören.

Taglieber überging die Mahnung seines Freundes geflissentlich und winkte der Kellnerin. Zum Priester sagte er: »Verzeih, aber ich muss jetzt los, einen Verdächtigen festnehmen. Doch vorher zahle ich noch die Rechnung.«

Phil war angepisst. Da stellten sich die Vorwürfe der Polizei gegen ihn endlich als haltloses Gewäsch heraus, und sein Vater verordnete ihm trotzdem Hausarrest. Auch das Handy hatte er ihm weggenommen!

Er ballte die Faust und schlug gegen das Schild »Verkehrsberuhigte Zone«, an dem er vorbeikam. Wenigstens hätte ihn sein Dad heimfahren können, doch der war natürlich, wie immer, auf Achse – irgendeine wichtige Konferenz. Wahrscheinlich macht er sich 'nen netten Nachmittag mit seiner Tussi auf der Yacht und hat bloß keinen Bock, mich zu fahren, dachte Phil frustriert.

Weil er es nicht eilig hatte, nach Hause zu kommen, hatte er sich zu Fuß auf den Weg gemacht. Und was sollte der Hausarrest überhaupt? Er hatte ja nichts verbrochen. Gut, sah man mal vom Kiffen ab, aber dabei hatte ihn sein Vater schon einmal erwischt. Und dann natürlich die unterlassene Hilfeleistung, doch selbst einer der Polizisten hatte zugegeben, dass er Claire nicht hätte retten können. Sie wäre ohnehin ihren schweren Verletzungen erlegen, bevor sie die Yacht erreicht hätten. Außerdem hätten sie sich bei dem Versuch einer laienhaften Hilfsaktion selbst in Gefahr gebracht. Die Vorwürfe gegen ihn und seine Freunde würden höchstwahrscheinlich fallen gelassen werden.

Ein paar Minuten später erreichte er die Harrasser Straße. In einer Parkbucht vor dem Haus seines Vaters malten ein paar Kinder grüne Bäume und bunte Blumen auf den Asphalt.

Während die Bälger fröhlich im Sonnenschein kicherten, müsste er im Haus herumsitzen und würde nicht einmal seinen Computer benutzen können. Denn den hatte sein Vater genau wie die Playstation bereits konfisziert, wenn es stimmte, was er ihm angedroht hatte.

Der Typ, der mit der fetten Maschine neben dem Gehsteig stand, stach ihm gleich ins Auge. Interessiert musterte Phil das Teil, das sogar einen Beiwagen hatte. War das eine Suzuki oder eine Honda? Er kannte sich mit Motorrädern nicht besonders gut aus.

Der Typ stieg ab und kam auf ihn zu.

War es jemand aus der Schule? Der Ferdi vielleicht? Dem

hatten seine Eltern ein Motorrad versprochen, wenn er das Abi schaffte, doch die mündlichen Prüfungen waren erst im Juni.

Phil grübelte immer noch, als der Typ schon vor ihm stand. Er wandte den Kopf nach links und rechts, klappte dann das Visier nach oben und fragte freundlich: »Philip Leitner?«

Phil blickte in unbekannte Augen. »Ja, was gibt's?«

Die Antwort in Form eines rechten Hakens konnte sich sehen lassen. Noch bevor er sich hätte wehren können, ging er zu Boden. Außer ein paar Sternen, die um ihn herum aufblitzten, sah Phil nur mehr Schwärze.

23

»Und jetzt raus mit der Sprache, wo hast du die letzte Nacht verbracht?«, fragte Taglieber, der am Handy hing, Tanja.

Doch seine sturköpfige Kollegin schwieg eisern.

»Du musst gar nichts mehr sagen, ich ahne es schon!«, rief er, als es ihm plötzlich wie Schuppen von den Augen fiel. »Das darf nicht wahr sein. Sag bloß, du warst … du warst doch nicht etwa bei Stratmann?«

Ihr Schweigen war Antwort genug. Wut kochte heiß wie Lava in ihm hoch.

»Verstehe«, blaffte er bissig ins Telefon. »Hol mich sofort am Hafen in Prien ab, dann fahren wir nach Neubeuern und nehmen deinen neuen Lover fest.« Ohne eine Erwiderung abzuwarten, legte er auf und ging an Bord des Bootes des Wasserschutzes, das er zuvor bestellt hatte, um schnellstmöglich von der Insel aufs Festland zu gelangen.

Während sie über den See fuhren und ihm eine frische Brise durchs Haar wehte, überlegte er, was für Konsequenzen es haben konnte, dass sich seine Partnerin mit dem Täter eingelassen hatte. Die Tatsache, dass sie vielleicht vorgeben würde, so gehandelt zu haben, um in den Besitz einer DNA-Probe zu kommen, konnte keinesfalls als Entschuldigung für ihr unverantwortliches Verhalten gelten. Die Probe, wenn sie denn tatsächlich existierte, würde höchstwahrscheinlich ohnehin nicht vor Gericht anerkannt werden, und das sollte Tanja genauso gut wissen wie er.

»Danke, dass Sie sofort hergekommen sind. Es ist schrecklich!«, empfing sie Dr. Diebald völlig aufgelöst vor dem Internat, als sie aus Tanjas Wagen stiegen. In seiner Panik fuchtelte der Direktor unkontrolliert hektisch mit den Armen, als wollte er eine Horde Fliegen verscheuchen.

Verdutzt warf der Kommissar einen Blick zu seiner Partnerin, die ungewöhnlich still war, seit er ihr während der Fahrt die Leviten gelesen hatte.

Wie vermutet, hatte sie versucht, ihm als Entschuldigung für ihr Verhalten die – von Rechts wegen ebenso wenig wie die Affäre mit einem Verdächtigen gebilligte – Gewinnung einer DNA-Probe ohne richterliche Anordnung aufzutischen, doch er hatte sich davon nicht beeindrucken lassen.

Jetzt zuckte sie nur mit den Achseln. Auch sie hatte keine Ahnung, wovon der Leiter des Internats sprach.

»Es muss jemand gewesen sein, der wusste, dass sie eine Allergie hat«, fuhr Diebald fort, wobei Taglieber immer noch nicht im Bilde darüber war, wovon er eigentlich redete.

Unauffällig zückte der Kommissar sein Handy. Rösler hatte siebenmal versucht, ihn zu erreichen, während er das Telefon wegen der Unterredung mit Tanja auf lautlos gestellt hatte. Er räusperte sich. »Entschuldigen Sie, würden Sie mir bitte in Ruhe erklären, warum Sie so aufgeregt sind? Aber beginnen Sie von vorn.«

Der Internatsleiter bedachte ihn mit einem vorwurfsvollen Blick, als wäre Taglieber ein Schüler und ohne Hausaufgaben zum Unterricht erschienen. »Ich verstehe nicht recht. Hat Ihr Vorgesetzter Sie denn nicht in Kenntnis gesetzt?« Ungläubig schüttelte er den Kopf. »Das arme Mädchen ... es ist tot, ermordet, und eine weitere Schülerin schwebt in Lebensgefahr. Wenn das so weitergeht, dann können wir das Internat morgen schließen. Sie können sich gar nicht ausmalen, was das bedeutet ... Es hagelt jetzt schon reihenweise Kündigungen. Gerade eben haben mich wieder zwei per Einschreiben erreicht. Man wolle sein Kind nicht schutzlos den hinter den Schlossmauern lauernden Gefahren aussetzen, heißt es darin. Als ob wir hier einen Mörder beherbergen würden.«

»Erzählen Sie bitte noch einmal von Anfang an, was passiert ist«, forderte Tanja ihn erneut auf. »Welches Mädchen ist tot, und wie genau ist es gestorben beziehungsweise wurde es umgebracht?« Auch ihr blieb Diebalds tadelnder Blick nicht erspart.

»Innerhalb weniger Tage werden zwei meiner Schülerinnen auf grausame Art und Weise aus dem Leben gerissen, das ist ein ausgewachsenes Fiasko, vielleicht der Niedergang des Internats, das Ende von allem, das ich in den letzten sieben Jahren mühevoll aufgebaut habe!«, jammerte der Direktor drauflos. »Und jetzt zu der Toten: Ich rede natürlich von Caroline von Stacklborn. Sie starb an einer Anaphylaxie. Ein Imker hat sie bereits heute Morgen mehr tot als lebendig neben seinem Bienenwagen aufgefunden, sie verstarb auf dem Weg ins Krankenhaus. Eigentlich sind Ihre Kollegen aus Rosenheim dafür zuständig, doch ich habe darum gebeten, dass Sie hinzugezogen werden, da die beiden Fälle, Claire und Caroline, zusammenhängen könnten.« Diebald legte seine Stirn in tiefe Falten.

»Wenn Caroline von Stacklborn höchst allergisch auf Bienengift reagiert hat, wäre sie vermutlich niemals von allein auf die Idee gekommen, in die Nähe eines Bienenstocks zu gehen«, murmelte Taglieber. Lauter sagte er zu Tanja: »Ruf Rösler an und frag nach, ob schon jemand vor Ort ist, um die Spuren zu sichern.«

Tanja zog ihr Smartphone aus der Tasche.

Während sie mit Rösler sprach, fragte er beim Direktor nach: »Waren nicht Caroline von Stacklborn und Jekaterina Kordakow Claire d'Aubyns beste Freundinnen?« Er erinnerte sich nur zu gut an die frostigen Augen der Eisprinzessinnen und daran, wie unwohl er sich in ihrer Gegenwart gefühlt hatte.

»Selbstverständlich waren sie das. Sogar ich als Laie habe den dringenden Verdacht, dass jemand versucht, sich an den drei jungen Frauen zu rächen. Es mag Ihnen vielleicht nicht so erscheinen, aber auch ich weiß, dass sie sich bei vielen Schülern unbeliebt gemacht haben. Und das ist noch milde ausgedrückt.«

»An allen dreien?«

Wieder strafte der Direktor Taglieber mit einem vielsagenden Blick des Vorwurfs. »Sicherlich, sonst wäre doch Jekaterina Kordakow nicht völlig aus dem Häuschen. Wenn Sie meine Meinung interessiert: Sie ahnt, dass sie die Nächste ist. Außerdem war sie die Letzte, die Caroline von Stacklborn gestern gesehen hat. Sie steht unter Schock, spricht kein Wort und wird momentan psychologisch betreut. Bis jetzt weiß niemand, was die Arme heute Nacht Schreckliches erlebt hat. Ihre Eltern sind bereits informiert und unterwegs hierher. Allerdings aus Russland, ihre Anreise wird also dauern.«

»Wenn Jekaterina die Tote zuletzt gesehen hat, müssen wir unbedingt mit ihr sprechen«, drängte Tanja, die mittlerweile das Gespräch beendet hatte, und wandte sich an Taglieber. »Die Rosenheimer Kollegen kümmern sich bereits um die Spurensicherung vor Ort.«

»Glauben Sie mir, im Augenblick ist kein normales Wort aus ihr herauszubringen. Dr. Zwickel, der Psychologe, tut, was er kann, doch bis jetzt anscheinend ohne jeden Erfolg. Jekaterina steht völlig neben sich.« Der Leiter des Internats seufzte und hob die Schultern. Es lag nicht an der unbarmherzig niederbrennenden Nachmittagssonne allein, dass auf seiner Stirn Schweißperlen glänzten. Auch das weiße Hemd wies deutliche Spuren unter den Achseln auf. »Caroline und Jekaterina waren gestern Abend wie immer bei der Theaterprobe, das ist alles, was ich Ihnen sagen kann. Und Robert Stratmann, der Leiter der Theater-Gilde, wird das bestätigen. Seiner Auskunft nach sind die beiden etwas länger geblieben, um eine Szene noch einmal durchzugehen. Selbstverständlich habe ich versucht, Jekaterina dazu zu befragen, doch vergebens.«

»Stratmann, wer sonst«, schnaubte Taglieber. Nach einem Blick zu Tanja, in den er seinen ganzen Ärger legte, bemerkte er trocken: »Mit Herrn Stratmann haben wir ohnehin noch ein ernstes Wörtchen zu reden. Wo finden wir ihn?«

Der Direktor überlegte. »Wenn ich mich nicht irre, unterrichtet er gerade eine Zehnte in Deutsch. Folgen Sie mir bitte, ich bringe Sie hin.«

»Sie glauben doch nicht etwa, dass Herr Stratmann, einer meiner Lehrer, etwas mit den Vorfällen zu tun hat?«, fragte Diebald unsicher, als er sie zum Klassenzimmer führte.

»Darüber dürfen wir Ihnen keine Auskunft geben«, erwiderte der Kommissar. »Genauso wenig, wie wir uns mit Verdächtigen einlassen dürfen«, konnte er sich den Seitenhieb gegen seine Partnerin nicht verkneifen. Er wusste, dass es nicht fair war, Tanja vor dem Direktor bloßzustellen, doch ihr Verhalten entbehrte ebenfalls jeder Fairness unter Kollegen. Abgesehen davon hatte sie ihren Freund Fabian betrogen, einen äußerst sympathischen Mann, wie Taglieber fand.

Anstatt wie sonst loszuwettern oder wenigstens etwas zu erwidern, schlich Tanja mit schuldbewusst gesenktem Kopf neben ihm her.

So hatte er sie noch nie gesehen. Wahrscheinlich wusste sie ebenso gut wie er, welch riesige Dummheit sie – unbedacht, wie so oft – begangen hatte, mit der sie nicht nur ihre Beziehung aufs Spiel setzte, sondern auch ihren Job riskierte.

Der Kommissar genoss Stratmanns fassungslosen Blick, als er die Beamten im Türrahmen erblickte.

Diebald bedeutete ihm, das Klassenzimmer zu verlassen, während er selbst dessen Platz an der Tafel einnahm und sogleich mit gut gespielter Begeisterung einen Monolog über Schillers eingehende Recherche zum Gedicht »Das Lied von der Glocke« hielt.

Stratmann folgte ihnen schweigend ins Büro des Schulleiters, das dieser ihnen als Ort für die Befragung angeboten hatte.

Die geröteten Wangen seiner Kollegin und die Tatsache, dass sie ständig seinem Blick auswich, sprach Bände darüber, wie unangenehm ihr die Situation war. Aber Taglieber hatte kein Mitleid mit ihr, war er doch selbst heute Morgen mit Irmi konfrontiert worden. Und zwischen ihnen war nicht einmal etwas passiert.

»Wir wissen alles«, pokerte der Kommissar hoch, als sie

Platz genommen hatten. Er wollte dem Lehrer so schnell wie möglich ein Geständnis entlocken.

Stratmann wich seinem Blick zunächst aus und sah auf den Boden. Er wirkte wie ein zu Unrecht Verurteilter.

Die Masche wird dir nichts nutzen, dachte Taglieber.

Als der Lehrer endlich Tanja anblickte, blitzten seine Augen. »War es also gestern deine Absicht, mich zu überführen?«, fragte er leise, aber mit fester Stimme.

»Nein, natürlich nicht«, stammelte sie und räusperte sich. »Wir wollten ... Wir wissen jetzt, dass du Claire ermordet hast«, beschuldigte sie ihn. »Außerdem bist du derjenige, der Caroline und Jekaterina bei der Theaterprobe zuletzt gesehen hat. Und natürlich dürftest du als Lehrer auch von Carolines Allergie gewusst haben.«

»Aber die Nacht, in der Claire starb, habe ich bei Sonja verbracht, du und dein Kollege, ihr habt persönlich ihre Aussage aufgenommen. Und wegen gestern Abend«, sein bedrückter Gesichtsausdruck verwandelte sich abrupt in ein verschmitztes Grinsen, »du weißt selbst am besten, wo ich da war.«

Doch diesmal prallte die Magie des unwiderstehlichen Augenaufschlags des Lehrers an Tanja ab.

Taglieber verfolgte das Blickduell der beiden interessiert. Wer würde siegen?

Seine Kollegin brach zwar den Blickkontakt ab, doch die Worte, die folgten, saßen: »Frau Hoegner ist – verzeih meine Ausdrucksweise – eine alte, vertrocknete Jungfer. Sie würde alles für dich tun, nur um deine Freundin zu sein, auch dir ein falsches Alibi geben. Und was mich betrifft, ich war, wie du ja weißt, gestern Nacht angetrunken. Man könnte sogar behaupten, du hättest mich wissentlich abgefüllt, um in aller Ruhe, während ich meinen Rausch ausschlief, Caroline um die Ecke zu bringen. Ein perfekter Plan, um sich ein Alibi zu besorgen.«

Stratmann wurde bleich und schluckte. »Jetzt zeigst du dein wahres Gesicht. Ich gehe jede Wette ein, dass du dich nur mit mir eingelassen hast, um unrechtmäßig eine DNA-Probe oder Ähnliches von mir zu bekommen. Wenn ich damit recht habe, wird dich das teuer zu stehen kommen«, drohte er verbittert. An Taglieber gewandt sagte er: »Ich möchte auf der Stelle mit meinem Anwalt sprechen.« Dann glitten seine Augen wieder zu Tanja: »Und was dich angeht, du kleines, hinterlistiges Scheusal, mit dir rede ich kein Wort mehr, denn du bist – wie nennt man das gleich? – befangen. Zusätzlich zu meinem Anwalt verlange ich einen neutralen Ermittler, denn du willst mir aus niederen Beweggründen schaden. Das ist offensichtlich.«

»Keine Sorge, Sie bekommen Ihren Anwalt«, erwiderte Taglieber. »Fürs Erste nehmen wir Sie mit aufs Revier. Aus dem Mord an Claire d'Aubyn können Sie sich nicht so einfach herauswinden. Sie wurden in der Mordnacht mit ihr auf der Yacht gesehen, und Caroline und Jekaterina haben ausgesagt, dass Sie und Claire eine Affäre hatten. Ich bin mir sicher, wenn wir Frau Hoegner davon erzählen und sie nach den nassen Männerklamotten an ihrer Wäscheleine am Morgen nach dem Mord befragen, wird die Wahrheit schnell ans Licht kommen. In die Sache zwischen Ihnen und meiner Kollegin mische ich mich nicht ein, das geht nur Sie etwas an. Doch seien Sie gewiss, auch ein neutraler Ermittler wird die Augen nicht vor dem verschließen, was offensichtlich ist.«

»Dem hast du's aber gegeben«, jubilierte Tanja etwas zu gekünstelt, wie Taglieber fand, nachdem sie Stratmann, der weiß wie die Wand der Zelle, in die sie ihn gesperrt hatten, gewesen war, sich selbst überlassen hatten. Der Kommissar wusste ganz genau, dass sie immer noch beschämt wegen des Vorfalls war.

»Bist du auch der Meinung, dass er mich nur als Alibi benutzen wollte, um Caroline von Stacklborn ungestört aus dem Weg räumen zu können?«, fragte sie wenig später kleinlaut.

»Keine Ahnung, aber möglich ist es«, überlegte Taglieber. »Sicher, er hatte bereits ein Auge auf dich geworfen, als wir ihn bei Hoegner verhörten, aber vielleicht wollte er zwei Fliegen mit einer Klappe schlagen? Warten wir ab, was die Lehrerin dazu zu sagen hat und was Fabian bei der Obduktion von Caroline von Stacklborn herausfindet. Jekaterina Kordakow steht unter Schock, ich habe gerade selbst mit dem Psychologen telefoniert. Sobald sie sich erholt hat, befragen wir sie.«

24

Als sie sich später am Abend auf den Weg zum Priener Krankenhaus machten, war beinahe alles wie immer. Taglieber konnte nicht anders als lachen, während Tanja ihm lebhaft und unter Aufbietung all ihrer schauspielerischen Fähigkeiten von Dobermanns neuester Verfehlung berichtete. Ihr Kollege hatte – in der Überzeugung, dass es sich um einen flüchtigen Straftäter handle – einem jungen Mann, dessen Personalien er überprüfte, die Hosen heruntergezogen, um diesen am Entkommen zu hindern. Doch leider war der so Beschämte nichts weiter als ein Namensvetter des Straffälligen und obendrein ein guter Freund des Leiters der renommierten ortsansässigen Anwaltskanzlei C. Busch und Partner gewesen. Nun hatte Dobermann sowohl eine saftige Dienstaufsichtsbeschwerde als auch eine Anklage wegen sexueller Belästigung an der Backe.

Taglieber tat der selbst ernannte Priener Superbulle fast ein wenig leid. Lediglich Röslers Einsatz hatte ihn vor einer sofortigen Suspendierung bewahrt. Noch ein Fauxpas und er könnte seine Dienstmarke abgeben. Die Höchststrafe für jemanden wie Dobermann, der den größten Teil seines Selbstbewusstseins aus der Ausübung seines Berufes zog.

Sonja Hoegner lag auf der Kardiologie. Taglieber war froh, dass ihm dieses Mal der Weg in die Neurologie, das Revier von Irmi und seinen persönlichen Erinnerungen, erspart blieb.

Als sie die Tür öffneten, war das Bett in dem freundlich hellen Raum leer.

»Sie muss verlegt worden sein. Warten Sie kurz, ich sehe nach«, murmelte die Schwester und blätterte in ein paar Unterlagen. »Das verstehe ich nicht, die Patientin ist in der Chirurgie.«

Während sie sich mit einer Kollegin besprach, wedelte Tanja plötzlich mit einem Brief vor Tagliebers Nase herum. »Sieh her, was ich auf ihrem Nachttisch gefunden habe! Den hat die Hoegner bestimmt hier vergessen.« Schon war sie dabei, das Kuvert zu öffnen.

Der Kommissar konnte sie gerade noch davon abhalten. »Nicht so voreilig, Madame. Hast du etwa noch nie vom Postgeheimnis gehört? Wir dürfen nicht einfach jeden Brief aufreißen, den wir in die Finger bekommen.« Unter ihrem enttäuschten Blick ließ er den Umschlag in seiner Jackentasche verschwinden. Wenn sie Hoegner gleich in der Chirurgie antrafen, würde er sie nach dem Inhalt fragen und ihn gegebenenfalls in ihrem Beisein öffnen.

Die Schwester kam mit bestürztem Gesicht zurück. »Ich habe leider keine guten Nachrichten für Sie. Frau Hoegner ist vor zwei Stunden vom Balkon aus dem dritten Stock gesprungen. Sie hat versucht, sich das Leben zu nehmen. Im Augenblick befindet sie sich auf der Chirurgie im OP, die Kollegen dort operieren gerade ihr Bein. Sie hat sich beim Sturz zwar einen komplizierten Bruch zugezogen, wird aber laut den Ärzten durchkommen.«

Taglieber wandte sich zu Tanja, er fühlte sich wieder einmal, als hätte man ihm den Boden unter den Füßen weggezogen. »Es wäre doch zu einfach gewesen, wären wir hier hereinmarschiert und hätten Frau Hoegner angetroffen, die uns dann bestätigt hätte, was wir längst vermuten.« Er lächelte traurig. »Nämlich, dass Stratmann Samstagnacht zwischen eins und halb drei nicht bei ihr war und somit kein Alibi für die Zeit hat, in der Klara auf der Yacht umgebracht wurde. Ist ein bisschen Glück denn zu viel verlangt?«

»Tolles Plädoyer, Herr Kollege«, lobte Tanja seine Rede. »Aber leider wirkungslos. Wir können nur hoffen, dass sie sich bald von ihrem Sturz erholt. Hoffentlich hat ihr Gedächtnis keinen Schaden genommen. Wir befragen sie einfach morgen, lass uns für heute Feierabend machen«, schlug sie vor und gähnte demonstrativ.

»Du hast recht. Schluss für heute«, stimmte ihr Taglieber zu, dessen Glieder schon seit dem Morgen schwer waren. Und schließlich war es bereits halb neun.

Zu Hause nahm er eine Dusche, holte sich eine Flasche Bier aus dem Kühlschrank und fläzte sich faul auf die Couch. Mehr oder weniger lustlos beantwortete er Cornelias SMS, um dann, berieselt vom abendlichen Fernsehprogramm und entspannt vom Bier, alsbald in einen ruhigen Schlaf hinüberzudämmern.

25

Pünktlich um sieben Uhr am nächsten Morgen klingelte sein Diensthandy neben ihm auf dem Couchtisch. Taglieber rieb sich verschlafen die Augen, er hatte die ganze Nacht hier verbracht, und der Fernseher lief immer noch – Frühstücksfernsehen.

Er nahm das Gespräch an. Röslers Stimme keuchte aus dem Hörer. Es dauerte wenige Sekunden, bis sich seine rauen Atemzüge in Worte verwandelten. »Philip Leitner ist seit gestern Mittag verschwunden«, haspelte der Dienststellenleiter unterbrochen von hörbarem Schnaufen. »Sein Vater hat mich gerade angerufen, zuerst hielt er es für eine Racheaktion seines Sohnes, weil er ihm Hausarrest erteilt hatte, doch jetzt ist er sich sicher, dass der Junge entführt wurde. Die Nachbarskinder haben alles beobachtet.«

»Hört das denn niemals auf?«, murmelte Taglieber resigniert, während Rösler geräuschvoll nach Luft schnappte. Ein plötzliches Stechen, das ihm in seinen Schädel fuhr, erinnerte ihn daran, dass er seit Tagen unter Stress stand.

»Machen Sie sich mit Frau Krimplstötter umgehend auf den Weg in die Harrasser Straße, Leitners Vater erwartet Sie«, wies Rösler ihn an, als ihm wieder ausreichend Luft zum Sprechen zur Verfügung stand.

»Aber«, wandte der Kommissar noch ein, doch der Leiter der Dienststelle ließ ihm keinen Raum für einen Einwand. Er hatte aufgelegt.

Taglieber blieb nichts anderes übrig, als sich aufzuraffen und nach einer notdürftigen Morgentoilette auf den Weg zum Revier zu machen, wo Tanja ihn bereits erwartete.

Das Bild, das sich ihm im Haus der Leitners bot, war einmalig. In Reih und Glied, die kleinen, schmutzigen Hände in den Schoß gelegt, saßen sie da wie die Orgelpfeifen: die

Nachbarskinder der Leitners im Alter zwischen fünf und acht Jahren. Sie beäugten den Kommissar und seine Partnerin, als wären sie Aliens und hätten sich geradewegs zum Fenster hereingebeamt.

Julius Leitner hatte sie gebeten, im Beisein ihrer Mutter, die irgendwie deplatziert mit einem Kleinkind auf dem Arm neben dem Sofa stand, eine Aussage darüber zu machen, was sie am Tag zuvor beobachtet hatten.

»Du bist also ein echter Kommissar?«, fragte ein kleiner Steppke mit rötlichen Haaren und Fransenpony Taglieber.

Der Kommissar nickte und überließ ihm freundlich lächelnd seine Dienstmarke. Das kann ja heiter werden, dachte er. Schon ihre Mutter machte auf ihn einen grenzdebilen Eindruck. Ihre pink gefärbten Haare standen in alle Richtungen ab, und der Ring durch ihre Nasenscheidewand erinnerte ihn an einen Bullen. Doch es war nicht nur ihr ungewöhnliches Styling, das ihm aufgefallen war, sondern ihr Blick: Mit halb geschlossenen Lidern schaute Beatrice Ganseder so verklärt drein, als befände sie sich überall, nur nicht in einem Raum mit ihm und ihren Kindern. Ob sie Drogen nahm? Und was hatte jemand wie sie hier in dieser noblen Gegend verloren? Taglieber verwarf die Gedanken, er war aus einem anderen Grund hier.

»Was habt ihr gesehen?«, begann Tanja mit der Befragung. »Jeder, der brav ist und mir etwas erzählt, bekommt ein Überraschungsei.«

Geistesgegenwärtig hatte sie Taglieber dazu genötigt, zuvor bei einem Discounter, der gerade seine Türen öffnete, einen Zwischenstopp einzulegen.

Er hatte sich deshalb beschwert, doch nun, als die Kinder große Augen machten und in freudiger Erwartung der Belohnung eifrig damit begannen, ihre Geschichten auszupacken, war er ihr wieder einmal dankbar.

Das Szenario, das die Kinder beschrieben und mit unfreiwillig komischen Gesten untermalten, beunruhigte ihn, denn es verhieß nichts Gutes.

»Der Mann war groß und trug einen Motorradanzug mit Helm. Er hat zugeschlagen und – bumm! –, dann lag der Philip auf dem Boden«, erzählte der Achtjährige. Die Lippen zu einem Strich verzogen, schlug er zur Veranschaulichung mit seiner kleinen geballten Faust in die Luft.

»Er hat den Philip in so ein Ding geladen, das an seinem Motorrad dran war, und ist weggefahren. Der Philip hat sich gar nicht gewehrt, der sah aus wie tot«, ergänzte die Sechsjährige geschäftig, ihre Augen dabei die ganze Zeit sehnsüchtig auf das versprochene Schokoladenei gerichtet.

Als die Beamten den Berichten der drei Kinder gelauscht hatten und die Belohnung verteilt war, nahm ein klares Bild vor Tagliebers innerem Auge Gestalt an: Daniel Voss – wer sonst? – hatte die Adresse der Leitners herausgefunden und wollte sich nun an Philip rächen, den er für den Mörder seiner Ex-Freundin hielt. Genau so, wie er es in ihrer Anwesenheit auf der Tankstelle angedroht hatte.

»Scheiße!«, fluchte Tanja, als sie Julius Leitners Haus verlassen hatten und zum Auto stürmten. »Wir müssen Voss unbedingt erwischen, bevor er eine Dummheit begeht und sich an einem Unschuldigen vergreift. Er hat Philip seit gestern in seiner Gewalt, hoffentlich lebt er noch.«

»Meine Rede«, antwortete der Kommissar und warf die Wagentür hinter sich zu. Die Luft im Fahrzeug war angenehm kühl, trotzdem standen ihm Schweißtropfen auf der Stirn. »Sein Vater muss endlich mit der Wahrheit rausrücken, er weiß genau, wo sich Daniel versteckt hält. Ich informiere Rösler und fordere Verstärkung an. Die werden wir brauchen, um Leitner zu retten, wenn es nicht schon zu spät ist.«

Tanja startete den Wagen und brauste mit quietschenden Reifen und in verboten hohem Tempo durch die verkehrsberuhigte Zone. »Hoffentlich finden wir ihn rechtzeitig«, murmelte sie besorgt.

Wen sonst als Dobermann hätte der Chef zu ihrer Verstärkung abkommandieren sollen?

Taglieber war alles andere als überrascht, als er den Kollegen in Begleitung von Polizeihauptmeister Kammerloher vor Voss' Tankstelle in Raubling sah. Unsicher trat der sonst durchaus bissige Bulle von einem Fuß auf den anderen und wich seinem Blick aus. Statt wie üblich mit einem blöden Spruch begrüßte er den Kommissar mit einem leidlich gefälligen »Servus«.

Premiere, dachte dieser, jedoch war Dobermanns zurückhaltendes Verhalten vermutlich weniger auf eine grundlegende Änderung seines Wesens als auf die jederzeit mögliche Suspendierung zurückzuführen, die wie das Damoklesschwert drohend über ihm schwebte. Absolut nachvollziehbar. Taglieber erwiderte den Gruß der Kollegen und betrat gefolgt von ihnen und seiner Partnerin die Tankstelle.

Drinnen war die Luft – dank Klimaanlage – angenehm kühl. Daniel Voss' Vater stand gerade hinter der Theke und instruierte den schon bekannten pickeligen Jüngling, wie er die Brezen mit Lauge einpinseln sollte, damit sie in Zukunft noch knuspriger sein würden.

»Wir müssen dringend mit Ihnen reden«, begann Taglieber ernst. »Es geht noch einmal um Ihren Sohn.« Er zog die Augenbrauen grimmig zusammen und sah den Mann von oben herab an.

Mit einer fahrigen Handbewegung und einem barschen »Geh nach draußen und kümmere dich um die Waschanlage« schickte Voss seinen Lehrling fort. »Was hat Daniel denn jetzt wieder verbrochen?«, erkundigte er sich schroff. »Oder ist ihm etwas zugestoßen?« Plötzlich flackerte Angst in seinen Augen auf.

»Wo ist Ihr Sohn? Wir müssen ihn unbedingt finden. Es geht um Leben und Tod«, drängte Taglieber.

Voss winkte erleichtert ab. »Bitte, lassen Sie die Spielchen. Ich sagte Ihnen doch bereits …«, begann er, hielt aber inne.

Tanja zeigte Zähne. Mit erboster Miene fixierte sie den Tankstellenbesitzer, ihre kleinen Hände ballten sich zu Fäusten. »Jetzt hören Sie mir mal zu, Herr Voss. Sie wissen sehr genau, wo sich Ihr Sohn versteckt hält. Lassen Sie endlich die Lügen. Sie schützen einen Mörder!« Ihre Faust krachte auf die Theke, und einige Kaugummipackungen flogen erst in die Luft und fielen dann zu Boden. »Wenn Sie nicht den Mund aufmachen, machen Sie sich mitschuldig an einem Mord. Es gibt mehrere Zeugen dafür, dass Ihr Sohn gestern einen Unschuldigen entführt hat. Wenn wir nicht einschreiten, dann begeht Ihr Sohn womöglich eine sehr große Dummheit. Wenn wir diese überhaupt noch verhindern können.«

Ihre Worte und ihre Darbietung hatten gesessen. Die Reaktion ließ nicht lange auf sich warten.

Voss, nun bleich wie ein Blatt Papier, öffnete ungläubig den Mund, bevor er antwortete: »Daniel versteckt sich in einer Lagerhalle bei Reischenhart, nicht weit von hier. Ich gebe Ihnen die Adresse. Hoffentlich können Sie das Schlimmste abwenden, und …«, er blickte die Beamten flehentlich an, »lassen Sie ihn am Leben, bitte.«

»Wir tun unser Bestes«, versprach Taglieber. »In unser beider Interesse.«

Besagte Lagerhalle lag in einem Gewerbepark, der mit lediglich fünf Firmengebäuden recht überschaubar war. Die großen Rolltore an der Hallenfront waren heruntergelassen, doch Voss senior hatte ihnen noch gesagt, dass die Seitentür tagsüber für gewöhnlich offen stand.

Kritisch beäugt von ein paar Handwerkern, die gerade ihre Brotzeitsemmeln aßen und derbe Scherze machten, drückten sich Taglieber und seine Kollegen mit dem Rücken gegen die Mauer, ihre Waffen im Anschlag. Der Kommissar spürte das Pochen seines Herzschlags bis in den Hals, dazu kam ein leichtes Ziehen in der Schädeldecke, das eine neue Kopfschmerzwelle ankündigte, als er die Klinke langsam nach unten drückte.

»Neeeeiiin!« Ein lauter, verzweifelter Aufschrei, gefolgt von einem flehenden Wimmern: »Bitte hör auf damit! ... Wie oft soll ich es noch sagen, ich war's doch nicht.«

Der Sprecher ließ sich nicht genau ausmachen, weil die Halle alles andere als übersichtlich war. Er musste sich irgendwo hinter den verschachtelt aufgestellten Metallregalen befinden, die bis zur Decke reichten und die komplette Länge des Gebäudes durchmaßen, das offensichtlich zum Lagern von Ersatzteilen für Autos und Lkws diente.

Taglieber gab Dobermann und Kammerloher mit einer Kopfbewegung ein Zeichen. Die beiden verstanden und schlichen zur nahe gelegenen Treppe, die auf eine Galerie führte. Vielleicht würden sie von oben Daniel Voss schneller ausfindig machen.

»Halt's Maul, du Hurensohn!«, schallte das Echo in Verbindung mit dem dumpfen Klang eines ausgeführten Schlages durch die Halle. Dann noch ein Schlag. »Und lüg mich nicht an! Natürlich hast du Claire getötet, wer sonst?«

Taglieber und Tanja näherten sich der zornigen Stimme. So geräuschlos wie möglich blickten sie in die verschiedenen Regalreihen. Immerhin, Philip Leitner war noch am Leben. Und wenn sie es nicht allzu dumm anstellten, würde er das auch nach ihrem Einsatz noch sein.

Was Daniel Voss betraf, so war sich der Kommissar nicht ganz so sicher, ob er der Bitte von dessen Vater entsprechen konnte: Der junge Mann neigte zur Überreaktion und folglich auch zu Dummheiten. Sollte er außerdem bewaffnet sein, war das eine gefährliche Mischung. Für beide Seiten.

Und Daniel Voss hatte eine Waffe. Nachdem Taglieber und Tanja um eine weitere Ecke gebogen waren, entdeckten sie Philip Leitners Entführer ein paar Meter von ihnen entfernt.

Er stand mit dem Rücken zu ihnen, in der Linken ein gewaltiges Messer, das allein aufgrund seiner Länge und Breite jedem asiatischen Koch zur Ehre gereicht hätte. Damit fuchtelte er vor Leitner herum, der mit nach hinten gebundenen Händen an einen Stuhl gefesselt war. Mit der zur Faust geballten Rechten hatte er seinem Opfer wohl gerade ins Gesicht geschlagen.

Philip Leitner, dem aus einer Platzwunde oberhalb der rechten Augenbraue Blut über die gesamte rechte Gesichtshälfte floss, ließ schlaff den Kopf hängen. Er schien bewusstlos geworden zu sein.

»Gestehst du jetzt endlich alles?« Voss, dessen Stimme unnatürlich klang und den Kommissar an wahnhaften Fanatismus denken ließ, trat unbarmherzig gegen das Schienbein seines Opfers. »Wach auf, du kranker Mörder!«

Leitner zuckte zusammen, versuchte, den Kopf anzuheben, und blinzelte.

Ein flaues Gefühl breitete sich in Tagliebers Magen aus. Er fühlte sich mitverantwortlich für das Leid des Jungen. Niemand anders als er selbst war es gewesen, der ihm unnachgiebig den Stempel des Täters aufgedrückt hatte. Gefolgt von Tanja schlich er näher. Doch seine Betroffenheit beeinträchtigte seine Aufmerksamkeit. Mit dem Arm stieß er unachtsam gegen eine Metalldose, die daraufhin scheppernd aus dem Regal und zu Boden fiel.

Der vorwurfsvolle Gesichtsausdruck seiner Partnerin traf ihn umgehend. Doch um einiges schlimmer war der Blick von Daniel Voss, der ihn jetzt hasserfüllt durchbohrte.

»Scheiße, Drecksbullen!«, entfuhr es ihm.

Taglieber bemühte sich, das Zittern seiner Hand zu verbergen, und richtete die Waffe auf ihn.

Geistesgegenwärtig sprang Voss hinter sein Opfer, riss Leitners Kopf unsanft an den Haaren zurück und drückte ihm das Messer an die Kehle, sodass die Haut nachgab. Leitners Lider zuckten, und seine Augen suchten hilflos die des Kommissars.

Taglieber schluckte.

»Macht keine Dummheiten!«, drohte Voss. »Legt die Waffen weg, sonst ist er tot!«

Der Kommissar und Tanja sahen sich in stillem Einverständnis an. Während er als Erster in die Knie ging, um die Pistole abzulegen, schielte er so unauffällig wie möglich nach oben zur Galerie, wo er Dobermann und Kammerloher vermutete. Als Tanja sich ebenfalls ihrer Dienstwaffe entledigt hatte und Voss' Aufmerksamkeit auf sie gerichtet war, konnte er einen Blick auf Dobermann erhaschen: Er zielte mit der Pistole direkt auf Voss' Kopf und nickte ihm zu. Er wartete also nur auf ein Zeichen von ihm.

Doch der Kommissar wollte nicht nur Leitners Leben, sondern ebenso das von Voss bewahren. Das Flehen in den Augen seines Vaters hatte gezeigt, dass es auch in dessen Umfeld jemanden gab, der ihn liebte.

Vorsichtig – in der Hoffnung, dass Voss es nicht mitbekam – deutete er ein Kopfschütteln an, bevor er das Wort an den Entführer richtete: »Hör uns bitte zu, Daniel. Philip Leitner ist unschuldig. Wir haben gestern den richtigen Täter verhaftet.«

»Das ist erstunken und erlogen. Sie wollen mich doch nur hinhalten, bis Verstärkung eintrifft. Ich habe ihn hier«, er riss wieder grob an Philip Leitners Haaren, »doch selbst auf dem Boot gesehen.«

»Das hast du nicht«, meldete sich jetzt Tanja zu Wort. »Philip Leitner und der wirkliche Täter – ein Lehrer von Claire – sehen sich nur zum Verwechseln ähnlich. Würdest du schwören, dass derjenige, den du in großer Entfernung an Bord der Yacht gesehen hast, Philip Leitner und niemand anders war?«

Daniel Voss stutzte und ließ das Messer sinken. »Scheiße, nein. Aber es bleibt trotzdem dabei. Er hier«, erneut presste er das Messer an Leitners Kehle, der sich daraufhin ein gurgelnder Laut entrang, »hat mit Claire auf dem Frühlingsfest rumgemacht. Ich hab's doch mit eigenen Augen gesehen. Er und niemand sonst ist ihr Mörder, und jetzt wird das Schwein dafür bezahlen, basta!«

Taglieber schielte hilflos hinauf zur Galerie, von der aus Dobermann noch immer auf Daniel Voss' Kopf zielte. »Lass ihn gehen. Er ist Abschaum und es nicht wert, dass du im Gefängnis landest«, versuchte er eine andere Taktik.

»Scheiße, wer ist da oben?« Voss hatte seinen Blick bemerkt. Ohne das Messer von Philip Leitners Kehle zu nehmen, kippte er dessen Stuhl leicht nach hinten und drehte sich selbst seitlich, um sowohl die Galerie als auch die Kommissare im Blick zu haben. »Jetzt gesteh endlich, du Arschloch, oder ich stech dich ab!«, drohte er und drückte die Schneide des Messers gefährlich in Philip Leitners Hals, sodass Blut in einer feinen Linie auf der weißen Haut hinabrann.

»Hör uns doch zu«, verlangte Tanja.

Philip Leitner wimmerte.

»Hör endlich auf, das ist doch Wahnsinn!«, rief Taglieber entsetzt und machte einen Schritt auf Daniel Voss zu. Er konnte sich einfach nicht dazu überwinden, den jungen Mann mit einem Zeichen zum Abschuss durch Dobermann freizugeben.

Dann ging alles ganz schnell. Als Voss den Kopf hob, die Kollegen auf der Galerie entdeckte und mit einem wahnsinnigen Grinsen im Gesicht das Messer noch tiefer in Philip Leitners Kehle drückte, setzte Dobermann alles auf eine Karte: Waghalsig sprang er über das Geländer, warf sich von oben auf Voss und riss ihn mit Wucht zu Boden. Die Hand, in der Voss seine Waffe hielt, schlug er nach oben weg, sodass der Junge das Messer losließ und es gegen ein benachbartes Regal geschleudert wurde.

Philip Leitner, dem dabei die Haut von der linken Wange komplett abgeschürft wurde, schrie vor Schmerz jäh auf. Doch wenigstens war er am Leben. Keuchend und wimmernd lag er an den umgestürzten Stuhl gefesselt am Boden.

Taglieber und Tanja spurteten sofort los. Während sich der Kommissar um Leitners Befreiung und provisorisch um dessen Verletzungen kümmerte, indem er sich seines Hemdes entledigte und es auf die Wunden am Hals und im Gesicht presste, unterstützte seine Partnerin Dobermann bei der Festsetzung von Daniel Voss.

»Ruf einen Krankenwagen!«, schrie Taglieber Kammerloher zu, der auf der Galerie zur Treppe eilte. Ihm hatte wohl nicht der Sinn danach gestanden, Dobermanns halsbrecherischen Sprung über das Geländer in die Tiefe zu imitieren.

Keine zehn Minuten später waren die Sanitäter vor Ort und versorgten die Wunden des Entführten professionell mit einem Druckverband und Kompressen. Laut der Aussage des Notarztes bluteten Leitners Wunden zwar stark, aber er versicherte dem Kommissar, dass der Junge durchkommen würde, da sie nur oberflächlich seien. Doch nicht nur er hatte Verletzungen davongetragen, auch Kollege Dobermann hatte ein paar »kleinere Blessuren«, wie er selbst es nannte. Der ersten Diagnose des Arztes nach war sein rechter Arm gebrochen, und einige Rippen waren durch den Sturz in Mitleidenschaft gezogen worden.

Taglieber klopfte ihm beifällig auf den Rücken. Er hatte sein eigenes Leben aufs Spiel gesetzt, um das der jungen Männer zu bewahren. So viel Altruismus hatte er dem Priener Proll gar nicht zugetraut. »Gut gemacht.« Sein Blick wanderte zu Voss, der sich nur unter Protest von Tanja und Kammerloher in Handschellen abführen ließ. Er würde sich wegen Freiheitsberaubung und schwerer Körperverletzung vor Gericht verantworten müssen. »Aber du kannst von Glück reden, dass dir nicht mehr passiert ist«, fügte er etwas leiser, nachdenklicher hinzu.

Dobermann winkte mit der linken Hand ab. »Ach geh, is doch eh klar. So a junga Bursch, den kon ma doch ned abschiaßen wia a Viech. Und übahaupt, des is doch unser Job, dass mia Leben retten und so. A wenn's ned a jeder zu schätzn woaß.« Jetzt sah auch er zum Sohn des Tankstellenbesitzers hinüber, der nach Kammerlohers Schienbein trat, es aber verfehlte.

Taglieber nickte. »Aber leider gelingt uns das nicht immer.« Nachdenklich sah er auf das blutbefleckte helle Hemd in seiner Hand. Und genau genommen hätte ich das Zeichen geben müssen, um Voss zu töten und Leitner zu schützen, ergänzte er in Gedanken. Auch wenn er Dobermann, den selbst ernannten Überflieger des Reviers, sonst nicht leiden mochte, gerade ging ihm bei seinem Anblick das Herz auf.

26

»Super Arbeit, Helmut!«, zollte ihm Schmidt mit einem Schlag auf die Schulter Anerkennung, als sie, nachdem er sich bei einem Zwischenstopp zu Hause ein frisches Hemd übergezogen hatte, im Revier eintrafen, und ließ seine Hand an Ort und Stelle liegen.

Taglieber wand sich bei dieser Vertrautheit. Schmidts Arm lastete so unangenehm auf ihm wie das Joch auf den Schultern eines Ochsen. Während er noch über dessen ungewöhnliches Verhalten nachgrübelte und die Aufrichtigkeit sowohl seiner Worte als auch seiner Geste anzweifelte, wurde sein Argwohn bestätigt.

»Ihr habt den jungen Leitner befreit, doch auch ich war nicht untätig«, begann der stellvertretende Dienststellenleiter mit stolzgeschwellter Brust und einem triumphierenden Leuchten in seinen Augen zu berichten.

»Geht's etwa um meinen Fall?«, erkundigte sich der Kommissar misstrauisch, ahnend, dass er die Antwort bereits kannte.

»*Deinen* Fall?« Schmidts Mundwinkel zuckten amüsiert, und er lachte auf. »Ich dachte immer, wir hier im kleinen Prien wären so etwas wie eine Familie. Eine Hand wäscht die andere. Schließlich hast du mir im Ohland-Fall ebenfalls hilfreich zur Seite gestanden.«

Der Sarkasmus troff förmlich aus Schmidts Worten, sodass Taglieber das Gefühl hatte, eine Pfütze würde sich zu seinen Füßen bilden. Ihm wurde übel vor Zorn, weil der Kollege es wagte, das Wort »Familie« zur Beschreibung ihres zerrütteten Verhältnisses zu missbrauchen.

Schmidt spürte anscheinend, dass er um Fassung rang, und ruderte gewinnend lächelnd zurück: »Na ja, vielleicht sind wir keine Familie im engeren Sinn. Aber immerhin habe ich – ohne mich selbst rühmen zu wollen – vorhin deinen

Verdächtigen geknackt. Robert Stratmann hat den Mord an Klara von Ariethen gestanden.«

Der Kommissar kochte innerlich. Schmidt hatte es schon wieder getan – die ungeschriebenen Gesetze und Grenzen missachtet. Abermals hatte er sich in seinen Fall eingemischt. Rüde schob er endlich dessen Hand von seiner Schulter und drängte sich an ihm vorbei.

»Was ist denn hier los? Was soll der Aufstand?« Rösler walzte schnaufend wie eine historische Dampflok auf den Kommissar zu. Seine Leibesfülle ließ den Gang im Revier ungewohnt schmal erscheinen.

»Das würde ich auch zu gern erfahren. Was haben Schmidts Finger an meinem Fall verloren?«, gab Taglieber angesäuert zurück, schließlich musste Rösler dessen Einmischung gebilligt, wenn nicht gar selbst angeordnet haben.

Der Koloss von Dienststellenleiter, mit dem er fast zusammenstieß, weil dieser nicht rechtzeitig die Notbremse zog, überging seinen Kommentar. »Sie haben diesen Voss also endlich geschnappt«, bemerkte er mit einem Blick auf die Kollegen, die den jungen Mann hinter Taglieber gerade abführten. »Dann gehe ich recht in der Annahme, dass er verantwortlich für Philip Leitners Verschwinden war?«

Der Kommissar nickte. »So ist es. Kammerloher wird Ihnen alles berichten, Dobermann ist wie Leitner im Priener Krankenhaus und bekommt einen Gipsverband. Ich muss jetzt umgehend zu Stratmann. Schmidt hat mir gerade mitgeteilt, dass er gestanden hat«, knurrte er missmutig und musterte den Dienststellenleiter.

Rösler machte ein reumütiges Gesicht. »Da der Ohland-Fall mehr oder weniger ad acta gelegt ist, war Ihr Kollege sozusagen frei. Er hat angeboten, Sie zu unterstützen. Sie können ja ohnehin nicht auf jeder Hochzeit tanzen, Helmut, und auch eine vorläufige Festnahme kann ich ohne Haftbefehl nicht endlos hinauszögern.« Er suchte in Tagliebers Augen nach Verständnis – jedoch vergebens. »Nun, was soll ich sagen? Schmidt hat sich ins Zeug gelegt, und der Fall ist endlich gelöst. Hören Sie sich die Aufzeichnung an, der Lehrer hat so gut wie alles zugegeben – endlich ein Erfolg, und was für einer!«, schwärmte er mit geröteten Wangen und einer Prise väterlichem Stolz. »Wir konnten ja nicht ahnen, dass Sie Leitner so schnell aufspüren und befreien würden, und Sie wissen doch auch, wie von Ariethen uns allen im Nacken sitzt.«

Der Kommissar schluckte, verzichtete auf eine Erwiderung und ging stattdessen an seinem Chef vorbei. Jedes Wort, das aus seinem Mund gekommen wäre, wäre entweder beleidigend Rösler gegenüber oder ein Frontalangriff auf Schmidt gewesen. Und beides wäre weder diplomatisch noch der Sache dienlich gewesen. Leider, wie er fand.

Dennoch war er gespannt darauf, Stratmann erneut gegenüberzutreten und vor allem zu erfahren, was zu seinem Sinneswandel geführt hatte.

Der in Ungnade gefallene Lehrer wirkte, berücksichtigte man den Umstand, dass er gerade einen Mord gestanden hatte, recht gelassen. Die Hände lagen entspannt vor ihm auf dem Tisch, er saß scheinbar in sich ruhend auf dem Stuhl im Verhörzimmer. Auf die Anwesenheit seines Anwalts hatte er großmütig verzichtet.

Aufmerksam verfolgte er, wie Taglieber und seine Partnerin flüsternd ihre Vorgehensweise besprachen. An Tanjas schräg gelegtem Kopf und den aufeinandergepressten Lippen war abzulesen, wie wenig ihr die zugewiesene Rolle der zurückhaltenden Polizistin zusagte. Doch Taglieber hielt an seinem Beschluss fest. Sie sollte sich, während er Stratmann verhörte, im Hintergrund halten. Sie wollten dem Lehrer keine Angriffsfläche bieten, um über die Befangenheit der Beamtin klagen zu können.

»Ihrer eigenen Aussage nach hatten Sie in den letzten zwei Monaten vor ihrem Tod eine Affäre mit Klara von Ariethen alias Claire d'Aubyn, ist das korrekt?«

Stratmann nickte. Sein sonst durchaus geschickt zur Manipulation der Damenwelt eingesetztes charmantes Lächeln glänzte diesmal durch Abwesenheit. Dafür suchte sein Blick die Augen des Kommissars.

Diesem fielen zum ersten Mal die Sorgenfalten auf der Stirn des Lehrers auf. Er wirkte nicht so frisch und jugendlich attraktiv wie gewöhnlich.

»Aber warum fragen Sie mich das? Ihr Kollege – ich glaube, sein Name ist Schmidt – hat meine Aussage im Beisein meines Anwaltes aufgezeichnet, und Sie haben sicherlich Besseres zu tun, als alles erneut durchzukauen. Ihr Mörder ist gefasst, und nun lassen Sie mir bitte meine Ruhe.«

Taglieber nickte. »Die Aufnahme haben wir uns bereits angehört, aber es gibt noch immer ein, zwei kleine Ungereimtheiten«, wandte er ein.

»Und dann ist da noch der Mord – jedenfalls müssen wir von Mord ausgehen – an Caroline von Stacklborn«, platzte Tanja heraus, verstummte jedoch sofort wieder, da ihr anscheinend eingefallen war, dass sie ja versprochen hatte, sich zurückzuhalten.

»Außerdem haben Sie ausgesagt, die Yacht nicht in Brand gesteckt zu haben. Auch darüber müssen wir uns unterhalten. Beginnen Sie bitte noch einmal ganz von vorne«, forderte Taglieber den Lehrer auf.

Dieser seufzte genervt, begann jedoch schließlich seinen Bericht. »Wie Sie ja bereits wissen, hatten Claire und ich eine Affäre miteinander. Nach dem Fest am Freitag bat sie mich, mit ihr zur Yacht ihres Vaters zu fahren. Claire verließ nachts öfter heimlich das Schloss, meist verabredeten wir uns am Chiemsee. Das Boot war der ideale Ort für ein ungestörtes und vor allem unbeobachtetes Treffen.« Stratmann schluckte. »Dieses Mal tat sie seltsam geheimnisvoll und behauptete, es gebe etwas Wichtiges, das sie mir sagen müsse.« Sein Blick wanderte zwischen den Beamten hin und her, bevor er mit Bitterkeit in der Stimme fortfuhr: »Wenn Sie meine DNA-Probe auswerten, werden Sie es ohnehin wissen: Ich bin der

Vater von Claires ungeborenem Kind.« Er rang um Fassung. »Ich hatte nie vor, sie oder mein eigenes Kind zu töten. Das müssen Sie mir glauben.« Er schüttelte verzweifelt den Kopf, als könnte er damit alles wieder rückgängig machen. »Auf der Yacht hatten wir wie so oft Sex. Eigentlich war alles wie immer: Claire ... ich meine, Klara reizte mich, sie spielte mit mir, bis ich über sie herfiel. Es war ... Leidenschaft pur.« Für einen Moment leuchteten seine Augen voller Lust. »Als wir danach auf Deck beisammenlagen, flüsterte sie so leise, dass ich sie kaum verstand, dass sie schwanger sei. Zuerst hielt ich das für einen schlechten Scherz, hatte sie mir doch immer versichert, die Pille zu nehmen. Ich lachte also und neckte sie, dann müsse sie das Kind wohl allein aufziehen, weil ich wegen Missbrauchs Schutzbefohlener im Gefängnis landen würde. Ganz so stimmte das natürlich nicht, denn sie war ja schon über sechzehn. Klara wiederholte ihre Behauptung, streichelte mir sanft über die Wange und sah mich ernst an. ›Ich weiß, dein Herz gehört immer noch deiner Frau, und ich würde dich ihr niemals wegnehmen‹, flüsterte sie mit einem scheinheiligen Lächeln. Doch dann kam der Hammer: ›Du bist ein attraktiver Mann, und jede Frau, mit der du zusammen bist, kann sich glücklich schätzen. Für mich jedoch warst du von Anfang an nur Mittel zum Zweck. Verzeih, aber alles, was ich von dir wollte, habe ich jetzt bekommen: Ich wollte von meinem Lehrer geschwängert werden.‹«

In Stratmanns Augen glitzerten Tränen. »Ihre Worte trafen mich wie ein Hammerschlag. Ich wollte mit ihr reden, sie dazu bringen, das Kind abzutreiben. Verzweifelt flehte ich sie an, versuchte, ihr zu erklären, dass das meinen Ruin bedeuten würde. Doch Klara war das egal, sie lachte nur. Sie hat mich ausgelacht und gesagt, ich hätte mir das früher überlegen müssen. Ein jeder auf dem Schloss wisse doch, was für ein Miststück sie sei. Daraufhin ist mir der Kragen geplatzt, und ich rastete regelrecht aus. Ich schwöre, ich war nicht mehr Herr meiner Sinne. ›Lass es abtreiben, du verdammte Hure!‹, habe ich sie angeschrien und sie geschüttelt. Ich war über ihr, packte sie an den Schultern und drückte sie auf den Boden. Doch Clai… Klara hat nicht aufgehört zu lachen und mich gefragt, ob ich sie noch ein letztes Mal ficken wolle. Anstatt auf ihre Provokation einzugehen, haben sich meine Hände wie von selbst um ihren Hals gelegt und zugedrückt. Glauben Sie mir, es war keine Absicht.« Ein leises Schluchzen löste sich aus der Kehle des Lehrers. »Ich hatte wirklich nicht vor, Klara zu töten, niemals.« Stratmann weinte stumm, den Kopf in seine Hände gestützt.

Taglieber sah zu seiner Kollegin und hoffte, sie würde seinen Blick richtig interpretieren. Es lag ihm am Herzen, ihr ein für alle Mal klarzumachen, dass auch eine scheinbar unbedeutende Affäre weitreichende Konsequenzen haben konnte.

Tanja blickte beschämt zu Boden. Sie hatte verstanden – hoffentlich.

»Und trotzdem haben Sie einen Menschen getötet. Ein Leben ausgelöscht. Vor allem die Tatsache, dass Sie Klara von Ariethen kaltblütig bei lebendigem Leib verbrennen ließen, ihr womöglich noch dabei zusahen, wie sie mit dem Tod rang, zeugt eindeutig von vorsätzlichem Handeln«, fuhr der Kommissar unbeirrt fort.

Stratmann hob den Kopf und schlug mit der Faust auf den Tisch. »Ich sagte doch schon, dass ich nichts von einem Feuer weiß! Wie ich bereits gestanden habe, habe ich Klara erwürgt. Genügt Ihnen das nicht? Als sie tot vor mir an Deck lag, wurde ich panisch. Ich sprang ins Wasser und schwamm an Land, so schnell ich konnte. Daher auch die nasse Kleidung auf dem Balkon von Sonja Hoegner, wie Sie korrekt geschlussfolgert haben. Ich beteuere es gern nochmals: Niemals wäre ich auf die Idee gekommen, Klaras Leiche zu schänden. Dem Feuer muss ein technischer Defekt oder Ähnliches zugrunde liegen. Was mich betrifft, so bin ich geschwommen, ohne auch nur einen einzigen Blick zurückzuwerfen. Seien Sie versichert, ich würde es zweifelsohne vorziehen, mich nicht mehr an das Verbrechen, das ich begangen habe, erinnern zu müssen. Doch leider ist mir dies nicht vergönnt. Es hat sich alles genau so abgespielt, wie ich es Ihnen eben dargelegt habe.« Wieder ließ der Lehrer seinen Kopf in die Hände sinken.

Wenn stimmt, was Stratmann behauptet, dann hat er Klara von Ariethen gar nicht umgebracht, sondern es lediglich versucht, dachte Taglieber. Gerade als er ansetzen und ihn nach Caroline von Stacklborn fragen wollte, klingelte sein Handy. Es war Fabian Gleiser. Der Kommissar entschuldigte sich und verließ den Raum.

Vor der Tür erkundigte er sich sogleich nach dem Ergebnis der Obduktion des toten Mädchens.

»Caroline von Stacklborn ist definitiv an einer Anaphylaxie gestorben. Eine allergische Reaktion auf Bienengift hat sie das Leben gekostet«, berichtete der Gerichtsmediziner.

»Das ist tragisch«, stellte Taglieber fest. Er hatte das Mädchen zwar nicht leiden können, doch ein schlechter Charakter rechtfertigte in seinen Augen noch lange keinen Mord. »Was hast du sonst noch herausgefunden? Gibt es irgendwelche Anhaltspunkte, warum sie nahe dem Bienenwagen aufgefunden wurde? Sie ist doch sicherlich nicht freiwillig dorthin gegangen.«

»Vor allem nicht mit K.-o.-Tropfen im Blut. Alkohol hatte sie auch getrunken«, sagte Fabian trocken. »Bei der Menge an Gamma-Hydroxybuttersäure sollte sie letzte Nacht nicht mehr in der Lage gewesen sein, einen Fuß vor den anderen zu setzen.«

Der Kommissar schluckte. »Wurde sie vergewaltigt?«

»Nein. Auch einvernehmlicher Geschlechtsverkehr fand nicht statt. Ich konnte keinerlei Verletzungen oder Spuren an der Leiche feststellen, nicht mal einen einzigen blauen Fleck. Natürlich könnten ihr Spuren von DNA oder Fasern anhaften, doch dafür sind die Kollegen der Spusi zuständig.«

»Alles klar, ich danke dir für die Auskunft. Das hilft mir weiter.«

»Warte noch«, bat Fabian, als Taglieber schon auflegen

wollte. »Wie geht es Tanja? Sie hat mich die letzten beiden Abende versetzt. Und ich erreiche sie einfach nicht auf dem Handy.« Der Gerichtsmediziner klang verunsichert.

Taglieber schwieg. Was hätte er auch sagen sollen? Tanja? Ach, der geht's nicht so gut, die war nämlich in der Nacht von Montag auf Dienstag mit dem Mörder von Klara von Ariethen im Bett. Vermutlich aus Rache, weil du mit von Toth geflirtet hast.

»Hat sie etwa Dummheiten gemacht?«, interpretierte Fabian sein Schweigen sofort richtig.

»Dazu kann und will ich dir nichts sagen«, antwortete Taglieber möglichst neutral. »Ich sehe zu, dass sie sich bei dir meldet, aber macht das unter euch aus. Und jetzt muss ich Schluss machen und mich weiter um Stratmann kümmern«, entschuldigte er sich und beendete das Gespräch.

»Vergessen wir den Mord an Klara für einen Augenblick«, begann er, als er den Verhörraum wieder betrat, »und beschäftigen uns mit ihren Freundinnen Jekaterina Kordakow und Caroline. Caroline von Stacklborn, die jetzt ebenfalls nicht mehr unter den Lebenden weilt.«

»Wollen Sie mir diesen Mord auch noch anhängen? Das wäre natürlich das Einfachste für Leute wie Sie, die nicht in der Lage sind, eigenständig zu denken.« Stratmann verzog das Gesicht zu einer verächtlichen Fratze. »Was sind Sie nur für ein Clown! ›Er hat Klara auf dem Gewissen, also muss er auch Caroline umgebracht haben‹«, verhöhnte er den Kommissar mit verstellter Stimme.

Taglieber schluckte, der Magenschwinger hatte gesessen.

»Er ist kein Clown, auch wenn er manchmal unfreiwillig komisch ist«, nahm Tanja, der wohl nicht entgangen war, dass es ihm die Sprache verschlagen hatte, ihn in Schutz.

»Danke dir«, erwiderte er mit einem Schmunzeln und baute sich dann vor Stratmann auf. »Sicherlich haben Sie recht. Es braucht in der Tat nicht viel eigenständiges Denken, um anzunehmen, dass Klaras Mörder diejenigen beseitigt, die von seiner Affäre mit der Schülerin wussten und ihm somit gefährlich werden konnten«, bemerkte er sarkastisch. »Wir werden sehen. Ein Team der Spurensicherung untersucht bereits die Räume der Theater-Gilde. Es dürfte nur eine Frage der Zeit sein, bis die Kollegen herausfinden, wie die K.-o.-Tropfen in das Getränk der Mädchen gelangt sind.« Er gab Tanja ein Zeichen, ihm zu folgen, und verließ den Raum.

»Tust du mir einen Gefallen?«, fragte er seine kleine Kollegin, als sie sich im Flur gegenüberstanden.

Tanja musterte ihn ein wenig skeptisch, bejahte aber schließlich seine Frage.

»Ruf Fabian an und sprich dich mit ihm aus. Er macht sich Sorgen um dich. Ich werde in der Zwischenzeit zum Internat fahren und versuchen, endlich Jekaterina Kordakow zu befragen.«

Die junge Frau, die dem Kommissar im Gemeinschaftsraum im Beisein eines Psychologen gegenübersaß und durch ihn hindurchstarrte, hatte nichts mehr mit der eiskalten und hochnäsigen Prinzessin gemein, als die er sie von ihrem letzten Treffen in Erinnerung behalten hatte. Ihr dunkles Haar war ungekämmt, es wirkte stumpf und hatte wie ihre blauen Augen seinen Glanz verloren. Als Taglieber sich nun zwischen sie und die Nachmittagssonne, die golden durch die Fenster blinzelte, stellte, erntete er nichts als einen müden Blick.

»Was wollen Sie von mir?«, fragte sie tonlos.

»Ich brauche deine Hilfe. Wir haben Stratmann, deinen Lehrer, festgenommen. Er hat Claire umgebracht.«

Ein paar Tränen lösten sich aus Jekaterina Kordakows Augenwinkeln und rollten über ihre Wangen. »Bedeutet das, dass er auch Caroline getötet hat?«

»Davon gehen wir aus.« Taglieber nickte. »Es gibt Anhaltspunkte dafür, dass er euch vorgestern während der Theaterprobe K.-o.-Tropfen untergejubelt hat. Kannst du mir sagen, was ihr währenddessen getrunken habt? Habt ihr irgendetwas von ihm angenommen?«

»K.-o.-Tropfen?« Jekaterina Kordakow lachte bitter auf. »Ich hätte es mir denken müssen, dass der Wodka allein uns nicht so weggebeamt hat.« Sogleich kehrte wieder Ausdruckslosigkeit in ihr Gesicht zurück. »Anfangs haben wir den Krug, den wir als Requisite verwenden, mit frischem Wasser gefüllt und zwischendurch aus ihm getrunken. Die Probe verlief wie immer. Allerdings hatte Stratmann an allem etwas auszusetzen, er wirkte recht genervt. Es kam zwar öfter vor, dass er uns kritisierte, doch vorgestern war sein Nörgeln besonders schlimm. Caro und ich beschlossen, länger zu bleiben, als er und die anderen gingen. Wir hatten vor, eine spezielle Szene noch einmal ohne ihn zu proben. Aber davor legten wir eine kleine Pause ein und machten einen kurzen Spaziergang. Wir überlegten, wie wir unsere Figuren besser darstellen könnten.« Sie atmete erschöpft aus.

Taglieber nutzte die Pause, um den Psychologen zu mustern. Der Rücken des schlanken Mannes war so gerade, als hätte er einen Stock verschluckt, die runden Äuglein huschten nervös hin und her, und auch seinen Kopf schien er nicht stillhalten zu können. Er wackelte leicht. Wie einer dieser Wackeldackel, die man im Auto aufstellt, dachte Taglieber.

»Als wir zurückkamen, holten wir zuerst den russischen Wodka, den ich im Probenraum versteckt hatte«, fuhr Jekaterina Kordakow fort. »Wir tranken öfter mal einen kleinen Schluck nach den Proben. Zur Entspannung.«

»Hätte Stratmann die Zeit und die Möglichkeit gehabt, euch die Tropfen in den Alkohol zu mischen? Kannte er das Versteck?«

Die Russin dachte nach. »Sicherlich wusste er, wo die Flasche war. Es war ein offenes Geheimnis, dass wir abends gern etwas tranken. Also hätte er uns die Tropfen jederzeit in den Wodka geben können.«

»Als die Wirkung einsetzte, müsstet ihr unfähig gewesen sein, den Probenraum noch zu verlassen. Hast du mitbekommen, wie Stratmann Caroline fortgeschafft hat?«

Bei der Erinnerung an die vergangenen Stunden schluchzte

das Mädchen unvermittelt auf. »Ich lag tatsächlich die ganze Nacht über wie gelähmt auf dem harten Bühnenboden. Ich wollte um Hilfe rufen, doch meine Lippen bewegten sich einfach nicht«, begann sie zögerlich. »Nicht einmal den kleinen Finger konnte ich rühren. Immer wieder dämmerte ich weg, und wenn ich erwachte, wusste ich teilweise nicht einmal mehr, wer oder wo ich war. Außer einem schwarzen Schatten, der sich über mich beugte, habe ich nichts wahrgenommen, aber das kann natürlich auch nur ein Traum gewesen sein. Ich wünschte, das alles hätte endlich ein Ende«, seufzte das Mädchen. »Warum kann nicht alles wieder so sein wie früher? Claire, Caro und ich ...« Flehend sah sie Taglieber aus tränenschweren Augen an. »Ich weiß, dass man Tote nicht zurückholen kann, doch bitte versprechen Sie mir wenigstens, Claires und Caros Mörder hinter Gitter zu bringen. Seit Claires Tod kann ich vor Angst kaum schlafen, schrecke stündlich hoch, so sehr fürchte ich um mein Leben ... befürchte, dass er plötzlich vor mir steht und ich die Nächste bin.«

Während Taglieber Jekaterina Kordakow mit einem mitfühlenden Blick bedachte, stach ihm das dreieckige Tattoo an ihrem linken Handgelenk ins Auge. »Der Täter ist gefasst, du brauchst keine Angst mehr vor ihm zu haben«, versicherte er ihr und wünschte im gleichen Augenblick, seine Worte entsprächen der Wahrheit. »Doch nun zu etwas ganz anderem: Das Tattoo auf deinem Handgelenk, dieses Dreieck, was bedeutet das?«

Die Russin wirkte überrascht. »Das ist das Zeichen für das Element Wasser. Ich bin im Sternzeichen der Fische geboren.« Sie schluckte. »Caro, Claire und ich haben uns die unseren Tierkreiszeichen zugehörigen Elemente tätowieren lassen, aber warum fragen Sie?«

»Dann habt ihr, du und Caroline, Annabelle Wegener so schrecklich zugerichtet?«

Die junge Russin wich seinem Blick geschickt aus, deutete aber gleichzeitig ein Nicken an.

»Weshalb? Aus purer Lust am Schikanieren?«

»Nein. Annabelle hat sich über Claire lustig gemacht. Sie sagte, sie hätte den Tod verdient gehabt. Als sie mit einem Lächeln im Gesicht behauptete, Verbrennen sei noch zu milde für jemanden wie sie gewesen, und den Mord als Glanzstück bezeichnete, war das Maß voll. Wir mussten sie dafür zur Rechenschaft ziehen. Um Claires willen.«

»Was Annabelle sagte, war sicherlich nicht gerade freundlich, aber kein Grund, das Mädchen so zuzurichten. Dir ist klar, dass das als Körperverletzung geahndet wird?«, fragte er ernst.

Wieder antwortete Jekaterina Kordakow mit einem leichten, kaum wahrnehmbaren Nicken.

27

Es war schon Abend, als Taglieber in Traunstein vor Luana Taquis Tür stand. Müde fuhr er sich durchs Haar. »Bring's einfach hinter dich«, ermunterte er sich selbst, den Klingelknopf zu drücken.

»Ja?«, meldete sich eine verärgert klingende Frauenstimme durch die Sprechanlage.

»Kriminalpolizei. Ich –«

»Wenn Sie Drago suchen, der wohnt nicht hier«, fiel sie ihm ins Wort.

»Dürfte ich Ihnen trotzdem ein paar Fragen stellen, Frau Taqui?«

Schweigen.

»Wenn es denn sein muss«, antwortete sie schließlich. »Warten Sie, ich komme gleich runter, die Kleine schläft schon.«

Als ihm die junge Frau gegenüberstand, wusste der Kommissar sofort: Frau Taqui war eindeutig zu schade für einen Mann wie Berisha. Obwohl die Frau mit den lila gefärbten Haaren ein wenig pummelig war, wirkte sie auf ihn durchaus attraktiv. Obendrein strahlte Luana Taqui – ihrer ersten Reaktion zum Trotz – so etwas wie Herzlichkeit aus.

»Lassen Sie uns auf die Terrasse gehen. Dort höre ich, wenn Tabea schreit.« Sie öffnete eine kleine Tür im Gartenzaun.

Im Vergleich zu all den Gärten, die Taglieber in den letzten Tagen gesehen hatte – die Balkone und Dachterrassen eingeschlossen –, war dieser mit Abstand der unscheinbarste: An die Miniterrasse, die lediglich einem kleinen Tisch mit zwei Stühlen Platz bot, schloss sich ein schmaler Grünstreifen an, der mit zwei Johannisbeersträuchern bepflanzt war. Immerhin war der Blick in die Berge als Zuckerl erwähnenswert.

Der Kommissar nahm gegenüber von Taqui Platz, die das

Babyfon wie einen Schutzwall zwischen sich und ihm auf dem Tisch positionierte. Mit Interesse musterte er das extravagante Fingernagelmotiv der Frau: Spiralen aus ineinanderfließendem Lila und Weiß. Passend zur Haarfarbe, dachte er. »Wie lange sind Sie schon von Drago Berisha getrennt? Sie sind es doch, oder?«

Sie bejahte. »Wir sind seit einem guten Jahr nicht mehr zusammen. Gott sei Dank. Ich will das Arschloch niemals wiedersehen.«

»Verstehe. Wann sind Sie ihm das letzte Mal begegnet?«

»Vor ungefähr einem Monat. Ich habe ihn zufällig in der Stadt getroffen, als ich beim Einkaufen war. Er wollte sich Geld von mir leihen und wissen, wo ich jetzt wohne.« Taquis Miene verfinsterte sich. »Aber ich hab ihm weder das Geld noch die Auskunft gegeben. Ich kann gut und gern darauf verzichten, dass der Wichser hier aufkreuzt.«

Der Kommissar konnte weder in ihren Augen noch in ihren Zügen Anzeichen einer Lüge erkennen. Alles, was er darin las, waren ehrliche Enttäuschung und das Aufflackern von Zorn. »Und … das … ist Ihr gemeinsames Kind?« Er blickte in Richtung Babyfon.

Luana Taqui nickte traurig. »Drago ist der leibliche Vater, bezahlt aber keinen Cent Unterhalt. Er weiß noch nicht einmal, dass er eine Tochter hat, und das ist mir auch lieber so. Mein neuer Partner ist wie ein Vater für Tabea, wir wollen im Herbst heiraten, und dann adoptiert er sie«, erklärte sie sachlich, während sie eine Packung Zigaretten aus ihrer Blusentasche zog und sich eine davon ansteckte.

Als sie schweigend den Rauch nach oben in die Luft blies, sah Taglieber seine Hoffnungen, von ihr etwas über Berishas Aufenthaltsort zu erfahren, wie Seifenblasen platzen. Allein der Vollständigkeit halber fragte er dennoch nach.

»Ich habe keine Ahnung, wo Drago steckt oder wo er wohnt«, antwortete sie wie erwartet scheinbar gleichgültig, und doch war die unterdrückte Wut deutlich aus ihren Worten herauszuhören.

Begleitet von einem Seufzen, legte Taglieber eine seiner Visitenkarten auf den Tisch. Auch er konnte seinen Frust nicht verbergen. »Falls er auftaucht oder Sie ihn noch einmal treffen, melden Sie sich bitte bei mir?«

»Auf jeden Fall. Im Knast wäre er sowieso am besten aufgehoben«, versicherte sie, und ein dunkler Schatten lag über ihrem Blick.

Der Kommissar erhob sich. »Vielen Dank für Ihre Auskunftsbereitschaft, Frau Taqui.«

Wie auf Kommando erklang aus dem Lautsprecher des Babyfons ein leises Weinen, das sich alsbald zum Schreien steigerte. Die junge Frau rollte mit den Augen und nahm einen letzten Zug von ihrer Zigarette, bevor sie sie ausdrückte. »Auf Wiedersehen«, verabschiedete sie sich und reichte Taglieber die Hand, als auch sie aufstand.

»Scheiße! Scheiße! Scheiße!« Seine flache Hand krachte aufs Lenkrad, doch am liebsten hätte der Kommissar in diesem Augenblick seinen Kopf dagegengeschlagen, so wütend war er.

Er startete den Wagen, nachdem er sein Handy überprüft hatte: Seine Frau hatte dreimal angerufen, Tanja hatte es nur einmal probiert und ihm dann eine SMS geschickt: »Lust auf ein Bier?« Anscheinend war ihre Aussprache mit Fabian nicht sonderlich gut gelaufen, wenn sie denn überhaupt stattgefunden hatte.

Zurück in Prien, entschied er sich spontan, ihr Angebot anzunehmen. An Cornelia schrieb er lediglich eine kurze Antwort. Er sei aufgrund des anstrengenden Falls zu müde, um mit ihr zu sprechen, würde sich aber morgen bei ihr melden.

Sie trafen sich im »Barbarossa«. Die Bar im Herzen von Prien war für einen Werktag gut gefüllt. Vor ein paar Minuten hatte ein heftiges Gewitter die Gäste aus dem Biergarten nach drinnen getrieben.

Taglieber saß neben Tanja am Tresen. Frustriert klammerte

er sich an sein Bierglas und starrte die goldgelbe Flüssigkeit an, als könnte er sie so dazu bringen, überzukochen.

Auch seine Kollegin war trotz der Aufklärung des Mordes nicht in Feierlaune. Ihr Blick folgte stumm den geschmeidigen Bewegungen des Barkeepers, der für sie einen Cocktail aus Sahne, Batida de Coco, frischen Erdbeeren und Minze mixte. Das Getränk wurde passend dazu auf einer kleinen rosafarbenen Serviette mit Erdbeermotiv serviert.

»Die Spur zu Berisha ist im Sand verlaufen«, lösten sich langsam die Worte aus seiner Kehle.

»Das hab ich mir schon gedacht«, antwortete sie tonlos.

Taglieber seufzte. »Und was ich mit Irmi machen soll, weiß ich auch nicht. Meinst du, ich sollte mich bei ihr entschuldigen?«

»Dafür, dass du einer Spur gefolgt bist, statt mit ihr Händchen zu halten? Nie im Leben.« Tanja hob die Schultern und schnabulierte die mit Schokolade überzogene Erdbeere, die den Cocktail garnierte. »Aber, hey, woher soll ich das wissen? Was Fragen die Partnerschaft betreffend angeht, liegen meine Qualifikationen weit unterhalb denen des Durchschnitts. Frag Fabi«, ergänzte sie kleinlaut, und ihre Stimme triefte vor Bitterkeit.

Der Kommissar musterte sie von der Seite. Sie trug die Kette mit dem Elfenanhänger nicht mehr, das Geschenk ihres Freundes. Er entschied, sie besser nicht darauf anzusprechen. Stattdessen nahm er einen Schluck Bier und überließ sich und seine Kollegin weiter dem Schweigen, das sich wie ein schwerer Mantel über sie legte.

»Weißt du eigentlich, warum Stratmann auf einmal so kooperativ war und ausgepackt hat?«, fragte er nach einer Weile.

Tanja sah ihn überrascht an. »Du nicht? Seine von ihm getrennt lebende Frau und sein kleiner Sohn haben ihn in der Arrestzelle besucht. Schmidtchen-Schlau hatte die Idee, die beiden einzuladen.«

Bei der Erwähnung von Schmidt verkrampfte sich sein Magen.

»Seine Frau hat ihm wohl versprochen, zu ihm zu stehen, und ihm einen Neuanfang in Aussicht gestellt, wenn er aussagt«, erzählte sie weiter.

»Ob das mit einem wie ihm gut geht?«, äußerte Taglieber seine Zweifel.

Tanja verdrehte die Augen. »Bestimmt nicht. Eher macht Fabi mir morgen einen Heiratsantrag, und glaub mir, das ist im Augenblick höchst unwahrscheinlich.«

»Dann frage ich mich aber, warum Stratmann nicht alles gestanden hat? Warum gibt er den versuchten Mord an Klara von Ariethen durch Erwürgen zu, aber nicht, dass er sie angezündet hat? Auch den Mord an Caroline von Stacklborn bestreitet er nach wie vor vehement, und sein fadenscheiniges Alibi kennst du ja selbst am besten«, konnte er sich den Seitenhieb nicht verkneifen.

Tanja tat so, als hätte sie die Spitze nicht gehört. »Mir ist sein Verhalten auch ein Rätsel – wie das von Männern überhaupt«, sagte sie trocken und sog dann schlürfend die rosarote Flüssigkeit ihres Cocktails durch den Strohhalm.

Wieder saßen sie eine Zeit lang schweigend nebeneinander.

»Wirst du die Suche nach Berisha jetzt aufgeben?«, fragte sie schließlich.

»Nein, niemals.« Die Frage hatte ihm einen Stich versetzt. Auf keinen Fall würde er aufhören, nach ihm zu fahnden, und er war sich sicher, dass er seinen Angreifer eines Tages fassen würde. Früher oder später würde der Albaner einen Fehler machen und der Polizei ins Netz gehen. Dann würde er dafür büßen müssen, was er ihm angetan hatte.

Tanja musste seine Erregung gespürt haben, denn sie tätschelte ihm freundschaftlich den Arm. »Auf mich kannst du immer zählen. Wir sind Partner, zusammen gehen wir durch dick und dünn«, versicherte sie.

»Danke. Übrigens bist du eingeladen.« Er griff in seine Jacke, um seinen Geldbeutel herauszuholen, und blieb dabei an dem Kuvert hängen, das sie am Vortag in Hoegners Krankenzimmer gefunden hatten. Den Brief hatte er ganz vergessen gehabt. Seine Finger begannen zu jucken. Ob erlaubt oder nicht, er öffnete ihn.

Wie von selbst begann seine Hand beim Lesen zu zittern. Nachdem er den Inhalt überflogen hatte, erfasste ihn kaltes Entsetzen. »Wir müssen zum Schlossinternat!«, war alles, was er herausbrachte.

28

»Was zur Hölle? Du fährst ja wie ein Verrückter«, fluchte Tanja, als sie in den Kurven hin und her geschleudert wurde.

»Was an meiner Aussage von gerade eben, dass ein Leben in Gefahr ist, hast du nicht verstanden?«, blaffte Taglieber aufgebracht zurück, schaltete in den vierten Gang und drückte das Gaspedal durch. »Und jetzt ruf endlich im Revier an, die sollen Verstärkung schicken. Wir können jeden Mann gebrauchen, und ein Sondereinsatzkommando wäre auch nicht verkehrt. Wenn das erledigt ist, informierst du Dr. Diebald, er soll uns am Parkplatz erwarten. Und schick jemanden ins Krankenhaus zu Sonja Hoegner und lass sie, falls möglich, verhaften.«

Während seine beschwipste Partnerin mit den Tücken ihres Smartphones kämpfte, jagte er den Audi unbarmherzig durch den Regen über die Landstraße. Einer pechschwarzen Gewitterfront entgegen.

Ein gespaltener Blitz zuckte über den Zinnen des Schlosses durch die schwarze Nacht und ließ das Internat für einen kurzen Augenblick in gespenstisch weißem Licht erscheinen. Taglieber legte eine Vollbremsung hin und sprang aus dem Wagen. Jede Minute zählte, und er konnte nur hoffen, dass Jekaterina Kordakow noch am Leben war. Wie die Rache einer gehörnten Ehefrau, so traf ihn beim Aussteigen ein Windstoß, der ihm dicke Regentropfen ins Gesicht schleuderte und versuchte, ihn gegen den Wagen zurückzudrängen.

Diebald stand am Haupteingang und winkte ihm zu. Der Direktor trug unter einem Trenchcoat, den er sich in der Eile anscheinend übergeworfen hatte, sein Nachtgewand. Mit einem windigen Regenschirm in der Hand eilte er dem Kommissar entgegen. Doch kurz vor ihm zögerte er und umrundete den Wagen. Anstatt Taglieber Schutz vor dem Regen zu bieten, offerierte er lieber – ganz Gentleman – Tanja seinen Arm zum Unterhaken.

Taglieber blieb nichts anderes übrig, als seinen Kragen hochzuklappen und den beiden zu folgen. Tropfen peitschten ihm hart ins Gesicht, während er sich seinen Weg zum Haupteingang bahnte.

»Wären Sie nun bitte so freundlich, mir mitzuteilen, was so wichtig ist, dass Sie mich aus dem Schlaf reißen mussten?« Diebald klang halb besorgt, halb verärgert.

»Wir haben keine Zeit für Erklärungen«, gab Taglieber zurück. »Bringen Sie uns auf der Stelle zu Jekaterina Kordakow. Es geht um Leben und Tod.«

Der Direktor murmelte zwar etwas Unverständliches, führte sie aber schleunigst und ohne lästige Fragen zu stellen durch die mit Marmor und Stuck verzierte Eingangshalle über immer schmäler werdende Treppen ins Dachgeschoss.

»W-w-was? Das Mädchen ist nicht hier«, stellte Diebald erschüttert fest, nachdem er mit dem Generalschlüssel die Tür zu Jekaterina Kordakows Zimmer geöffnet hatte. Das Klimpern des Schlüsselbundes in seiner Hand machte es unmöglich, sein Zittern zu übersehen.

Dem Kommissar kam es vor, als hätte der Leiter des Internats in den letzten Tagen einige Falten im Gesicht dazugewonnen und dafür ein Mehrfaches an Contenance eingebüßt. Diebald war ein Nervenbündel.

»M-möglicherweise konnte sie nicht schlafen und ist im Aufenthaltsraum?« Er klang so, als wäre ihm selbst klar, dass dem nicht so war.

Der Kommissar folgte ihm. Auch ihm fiel keine bessere Idee ein.

Kaum hatten sie das Zimmer erreicht, sah er sie. Nur einen Sekundenbruchteil lang erhellte ein Blitz die Nacht, doch das genügte, um das bizarre Szenario auf dem Dach des Schlosses zu beleuchten.

Eine schwarz vermummte Gestalt schleifte eine an den

Händen gefesselte Jekaterina Kordakow, der das kalte Entsetzen ins Gesicht geschrieben stand, auf einen kleinen Zwiebelturm zu.

Taglieber erinnerte sich daran, wie andächtig und in stiller Bewunderung er bei seinem ersten Besuch die blau und golden verzierte Sonnenuhr des Turmes betrachtet hatte. Jetzt aber galt seine ganze Aufmerksamkeit Jekaterina Kordakow. Ihr Mund war weit aufgerissen, vermutlich schrie sie sich die Seele aus dem Leib, doch kein Laut drang in den Aufenthaltsraum. Einzig und allein das Gewitter, das sich wütend über ihnen entlud, war durch die geschlossenen Fenster zu hören.

»Wie kommt man dorthin?« Taglieber zeigte auf das Türmchen.

Diebald, bleich wie ein Gespenst, deutete ein Kopfschütteln an. »Der normale Weg hinüber zum Turm ist zu weit. Wenn es schnell gehen soll, müssen Sie hier hinausklettern.« Er eilte zur Dachschräge und öffnete ein kleines Fenster.

Der Kommissar zögerte, dann warf er Tanja einen entschlossenen Blick zu. »Du wartest unten auf die Verstärkung und weist die Leute ein. Alarmier auch die Feuerwehr. Ich geh da jetzt raus.«

Tanjas Wangen hatten immer noch die gleiche rosige Farbe wie die Erdbeeren in ihrem Cocktail. Ihre Lippen zuckten kurz, dann schluckte sie die Worte, die ihr offensichtlich auf der Zunge lagen, hinunter. Sie schien einzusehen, dass sie ihm in ihrem alkoholisierten Zustand auf dem Dach keine große Hilfe sein würde.

Während sie sich auf den sicheren Weg nach unten machte, zwängte sich Taglieber durch das kleine Fenster hinaus auf das abschüssige Dach, hinaus ins Ungewisse.

Bloß nicht nach unten sehen, ermahnte er sich, als er auf wackeligen Beinen über die Ziegel rutschte, immer der Spur des Mädchens folgend. Der Regen prasselte wie eine Strafe Gottes auf ihn herab, während eine Windbö nach der anderen unnachgiebig versuchte, ihn vom Dach zu fegen.

»Keinen Schritt weiter oder Jekaterina ist tot!«, schallte es ihm plötzlich giftig entgegen. Drohendes Donnergrollen verlieh den Worten die nötige Dramatik.

Durch das Geräusch abgelenkt, achtete er nicht auf den nächsten Schritt. Seine Augen hefteten sich an die schwarze Gestalt, dann verlor er das Gleichgewicht und glitt aus. Wenige Sekunden lang schwebte Taglieber wie ein Segelflieger übers Dach. Doch er hatte Glück im Unglück. Seine rechte Hand suchte automatisch nach Halt und fand das Schneefanggitter. Mit Schwung griff auch die linke Hand danach, während der Wind über das Dach hinwegpfiff und einen Kübel voll Regentropfen über ihm ausleerte. Kleine Äste und Zweige wurden gegen seinen Kopf geschleudert, er konnte kaum die Augen offen halten. Obwohl er sie nicht sah, konnte er die Aufmerksamkeit der vermummten Gestalt deutlich auf sich gerichtet spüren.

Rechts von ihm hatte sie ihre Geisel mit dem Strick am Schneefanggitter festgebunden. Sie baumelte nur ein paar Meter neben ihm vom Dach, ihre Füße zappelten hilflos, als wollte sie sich vom nicht vorhandenen Boden abstoßen. Sie schrie in Todesangst.

»Halt durch, ich rette dich!«, rief Taglieber ihr zu, der sich selbst in einer ausweglosen Situation befand.

»Gut gemacht, Herr Kommissar!« Die Gestalt zog langsam ein Klappmesser aus der Regenjacke. Aus jeder ihrer Gesten sprach Verachtung.

»Hör auf damit! Das, was du vorhast, ist Wahnsinn!«, keuchte er, während er versuchte, sich an dem Schneefanggitter wieder aufs Dach zu ziehen. Denn solange er an diesem festhing, war er Klara von Ariethens krankem Mörder wehrlos ausgeliefert – oder besser gesagt ihrer Mörderin.

Gerade als es ihm gelungen war, sein rechtes Bein über das Gitter zu hieven, und er sich hochhangeln wollte, spürte er ein Stechen in der rechten Hand und sah auf. Er fühlte immer noch keinen richtigen Schmerz, als er beobachtete, wie das Mädchen das Messer wieder aus seiner Hand zog.

Das Blut, das aus der Wunde quoll, wurde vom Regen sofort weggewaschen. Er wollte es nicht glauben, konnte sich nicht vorstellen, dass eine junge Frau wie …

Als hätte eine höhere Macht dem Zweifel in seinen Gedanken gelauscht und wollte ihm nun endlich Gewissheit über die Identität des Mörders verschaffen, wehte ein Windstoß der vermummten Person die Kapuze vom Kopf.

Obwohl er dank Hoegners Abschiedsbrief nicht nur geahnt, sondern gewusst hatte, um wen es sich handelte, erschrak er: Der dick gezogene schwarze Kajalstrich unter den Augen und das diabolische Lächeln harmonierten perfekt mit dem unfreiwillig zur Glatze geschorenen bleichen Haupt, auf dem er deutlich das eingeritzte Zeichen für Luft erkannte. Annabelle Wegener wirkte mehr wie ein aus der Hölle entflohener Teufel als wie eine normale Siebzehnjährige. Das Mädchen, das er bis vor einer knappen Stunde für ein bemitleidenswertes Mobbingopfer gehalten hatte, war zu einem meuchelnden Höllenwesen mutiert, dessen leerer Blick aus toten Augen ihn durchbohrte.

»Gib auf! Bitte … Du brauchst Hilfe, Annabelle!«, presste er hervor, während er weiterhin versuchte, sich am Gitter nach oben zu ziehen.

Doch er war zu langsam. Erneut traf ihn das Messer, und diesmal brannte der Schmerz sofort wie Feuer. Taglieber musste zusehen, wie Annabelle Wegener zufrieden lächelnd die bluttriefende Klinge aus seinem Oberschenkel entfernte. Ein Schrei löste sich aus seiner Kehle, um ihn herum drehte sich alles.

»Niemand hat mir jemals geholfen. Alle haben sie immer nur an sich gedacht, auch Frau Hoegner. Ich will eure scheinheilige Hilfe nicht«, spuckte sie ihm verächtlich entgegen.

Taglieber, der mit einer Ohnmacht kämpfte, klammerte sich an den Schneefang, als wäre dieses Gitter seine letzte Hoffnung zu überleben – und das war es tatsächlich. Ein Sturz aus dieser Höhe bedeutete den sicheren Tod.

Um bei Bewusstsein zu bleiben, konzentrierte er sich auf die Regentropfen, die nach wie vor unnachgiebig auf ihn niederprasselten und ihn bis auf die Haut durchnässten, als das Messer erneut niederfuhr. Doch diesmal misslang die Attacke.

Anstatt – wie vermutlich geplant – ihn tödlich am Hals zu verletzen, rutschte seine Angreiferin aus, und der Kommissar nutzte seine Chance.

Mit letzter Kraft schwang er seinen Körper über den Schneefang und brachte dadurch Annabelle Wegener, die noch immer neben ihm stand, zu Fall.

Sie stolperte und wäre in die Tiefe gestürzt, hätte er nicht geistesgegenwärtig nach ihrem Arm gegriffen. Er bekam gerade noch ihre Hand zu fassen, während das Messer nach unten fiel.

Das Gewicht des Mädchens hing schwer an Tagliebers verletzter Hand und presste ihn nach unten gegen das Schneefanggitter. Seine rechte Schulter fühlte sich an, als würde sie jeden Moment ausgekugelt werden. Plötzlich erkannte er über sich eine massige Gestalt: Polizeihauptmeister Dobermann!

Noch nie war er so froh über dessen Auftauchen gewesen. Der Kollege, dessen Abwesenheit er sonst begrüßte, erschien ihm in diesem Augenblick wie ein rettender Engel. Ein Engel mit einem eingegipsten Arm. Beinahe hätte er vor Freude geweint – was bei dem starken Regen nicht einmal aufgefallen wäre.

Mit seiner linken Hand zog Dobermann zuerst Annabelle Wegener nach oben, bevor er seinem Kollegen Taglieber aufhalf. Dass das ein folgenschwerer Fehler war, wurde beiden Beamten erst klar, als es bereits zu spät war.

Annabelle Wegener, die sich überaus schnell von ihrem Schreck erholt zu haben schien, rappelte sich auf und stolperte quer übers Dach in Richtung ihrer Mitschülerin. Taglieber konnte nur beobachten, wie sie sich hinunterbeugte und flink den Knoten des Stricks löste, an dem Jekaterina

Kordakow immer noch zappelnd baumelte. Er glaubte, die Worte »Gute Reise« von ihren Lippen ablesen zu können, bevor sie sich wieder zu einem teuflischen Grinsen verzogen.

Während die junge Russin lauthals schreiend in die Nacht fiel, breitete Annabelle Wegener die Arme aus und warf ihnen noch einen letzten Blick zu, bevor sie so graziös wie eine Turmspringerin in die Tiefe hechtete. Sie wirkte nicht wie jemand, der sich aus Verzweiflung das Leben nahm. Eher wie eine Sportlerin, die weiß, dass sie mit ihrer Kür den Sieg sicher in der Tasche hat.

»Duad ma leid, des war ned so plant«, entschuldigte sich Dobermann und blickte bedröppelt drein. »Zuazeit lafft aba a ois schiaf.« Er wischte sich betroffen den Regen von der Stirn.

»Ich bin heilfroh, dass du mir zu Hilfe gekommen bist«, tröstete Taglieber den Kollegen erschöpft.

Auf Dobermann gestützt, machte er sich auf den Weg zurück zum Dachfenster, doch als er das verletzte Bein belastete, durchfuhr ihn ein stechender Schmerz, und ein schwarzer Vorhang fiel vor seinen Augen.

Taglieber wusste nicht, wie er das Dach verlassen hatte. Als er die Augen aufschlug, waren um ihn herum viele Lichter, und mehrere Stimmen redeten wirr durcheinander. Er blickte sich um. Er lag auf einer Transportliege und wurde gerade zu einem Rettungswagen geschoben. Aus dem Augenwinkel sah er verschwommen, wie eine schwarze Gestalt abgeführt wurde. Hatte Annabelle Wegener den Sturz überlebt? Aber das war unmöglich. Auf einer anderen Transportliege glaubte er Jekaterina Kordakow zu erkennen. Womöglich war also doch nicht alles verloren.

Dann entdeckte er Tanja neben sich. Wie ein aufgescheuchtes Huhn trippelte sie um ihn und die Sanitäter herum, gestikulierte und redete auf ihn ein. Sein Gehirn benötigte ein paar Anläufe, bevor es dem Redeschwall seiner Kollegin einen Sinn zuordnen konnte.

»Das wird schon wieder. Es sind nur Stichwunden. Nichts, was nicht mit ein bisschen Pflege wieder verheilt.«

»Ist schon gut«, formten seine Lippen stumm, und er versuchte ein Lächeln. »So schnell wirst du mich nicht los.«

29

Auf seinen Lidern lag eine bleierne Schwere, als der Kommissar das nächste Mal die Augen öffnete. Die Morgensonne blinzelte ihm unschuldig durch die gelb-weiß gestreiften Gardinen des Priener Krankenhauses zu, während sich vor ihm eine zierliche Frauenhand mit einem Frühstückstablett in sein Gesichtsfeld schob. Bitte, lass es nicht Irmi sein, flehte er in Gedanken um Gnade und wagte kaum, den Blick zu heben. »Danke schön.« Er nahm das Tablett in Empfang und musterte die Krankenschwester dann doch.

»Gern geschehen«, antwortete die junge brünette Frau mit einem sanften Lächeln. »Erholen Sie sich gut!«

Erleichtert, dass nicht erneut Irmi ihn unter ihre Fittiche nahm, ließ er sich das Frühstück schmecken. Zumindest die ersten Bissen. Denn selbst die leckerste Erdbeermarmelade hätte die schrecklichen Bilder der vergangenen Nacht nicht vertreiben können. In die rote Farbe der Frucht mischte sich das Rot des Blutes, das aus seiner Hand und seinem Bein gequollen war, und aus dem Schwarz des Kaffees starrten ihn Annabelle Wegeners tote Augen an. Die Augen einer Mörderin. Plötzlich war ihm der Appetit vergangen. Taglieber schüttete zwei kleine Milchportionen und viel Zucker in den Kaffee, um die bösen Geister zu vertreiben und ihn einigermaßen trinkbar zu machen.

Nachdem die Schwester eine halbe Stunde später wieder ins Zimmer gekommen war und das Tablett mit leicht enttäuschtem Gesichtsausdruck abgeräumt hatte, griff der Kommissar zu seinem Handy, das auf dem Nachttisch lag, und wählte Tanjas Nummer.

»Hallo, Sonnenschein!«, begrüßte sie ihn überschwänglich. »Wann wirst du entlassen? Alle hier warten auf dein Erscheinen.«

Taglieber fuhr sich durchs Haar. »Ähm, das weiß ich noch

nicht«, gab er unsicher zurück. »Aber du kennst mich ja. Allzu lange lasse ich mich nicht ans Bett fesseln.«

»Dann ist ja gut. Nicht dass du am Ende noch das Finale Grande verpasst.«

»Was meinst du?«

»Na, das Verhör von Annabelle Wegener und Sonja Hoegner. Oder willst du etwa sämtliche Lorbeeren Schmidt überlassen?«

Bei der Erwähnung des Kollegen begann die Wunde am Oberschenkel unmittelbar, dumpf zu pulsieren. Tagliebers Kampfeswille war geweckt. »Auf keinen Fall. Ich komme ... sofort.«

Hatte er gestern also doch richtig gesehen: Die Mörderin hatte den Sturz vom Dach überstanden.

»Was ist mit der Russin? Ist sie ...?«

»Nein, sie lebt. Die Feuerwehr hat ganze Arbeit geleistet und sie – genau wie Annabelle Wegener – mittels Sprungtuch gerettet. Dank dir, denn du hast die Mörderin lange genug aufgehalten, sodass sie sich gut positionieren konnten«, lobte ihn seine Kollegin.

Bei diesen Worten durchflutete ein warmes Gefühl Tagliebers Brust. Er konnte stolz auf sich sein.

Keine halbe Stunde später humpelte der Kommissar den Flur des Reviers entlang. Er fühlte sich wie ein angeschossener Hirsch, der sich trotz seiner Wunde tapfer bemüht, die Herde zu leiten und seinem Widersacher die Stirn zu bieten. Während er die Zähne zusammenbiss, um den Schmerz zu ertragen, begrüßten ihn die Kollegen voller Respekt. Kammerloher deutete sogar eine Verbeugung an. Gefasst betrat Taglieber den Verhörraum, in dem Tanja und Rösler bereits auf ihn warteten.

Der Chef stand etwas abseits, seine Partnerin direkt vor ihm. Sie brauchte es nicht in Worte zu fassen, allein ihr Strahlen sprach Bände: Endlich war der Fall gelöst und die Verantwortlichen gefasst.

Am Tisch saß Sonja Hoegner mit reservierter Miene, während von Ariethen, dessen herrschaftliche Aura deutlich an Kraft eingebüßt hatte, neben ihr vor sich hin starrte. Anscheinend hatte sich der hochdekorierte Mann nicht davon abbringen lassen, seiner Ex-Frau beizustehen, obwohl ihr das denkbar schlimmste Verbrechen zur Last gelegt wurde: der Mord an Klara von Ariethen, ihrem eigenen Kind.

Hoegners Augen waren rot und verquollen. Sie musste in letzter Zeit viel geweint haben. Ihre kastanienbraunen Locken wirkten ungekämmt, ihr linker Arm befand sich in einer Schlinge, und ihr rechtes Bein war eingegipst, wahrscheinlich das Resultat ihres Sturzes vom Krankenhausbalkon. Als der Kommissar der Lehrerin gegenüber Platz nahm und das Aufnahmegerät einschaltete, begann sie, nach einem kurzen Seitenblick zu von Ariethen, ohne Aufforderung zu sprechen. »Ich habe nichts davon gewusst«, sagte sie beherrscht, doch ihre Fassung bröckelte schon im nächsten Augenblick. »Niemals hätte ich Klara Leid zugefügt, wenn ich gewusst hätte, dass sie meine Tochter ist. Ein Mensch ist doch immer nur so gut, wie sein Umfeld es zulässt.«

Von Ariethen quittierte ihre Aussage mit einem stummen Nicken.

Während Sonja Hoegner ein Taschentuch aus ihrer Hosentasche pfriemelte und sich geräuschvoll hineinschnäuzte, ergriff Taglieber das Wort. »Am besten, Sie erläutern uns erst einmal genau, wie es dazu gekommen ist, dass Sie und Annabelle Wegener gemeinsam Klara von Ariethen ermordet haben.«

Die Frau schniefte, schluckte mehrere Male. Dann begann sie zu erzählen: »Annabelle wurde von Klara und ihren Freundinnen gemobbt, seit sie auf dem Internat war. Gegen mich hatte die Clique zunächst nichts, doch als ich mich für Annabelle einsetzte und Klara, Caroline und Jekaterina eine Strafe aufbrummte, geriet auch ich in ihr Visier. Es begann mit kleinen Dingen, Drohungen in Form von Kunstblut auf meinen Büchern und auf dem Lehrerpult, und gipfelte schließlich darin, dass ich bei einem Schulausflug an den Neubeurer See beinahe ertrunken wäre. Ich war mit einigen Mädchen im Wasser, als ich spürte, dass sich plötzlich etwas wie ein Band um meinen Knöchel legte. Zuerst dachte ich, es wäre eine Schlingpflanze, und versuchte, sie wegzustrampeln, doch das Band zog sich immer enger zusammen. Als ich nach Luft japste, kam die Erkenntnis wie eine tödliche Welle über mich: Jemand hatte ein Seil um meinen Fuß gebunden, das mich nach unten riss. Es war wohl ein schwerer Stein am anderen Ende befestigt. Ich sah bereits mein Leben an mir vorüberziehen, als Robert mich befreite. Hätte er nicht so geistesgegenwärtig gehandelt, wäre ich damals gestorben. Wer dafür verantwortlich war, kam zwar nie heraus, doch ich bin mir sicher, dass es ein Mädchen der Clique gewesen sein muss. Seit diesem Tag meide ich das Wasser. Naturgemäß wuchs danach mein Hass auf Klara und ihre Freundinnen. Als Annabelle eines Tages zu mir kam und mir mitteilte, dass Klara eine Affäre mit Robert hätte, wollte ich ihr zuerst nicht glauben, doch sie gab keine Ruhe und versprach mir stichhaltige Beweise. In der Nacht nach dem Fest fuhren wir gemeinsam an den Chiemsee. Annabelle hatte sich von einem Bekannten ein Elektroboot ausgeliehen, mit dem wir den beiden heimlich folgten. Durch ein Fernglas konnte ich genau beobachten, was auf der Yacht von Ernst geschah.«

Ihre Lippen zitterten, und von Ariethen ergriff ihre Hand. »Als ich mit ansehen musste, wie das Mädchen sich derart schamlos mit meinem Freund vergnügte, bin ich völlig ausgerastet«, fuhr sie fort. »Robert war der erste Mann, der mir nach der Trennung von Ernst wieder Hoffnung auf Liebe schenkte. Die Beziehung zu ihm bedeutete mir so viel, dass ich blind war für seine Eskapaden. Wenn er sich mit anderen Frauen traf, sah ich nicht hin und redete mir das Gleiche ein, was auch er mir sagte, dass es rein freundschaftlich sei. Doch in dieser Nacht war ich vor allem blind vor Wut. Am liebsten hätte ich ihn an Ort und Stelle zur Rede gestellt, aber Annabelle hielt mich zurück. Ungläubig verfolgte ich, wie plötzlich die Stimmung auf dem Boot kippte und mein Freund sich auf Klara stürzte und anfing, sie zu würgen.« Die Lehrerin stockte und musterte die Anwesenden der Reihe nach.

»Wie ging es dann weiter?«, fragte Taglieber, der noch immer ihren Unglauben und die Bestürzung jener Nacht spürte.

Sonja Hoegner schloss für einen Moment die Augen und holte dann tief Luft. »Als das Mädchen reglos an Bord lag, bekam es Robert mit der Angst zu tun. Ich beobachtete, wie er panisch an Deck auf und ab lief, bevor er in den See sprang und so schnell an Land schwamm, als säße ihm der Teufel im Genick. Dabei kam er sogar in nicht besonders großem Abstand an unserem Boot vorbei, nahm uns aber nicht wahr. Annabelle und ich fuhren daraufhin zur Yacht und gingen an Deck. Klara war nicht tot, nur ohnmächtig. Als ich sie so hilflos vor mir liegen sah, fühlte ich mich plötzlich unglaublich stark. Ich hatte die alleinige Macht über sie.«

Hoegner seufzte und schluckte die Tränen hinunter. »Die Stimme meiner Vernunft mahnte mich, ihr zu helfen, doch die seelischen Verletzungen, die sie mir und vielen anderen im Lauf der Jahre zugefügt hatte, waren zu groß, um sie zu vergessen. Ich sah also tatenlos zu, wie Annabelle zu dem Benzinkanister griff, den sie mit an Bord genommen hatte – vermutlich hatte sie die Tat von Anfang an geplant –, und das Benzin auf der Yacht und wie selbstverständlich auch über Klara verteilte. Als er leer war, warf sie ihn auf die Yacht, zog mich mit sich zurück ins Elektroboot und reichte mir eine brennende Fackel. ›Sie verdient es‹, sagte sie. Der kurze Satz genügte, dass ich das brennende Holz an Bord warf. Sekunden später stand das gesamte Deck in Flammen.« Hoegner brach in lautes Schluchzen aus, Tränen quollen aus ihren Augen, und sie vergrub das Gesicht schutzsuchend an von Ariethens Schulter.

Taglieber, Tanja und Rösler warteten schweigend, bis sie sich so weit gefasst hatte, dass sie ihre Erzählung fortsetzen konnte.

»Plötzlich richtete sich Klara auf und streckte mir scheinbar um Hilfe flehend ihre Hand entgegen. In diesem Moment ahnte ich nicht, dass sie darin das Medaillon hielt, das ich einst von Ernst zum Valentinstag geschenkt bekommen hatte und in dem sich ein Foto meiner Tochter befand: der kleinen Klara, die ich nun verbrennen sah, ohne es auch nur zu ahnen. Ich werde nie erfahren, ob sie in diesem Augenblick gewusst hat, dass sie selbst das Baby auf dem Bild ist und dass ich … ich ihre Mutter bin. Als wir wieder zurück zum Schloss kamen, suchte ich vergeblich in ihrem Zimmer nach meinem Medaillon, dessen Diebstahls ich sie verdächtigte.« Erneut ergossen sich Sturzbäche von Tränen aus Hoegners geröteten Augen, und von Ariethen nahm sie in den Arm. Stille lag wie ein Bann auf dem Raum, bis von Ariethen ihn brach.

»Bitte«, es fiel ihm schwer, dieses für ihn offensichtlich ungewohnte Wort auszusprechen, »verschonen Sie Sonja vor einer Anklage. Ich allein trage die Schuld an dem, was passiert ist. Ich habe mich nie wirklich um meine Tochter gekümmert, obwohl sie alles tat, um von mir Aufmerksamkeit zu bekommen. Von der Bezichtigung der sexuellen Belästigung durch unseren Chauffeur bis hin zur Selbstverletzung mit Rasierklingen. Dass sie von ihrem Lehrer schwanger geworden ist, könnte man als ihr Meisterstück bezeichnen. Das hätte selbst ich ihr nicht zugetraut.

Was bin ich bloß für ein Narr, dass ich zugelassen habe, dass der Mensch, den ich am meisten liebe und der eine liebende Mutter für Klara gewesen wäre«, sein Blick glitt zu Hoegner, und seine Hand strich ihr zärtlich übers Haar, »von meinen Eltern vom Gut gejagt wurde. Es hat viele Jahre gedauert, doch nun kann ich die wahre Ursache für den verdorbenen und rücksichtslosen Charakter von Klara nicht mehr verleugnen. Wie hätte ein Kind, dem keinerlei Erziehung, keine Aufmerksamkeit oder Liebe zuteilwird, auch zu einem guten Menschen heranwachsen können? In dieser Situation waren auch die qualifiziertesten Lehrer und die besten Psychologen machtlos.« Er wandte sich zu seiner Ex-Frau: »Unsere Tochter hat sich zu einem emotionalen Krüppel entwickelt, und ich allein trage die Verantwortung dafür.«

Nachdem der Kommissar und Tanja den Verhörraum verlassen hatten, sprachen sie zunächst kein Wort. Von Ariethens Monolog war starker Tobak gewesen. Tagliebers Herz lag schwer in seiner Brust, er war gerührt, ja sogar ergriffen. Was mochte in einem Vater vorgehen, der so über seine eigene Tochter sprach beziehungsweise sprechen musste, weil er selbst den Großteil der Schuld an ihrer charakterlichen Fehlentwicklung hatte?

»Bist du bereit für die schwarze Hexe?«, riss ihn seine Partnerin aus den Gedanken.

Eigentlich wäre es Zeit fürs Mittagessen gewesen, doch der Appetit war ihm ohnehin vergangen. Er bejahte. Lustlos schüttelte er die Betroffenheit ab, straffte die Schultern und folgte ihr. Die Wunde am Oberschenkel schmerzte und brannte bei jeder Bewegung wie Feuer und gab ihm damit überdeutlich zu verstehen, dass er alles andere als erpicht darauf war, ihrer Verursacherin gegenüberzutreten.

Sicher, er konnte ihre Wut auf Klara gut verstehen. Auch er wünschte Schmidt manchmal die Beulenpest und die Cholera gleichzeitig an den Hals, doch der Gedanke, Hand an ihn zu legen, war ihm noch nie gekommen. Wie abgebrüht musste Annabelle Wegener sein, dass sie so gehandelt hatte? Oder sprach pure Verzweiflung aus ihrer Tat?

»Bringen wir es hinter uns«, seufzte er, öffnete die Tür zum zweiten Verhörraum und ließ Tanja den Vortritt.

Annabelle Wegener lächelte ihn freundlich, aber mit einem unberechenbaren Funkeln in den Augen an. Obwohl der heutige Tag – wie auch die vergangenen – warm und sonnig war, fröstelte ihn.

Taglieber ignorierte, dass sich seine Härchen auf den Armen aufstellten, und verzichtete darauf, der Verdächtigen gegenüber Platz zu nehmen. Sollte es sich irgendwie vermeiden lassen, wollte er ihr lieber nicht zu nahe kommen.

Bei der Befragung gab die Schülerin mit dem kahl rasierten Haupt haarklein die gleiche Geschichte zu Protokoll wie Hoegner, zeigte aber keine Betroffenheit oder gar Reue. Immer wieder meinte der Kommissar, sogar Gefühle wie Schadenfreude oder Genugtuung über ihr Gesicht huschen zu sehen. Von dem süffisanten Grinsen auf ihren Lippen, als sie beschrieb, wie Klara von Ariethen vor ihren Augen verbrannt war, ganz zu schweigen.

»Wir alle hier denken, dass du Klara wegen Mobbings ermordet hast, ist das korrekt?«, fragte er, als sie geendet hatte.

Annabelle Wegener lachte belustigt auf. »Sie halten Mobbing wirklich für das alleinige Motiv?« Sie machte eine bedeutungsvolle Pause, in der sie Taglieber herausfordernd ansah. »Ich hielt es immer für ein Gerücht, dass gründliche Recherche in der heutigen Polizeiarbeit zu kurz kommt, aber anscheinend ist das tatsächlich der Fall.« Sie blinzelte gegen die Sonnenstrahlen an, die durch die Fenster von oben ins Zimmer fielen. »Ich habe Klara von Ariethen ermordet, weil sie es verdient hatte. Und selbst dieser Tod war noch zu wenig grausam für sie. Sagt Ihnen der Satz ›Auge um Auge, Zahn um Zahn‹ etwas? Er steht schon in der Bibel.«

Taglieber nickte knapp. Er konnte sich dunkel daran erinnern.

»Also, genau wie Klara wuchs auch ich auf dem von Ariethen'schen Anwesen auf, doch gemeinsam mit meinen Eltern in einer kleinen Dienstbotenwohnung. Das Haus, das wir mit anderem Personal teilten, befand sich zwar auf dem Gutsgelände, jedoch in einiger Entfernung zum Gutshaus. Mein Vater war als Chauffeur beschäftigt, und mir war der Kontakt mit dem reichen Mädchen strengstens untersagt. Klara besuchte eine Privatschule und sollte sich laut ihren Großeltern ausschließlich mit ihresgleichen abgeben. Manchmal spielte sie allein im Garten, während ich ebenso allein am

Fenster unserer Wohnung stand und sie beobachtete. Insgesamt haben wir uns in den knapp zehn Jahren, die mein Vater dort beschäftigt war, vielleicht zweimal gegenübergestanden.« Annabelle Wegener blickte in die Runde. »Aber ich schweife ab. Zurück zu meinem Motiv, Klara das Leben zu nehmen und ihre Familie zu zerstören.«

»War es dein Vater, den Klara der sexuellen Belästigung bezichtigt hat?«, unterbrach sie Taglieber, der sich an das vorherige Verhör erinnerte.

»Sie sind ja ein ganz Schlauer!«, flötete sie sarkastisch. »Das war tatsächlich mein Vater. Wollen Sie nun wissen, wie es weiterging? Ich sag es Ihnen: gar nicht mehr. Obwohl Klaras Vater genauso gut wie jeder andere wusste, dass Papa niemals Hand an ein junges Mädchen gelegt hätte, kündigte er ihm zuerst fristlos und zeigte ihn dann an. Und das nur, damit seine Tochter und seine Eltern endlich Ruhe gaben.

Mein Vater fand danach keinen Job als Fahrer mehr. Bei Chauffeuren ist ein tadelloser Leumund entscheidend, und jegliche Anstellung beruht auf Empfehlung. Er hangelte sich also von Gelegenheitsjob zu Gelegenheitsjob, bis er schließlich arbeitslos blieb. Es brach mir das Herz, mit ansehen zu müssen, wie mein Papa, dieser gutmütige, liebenswürdige Mensch, sich immer mehr in sich zurückzog und schließlich depressiv wurde. Damit einher gingen aggressive Schübe, die er vor allem meiner Mutter gegenüber auslebte.« Annabelle Wegener atmete hörbar ein und aus. »Mama ertränkte die Schläge und Schmerzen in Alkohol, während Papa mit Glücksspiel versuchte, unseren Hartz-IV-Satz aufzustocken. Leider erfolglos. Ob beim Pferderennen, bei Fußballwetten, beim Pokern oder Roulette, immer verlor er mehr Geld, als er gewann, und seine Stimmung sank immer mehr. Irgendwann lag er nur mehr apathisch zu Hause herum, statt sich am Leben zu beteiligen. Alles zog an ihm vorüber.

Eines Tages kam ich gerade von der Schule nach Hause und fand ihn. Er baumelte reglos an einem Seil neben dem Küchentisch. Im Fernsehen im Wohnzimmer lief eine Nachmittagssoap, und meine Mutter lag wie immer angetrunken auf der Couch.« Sie hielt inne und schwieg.

Taglieber schluckte den großen, klebrigen Kloß, der sich während der Erzählung in seinem Hals gebildet hatte, hinunter. Nichts davon hatte er erwartet. Er war erstaunt und schockiert zugleich darüber, dass Klara von Ariethens erfundene Verdächtigung solch einen Rattenschwanz nach sich gezogen und eine intakte Familie in den Ruin gestürzt hatte. Die Möglichkeit, dass die Mädchen sich nicht erst im Schlossinternat kennengelernt hatten, hatte er nicht in Betracht gezogen. Bei den Schülerinnen, die aus dem ganzen Land und sogar aus dem europäischen und nichteuropäischen Ausland kamen, war dies eigentlich unmöglich gewesen.

»Und was geschah dann?«, erkundigte sich Tanja.

»Nichts von Bedeutung«, winkte Annabelle Wegener voll bitterer Ironie ab. »Wenn man davon absieht, dass meine Mutter meinem Vater zwei Jahre später ins Grab folgte. Leberzirrhose, sie hatte sich totgesoffen. Kurz darauf steckte mich das Jugendamt zu meiner Tante, und jeder Gedanke, den ich von da an dachte, galt Klara – besser gesagt meiner möglichst grausamen Rache an ihr.« Die Schülerin hob den Blick. Genugtuung lag darin.

»Die dir durchaus geglückt ist«, gratulierte Taglieber ihr trocken. »Woher wusstest du, dass Klaras Vater sie nach dem Vorfall auf das Schlossinternat Hohenbeuern schickte?«

Annabelle Wegener lächelte souverän. »Glauben Sie mir, ich habe meine Quellen. Als ich erfuhr, dass die Schule Stipendien vergibt, begann ich, Tag und Nacht zu büffeln, und bewarb mich schließlich. Meine Zensuren waren schon immer hervorragend gewesen, einige Lehrer hielten mich sogar für hochbegabt. Ich überzeugte die Jury und kam so aufs Internat.«

»Dann hat dich das Mobbing der Clique überhaupt nicht gestört?«, hakte Tanja ein.

»Nicht wirklich. Jedenfalls nicht bis neulich, als Caro und Jekaterina eindeutig zu weit gingen. Deshalb sollten sie auch dafür bezahlen.«

»Dein Vorhaben ist dir bei Caroline auch geglückt«, warf Taglieber ein.

Annabelle bejahte stolz.

»Aber dazu später«, schaltete sich Tanja dazwischen, »erzähl uns zuerst noch, wie du Frau Hoegner auf deine Seite gebracht hast.«

»Vor dem Vorfall neulich kam mir – im Gegensatz zu den anderen Schülern – die Opferrolle sogar gelegen. Sie lenkte Frau Hoegners Aufmerksamkeit auf mich. Unsere Lehrerin wurde ungeplant zu einem Joker in diesem Spiel. Schon als ich zum ersten Mal sah, wie sie das Klassenzimmer betrat, erkannte ich von Ariethens Ex-Frau in ihr. Ich habe sie nie persönlich kennengelernt, weil ich selbst noch ein Kleinkind war, als sie das Gut verlassen musste. Lediglich auf einem alten Foto hatte ich sie gesehen, auf dem mein Vater stolz als Fahrer der Hochzeitslimousine neben den von Ariethens posiert. Hoegner mit dem Brautstrauß auf der einen Seite und von Ariethen auf der anderen von ihm. Mein Vater hat über beide Ohren gestrahlt. Dass von Ariethens Ex ausgerechnet an dieser Schule unterrichtete, war wie ein Sechser im Lotto für mich. Ein großes Glück, das sich mein Vater bei seinen Wetten vergeblich gewünscht hatte. Weshalb er tot war. Aber Klara lebte – noch. Durch Sonja Hoegner hatte ich nicht nur die Möglichkeit, mich an Klara zu rächen, indem ich sie umbrachte, sondern konnte außerdem, wenn mir das Schicksal hold war, den Mord von ihrer eigenen Mutter ausführen lassen.«

Den Kommissar schauderte erneut. Kalter Schweiß brach ihm aus. »Dann kam es dir sicher gelegen, dass das Trio versucht hatte, Frau Hoegner beim Schwimmen auszuschalten?«

Annabelle Wegeners dunkle Augen schimmerten unheilvoll wie schwarze Perlen, während sie grinsend verkündete: »Das, werter Herr Kommissar, ist die offizielle Version, die bis heute jeder glauben sollte und jeder glaubt.« Als könnte sie tief in seine Seele blicken, hielt sie ihn weiter mit ihrem Blick gefangen. »Ich war es, die damals das Seil mit dem Stein um Frau Hoegners Knöchel gewunden hat. Der See war an dieser Stelle trüb und tief genug, dass sie hätte ertrinken können. Als beste Schwimmerin der Klasse konnte ich weit genug tauchen, so weit, dass niemand auch nur den geringsten Verdacht schöpfte. Ich habe dafür gesorgt, dass unsere Lehrerin Todesängste ausstehen musste, und als sie um ihr Leben kämpfte, rief ich Herrn Stratmann zu Hilfe, der sie befreite. Ich sagte ihm, Hoegner hätte sich in einer Schlingpflanze verfangen. Dass es ein Seil war, das sie in die Tiefe zog, stellte sich erst heraus, als er sie losband. Dann brauchte ich nur noch das Gerücht zu verbreiten, Klara, Caroline und Jekaterina unweit beim Tauchen gesehen zu haben, und schon waren die Voraussetzungen dafür, Frau Hoegner auf meiner Seite zu wissen, perfekt. Ihr Schock saß so tief, dass sie Klara nicht mehr ansehen konnte.«

Tanja hob entrüstet die Brauen. Es kam nicht allzu oft vor, dass ihr die Worte fehlten.

Nach einer kurzen Pause gab Annabelle Wegener den Mord an Caroline von Stacklborn zu Protokoll. Ebenso reuelos wie zuvor schilderte sie, wie sie die K.-o.-Tropfen in den Wodka der Mädchen gegeben und in der Nacht die betäubte Caroline auf einen Schubkarren geladen und zum nahe gelegenen Imkerwagen gefahren hatte.

Am Ende ihrer Ausführung stand Taglieber sprachlos auf. Damit war das Verhör fürs Erste beendet.

»Meinst du, das Mädchen tickt noch richtig? Der Staatsanwalt wird bestimmt ein psychiatrisches Gutachten fordern«, vermutete Tanja, während sie gemeinsam in die Kantine gingen. Die Mittagszeit war längst vorbei, doch eine lauwarme Portion undefinierbarer Pampe würde die Köchin sicher noch herausrücken.

Der Kommissar ließ die Luft mit einem lang gezogenen Seufzer aus seinen Lungen entweichen. »Möglich. Ich kann mir gut vorstellen, dass Annabelle für vermindert schuldfähig erklärt wird. Ist ja irgendwo auch verständlich, dass man einen psychischen Knacks kriegt, wenn man den eigenen Vater erhängt in der Küche findet und sich die Mutter totsäuft.« Taglieber öffnete die Tür zur Kantine und ließ seiner Partnerin den Vortritt.

»Sag mal«, Tanja runzelte irritiert die Stirn, »hast du bei Diebald Unterricht genommen, oder warum lässt du plötzlich den Gentleman raushängen?«

Der Kommissar schmunzelte. »Vielleicht bin ich einfach nur froh, dass der Fall gelöst ist und wir fürs Erste nicht mehr zum Schlossinternat hinausfahren müssen.«

Als die Köchin ihnen mit gleichgültiger Miene je eine Portion Spaghetti Napoli auf die Teller klatschte, schlug Tanja sich die Hand vor den Mund und unterdrückte einen Aufschrei.

»Was ist denn los?«, lachte Taglieber. »Hast du etwa ein Gespenst gesehen?«

»Das Schloss! ... Au weh, die von Toth hatte ich ja völlig vergessen!«, stammelte sie, wobei sämtliche Farbe aus ihrem Gesicht wich. Stotternd stellte Tanja das Tablett mit ihrem Teller auf die Theke zurück.

Der Kommissar knuffte sie in die Seite. »Jetzt beruhig dich erst mal und sag mir, was los ist.«

»Das kann ich nicht.« Sie sah aus, als hätte sie gerade ihr gesamtes Hab und Gut beim Spiel verprasst.

Taglieber packte sie bei den Schultern und schüttelte sie leicht. »Jetzt spuck es schon aus. Du weißt, dass ich dir helfen werde, egal, um was es geht! Schließlich sind wir Partner.«

Tanja entfernte sich von der Essensausgabe, um ihm ihre Not zu erklären. »Fabi und von Toth hatten gestern Abend eine Verabredung. Als ich Verstärkung rufen sollte, habe ich die beiden auch zum Internat bestellt. Eigentlich, um ihr Date zu sabotieren«, schuldbewusst zog sie eine Schnute, »aber natürlich auch, weil ich dachte, dass wir vielleicht einen Gerichtsmediziner brauchen könnten.« Sie begann herumzudrucksen. »Na ja, und da hab ich ... Weil von Toth doch so bösartig ist ... Ich konnte einfach nicht anders und hab ...«

»Was denn nun?« Taglieber verlor allmählich die Geduld.

»Ich konnte der Versuchung nicht widerstehen und hab die schöne Charlotte in ein dunkles Verlies gelockt. Beziehungsweise locken lassen.«

»Bitte?«, entfuhr es Taglieber so laut, dass die wenigen Gäste der Kantine die Köpfe zu ihnen wandten und sie neugierig anstarrten.

»Sie sitzt quasi in der Mausefalle. Ich muss so schnell wie möglich zu ihr und sie befreien. Hoffentlich lebt sie noch.«

Taglieber blickte unentschlossen zwischen seinen – inzwischen sicher nicht einmal mehr lauwarmen – Spaghetti und seiner in Rätseln sprechenden Partnerin hin und her. Schließlich stellte er das Tablett auf den Tisch neben ihnen und packte Tanja entschlossen am Arm. »Ich begleite dich. Aber den Rest dieser Geschichte erzählst du mir auf der Fahrt.«

30

»Ich kann immer noch nicht fassen, dass du dich zu so einer kindsköpfigen Racheaktion hast hinreißen lassen! Und dabei weißt du noch nicht einmal, ob die beiden wirklich eine Affäre miteinander haben«, echauffierte sich Taglieber und schlug mit der flachen Hand aufs Lenkrad, nachdem er den Wagen vor dem Schloss geparkt hatte. »Hast du dir wenigstens etwas zurechtgelegt, was du der Kollegin sagen wirst, wenn wir sie befreien?« Er schüttelte verständnislos den Kopf, als er ihre beschämte Miene sah. »Unglaublich, wie zielsicher du immer wieder nicht nur deine Karriere, sondern sogar deinen Job aufs Spiel setzt!«, fauchte er sie an, dann stieg er aus und knallte die Wagentür hinter sich zu.

»Mir fällt schon was ein. Mir fällt schließlich immer etwas ein«, sagte Tanja leise. »Sie weiß ja noch nicht mal, wer ... Sie glaubt, es war Dobermanns Idee. Ich habe ihn dazu überredet, sie unter einem Vorwand dorthin zu bestellen.«

Plötzlich erschien Taglieber seine Kollegin nicht größer als ein Mäuschen, das genau weiß, dass es etwas angestellt hat, und nun selbst in der Falle sitzt. »Der gute alte Dobsi, der ist immer gut genug, für dich den Kopf hinzuhalten, was? Schämst du dich denn nicht? Ihn auszunutzen, obwohl du genau weißt, dass seine berufliche Existenz gerade am seidenen Faden hängt«, beschwerte er sich im Namen des nicht anwesenden Kollegen.

Tanja blieb ihm eine Antwort schuldig.

Als sie im Keller des Schlosses vor einer großen Holztür mit schmiedeeisernem Riegel standen, wurde dem Kommissar mulmig zumute.

»Du meinst also, die unterirdischen Gänge führen tief in den Bauch des Felsens hinein?« Er langte sich mit der Hand an die Stirn und seufzte. »Du bist ja wahnsinnig! Was, wenn wir sie nicht finden?« Bei dem Gedanken daran wurde ihm schwindlig. Seine Wunden quittierten die Aufregung mit einem unangenehmen Pochen.

»Jetzt mal den Teufel halt noch an die Wand. Sie wird schon so schlau gewesen sein, in der Nähe des Ausgangs zu bleiben. Sonst weiß sie doch auch alles.«

»Hoffentlich hast du recht«, erwiderte Taglieber und hob mit einem bitterbösen Seitenblick den schweren, vom Rost zerfressenen Riegel an. Als er die Tür öffnete, zwang ihn die muffige, nach kaltem Moder riechende Luft einen Schritt nach hinten. »Frau von Toth, sind Sie hier?«, rief er ins namenlose Dunkel, in das eine Treppe führte.

Woher nur hatte er gewusst, dass er keine Antwort erhalten würde? Seufzend schaltete er die Taschenlampe ein, die er immer dabeihatte, und betrat den Geheimgang. Staubflusen tanzten fröhlich im Lichtkegel auf und ab, als gäbe es einen Grund zum Feiern. Während er die ersten zwei Stufen hinabstieg, fühlte er sich, als würde er geradewegs zur Vollstreckung seines eigenen Todesurteils schreiten.

Er drehte sich um und schubste Tanja in das Dunkel vor sich, sodass sie ein paar Stufen hinabstolperte. »Du gehst vor. Schließlich hast du uns dieses Schlamassel eingebrockt.«

Der Lichtkegel ihrer Taschenlampe tanzte über die Wände. Ein Spinnennetz reihte sich ans nächste. Eine fette schwarze Kellerspinne saß drohend in einem davon. Ihn gruselte. Er wollte den ungastlichen Ort so schnell wie möglich wieder verlassen. »Frau von Toth?«, rief er erneut in die Dunkelheit.

Mittlerweile lagen die Stufen hinter ihnen. Links und rechts zweigte je ein schmaler Gang ab. Sie entschieden sich, auf dem breiten Weg zu bleiben.

Mit der Taschenlampe in die Abzweigungen leuchtend, hielt Taglieber Ausschau nach einer großen blonden Frau in High Heels und einem sexy Kleid – jedenfalls stellte er sich Charlotte von Toths Outfit so vor. Völlig unpassend für einen Ort wie diesen.

»Und was machen wir nun? Sollen wir uns trennen?«,

fragte er, als sich der breite Gang weiter vorne gabelte. Allein bei dem Gedanken daran wurde ihm mulmig zumute.

Unschlüssig blickte Tanja abwechselnd in die beiden Gänge, auch sie schien von der Idee, sich aufzuteilen, alles andere als begeistert.

Taglieber wollte schon nach rechts abbiegen, als ihn eine männliche Stimme herumfahren ließ.

»Hallo? Wer sind Sie? ... Und was haben Sie hier verloren?«

Der Kommissar drehte sich um und leuchtete mit der Taschenlampe zurück. Am Eingang des Ganglabyrinthes stand ein Mann mittleren Alters in einem grauen Arbeitsanzug. In der Hand hielt er eine Malerrolle auf einem Teleskopstab.

»Hauptkommissar Taglieber und Kommissarin Krimplstötter von der Kripo Prien«, stellte er sich und seine Kollegin vor, während er dem Fremden entgegenging. Am Fuße der Treppe blieb er stehen und reichte ihm seinen Dienstausweis.

Der Mann hatte braunes, leicht zur Seite fallendes Haar, wache dunkle Augen, die für einen Handwerker überraschend intelligent wirkten, und war obendrein unverschämt gebräunt. Ganz so, als würde er lieber Urlaub machen, als seiner Beschäftigung als Maler nachzugehen. Überhaupt machte er einen etwas zu gepflegten Eindruck für einen einfachen Arbeiter: Sein Haar war ordentlich gekämmt, das Gesicht glatt rasiert, und an seinem schlanken Ringfinger glänzte ein goldener Siegelring.

Der vermeintliche Maler studierte den Ausweis und nickte schließlich. »Und was machen Sie hier, Herr Taglieber?«

»Ähm, wir ermitteln«, behauptete Tanja, die zu ihnen aufgeschlossen hatte, nicht gerade überzeugend.

Der Zweifel im Gesicht des Mannes war unübersehbar. »Ich dachte, der Fall wäre mittlerweile gelöst. Gestern wurden meines Wissens eine Lehrerin und eine Schülerin verhaftet.«

»Wir ... äh ... Es handelt sich sozusagen um eine interne Ermittlung. Uns ist gestern Nacht jemand aus dem Team ...

abhandengekommen«, versuchte sie es erneut mit einer Erklärung.

Der Maler rieb sich immer noch skeptisch das Kinn, nickte dann aber. »Benötigen Sie Hilfe bei der Suche? Diese Gänge existieren seit Hunderten von Jahren, einige sind einsturzgefährdet, andere führen bis zu einem Haus im Mühlsteinbruch. Der Adel wusste ja nie, ob er nicht eines Tages schnell das Schloss verlassen müsste, deshalb diese Fluchtmöglichkeiten. Inklusive ein paar kleinen Fallen für die Feinde.«

Taglieber zuckte zusammen. »Fallen?«

Der Fremde lachte und winkte ab. »Das war bloß ein kleiner Scherz. Also, nehmen Sie meine Hilfe jetzt an?«

»Jederzeit, vor allem, wenn Sie sich in den Gängen auskennen«, antwortete der Kommissar, der nicht erwartet hatte, einen Experten für das Tunnelsystem vor sich zu haben.

Der Mann lächelte breit, und seine Augen leuchteten, sodass Taglieber sich plötzlich sicher war, dass ihre Mission von Erfolg gekrönt und Charlotte von Toth bald aufgespürt sein würde. Dann lehnte ihr neuer Führer seine Malerrolle an die Wand und gab den Beamten ein Zeichen, ihm zu folgen. An der Abzweigung deutete er nach rechts. »Am besten fangen wir hier an zu suchen, dieser Gang ist am sichersten.«

Sie riefen von Toths Namen, und der Mann nahm mehrere Abzweigungen, als würde er einem inneren Navigationssystem folgen. Plötzlich blieb er stehen, streckte seinen Arm zur Seite und hielt den Kommissar zurück. »Schschscht, ich höre etwas.«

Taglieber blieb stehen und lauschte. Tatsächlich, da war etwas, das wie leises Schluchzen klang. »Frau von Toth«, rief er in die Finsternis, »sind Sie hier?«

»Helfen Sie mir!« Die weinerliche Stimme zitterte.

Erleichtert hastete er durch die Gänge, immer der Stimme folgend und mit Tanja und dem Fremden im Schlepptau.

Ohne zu wissen, wie ihm geschah, lag Charlotte von Toth plötzlich in seinen Armen und klatschte ihr tränennasses Gesicht an seine Wange.

»Ich bin so froh, Sie zu sehen!«, wimmerte sie wie ein Kleinkind, das den Eltern im Einkaufszentrum abhandengekommen ist und ihnen, nach endlosen Stunden der Angst, endlich wieder gegenübersteht.

Schützend legte Taglieber einen Arm um ihren Rücken und fasste dabei in etwas Klebriges – Spinnweben.

Gemeinsam folgten sie ihrem Führer durch die verschlungenen Gänge zurück bis zur Treppe. Tapfer nahm die LKA-Beamtin die Stufen ohne Hilfe.

Als sie am oberen Treppenabsatz stand, betrachtete Taglieber sie näher: Sie sah ziemlich mitgenommen aus, und das war noch untertrieben. Ihr blondes Haar war zerzaust und grau von Spinnweben, ihr beigefarbenes Kleid mit Spitzenbesatz war wie ihre Strümpfe zerrissen und ihre helle Haut von dunklen Striemen und Kratzern übersät. Die Wimperntusche hatte sich schwarz auf den Wangen verteilt, und ihr Blick wirkte so verängstigt, als hätte sie in der vergangenen Nacht Schreckliches durchmachen müssen. Von ihren High Heels fehlte jede Spur. Nur ein Gutes hatte ihr Zustand: Sie war derart angeschlagen, dass sie keine Fragen stellte.

Nachdem Taglieber Tanja böse angefunkelt hatte, wandte er sich an ihren Helfer, der seine Malerrolle schon wieder in der Hand hatte. »Vielen Dank. Ohne Sie hätten wir sie bestimmt nicht gefunden. Warum kennen Sie sich eigentlich so gut in dem Tunnelsystem aus?«, fragte er neugierig.

Lachend reichte ihm der Mann die Hand. »Rossi, Giorgio Rossi. Ich war vor langer Zeit Schüler hier. Für ein Projekt sollten wir die Geheimgänge kartografieren. Daher mein bescheidenes Wissen.«

Der Kommissar sah ihn erstaunt an. »Sie sind hier zur Schule gegangen und arbeiten jetzt als …?«

Rossi blickte an sich hinunter. »Maler?« Er winkte ab. »Das mache ich nur zum Zeitvertreib und um das Internat zu unterstützen. Den Ort, an dem ich als Teenager eine wundervolle Zeit erleben durfte. Dazu trug auch dieses Projekt bei. Es war damals sehr spannend, doch leider mussten wir die

Erforschung des Tunnelsystems abbrechen. Viele der Gänge durften wir wegen Einsturzgefahr nicht betreten.« Er musterte von Toth. »Gott sei Dank haben Sie sich in einem der relativ sicheren Bereiche aufgehalten. Wie sind Sie eigentlich –«

»Danke, aber wir müssen jetzt wirklich gehen. Sie sehen ja, Frau von Toth sollte dringend ärztlich behandelt werden«, unterbrach Tanja, bevor Rossi weiter nach dem Warum und Wieso fragen konnte, und dirigierte die LKA-Kollegin nach draußen.

Auch Taglieber bedankte sich noch einmal bei Rossi für seine Hilfe. Er wollte nicht daran denken, dass die Rettungsaktion ohne ihn leicht in einer Katastrophe hätte enden können.

Epilog

Taglieber schloss für einen Moment die Augen und genoss das leichte Schaukeln des Bootes auf den Wellen und die frische Brise.

Es war Wochenende, und er hatte seine erste Segelstunde hinter sich. Jetzt durfte er sich entspannen, während Fabian Tanjas Anweisungen gehorchen musste. Sein Kopf lag auf dem Schoß von Irmi, deren Fingerspitzen zärtlich über sein Gesicht glitten.

Nein, das war kein Traum, sondern die Wirklichkeit. Nachdem der Fall von Ariethen gelöst und der Präsident des Bundesgerichtshofs mit seiner Ex-Frau Hoegner – von Ariethen hatte seinen Einfluss geltend gemacht und erwirkt, dass ihre Haft bis zur Verhandlung ausgesetzt wurde – und von Toth im Schlepptau wieder abgereist war, hatte er Irmi angerufen und sich bei ihr für seinen plötzlichen Aufbruch von ihrem romantischen Treffen entschuldigt. Der Sturkopf Tanja hatte es ihm auf sein Drängen hin gleichgetan und ein lange überfälliges klärendes Gespräch mit Fabian geführt.

Wie bereits vermutet, hatte sich dabei herausgestellt, dass jegliche Gefühle zwischen ihm und von Toth, die über Freundschaft hinausgingen, nur einem entsprungen waren: Tanjas äußerst lebendiger Phantasie. Der rote Slip, laut Tanja das Corpus Delicti dafür, dass er und von Toth etwas miteinander gehabt hatten, war lediglich – wie Taglieber schon vermutet hatte – ein zu Untersuchungszwecken bestimmtes Beweismittel gewesen, mit dem sich die LKA-Beamtin einen Spaß erlaubt hatte.

Was Tanjas Seitensprung betraf, so hatte ihr Freund Gnade vor Recht ergehen lassen und ihr eine zweite Chance gegeben. Sie dankte es ihm mit einem – für sie ungewöhnlichen – fürsorglichen und respektvollen Umgang mit ihm.

Dobermann, der dichtgehalten und den Sündenbock für

Tanja gespielt hatte, war noch einmal mit einem blauen Auge davongekommen, und das buchstäblich: Er hatte sich vielmals bei von Toth für die falsche Fährte, die sie in das Kellergewölbe des Schlosses geführt hatte, entschuldigt und beteuert, er habe gedacht, sie hätte dieses längst wieder verlassen, als er den Riegel vorschob. Dafür, dass er sie dort über Nacht eingesperrt hatte, war die Ohrfeige, die er sich eingefangen hatte, noch eine milde Strafe gewesen.

Was den Kommissar betraf, so hielt sich das schlechte Gewissen seiner Frau gegenüber in Grenzen, denn bei ihrem letzten Telefonat hatten sie sich gehörig in die Haare bekommen. Natürlich war es kein Dauerzustand, dass er öffentlich mit Irmi flirtete. Er hatte sich vorgenommen, bald mit Cornelia zu reden. Allerdings erst, wenn sie wieder hier war. Bis dahin erlaubte er sich, in dem glücklichen Lächeln über ihm, das die golden im Sonnenlicht glitzernden Locken so passend umstrahlten, und den Streicheleinheiten, die ihm gerade zuteilwurden, zu versinken.

Zärtlich fuhr ihm Irmi übers Gesicht und schloss seine Augenlider. Er hatte ihn nicht erwartet, aber er begrüßte den sanften Kuss ihrer Lippen.

Währenddessen stand ein Mann am Ufer und beobachtete die Szenerie durch ein Fernglas. Er hatte gesehen, was er sehen musste. Und nicht nur das: Die Fotos, die er gemacht hatte, würden trotz der Entfernung scharf genug sein. Scharf genug, dass Cornelia einsehen musste, dass ihr Mann sie mit einer anderen betrog. Mit ihr war ohnehin ein Gespräch fällig, aber auch Berisha würde er demnächst kontaktieren müssen – es gab Arbeit für ihn.

Grinsend berührte er den Senden-Button und wusste: Der Sieg war sein.

Danksagung

Ich danke Karin dafür, dass sie immer für mich da ist, und für ihren unerschütterlichen Glauben an mich.

Sabrina Nagler bin ich für die Hilfe beim Kriminalisieren und auch fürs Probelesen sehr dankbar.

An die Montasser Medienagentur, Thomas und Mariam Montasser, geht mein Dank, weil sie mich von Anfang an unterstützten und ich mich auf sie verlassen kann.

Ein großes Dankeschön geht an den Emons Verlag und die Lektorin Susanne Bartel für die sehr gute und professionelle Zusammenarbeit.

Dann möchte ich noch dem ehemaligen Chef der Polizei in Prien, Rudolf Kick, danken, der zwar in Thailand lebt, aber auch von dort aus alle meine Fragen beantwortet. Auch der KPI Rosenheim schulde ich Dank für die freundliche Unterstützung.

Beim fachgerechten Obduzieren hat mir Prof. Dr. Marcel A. Verhoff vom Universitätsklinikum in Frankfurt sehr geholfen. Vielen Dank!

Außerdem bin ich »Giorgio Rossi«, meinem Chef, zu Dank verpflichtet – ohne ihn hätte der Showdown auf dem Schlossdach wohl niemals stattgefunden.

Und ich danke Ihnen, liebe Leserin, lieber Leser, dass Sie dieses Buch gekauft haben!

Tanja Voit

KINIKILLER

Broschur, 256 Seiten

ISBN 978-3-7408-0003-1

Kommissar Helmut Taglieber wird bewusstlos auf der Fraueninsel aufgefunden – er wurde brutal niedergeschlagen. Als er aus dem Koma erwacht, kann er sich an nichts erinnern. Doch für Erholung bleibt keine Zeit, denn auf Schloss Herrenchiemsee wird eine Leiche entdeckt: ein Doppelgänger von König Ludwig, bekleidet mit der Königsrobe. Was steckt hinter diesem bizarren Mord?

»Mit ›Kinikiller‹ ist Tanja Voit ein spannungsgeladener Krimi gelungen, ein Feuerwerk rund um den beliebtesten Monarchen Bayerns.« Trostberger Tag